国家社科基金
后期资助项目
GUOJIA SHEKE JIJIN HOUQI ZIZHU XIANGMU

中国近代小说流派研究

Studies on the Genres of the Modern Chinese Fictions

侯运华　刘焱　著

中国社会科学出版社

图书在版编目(CIP)数据

中国近代小说流派研究/侯运华,刘焱著. —北京:中国社会科学
出版社,2017.8
ISBN 978-7-5203-0696-6

Ⅰ.①中… Ⅱ.①侯…②刘… Ⅲ.①小说研究—中国—近代
Ⅳ.①I207.42

中国版本图书馆 CIP 数据核字(2017)第 163658 号

出 版 人	赵剑英
选题策划	郭晓鸿
责任编辑	慈明亮
责任校对	张依婧
责任印制	李寡寡

出　　版	中国社会科学出版社
社　　址	北京鼓楼西大街甲 158 号
邮　　编	100720
网　　址	http://www.csspw.cn
发 行 部	010-84083685
门 市 部	010-84029450
经　　销	新华书店及其他书店

印　　刷	北京君升印刷有限公司
装　　订	廊坊市广阳区广增装订厂
版　　次	2017 年 8 月第 1 版
印　　次	2017 年 8 月第 1 次印刷

开　　本	710×1000　1/16
印　　张	17.75
插　　页	2
字　　数	312 千字
定　　价	75.00 元

凡购买中国社会科学出版社图书,如有质量问题请与本社营销中心联系调换
电话:010-84083683

国家社科基金后期资助项目

出 版 说 明

  后期资助项目是国家社科基金设立的一类重要项目，旨在鼓励广大社科研究者潜心治学，支持基础研究多出优秀成果。它是经过严格评审，从接近完成的科研成果中遴选立项的。为扩大后期资助项目的影响，更好地推动学术发展，促进成果转化，全国哲学社会科学规划办公室按照"统一设计、统一标识、统一版式、形成系列"的总体要求，组织出版国家社科基金后期资助项目成果。

全国哲学社会科学规划办公室

目　　录

前　言

　　"小说"一词出自《庄子·外物篇》："饰小说以干县令，其于大达亦远矣。"其意谓卑琐无价值的言谈，非指文体。《汉书·艺文志》曰："小说家者流，盖出于稗官，街谈巷语，道听途说者之所造也。"这里的"小说"方指篇幅短、旨趣微、传播广的叙事文体。小说流派的出现，是在小说类型形成的南北朝、唐宋之后，志怪小说、传奇、话本等类型的小说创作渐趋活跃，经明代拟话本创作的繁荣，至明清始出现神魔小说、人情小说、才子佳人小说等小说流派。但是，真正现代意义上的小说流派是在近代才出现的。

　　"'流派'语出何良骏《四友斋丛说》卷二十四：'诗家相沿，各有流派。盖陆、潘规模于子建，左思步骤于刘桢，而靖节质直，出于应璩《百一》，盖显然明著者也。'……在中国古代文论中'流派'主要指诗歌流派，又称'诗派'"。[①] "文学流派"则指"在一定历史时期和活动范围内，对文学与现实相互关系的认识以及艺术志趣相近的作家自觉或不自觉的组合。"[②] 可见，"流派"有自觉倡导和后人追认两种类型。严家炎论述现代小说流派时，从时代政治因素、国际文艺思潮、哲学思想、作家作品带动、文艺刊物五个方面阐释其成因，认为"流派是时代要求、文学风尚和作家美学追求的结晶；而且由于它不是只表现在个别作家身上，而是表现在一群作家身上，因此，这种文学现象也更令人注目。"[③] 本书所用"小说流派"的内涵，则是指受近代社会思潮、外来小说流派影响，并受作家修养、区域文化、同人刊物诸要素制约形成的创作群体。

　　近代小说流派多指于特定历史时期出现的思想内蕴、艺术风格、审美趣味相同或相近的小说家自觉形成的小说流派，其存在多依托近代印刷技

---

① 王先霈、王又平主编：《文学批评术语词典》，上海文艺出版社1999年版，第86页。

② 《辞海》第六版，上海辞书出版社2010年版，第1979页。

③ 严家炎：《中国现代小说流派史·绪论》，人民文学出版社1989年版，第11页。

术、传媒发达而形成集群发展的特征。正是群体呼吁的冲动，使近代作家既传承"士好议论"的特质，亦改变古代小说家基于道德个人劝诫的创作习惯，转而形成对时政的集体吁求，发出谴责之声，以期警世、启蒙。这是谴责小说流派的主要价值。既然明白政府不可期待，官场一片黑暗，何处寻找社会良心？何人保障社会公平？小说家在公案小说、侠义小说、武侠小说中寻找载体，于是寄托百姓愿望的清官、豪侠成为承载理想的符号，在清官微服私访、屡破奇案的阅读中，在侠客行侠仗义、笑傲江湖的潇洒里，获得想象性满足。社会情感有了寄托，个人幽怀何以抒发呢？千古文人所艳羡之"红袖添香夜读书""小红低唱我吹箫"的美妙境界，在世俗生活中难以寻觅，便到妓院、梨园追寻，从名妓、名优处获得精神满足，从而建构起名士的休闲生活。无缘或不屑到欢场休闲的民初青年，欣然拥抱来自西方的自由恋爱思潮，在学堂里痛饮爱情美酒，回到家庭则遇父母阻挠，于是哀怨之情萦绕胸怀，形诸笔端便是哀情小说。随着社会发展，家庭阻力已不能阻止其爱情时，作家们便将其情感与社会问题结合起来，酝酿出社会言情小说，成就了鸳鸯蝴蝶派小说。

无论谴责之声多么高亢、清官侠客多么尽力，无论名士名妓的休闲如何自得、民初青年的悲剧如何难以避免，归根究底都是社会机制出了问题。怎样改革社会呢？近代作家们选择向外、向内两个维度寻求启蒙的资源。向外者，发现侦探小说蕴含的法制思想和科学精神，塑造的体魄健全、智力发达的侦探形象等，是中国社会改革亟需的文化内蕴；而其善恶有报、正义必胜的理念，与中国传统文化亦极为契合。于是，由翻译到创作，侦探小说逐渐兴起。与这种从形式到内容整体借鉴的流派不同，科学小说、翻新小说则以传统章回小说的形式，传播西方科学知识、演绎近代文化理念。向内寻求资源的主要是历史小说流派，无论是聚焦刚刚过去的历史重大事件，还是描绘历史人物丰富复杂的内心世界，抑或是选择古代历史以影射中国现实等，均凸显其从传统文化中汲取经验教训，以警醒世人、反思现实的创作目的。

理性思考近代小说的创作情况，就不会为其众声喧哗所眩晕，也不会为其缺乏大师而遗憾。处于社会边缘的作家们以各自的文本反映出特定群体的生存状态和生命意识，将其做整体观则可以概括出近代社会的风貌，进而体悟到社会转型期中华民族的集体意识。当我们研读一个个文本时，可以从中领略到作家的个体意识、文化选择及其与时代的关系，进而勾勒出中国小说由古典走向现代的发展轨迹。

应该看到近代小说流派众多，各有特征之处，这就制约着研究者不可能选择同一标准对其进行阐释。如陈平原所说："类型研究绝非仅是分类贴标签，为每部作品寻到其所属的'家族'。在某种意义上，分类的结果并不十分重要，要紧的是分类的'过程'——在将某一部作品置于某一类型背景下进行考察时，你可能对作品的创作个性有更充分的体验和了解。"① 因此，我们的研究策略是根据研究对象的特点设计章节，可以是几个相近的流派一起论述，如第二、第三、第五章均如此；也可以是一个流派一章展开。若发现了两个流派间可比较的问题较多，即展开比较研究，如第四章第四节；若发现散点透视后有集中论述的必要，则在最后一节展开论述——对侠的存在状态和历史小说的流派特征即如此。与此相对应，论述时域的确定也以研究对象的完整性、合理性为准，而不受制于历史时段的限制。如旧派武侠小说、侦探小说、鸳鸯蝴蝶派小说的高潮均为20世纪20—40年代，其代表作家、作品是30—40年代出现的。若囿于历史分期，则无法呈现其全貌，故将其全部纳入研究视野。对小说流派溯源时，我们也尽可能将其发展轨迹勾勒清楚，论述时域兼及古代小说。

中国近代小说流派的存在已逾百年，现当代小说受其影响，不仅小说创作取得巨大成就，小说流派的类型也更加丰富多彩。但是，学界尚未有完整论述近代小说流派的专著出现，对于出现众多流派和诸多小说家的近代小说而言，是很不公平的现象。笔者积聚多年所得，一一呈现在此，希望得到方家指正；也是抛砖引玉，期待能够看到更加精到的论著出现。

---

① 陈平原：《类型等级与武侠小说》，《千古文人侠客梦》，北京大学出版社2010年版，第192页。

绪　论

　　小说之勃兴是中国近代文学发展史上最令人瞩目的史实。时人曾饱含激情地感慨："咄！20 世纪之中心点，有一大怪物焉：不胫而走，不翼而飞，不叩而鸣；刺人脑球，惊人眼帘，畅人意界，增人智力；忽而庄，忽而谐，忽而歌，忽而哭，忽而激，忽而劝，忽而讽，忽而嘲；郁郁葱葱，兀兀矻矻；热度骤跻极点，电光万丈，魔力千钧，有无量不可思议之大势力，于文学界中放一异彩，标一特色。此何物欤？则小说是。自小说之名词出现，而膨胀东西剧烈之风潮，握揽古今利害之界线者，唯此小说；影响世界普通之好尚，变迁民族运动之方针者，亦唯此小说。"① 可见，小说在 20 世纪初中国文坛的影响力之大。正是在此背景下，中国近代小说流派经先觉者如梁启超等人的积极倡导、充分接受与糅合中外小说优秀传统、众多作家的积极参与而逐渐形成，呈现出中国小说史上从未有过的繁荣局面。

　　本书以中国近代文学史上产生较大影响，具有代表性文本且学界有定论的小说流派为研究对象。这些小说流派有谴责小说、公案小说、侠义小说、武侠小说、言情小说、侦探小说、科学小说、翻新小说、历史小说等，其存在早引起研究者的关注，部分学者通过点评、序跋等方式对其进行评论。最初的评点、序跋等多是对单个文本的评价，虽成为流派研究的基础，但还不是真正的流派研究。至 20 世纪 20—30 年代，胡适、鲁迅、陈子展、阿英等人的论著关注到其中影响较大的小说流派，于各自文章里尝试进行小说类型建构。胡适的《五十年来中国之文学》（1923）曾论及侠义公案小说和谴责小说，但侧重小说评介，流派特征的概括缺失。鲁迅的《中国小说史略》（1925）从文学内部、社会环境等方面论述了狭邪小说、侠义公案小说、谴责小说的成因，并阐释其历史渊源、文学地位。陈子展的《中国近代文学之变迁》（1929）则重点论述了谴责小说、政治小

---

　　① 陶曾佑：《论小说之势力及其影响》，《游戏世界》1907 年第 10 期。

说和言情小说的特征。1937 年，阿英的《晚清小说史》出版，一方面多角度论述小说繁荣的原因，另一方面从题材角度阐释谴责、狭邪、言情、翻新、革命诸流派。此期研究存在研究视野相对狭窄、特征概括不尽确切等不足。

20 世纪 40—70 年代，受时代思潮和意识形态影响，对近代小说流派的研究聚焦于谴责小说等少数流派。北京大学的《中国文学史》（1959）强调其价值在于"具有深刻的社会意义"；复旦大学的《中国近代文学史稿》（1960）强调其表现手法具有过渡性，并批判了狭邪小说、公案小说、侠义小说和鸳鸯蝴蝶派小说。北京大学的《中国小说史稿》（1973）更具代表性，该书分别"批判"侠义公案小说和狭邪小说，剖析谴责小说和革命小说。此期，小说流派研究服从政治运动的需要，意识形态的强力干预导致其学术内涵大减。

20 世纪 80 年代以降，中国近代小说研究进入繁荣期。台湾学者林瑞明的专著《晚清谴责小说的历史意义》（1980），从作者生活与成书过程、作者对国事的态度、小说反映的社会现实等方面切入，并结合史实对谴责小说进行了扎实的研究。美国汉学家林培瑞（Perry Link）的《鸳鸯蝴蝶派：20 世纪初中国城市的通俗小说》（1981）以独特视角研究鸳鸯蝴蝶派小说，对国内学者正确认识该派产生很大影响。任访秋主编的《中国近代文学史》（1988）以史为背景，专章论述了公案侠义小说、狭邪小说、谴责小说、鸳鸯蝴蝶小说、历史小说、革命小说等小说流派，侧重内蕴阐释；陈平原的《中国小说叙事模式的转变》（1988）则对其"形式特征的演变"进行剖析，论及谴责小说、新小说、侦探小说、言情小说等小说流派。关爱和的《悲壮的沉落》（1992）以文学思潮的嬗变考察侠义小说、狭邪小说等流派；袁进的《鸳鸯蝴蝶派》（1994）论述研究对象源流时，论及狭邪小说、社会小说、言情小说等流派。美籍华人学者王德威的《被压抑的现代性——晚清小说新论》（1997）剖析晚清小说的"现代性"内蕴，提出了新论："没有晚清，何来五四？"论及狎邪小说、科幻小说、公案小说等流派。欧阳健则重写《晚清文学史》（1997），以作家为主，论及新小说等流派。刘扬体的《流变中的流派——"鸳鸯蝴蝶派"新论》（1997）论述鸳鸯蝴蝶派的成因、特征与代表作家，并论及侦探小说、武侠小说流派；汤哲声的《中国现代通俗小说流变史》（1999）分别论述清末民初的言情小说、社会小说、侦探小说和武侠小说四大流派。

进入 21 世纪，研究者的视野更加开阔。范伯群主编的《中国近现代通俗文学史》（2000）将近代小说分为社会言情、武侠党会、历史演义等几大板块论述；栾梅健的《前工业文明与中国文学》（2000）从传媒、读者等角度解析近代小说，令人耳目一新；武润婷的《中国近代小说演变史》（2000）试图从小说演变的视角勾勒近代小说的发展历程。郭延礼的《中国近代文学发展史》（2001）侧重考察近代小说流派的历时性特征；裴效维、牛仰山的《20世纪中国文学研究·近代文学研究》（2001）总结了20世纪侠义公案小说、狭邪小说、谴责小说、鸳鸯蝴蝶派小说的研究成果。谢庆立的《中国近现代通俗社会言情小说史》（2002）阐释了狭邪小说、鸳鸯蝴蝶派小说的独特价值；栾梅健的《纯与俗的变奏》（2006）论述谴责小说、狭邪小说、科幻小说、言情小说的优长与不足；范伯群的《中国现代通俗文学史（插图本）》（2007）以期刊研究为基础，论及言情小说、武侠小说、侦探小说等小说流派；严家炎主编的《二十世纪中国文学史》上册（2010）论及狭邪小说、谴责小说、言情小说、历史小说等流派。此外，一些专著对于特定小说流派的研究也值得关注。如台湾学者赵孝萱的《鸳鸯蝴蝶派新论》（2004）、佘小杰的《中国现代社会言情小说研究》（2004）、侯运华的《晚清狭邪小说新论》（2005）、苗怀朋的《中国古代公案小说史论》（2005）、刘铁群的《现代都市未成型时期的市民文学》（2008）、朱志荣的《中国现代通俗文学艺术论》（2009）、付建舟的《近现代转型期中国文学论稿》（2011）、蔡之国的《晚清谴责小说传播研究》（2012）、胡安定的《多重文化空间中的鸳鸯蝴蝶派研究》（2013）等。不少未刊博士论文也以近代小说流派为研究对象，如朱国昌的《晚清狭邪小说与都市叙述》（2008），范正群的《清代侠义公案叙述研究》（2009），李世新的《中国侦探小说及其比较研究》（2002）等；吴泽泉的《暧昧的现代性追求》（2007）研究翻新小说、王卫英的《重塑民族想象的翅膀》（2006）研究科学小说、刘春水的《沉重与恣意的书写：谴责、暴露及其他》（2007）研究谴责小说等也各有特色。

　　20世纪80年代以来的近代小说流派研究，一方面呈现视角多元化，大文学理念的引入带来了丰硕的成果；另一方面没有整体研究近代小说流派的专著，已有的关涉近代小说流派的专著，也存在个案研究多、综合研究少，或侧重社会内涵、忽视本体特征与流派效应等不足。惟其如此，说明中国近代小说流派研究存在着继续拓展的空间和深化研究的必要性。

第一章　谴责之声：晚清谴责小说

晚清谴责小说是中国近代最早产生巨大社会影响的小说流派。虽说此前也有梁启超倡导"小说界革命"，并创办《新小说》刊物、创作政治小说等，但其影响尚无法与谴责小说相比。谴责小说的兴起与近代小说的繁荣关系密切，因此，欲论述谴责小说的成因及其特征，就需要阐释近代小说繁荣的原因。在此基础上，进一步论述谴责小说的发展脉络、代表文本、独特内蕴、叙事特征等，方可对晚清谴责小说进行客观透视，进行价值评估。

第一节　近代小说的繁荣及其成因

中国小说发展到晚清时进入繁荣期。从创作数量看，这一时期出版的小说比中国古代小说的总量还多。据日本学者樽本照雄《新编清末民初小说目录》统计，近代创作小说 7466 种，翻译小说 2545 种，合计 10011 种。2002 年齐鲁书社出版的《增补新编清末民初小说目录》又有增加。也就是说，近代小说（包括短篇小说）至少也在万种以上。另据欧阳健《晚清小说史》里依据《中国通俗小说总目提要》统计，从道光二十年（1840）至光绪二十六年（1900）的六十年间，共出版小说 133 部，平均每年 2.2 部，而从光绪二十七年（1901）至宣统三年（1911）的十年间，却产生了通俗白话小说 529 部，平均每年 48 部。其中，1900 年出版 3 部，与过去平均数相同；1901 年出版 9 部，1903 年出版 39 部，形成第一个高峰。1907—1909 年出版 104 部，是 1900 年的 34 倍。[①] 这些统计，一方面，证明了近代小说确实呈现繁荣局面，另一方面，从中也能看出正是 1902 年倡导"小说界革命"后，小说创作量激增，反映出两者之间的密

---

① 欧阳健：《晚清小说史》，浙江古籍出版社 1997 年版，第 2—4 页。

切关系。近代小说之所以在此期走向繁荣，是因为其独特的社会、政治、文化、传媒和读者背景。

一　社会思潮与政治环境

从社会思潮剖析之，经过中日甲午战争、戊戌变法失败、八国联军入侵等一系列巨大的变故，曾经辉煌的古老帝国一步步走向衰落，国民对于清政府彻底丧失了信心。梁启超说："吾国四千余年之大梦唤醒，实自甲午战败割台湾偿二百兆以后始也。"① 梦醒后乃是失望之至，顿生谴责之意。诚如鲁迅所言："群乃知政府不足与图治，顿有掊击之意矣。其在小说，则揭发伏藏，显其弊恶，而于时政，严加纠弹，或更扩充，并及风俗。"② 而作为清政府统治体系的直接载体，官场的腐败成为社会关注的焦点；活跃其中的官员们，多为捐纳得位。于是，官员一改昔日治世良才的形象，庸才充塞官场，腐败、贪婪成风，自然容易成为谴责对象。同时，社会动荡严重动摇了清政府的统治力，其对社会的控制能力越来越弱，使文人不再畏惧文字狱，敢大胆创作揭露时弊和官场黑暗的小说。上海租界的存在，更是为小说家提供了一个自由发展的空间。在这里，小说家不必忌讳自己的作品是否与传统道德冲突，即便是宣传革命的作品，也不会马上带来祸害。包天笑当初欲印谭嗣同的禁书《仁学》，商务印书馆经理夏瑞芳说："没有关系，我们在租界里，不怕清廷，只要后面的版权页，不印出那（哪）家的名号就是了。"③ 足见列强入侵、租界存在状态下，传统士人不惧清政府权威到何种程度。因此，此期小说在题材上呈现出以往难有的多向性，对社会思潮的反映，也处于同步状态。

从政治视角考察，小说地位的提高和小说创作的繁荣均与政治家的倡导有关。康有为、梁启超在发现了小说具有超越六经的传播功能之后，便有利用小说宣传其政治主张的意图。1897 年，康有为认为小说"易逮于民治，善入于愚俗，可增七略为八、四部为五，蔚为大国，直隶王风者，今日急务，其小说乎！仅识字之人，有不读'经'，无有不读小说者。故'六经'不能教，当以小说教之；正史不能入，当以小说入之；语录不能喻，当以小说喻之；律例不能治，当以小说治之。"④ 对小说便于传播思

---

① 梁启超：《戊戌政变记》，《饮冰室合集》第 6 卷，中华书局 1989 年版，第 1 页。
② 鲁迅：《中国小说史略》，齐鲁书社 1997 年版，第 226 页。
③ 包天笑：《钏影楼回忆录》，中国大百科全书出版社 2009 年版，第 234 页。
④ 康有为：《〈日本书目志〉识语》，陈平原、夏晓虹编：《二十世纪中国小说理论资料》第 1 卷，北京大学出版社 1997 年版，第 29 页。

想、易于接受的特征已经有清晰的认识。受其影响，1902 年，梁启超著文抬高小说的地位："而诸文之中能极其妙而神其技者，莫小说若，故曰：小说为文学之最上乘也。"[①]"盖今日提倡小说之目的，务以振国民精神，开国民智识，非前此诲盗诲淫诸作可比。"[②] 严复、夏曾佑认为"说部之兴，其入人之深，行世之远，几几出于经史上，而天下之人心风俗，遂不免为说部之所持"；同时，"且闻欧、美、东瀛，其开化之时，往往得小说之助。……宗旨所存，则在乎使民开化。"[③] 梁启超在《时务报》第四十一册《蒙学报演义报合序》里声称："西国教科之书最盛，而出于游戏小说者尤夥；故日本之变法，赖俚歌与小说之力。"因此，他倡导"小说界革命"，认为"欲新一国之民，不可不先新一国之小说"，认为道德、宗教、政治、风俗、学艺，乃至人心、人格的革新，都有赖于小说的革新。（《论小说与群治之关系》）这些倡导，虽说将社会功利放在首位，与传统的"教化"文学观有相通之处，却对中国近现代小说的发展产生了深远影响。于是，将小说当作社会改良运动的工具，希望以小说刺激麻木的国民，实现救国理想。此后，梁启超利用其影响力，译介日本的政治小说，创作了《新中国未来记》等小说，以实际行动引领着小说与政治结缘；并带动一批将小说当作改良社会工具的政治家和小说家投身创作，推动了小说创作的繁荣。

二　文化冲突与外来影响

从文化视角研究之，可以发现文化的冲突与整合为小说创作的繁荣创造了条件。对此问题的阐释可从创作主体、外来思潮、小说翻译三个层面展开。近代小说的创作主体大多是从传统文化阵营中突围出来的文人，他们具有深厚的传统文化修养，对其优长与不足皆有透彻了解，为其用小说表现具有传统文化内蕴的题材奠定了基础。冲出旧的藩篱后，无论是像梁启超那样置身东洋，直接感悟西方文化，还是如刘鹗那样在与外国人打交道的过程中接受西方文化的影响；抑或是李伯元、吴趼人等离开故乡，在上海租界异域氛围里感受到西方文化的内涵，均接受了外来文化的影响。于是，其文化构成便不再如古代作家那么单纯，在意识深处往往存在文化

---

① 梁启超：《论小说与群治之关系》，吴松等点校：《饮冰室文集点校》，云南教育出版社 2001 年版，第 758 页。

② 《〈新小说〉第一号》，《新民丛报》1902 年第 20 号。

③ 几道、别士：《本馆附印说部缘起》，《国闻报》光绪二十三年（1897）十月十六日至十一月十八日。

的冲突与整合。他们创作的小说，便具有传统小说所不具备的内蕴，不管是如《文明小史》里对外来文明的引进与抗拒，还是像《孽海花》里表现的多重文化冲突，无不扩大了中国小说的表现领域，有助于小说创作的繁荣。

外来思潮的存在多方面促进了近代小说的繁荣。首先是使近代小说出现了新的时代风貌，拉近了文本与读者的距离。无论是哀情小说里描写新式学校的交往礼仪，还是写学校开运动会，抑或是谴责小说里对西餐、西装、皮篷马车、轮船、火车等代表西方科技发展物品的描述，均比传统小说动辄神魔鬼怪、皇权争夺之类贴近读者，而且是读者渴望了解的对象；对读者有吸引力就意味着有市场，能够拉动小说创作的繁荣。其次是小说人物形象的立体化。近代小说不再停留在对形象外在元素的描写上，而是抓住社会转型期青年知识分子的生存困惑描写其自主意识，使人物形象凭内在魅力吸引住读者。从《玉梨魂》《冤孽镜》等哀情小说对青年人生存中进退失据、充满失落迷惘心态的揭示，以及他们爱而不能得其所爱的痛苦心理，到倡门小说里妓女喊出"我们到底是一个人呀"这样对人的尊严的维护，皆体现出传统小说中不可能出现的内涵，呼应着年轻读者对人本意识的追求。再次，从语言层面看，大量西方语言的引入和外来词的介入，以及由此反映出的超前意识，无疑也推动着中国小说的现代化，促进着近代小说的繁荣。语言承载着时代变化的信息，如果我们不仅仅视其为工具，而是透过语言体悟到社会转型期人们的价值取向和读者的审美趋好的话，应该承认，此现象反映出近代文学趋新趋洋的语言走向。

近代中国对外国小说的翻译始于 1872 年 5 月《申报》开始连载的《谈瀛小录》和《一睡七十年》。虽然 1840 年广学会就翻译了《意拾喻言》（今译《伊索寓言》），实际上，这是寓言，而非小说。《谈瀛小录》则是英国作家斯威夫特《格列佛游记》中有关小人国的内容；《一睡七十年》是美国作家欧文的作品。它们属于纯正的翻译小说。1872 年 11 月，中国最早的文艺刊物《瀛寰琐记》创刊，并从第 3 卷开始连载英国小说《昕夕闲谈》。1885 年，《万国公报》连载《回头看纪略》。1887 年广学会出版李提摩太的译本《百年一觉》。1896 年，梁启超主笔《时务报》时，刊载了翻译侦探小说；1898 年，他主持《清议报》和《新民丛报》时，发表他翻译的政治小说《经国美谈》《佳人奇遇》等。1899 年林纾翻译的《巴黎茶花女遗事》出版后，随着鲁迅、周作人、苏曼殊、周桂笙、陈冷血、包天笑等高水平翻译家的出现，西方文学名著开始大量翻译进来。从樽本照雄《新编清末民初小说目录》中统计的数据看，翻译小说占此期出版小说的近三分之一，是很可观的文学成就。这些翻译小说的出版，从四个方面推动了近代小说的繁荣：第一，翻译小说蕴含的文化理念影响了作家的主体意识，提升了近代小说的内蕴。由于翻译小说大多是欧洲和美国、日本的作品，因此，其承载的西方价值观、情爱观、婚姻观等，对翻译者和阅读者而言均有熏染，待这些翻译家从事创作，或读者受其翻译小说影响动笔写作时，其小说中传达的往往是相对进步的理念。第二，翻译小说成为近代作家创作的范本。中国侦探小说受益于西方侦探小说是最直观的现象，近代短篇小说所受翻译西方小说的影响更大。无论是截取横断面反映生活本质的结构方法，还是捕捉一种感受创作出抒情小说的思路，均能够从西方小说里找到渊源。第三，翻译小说输入了西方小说的创作技术。从侦探小说整体结构上的倒装叙事，到人物心理细腻刻画，对近代作家都有直接的影响。林纾翻译侦探小说《歇洛克奇案》后就概括其倒叙手法曰："上文言杀人者败露，下卷始叙其由，令读者骇其前而必绎其后，而书中故为停顿蓄积，待结穴处，始一一点清其发觉之故，令读者惶然。此顾虎头所谓传神阿堵也。"[1] 可见，倒叙手法已经被近代作家所认知且在创作小说时尝试运用，如吴趼人《九命奇冤》对《毒蛇圈》的借鉴等。刻画人物心理的技巧，在鸳鸯蝴蝶派小说作家手中已经能够灵活运用。从叙事人称方面看，西方小说擅长运用的第一人称限知叙事，已经被近代作家掌握，在吴趼人、徐枕亚、李定夷等人的小说里，都有这种叙述手法的成功运用。第四，对近代文学评论产生了积极影响。梁启超等人对小说地位与价值的评判，与他们对西方小说的价值"误读"有关。王国维的《〈红楼梦〉评论》运用叔本华的悲剧理论来评论中国经典小说，建构起具有独特价值的小说悲剧理论。鲁迅早期文艺观的形成和《摩罗诗力说》等论文的创作，显然与其翻译《域外小说集》有难以分割的关系。这些大师们富有建设性的理论，反过来激发年轻作家们的创作，也有助于近代小说的繁荣。

三 传媒发达与作家自立

近代小说的繁荣还得力于传媒发达与作家自立。近代传媒的发展建立在引进西方印刷技术的基础之上，同治、光绪年间，西方先进的机器印刷技术和设备传入中国，并很快推广开来，为大规模印刷、出版小说创造了条件，也为报刊业的发达奠定了物质基础。据戈公振《中国报学史》记

---

① 林纾：《歇洛克奇案·序》，商务印书馆 1908 年版。

载，中国人最早创办的报纸是 1858 年伍廷芳在香港办的《中外新报》。至 1902 年，全国报刊已达 124 种。①

　　文学期刊的起源被认定为 1872 年 11 月 11 日创刊的《瀛寰琐记》，1875 年停刊后，又先后改名《四溟琐记》《寰宇琐记》，发行至 1877 年。它们都是申报馆附印的文学期刊，即为了增加申报的发行量而印行的，还没有独立的文学品格和自主意识。倒是 1876 年沈饱山编的《侯鲭新录》和 1892 年韩邦庆编著的《海上奇书》更能够反映编者的审美趣味与文学主张。前者主要通过收录诗文进行劝诫，后者则是文学性较强的刊物，其三个栏目各有特色：《太仙漫稿》登载作者的文言短篇小说，《海上花列传》分回登载其长篇小说，《卧游集》登载前人的笔记小说。由于特色鲜明，被颠公在《嬾窝随笔》中赞为："按其体裁，殆即现今各小说杂志之先河。"② 至 1902 年《新小说》杂志出，则标志着文学期刊的成熟，其"著译各半""文言俗语参用"的主张，明确按质付稿酬的做法，对后世文学期刊均有示范作用。其后以《绣像小说》《新新小说》《月月小说》《小说林》为代表的文学期刊大量涌现，报纸连载小说也成为流行方式，文学发展与报刊的关系也更加密切。

　　在小说发展诸环节中，传播媒介处于中间位置。"'创作—传播—创作'，这是小说发展的一个公式，若传播环节一旦断裂，定将严重影响后来创作的规模、风格与水准。在这个意义上可以说，物质载体问题的解决，是小说生存与发展的先决条件。"③ 随着近代报刊与出版业的快速发展，大量报纸连载小说、诸多书局重印古典名著或及时出版创作小说，为小说的发表与传播提供了条件。民初创办刊物非常容易："一、不须登记；二、纸张价廉；三、邮递便利，全国畅通；四、征稿不难，酬报菲薄。"④ 可见，期刊的大量出现有其现实基础。就传播方式而言，"在近代，文艺报刊成为文学作品的主要载体，以小说而论，不仅数千篇短篇小说几乎全部是最新发表在近代报刊上，而且许多长篇小说也是首先在杂志上连载，而后再由出版社刊行"。⑤ 汤哲声认为文学期刊的出现"使得中国文化的

　　① 戈公振：《中国报学史》，生活·读书·新知三联书店 1955 年版，第 178 页。

　　② 典耀整理：《〈海上花列传〉作者作品资料》，《海上花列传》，人民文学出版社 1982 年版，第 615 页。

　　③ 陈大康：《中国近代小说编年史（1）》，人民文学出版社 2014 年版，第 7 页。

　　④ 秋翁（平襟亚）：《三十年前之期刊》，转引自刘扬体《流变中的流派》，中国文联出版公司 1997 年版，第 20—21 页。

　　⑤ 郭延礼：《传媒、稿酬与近代作家的职业化》，《齐鲁学刊》1999 年第 6 期。

个体意识逐渐向群体化、集约化靠拢,对中国的近现代文化文学结构的构成影响极大。"① 如果说《海上奇书》宣传的还是韩邦庆自我的观点,那么,《新小说》及后来的小说期刊代表的已是群体的观念,刊物自然就成为特定群体理念的载体。以狭邪小说的创作为例,其作者不与报界发生联系的极少,尤其是后期狭邪小说作家更是如此。"19 世纪中叶之后,中国报人小说家开始登上文坛。其代表人物是李伯元、吴趼人、韩邦庆、孙玉笙、高太痴等人。"除高太痴外,全是后期狭邪小说作家。其实,俞达、邹弢曾是《申报》文艺副刊作者队伍的重要成员,邹弢还是《趣报》主笔。② 显然,此时狭邪小说的作家构成已经不再是以失意的游幕文人为主,而是以从事报业的知识分子为主了。

这样,报刊和小说作者已经建构起互动关系。小说借报刊得以广泛传播,不少作品在刊行前就通过报刊大做广告,自我宣传;③ 一旦发表,则能够为报刊吸引更多的读者;报刊也制约着小说作者,写什么和怎样写都必须考虑报刊的特点,甚至连刊行方式都追求新异。曾有学者这样总结:"值得注意的是,晚清上海出现的这些狭邪小说,在刊行方式上也纷纷推陈出新,与新兴的新闻报刊结下不解之缘。1892 年,韩邦庆办《海上奇书》杂志,逐期登载《海上花列传》,开杂志连载小说之先河。1898 年 3 月,《消闲报》连载吴趼人撰写的《四大金刚》(《海上名妓四大金刚奇书》。——引者注)等新著小说,这是连载小说从翻译向创作的一步推进。1898 年 6 月,清末小说家孙玉声创办《采风报》,附赠《海上繁华梦》,每日一页,约 500 字左右,也算是一种新形式。而《海天鸿雪记》采用的分期出售方式,与以往又有不同。这是报刊与小说创作的双赢局面,报刊借此招揽读者,增量发行;小说也借此拓展影响,扩大读者面。"④ 由此可见,传媒的发达确实是晚清小说繁荣的重要因素。

传媒的发达不仅为文学的发表、传播创造了条件,也为作家的自立提供了契机,因为正是近代传媒业的兴起促进了稿酬制度的建立,使作家卖文为生成为可能。学界公认的第一份小说稿酬启事是梁启超于 1902 年 10

---

① 范伯群:《中国近现代通俗文学史》,江苏教育出版社 2000 年版,第 514 页。
② 郭延礼:《传媒、稿酬与近代作家的职业化》,《齐鲁学刊》1999 年第 6 期。
③ 如李伯元的《海天鸿雪记》出版前先在 1899 年 7 月 22 日《游戏报》上做广告云:"二春居士真实姓名待考,浙中人,曾为沪上寓公。追中年丝竹,哀乐伤神,回首前尘,胜游如梦,于是追忆坠欢,用吴语写成《海天鸿雪记》二十回。"其文本前 7 回连载于《游戏报》,后面的连载于《世界繁华报》,足见小说与报刊的关系。
④ 何宏玲:《〈海天鸿雪记〉的写作与新闻媒介》,《南京师范大学文学院学报》2008 年第 4 期。

月 31 日在《新民丛报》上登载的《新小说社征文启》:

　　　　第一类　章回体小说在十数回以上者及传奇曲本在十数出以上者
　　　　自著本甲等　每千字酬金　　四元
　　　　同　　乙等　同　　　　　　三元
　　　　同　　丙等　同　　　　　　二元
　　　　同　　丁等　同　　　　　　一元五角
　　　　译本　甲等　每千字酬金　　二元五角
　　　　同　　乙等　同　　　　　　一元六角
　　　　同　　丙等　同　　　　　　一元二角

　　此则启事,无论是体例方面,还是内容方面均符合现代稿酬制度的规范;尤其是它出自"小说界革命"的倡导人梁启超之手,对于近代小说作家的影响更大。1905 年,沿传千年的科举制度被废除,大批知识分子失去了跻身仕途的机会,纷纷转向上海等沿海都市谋生。此时,发达的传媒对小说对稿件的需求量大增,继《新小说》登出征稿启事后,其他小说刊物也纷纷登载启事,明确稿酬等级,形成巨大的需求市场。这些因素,促使转型期的知识分子从事小说创作,形成可观的创作队伍,推动了近代小说创作的繁荣。

四　舆论准备与读者构成

　　"小说界革命"之前,小说在文学史上的地位确实不高。但是,若说起中国文学在古代社会上的地位,恐怕谁也无法回避它的崇高。孔子在《论语·阳货》中谈道:"诗,可以兴,可以观,可以群,可以怨,迩之事父,远之事君。"已经给诗歌(时为文学的代名词)定位很高;至曹丕《典论·论文》,更是把文学的地位抬至极端:"文章,经国之大业,不朽之盛事。"这些理论皆强调文学的劝谕功能和传播久远性,实际上预设了文体升降的空间,即任何一种文体,只要能够阐释出符合人们对"文学"功能的认知,就有可能获得崇高的地位。事实上,在"小说界革命"发生之前,在华外国人就注意到了这个问题。1895 年 5 月 25 日,英国人傅兰雅在《申报》上连续五次刊登《求著时新小说启》云:

　　　　窃以感动人心,变易风俗,莫如小说。推行广速,传之不久,辄能家喻户晓,气息不难为之一变。今中华积弊最重大者,计有三端:

一鸦片，一时文，一缠足。若不设法更改，终非富强之兆。兹欲请中华人士愿本国兴盛者，撰著新趣小说，合显此三事之大害，并袪各弊之妙法，立案演说，结构新篇，贯穿为部，使人阅之心为感动，力为革除。辞句以浅明为要，语意以趣雅为宗。虽妇人幼子，皆能得而明之。述事务取近今易有，切莫抄袭旧套。立意毋尚稀奇古怪，免使骇目惊心。

此启事还在《万国公报》上刊登，在当时引起了较大反响。其内蕴值得注意之处有三：首先，将中国古代小说理论中关于小说易于感动人心和关注现实的传统融汇起来，立三大弊端为靶子，凸显小说反映现实的功能。其次，小说创作的目的归结为爱国主义，与古代小说扬善惩恶的旨归迥异。最后，确立了新的小说标准。一是小说"述事"和"立意"都要切近现实、真实可信；二是增加了以小说解决民族面临的复杂难题的功能，开启了小说救国的先声；三是倡导语言"浅明"、语意雅趣的文风，使所倡导的小说具有新的语体风貌。

傅兰雅的小说理论对后来者很有启发。1897 年，梁启超《变法通议·论幼学》、康有为《日本书目志识语》、严复和夏曾佑《本馆附印说部缘起》等文发表，对小说语言的通俗易懂、小说传播功能、启蒙价值等展开阐释。尽管没有文献证明他们之间的直接继承关系，但从论述对象的一致、小说观念的相似等方面可以看出，这些后来者的论述，客观上构成对傅兰雅理论的呼应。至 1902 年，梁启超发表《论小说与群治之关系》倡导"小说界革命"时，更多学者撰文响应，确认了小说具有与其他文体一样的功能、价值，甚至认为小说为文学之最上乘，为近代小说的繁荣做好了舆论准备。

对于小说特性的认知往往影响作家的创作观，社会环境变化导致清政府管理能力的削弱，则是小说繁荣的社会舆论环境。清朝初期，清政府通过制造文字狱，加强思想控制；对小说实行禁毁政策，使得作家的创作不得不考虑主流意识形态的要求。到同治时期，江苏巡抚丁日昌还实行过严厉的禁毁措施。可是，鸦片战争后，由于清政府在租界里丧失了行政与司法权，对小说的禁毁和对作家的控制都相对减弱；甲午战争后，清政府岌岌可危，更无力监控作家的意识形态，于是，众多致力于改良社会或排满革命的学者积极倡导小说，社会知名人士也开始称许小说，小说发展获得相对自由的空间和舆论环境，也是不容忽视的原因。

读者构成也是探讨晚清小说繁荣原因应该重视的视角。小说价值的实现离不开读者的参与，不仅因为作家的思想观念需要通过读者阅读方能达到传播的目的，而且读者的审美趣味、价值立场等也往往影响作家的创作。接受美学认为读者在实现作品价值的环节中处于关键位置，一部文本从创作、出版到发行、流通，最终是以读者购买、阅读它，其价值才得以实现的。因此，剖析小说兴起的原因，不能忽视读者视角。随着晚清政府的日趋瓦解以及传媒对其腐败情状的传播，读者对官场腐败的不满、对时政的忧虑等酝酿成的焦虑情绪需要发泄；但是，并不是所有人都敢走义和团或孙中山那种激烈反抗社会的道路，尤其是有文化、有钱又有闲的市民读者，只是想借特定情景倾泄一番不满，在想象中抵达诅咒官场的境界，或在作家虚构的氛围里满足自我泄愤的目的而已。这样，揭发弊端和纠弹时政的谴责小说正满足了其需求。1907 年，徐念慈在《小说林》第九期发表《丁未年小说界发行书目调查表》称："余约计今之购小说者，其百分之九十出于旧学界而输入新学说者，其百分之九出于普通之人物，其真受学校教育，而有思想、有财力、欢迎新小说者，未知满百分之一否也？"这份调查表提供了两方面的信息：一是当时的小说购买者，绝大部分是接受传统文化教育而又吸纳了外来文化知识的人，因此，他们对于小说中新旧杂陈的内蕴、包容中西的艺术均能宽容。二是受过学校教育的学生占购书人数的比例仅为百分之一。这里，应该理清"购书"与"读书"是两个内涵并不对等的概念。作为读者构成的主力军，新式学校培养出的学生们是必须关注的群体。1903 年，清政府颁布"癸卯学制"，参照西方体制规定三段七级，直接推动了我国新式学校的产生。据统计，1907 年，我国有学校 37000 余所，在校生 102 万余人；1912 年，有学校 87000 余所，在校生 290 万余人。[①] 学生在学校的借阅、传阅活动，使其成为晚清小说最大的读者群。他们渴望从小说里了解西方世界、获得新的知识、释放受压抑的情绪、表达对社会腐败的不满等构成对小说作者的逆向冲击，既制约着小说创作的走向，也促进了小说创作的繁荣。

第二节　晚清谴责小说发展轨迹与代表作品

谴责小说指晚清出版的抨击时政、揭露官场阴暗与丑恶的一批小说。其代表作家为李伯元、吴趼人、刘鹗和曾朴等，代表作品即所谓"四大

---

①　陈景磐：《中国近代教育史》，人民教育出版社 1979 年版，第 305 页。

谴责小说"，此外尚有黄小配的《廿载繁华梦》、张春帆的《宦海》、八宝玉郎的《冷眼观》、浪荡男儿（叶少吾）的《上海之维新党》、姬文的《市声》、吴趼人的《发财秘诀》、碧荷馆主人的《黄金世界》、忧患余生的《邻女语》等。

一　谴责小说的发展轨迹

鲁迅认为讽刺小说有三类：吴敬梓的《儒林外史》为上品，颇有价值；以《官场现形记》《二十年目睹之怪现状》《老残游记》等为代表的一类小说为中品，别名之曰"谴责小说"；"其下者乃至丑诋私敌，等于谤书；又或有嫚骂之志而无抒写之才，则遂堕落为'黑幕小说'。"① 这段论述勾勒了谴责小说的发展脉络，即由谴责小说发展至黑幕小说。鲁迅以史家眼光严格审视了谴责小说的末流之作，其命名已经蕴含着价值判断。在刻意革新的政治家如梁启超眼中，黑幕小说更是一无是处，在《告小说家》中斥其"诲淫诲盗""污贱龌龊"；② 钱玄同、周作人等新文学倡导者也对其口诛笔伐，使其很难进入后世读者的视野。③ 如何评价之？黑幕小说既不像王钝根所言："故黑幕大观，学校外之教科书也，使天真烂漫之少年，忠厚朴实之君子，读而知所戒备；尤使贫困之失，勿歆小利而堕其身家，厥功伟哉。"（《绘图中国黑幕大观·序》），也并非叶小凤斥责的那样是"开男盗女娼之函授学堂，……学生之黑幕程度，继长增高，进而教之，且将与流氓拆白颉颃。"（同前）因为时人的评论，难免有树下看花不及全貌的弊端。笔者认为从文本内蕴考察之，所得结论会更客观些，也更符合研究对象的特征。

从批判者所及与学术界论及范围看，所谓"黑幕小说"主要指谴责小说之后出现的以揭示"黑幕"、曝光丑闻为主要内容的一批小说，既指张春帆创作的《九尾龟》（点石斋刊印1906年版）、向恺然的《留东外史》（民权出版社1916年版）、李涵秋的《广陵潮》（1909—1919年版）、包天笑的《上海春秋》（大东书局1924年版）等具有较多社会内蕴的小说，更指杨尘因的《新华春梦记》（泰东书局1918年版）、许指严的《新华秘记》（上海清华书局1918年版）、孙玉声的《黑幕之黑幕》（上海文

---

① 鲁迅：《中国小说史略》，齐鲁书社1997年版，第236页。
② 《中华小说界》1915年第2卷第1期。
③ 钱玄同、宋云彬：《"黑幕"书》，《新青年》1919年第6卷第1号。仲密（周作人）：《论"黑幕"》，《每周评论》1919年第4号；《再论"黑幕"》，《新青年》1919年第6卷第2号。

明书局 1918—1919 年版）、叶小凤的《如此京华》（上海文明书局 1921 年版）等联系现实时局、侧重揭人隐私的作品。以今日之视角解读这些文本，并不能以"黑幕"二字概而言之，而应该实事求是地进行理性阐释。

《九尾龟》以文武双全的章秋谷为线索人物，揭露上海妓界存在的种种骗人恶习；通过其替人打抱不平的行为，凸显出传统士人身上蕴含的正面价值。《留东外史》对部分留学生在日本花天酒地、不务正业行为的描写，也绝非污蔑之词；只是其过分强调这些内容，而忽视了还有献身革命、寻求救国之路的留学生。《上海春秋》重在揭露都市文明的畸形状态，描绘出现代都市里不同阶层的生存画面；《广陵潮》则将笔触伸向扬州市井与乡村，在时代动荡与城乡空间中展开其才子佳人的缠绵柔情，展现其保守、典雅的审美趋好。《新华春梦记》和《新华秘记》均以袁世凯当政、复辟乃至死亡为描写对象，对其统治下的政界、军界、妓界乃至家庭生活展开或写实，或虚构的描述。孙玉声的《海上繁华梦》以描写上海妓界骗术吸引无数读者，以至于一续再续；其《黑幕中黑幕》则集中描写商界骗子如何利用法律的空子而获取不利之财。总体看，黑幕小说将存在于各界的内幕凸显出来，曝光于光天化日之下，使那些从乡下或外埠来沪者能够有所了解，起到预防被骗的作用。这是其受欢迎的原因。然而，黑幕小说中确实蕴含有大量负面信息，无论是对描述对象隐秘生活的窥视、对妓界环境的刻画，还是对商界骗术的展示、对欢场规矩的翔实描写，均易使其堕落为替人中伤敌手的工具，或成为初入欢场者的所谓"嫖界指南"。这是其走向衰微的原因。

二　谴责小说代表作家作品

谴责小说并非仅仅有鲁迅小说认定的"四大谴责小说"，还有不少作家也创作有此类小说。即便是李伯元、吴趼人等人，也创作多部谴责小说。这里，对其做概括介绍，以便保留其全貌。

（一）李伯元及其谴责小说

李伯元（1867—1906），名宝嘉，号南亭亭长，笔名游戏主人、讴歌变俗人等，江苏武进人。他"凤抱大志，俯仰不凡，怀匡救之才，而耻于趋附，故当世无知者，遂以痛哭流涕之笔，写嬉笑怒骂之文。"[1] 虽出身于官僚家庭，对仕途并不执着，中秀才后仅赴院试因一次，即绝意科

---

① 吴沃尧：《李伯元传》，见魏绍昌编《李伯元研究资料》，上海古籍出版社 1980 年版，第 10 页。

举;堂伯为他捐纳功名,曾国荃欲荐其应清廷经济特科,均被他拒绝。自光绪二十二年(1896)到上海谋生,他先后参与《指南报》《游戏报》《繁华报》等报纸的编辑;光绪二十九年(1903),主编商务印书馆创办的《绣像小说》。1906年病逝。多年从业报界使他具有广阔的视野和丰富的生活积累,故1901—1906年进入创作的高峰期。其主要作品有5部长篇小说:《官场现形记》《文明小史》《活地狱》《中国现在记》《海天鸿雪记》。除《海天鸿雪记》为狭邪小说,其余4部均为谴责小说。

其《官场现形记》共60回,写于1903—1905年,是一部全面揭露晚清腐败官场的谴责小说。作者立意描绘晚清官场的全景,故上至军机大臣、督抚高官,下至知府、知县以及衙役小吏均纳入表现视野,使其成为凸显官场腐败、官员丑态的小说。小说揭示官场腐败的原因在于最高统治者的疏于管理,甚至有意纵容;对捐纳制进行抨击,对官员们买官卖官的行为进行曝光。该书是中国近代第一部谴责小说,其聚焦官场、描绘官员丑态的叙事策略,影响了众多作家,对谴责小说流派的形成贡献巨大。同时,将历代士人向往的空间(官场)作为讽刺、揭露的对象,意味着李伯元对官场的透彻观察与彻底绝望;对官场的深恶痛绝与无情揭露,象征着李伯元对传统士人人生道路的否定,是近代士人人生道路和文化立场的重新选择。这些方面对后人的启发,更具有思想史价值;而他建构的继承《儒林外史》传统、连缀式的长篇小说结构模式,运用夸张和漫画手法刻画官场败类的叙事技巧等,对谴责小说创作与流派的形成也产生了决定性影响。其《中国现在记》1904年6月12日—11月30日在《时报》连载,小说以中下层官员为描写对象,着重刻画靠捐纳进入官场的下层官员的贪婪与无耻。《活地狱》共43回,1903—1906年连载于《绣像小说》半月刊。作者病逝后,第40—42回由吴趼人续作;第43回由欧阳钜源续作。小说侧重揭露晚清中国监狱制度的腐败,描述底层官吏对无辜百姓滥用酷刑的状况。这两部小说,对近代社会底层人物的描写甚多,是近代小说人物类型发生转换的代表文本。《文明小史》则以1903—1905年为背景,描写资产阶级革命高潮前夜的中国现实政治图景,并表现了种种假维新者的丑态和维新运动中的弊端。整体观察这些小说,可以看出作者对晚清社会的整体认知:无论高官、小吏,也不论保守、改良,官员们的所作所为均是为满足一己私欲,都在腐蚀着满清政府这具衰朽不堪的病体。

(二)吴趼人及其谴责小说

吴趼人(1866—1910),名沃尧,字小允,号趼人,广东南海佛山人,故别号"我佛山人"。他出身官僚家庭,曾祖父吴荣光、祖父吴尚志、父亲吴升均为政府官员。光绪十年（1884），他离开故乡到上海谋生，先后主编《消闲报》《采风报》《奇新报》《寓言报》等娱乐小报。1905年，曾受聘汉口美商英文《楚报》中文编辑，因为美国政府迫害华工，愤而辞职返回上海，参加反美华工禁约运动。1906年，《月月小说》创刊，他任总撰述。1910年，因为哮喘病发作而去世。其小说创作集中于1903—1910年，共创作中长篇小说19部，短篇小说12部，计31部。长篇小说有《痛史》《电术奇谈》《九命奇冤》《二十年目睹之怪现状》《恨海》《劫余灰》《上海游骖录》《发财秘诀》《新石头记》《海上名妓四大金刚奇书》等。其中《二十年目睹之怪现状》《上海游骖录》《发财秘诀》《瞎骗奇闻》等为谴责小说。

《二十年目睹之怪现状》1903—1905年分别在《繁华报》《新小说》上连载。1906—1910年由上海广智书局陆续出版单行本。小说叙事时间为1882—1903年，即从1884年中法战争前后到1905年同盟会成立前这20年的社会现状，故名之。小说借"九死一生"之口叙述所见晚清社会的方方面面，既谴责外国人侵者，也对晚清中国社会现状的成因有清醒的认识，因此描写起来便能抓住关键，即清政府上下的崇洋媚外；官员们对"教民"深感恐惧，审理案件时偏袒之而压榨百姓；在真洋人面前，更是奴颜婢膝。文本不仅对官场丑态极力刻画，且揭示官场人士道德的沦丧，将晚清社会的末世情绪尽情凸显。

《上海游骖录》共10回，描写辜望延被官府诬陷为革命党人后，到上海寻找革命党人的历程。通过其视角，发现所谓革命党人的种种丑态——吸食鸦片、嫖宿妓女，口中念念不忘"革命"，实际上男盗女娼。如果考虑到小说对立宪维新派也有所批判，那么其主旨显然是谴责假革命党人和假维新派。《发财秘诀》共10回，描写买办区丙因为贫穷去香港卖"料泡"而发财，后结识逃犯阿巨并被介绍当上英国特务，以买办身份打入两广总督衙门搜集中国军事情报，帮助英国人攻进广州。小说侧重描写的是各种汉奸的卖国行为，谴责其丧失民族立场和国家意识。《瞎骗奇闻》共8回，描写算命先生周瞎子为谋钱财，乱编谎言害得财主赵泽长家破人亡、寒士洪士仁失业丧妻，最终被洪士仁杀死。小说谴责迷信活动谋财害命，警告世人不要相信之。可见，吴趼人谴责小说的视域更为开阔，官场上下均为目标；假革命党人、维新骗子和算命骗人者，也成为其谴责对象；那些与外国人里应外合、卖国求荣者，更被他揭去画皮，露出真相来。

（三）曾朴与《孽海花》

曾朴（1872—1935），字孟朴，号东亚病夫，江苏常熟人。出身于书香门第，少有才名。19 岁中县试第一；20 岁中举后，到北京交游，认识洪文卿和赛金花，为创作小说种下初因。1895 年，入同文馆学习法语，受到康有为和梁启超的影响，参加维新运动。1897 年，再次应试失败后，便到上海从事实业，结识精通法文的陈季同，开始研究法国文学。1904 年，创办小说林书店，开始《孽海花》的创作。1908 年，参加张謇等人的立宪运动。辛亥革命后，参加张謇为首的共和党，后任江苏省财政厅厅长等职，到北京开会期间，撮合蔡锷与小凤仙交往，并参加护国运动。1927 年，北伐战争开始后，退出政坛，开设真善美书店，翻译大量外国文学名著。1935 年 6 月病逝。

《孽海花》初版署"爱自由者发起，东亚病夫编述"。爱自由者是金天翮（1871—1947），一名天羽，字松岑，笔名为爱自由者，江苏吴江人。1903 年 11 月金松岑写此书，写了前 6 回，即交给曾朴续写。小说以金雯青和傅彩云的故事为线索，表现了同治到光绪年间 30 年来文化和政治的状况，反映了日益加深的民族危机和新旧政治力量的斗争与兴衰。小说具有多重内蕴：首先，揭露封建上层官僚社会生活的腐败与保守。无论是台阁重臣，还是封疆大吏，多是通过科举而当官的，故其精通传统文化，却对外面的世界一无所知，沉浸于惟我独尊的意识之中。一旦遇上内政外交大事，只能纸上谈兵，空发议论。金雯青还算接触过冯桂芬等人的改良主义思想，但对西学不通，埋头考证元史，以至于任大使后，以巨资买下伪造的中俄交界地图，成为俄国讹诈帕米尔八百里地的口实。何珏斋在甲午战争中扬言要"不战而屈人之兵"，结果大败而回；朝廷柱石龚和甫，在甲午战争即将爆发之际，却有闲情逸致，撰《失鹤零丁》，寻找丢失的一只仙鹤（第 25 回）。其次，小说凸显新旧文化的激烈冲突。这种冲突有三个层面：其一，旧的保守文化与新的外来文化的冲突。传统士人希望坚守天朝威严，信仰"修齐治平"的"经济"之道，闭关自守以救国；洋务派人物信奉要想救国，"最好能通晓外国语言文字"，"一切声、光、化、电的学问，轮船枪炮的制造，一件件都要学他，那才算得个经济。"① 显然，两者难以相容。其二，改革派内部也有冲突。第 34 回描写革命党人杨云衢、陆皓东等人的激烈主张和改良派麦化蒙、戴胜佛等人的改良主张也有冲突。其三，金雯青等人自身也有冲突。当他作为书法文章史论纲鉴皆长、二十八岁中状元的风流名士时，装饰其光彩的是旧文化的精华；当他接受改良派思想，尤其是走出国门，置身西方文化环境里时，

① 曾朴：《孽海花》，三秦出版社 1996 年版，第 9 页。

尽管他想逃避，却不得不面对文化困境。如第 23 回写傅彩云受西方文化影响，不顾名分与仆人阿福私通被他发现后，他极为震惊，却未激烈处理阿福，而是低声下气求彩云忠实于他。无论对上层官员的抨击，还是对保守派的描写，均透出作者渴望改革、谴责腐败的主体意识。

（四）刘鹗与《老残游记》

刘鹗（1857—1909），名梦鹏，字云抟，谱名震远。后改为鹗，字铁云、公约，别号鸿都百炼生、蝶隐、抱残、老铁等。原籍丹徒（今镇江市），后随父亲移居淮安（今淮安市）。刘鹗有家学渊源，其父刘成忠，进士出身，与李鸿藻、王文韶为同年，与李鸿章、张曜为同僚，著有《河防刍议》。母亲精通音律、医学，兄梦熊通西学。这些人对其创作与人生均有影响。他视野开阔，对河工、天算、方技、医药等经世之学用功，喜欢乐律、词章之学，却不擅长八股制艺，因此两次乡试受挫后即放弃科举仕途。1884 年，他接受"太谷学派"的思想，确立以天下为己任的人生观。1886 年后，开始转向实业。1887 年 8 月，黄河郑州段决口，清政府调广东巡抚吴大澂督办河务；他主动求见，提出"筑堤束水，束水攻沙"的建议，治黄成功而获功名，后又帮山东巡抚张曜治理黄河。1895 年，进京参与洋务运动，兼理晋豫两省矿务，并参加康有为组织的"保国会"，次年任《国闻报》主笔，曾对义和团运动及其兴清灭洋的口号提出非议。1900 年，八国联军入侵，他先后筹措白银一万二千两给救济善会，并主持该会救赈事务。1903 年，浙江留日学生在《浙江潮》上撰文揭露他与高尔伊"私卖浙省四府路矿"的文件，被视为汉奸。1908 年 7 月 18 日，因在东北走私盐和前述问题被捕而流放新疆。1909 年 8 月，因中风去世。

《老残游记》创作于 1903—1905 年，最初在《绣像小说》和《天津日日新闻》刊载，有 1906 年天津日日新闻社刊印本，1907 年上海神州日报馆排印本。小说叙述老残行医到山东，先治好了大户黄瑞和（黄河），梦见一艘破船；接着，他游览山东济南府，探访知府玉贤的种种劣迹，使冤案得以昭雪。随后，他游历黄河，了解到黄河由于人为原因泛滥成灾，给人民带来祸害；又查询刚弼经手的"月饼毒死人"案件，使案情得以大白，并救活中毒的贾家 13 口人。小说以寓言表现对现实的谴责，第 1 回有两则寓言，第一个寓言里，黄瑞和象征黄河，老残略施小计就治好了他满身的窟窿，显示出老残治世救国的本领。第二个寓言以轮船象征西方资本主义列强，以帆船象征中国。轮船在狂风巨浪中平安驶过，帆船则在洪波大浪中濒临沉没绝地；整体表现出作者对中国政府危机的认知。对船上四类人的描写,是作者对中国社会各阶层的认识,尤其是面临灭顶之灾时,人们依然拒绝老残送的一个"最准的向盘"和"纪限仪",斥责他是"洋鬼子差遣来的汉奸",革命党人也认为他是"卖船的汉奸",终于赶其下船。这一方面反映出作者的改革主张不能实现的痛苦与失望,凸显出改革者不为人理解的孤独情怀和失败结局,也表达出作者对闭关自守、盲目自大的国人的谴责之情。而小说以老残为线索,所写玉贤、刚弼、庄宫保三个清官的"政绩",则深刻剖析了晚清官场中"清官"的种种暴政,以及他们的所作所为给人民造成的深重灾难。曹州知府玉贤急于事功、嗜杀成性,不到一年时间就制造了无数冤案,光站笼就死了两千多人。第5回描写他冤杀于朝柱一家时说:"这人无论冤枉不冤枉,若放下他,一定不能甘心,将来连我前程都保不住。俗语说的好,'斩草要除根',就是这个道理。"① 刚弼愚昧专断,刚愎自用,严刑逼供,虐杀好人。他认为不收贿赂就是清官,而他的不要钱,只是为了作更大的官。审理贾家13条命案时,竟然将青白无辜的魏家父女定为杀人犯。作者愤怒指出:"脏官可恨,人人知之,清官尤可恨,人多不知,盖赃官自知有病,不敢公然为非;清官则自以为不要钱,何所不可?刚愎自用,小则杀人,大则误国,吾人亲目所见,不知凡几矣。"(第16回自评)借老残之口,大骂玉贤是"死有余辜的人",并发誓"我若有权,此人在必杀之列"。对"清廉得格登登"的刚弼,作者称他是"瘟刚"和"丧门星",让老残直闯公堂,当众斥责他的虐民罪行。同样自诩为清官的庄宫保则只会死读书,不知体恤民情,重用玉贤和刚弼这样的酷吏,并废弃黄河民埝危害数十万名百姓的生命。文本揭示这些清官产生的病根,显示出理性的自觉,发前人所未发,既使文本具有鲜明的谴责小说特征,又使其独具魅力,深受读者喜爱。

老残是一个值得关注的人物形象。其身世、性格等多具作者特质,其形象内蕴亦含多重价值。首先看其身份,乃一走方郎中。这是一个居无定所、漂泊四方的角色,生存没有固定的空间,生活难有固定的职业,游走于社会各阶层之间,使其对社会的了解远超他人,对世间所谓清官也有独特的理解。但是,老残又非一般的流浪汉,而是具有宏大抱负的志士,其轻而易举治好黄瑞和(黄河)的行为,恰恰说明是治世良才。无奈生不逢时,人不理解,使其壮志难酬,郁愤不休。因此,刘鹗才自称其书为"哭泣"之作。老残送给危船上的人一个"最准的向盘"和"纪限仪",

---

① 刘鹗:《老残游记》,三秦出版社1996年版,第31页。

却被当作"洋鬼子差遣来的汉奸"而赶下船。这样的结局，既是作者屡被误解的现实困境于小说中的投影，也凸显出游移在社会各阶层之间、生存处境极不稳定的近代知识分子的存在状态。故有学者认为："注重自立治生而享受世俗快乐，关心外在世界而不必寄栖官场，老残的人生选择，传递出20世纪初士人价值观念变化的若干信息。老残是传统士大夫与现代知识分子之间的过渡性人物。"① 漂泊不定的老残形象，是晚清不安现状的士人追求、探索救国道路的象征；其难觅归宿的存在困境，正是一代探索者存在状态的写真。

（五）其他谴责小说家及其作品

黄小配（1872—1912），名世仲，字小配，广东番禺人。1895年，与堂兄一起赴南洋谋生。1901年加入兴中会的外围组织中和堂，投身革命。1905年入同盟会，1912年被误杀。其谴责小说主要有《廿载繁华梦》《宦海潮》《宦海升沉录》等。《廿载繁华梦》以甲午战争、戊戌变法、庚子事变等事件为背景，通过对买办周庸祐从暴发到败落的描写，既表现出反清革命的内容，也揭示了晚清海关数十年的腐败，进而凸显出帝国主义的侵略罪行与晚清政府的黑暗腐朽。《宦海潮》通过描写张任磐借用种种无耻手段，以金钱开道打入官场，竟然能够任职总理衙门，成为出使美国、西班牙、秘鲁三国的外交大臣等，揭露晚清政治的腐败。《宦海升沉录》又名《袁世凯》，以袁世凯作为线索人物，通过对其发迹过程的描写，表现甲午战争、戊戌变法、庚子事变等重大事件，进而展现官场的勾心斗角、玩弄权术等弊端。

张春帆（1872—1935），名炎，别署漱六山房，江苏常州人，著有《九尾龟》《宦海》等长篇小说。《宦海》共30回，有1907—1908年小说林社印行本。小说侧重揭露广东官场的黑暗，通过大量细节将当时官场的腐败写得淋漓尽致。八宝玉郎即王浚卿，其《冷眼观》以王小雅为主人公，历叙其19岁至32岁的所见所闻，描述庚子事变前后十多年的社会腐败、官场无耻的情状。《上海之维新党》的作者浪荡男儿真名叶景范，字少吾，浙江杭州人。该书一名《新党嫖界现形记》，共9回，以速成书院高才生沈希淹被维新朋友勾引狎妓冶游为缘起，侧重表现所谓维新志士的丑恶灵魂。姬文的《市声》1908年商务印书馆出版单行本，共36回。小说以上海工商界生活为题材，一方面反映纺织、茶业等受外资挤压日趋萧条的情景，表现民族工商业的有志之士欲振兴民族工业的行为；另一方面

---

① 关爱和：《论老残》，《中国近代文学论集》，中华书局2006年版，第373页。

谴责工商界内部彼此尔虞我诈、卑鄙龌龊的做派,对工商界品格卑下者进行入木三分地刻画。碧荷馆主人有谴责小说《黄金世界》,作者生平不详,该书有1907年小说林刊本,共20回。小说以光绪二十年二月十一日(1894年3月17日)中美两国签订《限禁来美华工保护寓美华人条约》(简称《华工条约》)为背景,反对该条约,主张国人同仇敌忾,共御外侮;谴责清政府在强权面前不作为,无力保护海外华工的利益。《邻女语》的作者忧患余生即连梦青,北京人。小说共12回,1913年商务印书馆出版单行本。小说前6回通过金坚在庚子事变后北上进京的所见所闻,描绘当时中国社会的混乱不堪——平民百姓无以为生,卖儿鬻女,田野一片荒芜。而封建官僚们或举起降旗,全家南逃;或以放赈为名,无恶不作。起来反抗的义和团则遭到残酷镇压,袁世凯部队砍下的义和团成员的头颅挂满了树林。后6回通过串联几个官僚的轶事,揭露其在庚子事变中的昏聩无能与卖国行径。同时,通过描写教案、政府与外敌议和的过程,谴责朝廷当局崇洋畏敌的懦弱行为。可见,生活在相同的时代背景下,不同的作家做出了相似的选择,即以小说作为武器,对政府的腐败、官场的丑态以及假维新、假革命等行为进行揭露与谴责,以唤醒沉睡的大众,发泄积郁胸中的不满。

第三节 晚清谴责小说的独特内蕴

晚清谴责小说生成于中国社会从古典转向现代的非常时期,王纲解纽,信仰多元,导致社会主流价值体系崩毁,人们思想意识紊乱。无论从统治者统治能力的下降、思想禁锢的减弱,还是从创作主体接受中西文化影响、思想相对解放而言,谴责小说都蕴含着与古典小说迥然不同的社会内蕴与文化内蕴。

一 谴责小说的社会内蕴

谴责小说首先聚焦社会腐败、官场黑暗以及官僚们的丑恶灵魂,从而达到否定官场、否定封建政体的目的。谴责小说表现出对现存国家政体的失望与抨击,这与晚清作家经历太多国家变故有关。从甲午战争、戊戌变法失败,到八国联军入侵等,古老中国一步步走向亡国,作家们对清政府及其管理的国家已经彻底丧失了信心。因此,在谴责小说里,作家从不掩饰对统治者和国家的失望,李伯元的《官场现形记》以官场为切入视角,抨击国家腐败。茂苑惜秋生为 1903 年世界繁华报馆的《官场现形记·序》曰：“羊狠狼贪之技，他人所不忍出者，而官出之；蝇营狗苟之行，他人所不屑为者，而官为之。下至声色货利，则嗜若性命；般乐饮酒，则视为故常。观其外，倜规而错矩；观其内，腼闲而荡检。种种荒谬，种种乖戾，虽罄纸墨不能书也。”整体否定官场的作为，并概括其精神世界的崩毁：“孝弟忠信之旧，败于官之身；礼义廉耻之遗，坏于官之手。”因此，李伯元追究官场腐败的原因时，没有着笔底层。第 18 回曰：“老佛爷有话：‘通天底下一十八省，那里来的清官。但是御史不说，我也装糊涂罢了；就是御史参过，派了大臣查过，办掉几个人，还不是这么一回事。前者已去，后者又来，真正能够惩一儆百吗？’”① 这样，其谴责目标直指最高统治者。政府腐朽的表征之一为卖官，卖官的途径很多，最冠冕堂皇的就是捐纳制，它为那些纨绔市侩和投机者打开方便之门，使其通过进贡、报效、助赈、捐纳等方式向朝廷购买官爵。因此，很多谴责小说对其进行猛烈抨击。第 25 回描写惯于此道的黄胖姑就公然谈论行情：“一分行钱一分货。……至于数目，看你要得什么缺，自然好缺多些，坏缺少些。”官位成为商品，出钱就可以买到：“譬如当窑姐的，张三出了银子也好嫖，李四出了银子也好去嫖。以官而论，自从朝廷开了捐，张三有钱也好捐，李四有钱也好捐，谁有钱，谁就是个官。这个官，还不同窑姐儿一样吗？”② 官位等同于妓女，可以凭金钱买卖，就彻底剥离了其内在价值；将昔日视为神圣的对象比作最低贱的窑姐，则颠覆了神圣。由此带来官场风气大变，为官者已失去“治国平天下”的操守与职责，转而将做官当作“投资”，要收回“成本”获取“利润”。所谓“千里做官只为财”，即为其经济学。谴责小说由此转入对官员们的无情揭露与讽刺。如何藩台将离任时，“便利令智昏，叫他的幕友、官亲，四下里替他招揽买卖。其中以一千元起码，只能委个中等差使；顶好的缺，总得头二万银子。谁有银子谁做，却是公平交易，丝毫没有偏枯”。③ 把“官”“缺”作为商品，竟然降价出售。三荷包曾向他的哥哥何藩台算过一笔账：“就是我做兄弟的替你经手的事情，你算一算：玉山的王梦溪，是个一万二；萍乡的周小辫子八千；新昌胡子根六千；上饶莫桂英五千五；吉水陆子龄五；庐陵黄霭甫六千四；新畬赵苓州四千五；新建王尔梅三千五……至少

① 《李伯元全集》第 2 卷，江苏古籍出版社 1997 年版，第 230 页。
② 同上书，第 244 页。
③ 同上书，第 40 页。

亦有二三十注。"① 吴趼人的《二十年目睹之怪现状》对官场黑幕同样恨之入骨，卜士仁说："至于官，是拿钱捐来的，钱多，官就大点，钱少，官就小点；你要做大官、小官，只要问你的钱多少"；做官的"第一秘诀是要巴结，只要人家巴结不到，你巴结得到；人家做不出的，你做得出……你千万记住'不怕难为情'五个字的秘诀。"② 跟李伯元一样，作者追根穷源，指出官场腐败的根本原因在于朝廷"拿官当货物，这个货只有皇帝有，也只有皇帝卖"。③ 正是来自高层的放纵与漠视，晚清官场才呈现出彻底腐败的惨象。

在"家天下"的封建社会，最高统治者代表的就是国家；其对腐败的放任与应付意味着自我放弃。既然如此，谁还把它视为正常世界呢？故《官场现形记》第 60 回认定当时的官场是畜生的世界："老鼠会钻，满山里打洞：得进的地方，他要钻；倘若碰见石头，钻不进的地方，他也是乱钻。狗是见了人就咬，然而又怕老虎吃他，见了老虎就摇头摆尾的样子，又实在可怜。最坏的不过是猫，跳上跳下：见了虎豹，他就跳在树上；虎豹走远了，他又下来了。猴子是见样学样。黄鼠狼是顾前不顾后的，后头追得紧，他就一连放上几个臭屁跑了。此外还有狐狸，装着怪俊的女人，在山里走来走去，叫人看了，真正爱死人。猪羊顶是无用之物。牛虽来得大，也不过摆样子看罢了……遍山遍地，都是这班畜生的世界"。④ 这一意象，可视为晚清作家对当时国家政体的彻底否定！由他开启的谴责之风吹遍小说界，吴趼人、曾朴、刘鹗、黄小配、张春帆等各自在代表作中表达出自己对国家现状的否定性认知。

对现存政体的攻击与谴责，凸显出作家们对政治现实的认知与绝望，因此，表现在文本里往往是整体否定或充满危机意识。李伯元在《文明小史》第 1 回继续否定政治现实："除了几处通商口岸，稍能因时制宜，其余十八行省，那（哪）一处不是执迷不化、扞格不通呢？"因而预言"我们中国大局，将来有得反覆哩！"⑤ 其他作家对晚清政体的抨击与揭露也为我们展示了当时士绅阶层对国家形象的负面认知，尤其是刘鹗、曾朴等人的小说。刘鹗因为父辈交往多为高官，对官场特别熟悉，就近观察的结果反映在《老残游记》中便幻化成象征性意象，因此，其对现存政体

---

① 《李伯元全集》第 2 卷，江苏古籍出版社 1997 年版，第 45 页。
② 《吴趼人全集》第 2 卷，北方文艺出版社 1998 年版，第 845—846 页。
③ 《吴趼人全集》第 1 卷，北方文艺出版社 1998 年版，第 409 页。
④ 《李伯元全集》第 2 卷，江苏古籍出版社 1997 年版，第 851 页。
⑤ 《李伯元全集》第 1 卷，江苏古籍出版社 1997 年版，第 2 页。

的否定不是直接喊出来，而是借助于在洪波巨浪中即将颠覆的帆船和谴责作为政体支撑者的"清官"们来表达的。第1回中，那艘二十三四丈的帆船显然是晚清中国的象征，"船主坐在舵楼之上"，不负责任，意味着皇帝毫无作为；象征军机大臣的4人负责"转舵"，面对危局手足无措；象征八部的分管八桅的人，"只是各人管各人的帆，仿佛在八只船上似的，彼此不相关照"。加上管船的人（象征下级官吏）乘机搜刮、演说者（象征革命党人）鼓动造反等，至此，中国危机四伏、政体分崩离析的局面已经显现出来。可是，当老残决定送给他们一个西方罗盘（指南仪）时，却被认为"倘与他们多说几句话，再用了他的向盘，就算收了洋鬼子的定钱，他就要来拿我们的船了"，因而高喊："这是卖船的汉奸！快杀，快杀！"陷入危机，拒绝拯救，说明其已经病入膏肓。惟其如此，刘鹗才对维系此政体的所谓"清官"痛加贬抑，不仅认为其操守远不如出家人和妓女："你不知道像我们这种出家人，要算下贱到极处的，可知那娼妓比我们还要下贱，可知那州县老爷们比娼妓还要下贱！遇见驯良百姓，他治死了还要抽筋剥皮，锉骨扬灰；遇见有权势的人，他装王八给人家踹在脚底下，还要昂起头来叫两声，说我唱个曲子你听听罢。"①（逸云语）对其本质亦直言曰："官愈大，害愈甚：守一府则一府伤，抚一省则一省残，宰天下则天下死！"②"天下大事，坏于奸臣者十之三四，坏于不通世故之君子者倒有十分之六七也！"③ 对"清官"实质的揭露，发前人所未发，显示出理性的自觉。可以说，刘鹗的否定一方面具有很强的文学性，另一方面具有超越同代作家的彻底性。

与刘鹗的形象再现不同，曾朴在《孽海花》中侧重展现面对危局的危机意识。小说开卷惊呼："祸事！祸事！日俄开仗了，东三省快要不保了！"进而推断："岂但东三省呀！十八省早已都不保了！"④ 透出作者对外来压力下国家危机的认识：国家将灭，政体安在？此处奠定全书基调，使其充满危机感——它使金雯青在上海自我否定："我虽中个状元，自以为名满天下，那（哪）晓得到了此地，听着许多海外学问，真是梦想没有到哩！从今看来，那科名鼎甲是靠不住的，总要学些西法，识些洋务……才能够有出息哩！"（第3回）⑤ 如果说前述内蕴是对封建国家、封建政体的

① 刘鹗：《老残游记》，三秦出版社1996年版，第159页。
② 同上书，第42页。
③ 同上书，第99—100页。
④ 曾朴：《孽海花》，三秦出版社1996年版，第2页。
⑤ 同上书，第12页。

否定，这里则是对传统文化意识的否定，也是居于传统国家政体内部核心地位者的自我反省。这样描写，既为小说继续描述社会改革者做了很好的铺垫，也与第6回描写中法战争、第25回等描写中日战争构成呼应；而战争的具象描摹、改革者的多向探索，则反向启迪读者思索传统政体的腐败与不堪，从而实现否定传统政体的目标。

基于对传统社会及其管理者（官员）的否定，作家们认定现存封建政体不符合自我的理想，便在谴责小说里勾描出对未来国家的设想，因此，谴责小说反映出晚清社会要求改革的思潮。曾朴的《孽海花》既描述称颂民贵君轻的礼部尚书潘八瀛，也刻画宣讲今文经公羊三世说，借孔子之灵，为变法开道的唐常肃。他们的理论资源显然是传统文化，而年轻一代则向西方寻求改革资源。如第18回所叙出使英法意比四国大臣薛淑云召集的谈瀛会，论及经营海军、兴办实业、发展教育、言文一致等一系列现实问题。《老残游记》第8—11回里，则描绘出一个超现实的"乌托邦"——桃花山。太谷学派的代表人物黄龙子和玙姑就隐居在此，过着超尘脱俗、逍遥自在的生活。此情此景，恰与清官们统治的现实世界形成鲜明对比。尤其是黄龙子以阴阳八卦来解释社会现象，推演时世兴衰，表现出作家希望探究国家未来的愿望。无论是从何处汲取文化资源，只要其指向是立意改革现实社会体制，均凸显出中国近代作家立足于当时、致力于启蒙读者的良苦用心。小说既以形象的画面凸显出作者对现实的否定，对未来的期许；也以理性的思考，对未来中国的改革措施展开具体讨论，显然并非一时的心血来潮，而是经过深思熟虑的。

二　谴责小说的文化内蕴

研读谴责小说，笔者认为其文化内蕴更为丰厚。谴责小说形成于19世纪末20世纪初，主要文本创作于1903—1905年。而当时中国正处于中外文化冲突整合的社会思潮中，因此，谴责小说中亦有对中西文化的充分描述。

首先考察谴责小说对中国传统文化的态度。谴责小说作家多具有深厚的传统文化积淀，对其优长与不足有深刻的认知。对于浸润在传统文化中的士人而言，儒家文化推崇的"修齐治平"理念是其人生追求的最高目标，因此，传统士人无不以科举成功、进入官场而自豪。官场成为其施展政治抱负、实现人生价值的独特空间，对其仰慕、推崇之情充溢心间。然而，谴责小说兴起时，科举制度已衰微并最终废除，传统士人的进取道路完全堵塞，他们被主流社会抛弃，进入小说创作的行列，故对官场就不再有敬畏之感。于是，揭露官场弊端、谴责官场黑暗成为谴责小说创作的主要内蕴。来自统治阶级内部的纷争掀开了官场买官卖官的黑幕，私欲的膨胀必然损毁公义，顺便也解构了人们对于官场的最后一点希望，因此，作家对官员们就毫不留情了。《二十年目睹之怪现状》第 2 回九死一生解释其名字来历时说："只因我出来应世的二十年中，回头想来，所遇见的只有三种东西：第一种是蛇虫鼠蚁；第二种是豺狼虎豹；第三种是魑魅魍魉。"① 主人公生存的世界上没有人，他体会不到人道，领略不着人性，他感叹："这个官竟然不是人做的！头一件先要学会了卑污苟贱，才可以求得着差使；又要把良心搁过一边，放出那杀人不见血的手段，才弄得着钱。"② 《官场现形记》第 14 回则借妓女龙珠之口对所谓"清官"发表议论："听说这钱大老爷在杭州等缺等了二十几年，穷的了不得，连甚么都当了，好容易才熬到去上任……（去年八月）动身的时候，一家门的行李不上五担，箱子都很轻的。到了今年八月，预先写信叫我们的船上来接他回杭州。等到上船那一天，红皮衣箱一多就多了五十几只，别的还不算。上任的时候，太太戴的是镀金簪子；等到走，连奶小少爷的奶妈，一个个都是金耳坠子了。钱大老爷走的那一天，还有人送他好几把万民伞，大家一起说老爷是清官，不要钱，所以人家才肯送他这些东西。……做官的人得了钱，自己还要说是清官，同我们吃了这碗饭，一定要说清倌人，岂不是一样的吗？"③ 龙珠的话把官员们道德品质的低下、行为的虚伪暴露在读者面前，也将传统文化培育出的官场人物一概否定了。解构了官员们的传统形象，亦解构了传统文化的面貌，因为对于大多数百姓而言，通过科举考试升迁的官员身上体现着主流意识形态所倡导的理念。这些人的被否定，意味着传统文化的被摒弃。

　　谴责小说不仅否定传统文化的载体——官场、官员，还将矛头直接对准传统文化本身。《老残游记》第 1 回写老残替人治病，作者自评："举世皆病，又举世皆睡。真个无下手处，摇个串铃先醒其睡。无论何种病症，非先醒无法治。具菩萨婆心，得异人口诀，铃而曰串，则盼望同志相助，心苦情切。"说明他与近代狭邪小说、政治小说的作者有着相似的醒世启蒙目的，也凸显出对传统文化建构的封建社会的整体否定。否定了封

---

　　① 《吴趼人全集》第 1 卷，北方文艺出版社 1998 年版，第 17 页。

　　② 同上书，第 408 页。

　　③ 《李伯元全集》第 2 卷，江苏古籍出版社 1997 年版，第 173—174 页。

建社会存在的价值,传统文化即失去载体。因此,在《文明小史》里,人们肯定异质文化:第 15 回在洋关码头,看到外国人执法认真,赞扬其"真正是铁面无私";第 16 回借姚老夫子的口,赞扬"外洋各国""并不把唱戏的当作下等人看待"。第 8 回传教士告诉刘伯骥:"这个佛教,是万万信不得的。你但看《康熙字典》上这个佛字的小注,是从人从弗,就是骂那些念佛的人,都弗是人。还有僧字的小注,是从人从曾,说他们曾经也做过人,而今剃光了头,进了空门,便不成其为人了。"① 佛教是中国传统文化的重要构成,否定其非人类特征,亦即解构了传统文化的合理性。那么,救世主何在? 小说提供了参照系。《二十年目睹之怪现状》第 67 回叙述一个乡下放牛人没有照看好他的牛,牛跑到外国人院里,将其花草践踏了;外国人将人与牛交给巡捕房,希望警告一下乡下人。巡捕房却重判乡下人戴一面重枷,在静安路游行示众一个月,期满还要重责三百板。七八天以后,外国人发现此事,就责怪官员不该如此凌辱乡下人,要求马上放人。他告诉对方:"若照我们西例,他办冤枉了你,可以去上控的;并且你是个清白良民,他把那办地痞流氓的刑法来办你,便是损失了你的名誉,还可以叫他赔钱呢。"② 在两种文化的对比中,作家的价值立场凸显出来了。

　　既然已经比较出了结果,生存于近代的人们便不再遵循传统文化道德规范,而是以放纵自我、蔑视礼教的形式表现出生存的迷茫与道德的沦丧。谴责小说作家有意将官场人物的道德水平置于低于普通人的位置,以便对其进行夸饰性的批判。如《官场现形记》第 22 回标榜程朱理学的巡抚傅理堂结交妓女养了私生女,却不认账;对方来找时,他声称:"那(哪)有这回事! 我也不认得什么女人。"却欲让给钱塘知县替自己出钱摆平此事,后由求其密保者出钱了事。第 40 回描写知州王柏臣为多捞一季钱粮漕米外快,竟然匿报父丧、不肯丁忧等。《二十年目睹之怪现状》也侧重展示官场人士道德意识的崩溃。如第 82 回描述子仁是"九死一生"的伯父,却和嫡亲舅老爷的女儿刘三勾搭成奸;第 108 回中他料理弟弟丧事时,趁机侵吞财产等,凸显封建社会的亲情已完全解构、人际交往把利益放在首位。第 88 回、第 89 回叙述苟才为打通仕途,竟让新寡的儿媳给制台做姨太太;苟才的儿子,为得到财产和父亲的姨太太,竟然和医生勾结,给哮喘不已忌鲍鱼的苟才天天吃清炖鲍鱼,最终害死父亲,奸

---

① 《李伯元全集》第 1 卷,江苏古籍出版社 1997 年版,第 56 页。
② 《吴趼人全集》第 2 卷,北方文艺出版社 1998 年版,第 558 页。

娶六姨太。（第101回）如果说这些人的行为，还是以外在的疯狂表现作者末世情绪的话，《孽海花》对传统文化的否决更为彻底。曾朴不仅让代表封建时代士人荣誉顶峰的状元金雯青痴迷于考证元史，更让其为名妓傅彩云所迷，以至于傅彩云与车夫阿福通奸的事情败露后，他只能忍气吞声地哀求傅彩云顾及其情面。在中外文化交流的时代，置身于西方文化环境中的金雯青，丝毫没有传统文化的优越感；甚至连他自掏腰包、高价买回俄国地图，也导致其被撤职。刻意遵循传统士人爱国道路的金雯青，却接连在家庭、朝廷空间里失败，恰恰象征着其所代表的传统文化的命运。因此，尽管就道德风貌而言，他还算正统，却依然难以摆脱失败的悲剧。惟其如此，才正如刘鹗在《老残游记》初编《自叙》中所云："吾人生今之时，有身世之感情，有家国之感情，有社会之感情，有种教之感情。其感情愈深者，其哭泣愈痛：此鸿都百炼生所以有《老残游记》之作也。"满腔痛苦无奈之情，只能寄托于小说中人物之口抒发出来。刘鹗所谓哭泣之作，岂仅《老残游记》之谓也！

颠覆、贬抑传统文化的同时，谴责小说对西方文化多持肯定态度。这种肯定，或表现在物质层面，或体现在风俗方面，抑或是意识深处等。如西装在谴责小说里，就不仅是御寒遮羞的工具，而成为身份的标志，也是文化载体。《文明小史》对西装的多重价值有详细展示。如第8回叙述刘伯骥被傅知府追捕，向传教士求救后，换一身西装，便换了身份！不仅原来排斥他的和尚惊讶，他还随传教士到府里成功救出了同伴，可见西装所具有的强势文化色彩。饮食方面，谴责小说的文本大多涉及主人公到番菜间（西餐店）聚会饮酒或议政讯时的场景，而且还有家庭聚会时以西餐待客的描写。如《官场现形记》第7回叙述山东巡抚准备宴请外国总督，三荷包连夜加班和翻译拟定菜单——青牛汤、炙鲥鱼、冰蚕阿、汉巴德、牛排、橙子冰激凌、澳洲翠鸟鸡、白浪布丁等十几种，又准备了白兰地、魏司格、红酒、巴德、香槟、荷兰水等外国酒水，并突击学习外国礼仪。整个准备活动的描述成为展示西餐文化的过程，同时也有所改良——由于抚台忌讳牛肉，因此，牛排之外，多准备猪排；第一道汤也改成了燕菜鸽蛋汤。这样，中西合璧、以西为主，既符合招待外国人的实情，亦考虑到中国人的口味。一份小小的菜单，竟也具有过渡时代的特点！对外国风俗的描写亦鲜明地体现出对西方文化的肯定与模仿，如《官场现形记》描绘外国人邀请温钦差出席茶会时介绍其风俗："凡是外国人茶会，一位女客总得另请一位男客陪他。这男客接到主人的这副帖子，一定要先发封信去问这女客肯要他接待与否，必须等女客答应了肯要他接待，到期方好前来伺候，倘若这女客不要，还得主人另请高明。"①《孽海花》第3回描写金雯青出国前在上海与傅彩云一起欣赏领事馆办的万国赛花会、舞会等，均凸显出行为主体对西洋风俗的心理认同与积极仿效。

外在行为的模仿固然是西方文化传播对传统文化冲击的最直观表现，更可怕的是官场人士意识深处对西方文化的推崇与对传统文化的排斥。主体意识的置换导致谴责小说中的人物行为呈现出变异状态：一方面崇洋、恐洋，一切以西方文化理念作为判断标准；另一方面企图隔断与中国传统文化的联系，彻底抛弃传统文化。就崇洋意识而言，并非是官员们熟悉了西方文化才信服之，而是受国家战败、政府屈服现状的影响，对来自西洋的事物盲目认同，不敢怀疑。《官场现形记》第58回沈中堂认为："我们中国的规矩，凡是沾到一个'洋'字总要加钱。"第31回描写部下被洋人痛打，羊统领却武断地认为："外国人断乎不会凭空打他的，总是他自己不好。"让人觉得他简直就该姓"洋"，而不是姓"羊"。江南制台文明听淮安知府汇报两桩事关洋人的案件，第一反应就是："外国人顶讲情理，决不会凭空诈人的。……现在凡百事情，总是我们自己的官同百姓都不好，所以才会被人家欺负。"他规定吃饭时无论什么客人都不见，但一听说是洋人，马上就见，因为他认为"洋人来，是有外国公事的，怎么好叫他在外头老等？"规定"以后凡是洋人来拜，随到随请！"② 不同作家笔下出现了相似的行为描写，只能说当时官场上这类现象是普遍存在的。这种意识的膨胀会导致行为者是非观的模糊，很容易转为恐洋意识。因此，《官场现形记》第10回洋务局老总这样介绍与外国人打交道的经验："外国人的事情是没有情理讲的，你依着他也是如此，你不依他也是如此。"第55回叙述州判老爷奉命和教习去会见英国兵，"走到海滩下了轿，依然战战兢兢的，赛如将要送他上法场的一样"，到船边扶他上梯子时，"他抬头一看，船头上站着好几个雄赳赳、深目高鼻的外国兵，更把他吓得索索的抖，两只腿上想要一点力气都没有了，忙找了三四个人，拿他架着送到船上。他此时魂灵出窍，脸色改变，早已呆在那里，拨一拨、动一动，连着片子也没有投，手亦忘记拉了"。③ 像这样的官员，让其与外国人打交道，怎能够维护国家权益？甚至连做人的起码尊严都保持不住，其主体意识的萎缩可见一斑。如此心态控制下的官场人物，则会彻

---

① 《李伯元全集》第2卷，江苏古籍出版社1997年版，第786页。
② 同上书，第743—746页。
③ 同上书，第766页。

底抛弃原来的文化选择。《孽海花》曾写到龚定庵的儿子龚孝琪的怪论："这个天下，与其给本朝，宁可赠给西洋人"。说怪也不怪，因为这是当时一部分彻底认同西方文化者的观点，其中蕴含着对政府的彻底绝望与对传统文化的根本否定。正如此回中冯桂芬主动拜访金雯青时所言："现在是五洲万国交通时代，从前多少词章考据的学问，是不尽可以用世的。……我看现在读书，最好能通外国语言文字，晓得他所以富强的缘故，一切声、光、化、电的学问，轮船、枪炮的制造，一件件都要学会他，那才算得个经济！"① 否定传统的"经国济世"的经济观，建构以通晓西方语言、熟悉西方文化为主要内蕴的新的经济观。

第四节　晚清谴责小说的叙事特征

谴责小说的叙事特征往往为人诟病，胡适指出其连缀体的不足，王德威也说："从结构上来说，谴责小说常常采用讽刺、漫画速写、丑闻和闹剧相互混杂的方式，其效果与其说井然有序，不如说是枝蔓丛生。"② 但是，其叙事特征还有值得阐释之处。此节从叙事结构、叙事元素、人物设置、描写方法等方面论述之。

一　叙事结构和叙事元素

谴责小说的叙事结构既有对传统小说结构方法的继承，更有对西方小说结构方法的借鉴。通过林译小说和其他人翻译的外国文学作品，以及外国传教士所办刊物传播的西方小说等，谴责小说作家接触到迥异于传统小说的叙事作品，并尝试借鉴之，使其文本呈现出与中国古典小说不同的结构模式。

从叙事结构看，中国古典小说大多依照事件发展的客观进程展开叙事，因而以顺叙为主。如此叙事虽然便于作者掌握叙事的节奏，有利于读者了解事件发生的前因后果，但是，也容易使叙事显得过于平淡，缺少波澜。"小说的时间的进程被忽略了，而不同空间里发生的故事置放在一起，故事间的联系脆弱到几乎不存在。"③ 这样，它就不能够充分调动读

① 曾朴：《孽海花》，三秦出版社1996年版，第9页。
② 孙康宜主编：《剑桥中国文学史》下卷，生活·读书·新知三联书店2013年版，第499页。
③ 李嵘明：《浮世代代传——海派文人说略》，华文出版社1997年版，第66页。

者参与叙事的积极性,自然减少了文本的叙事魅力和可读性。中国近代小说中出现以戏剧性场面开头的作品是翻译作品,吴趼人的好友周桂笙在《新小说》第1卷发表的小说《毒蛇圈》被公认为打破中国传统小说叙事模式的作品。这是根据法国作家鲍福(Baofu)的作品翻译的,开头就以父女对白吸引着读者的阅读兴趣。第4期后吴趼人的小说《九命奇冤》在《新小说》上连载,因此,研究者认为:"有充分理由相信,《毒蛇圈》的译文对《九命奇冤》开头的对话写作上有直接的影响。"① 这种影响并非仅仅在《九命奇冤》里有,也并非只有吴趼人一人受其影响,中国近代小说作家不少人都做出过类似的尝试。仅就谴责小说而言,《二十年目睹之怪现状》《孽海花》《文明小史》等小说中均有倒叙或准倒叙的描写。《二十年目睹之怪现状》第1回"楔子"里叙述死里逃生在家里坐得闷了。到外面散步时,遇到有人拿一本名字为《二十年目睹之怪现状》的书,声言要卖一万两银子。死里逃生见篇首有"九死一生笔记"的署名,很是好奇,便翻看起来,孰料一看居然大为感动。对方见其形状,认为他是此书的知音,便将此书送给他,托他传播。回家细看一遍,觉得内容奇特、有价值,想代他付印,"却又无力。想来想去,忽然想着横滨《新小说》,消流极广,何不将这册子寄到新小说社,请他另辟一门,附刊上去,岂不是代他传播了么?"于是,把得到的小说寄往新小说社,死里逃生便"一直走到深山穷谷之中,绝无人烟之地,与木石居,与鹿豕游去了。"因此,美国学者韩南认为:"直到1903年吴趼人的《二十年目睹之怪现状》之后……我们才发现那种一贯的、限知的叙事,也即小说中现代意识的实质性特征。"② 《孽海花》第1回也以爱自由者走到一个美丽的所在,遇到一个绝代美人开始叙事。那美人"手中擎着一卷纸,郑重的亲自递与爱自由者。爱自由者不解其故,展开一看,却是一段新鲜有趣的历史",本想自己慢慢写出来,忽然想起他的朋友"东亚病夫"号称小说王,就把材料送给"东亚病夫",由他创作出《孽海花》来。《文明小史》"楔子"里先叙述"这几年,新学新政,早已闹得沸反盈天,也有办得好的,也有办不好的,也有学得成的,也有学不成的。"然后,作者认为,无论成功与否,只要尝试,就是文明世界的功臣。"所以在下特特做这部书,将他们表扬一番,庶不负他们这一片苦心孤诣也。"从形式上

---

① [加]吉尔伯特·方:《论〈九命奇冤〉在写作时序安排上的特征——西方的影响和本国的传统》,赵鑫虎译,《台湾·香港·海外学者论中国近代小说》,百花洲文艺出版社1991年版,第508页。

② [美]韩南:《中国近代小说的兴起》,徐侠译,上海教育出版社2004年版,第10页。

看，这几部小说的开头，与中国古典小说假托作者在一个偶然的机缘里拾到一个匣子，匣子里装着一本有趣的书，然后作者负责将其传世的模式有几分相似；应该承认这种叙事结构中，有中国古典小说的影响。但是，作为一个小说流派，作者们集中采用倒叙的结构方式，而且要么糅合进作者对社会的认知——如《二十年目睹之怪现状》第 1 回两个当事人的名字"死里逃生"和"九死一生"，本身就蕴含着作者对那个时代人们生存状态的概括；要么先描述一个象征性的环境，再交代小说的来历——如《孽海花》第 1 回所描绘的"奴乐岛"环境及其命名，其中显然蕴含有作者了解西方文化后对中国社会现实做出的判断。这样改良的结果，就使得小说的叙事结构与中国古典小说有了实质性的差异，而与西方小说中将小说叙事进程中的一部分提到小说开篇，以增强故事的吸引力的做法更为接近。

陈平原曾经从读者和批评者的角度分析谴责小说结构模式形成的原因："用读古文的眼光读西洋小说，关注的是'布局'；用看故事的眼光看西洋小说，关注的也是'布局'。这就难怪西洋小说叙事方式最为中国作家意识到并积极摹仿的，是'开局突兀'的叙事时间。"① 然而，变化一旦开始，就不仅仅局限于整体框架，而是扩展到叙事元素的嬗变。从叙事元素的构成看，谴责小说里有了新的变化。新闻报道、电报文本是随着西方文化的传入而进入中国都市生活空间的，因此，反映现实生活的小说就绕不开它们。谴责小说所选新闻多是有关军国大事的。《二十年目睹之怪现状》第 14 回叙述"驭远"号兵舰自沉的事情便是由吴继之拿来的报纸上登载的新闻报道——《兵轮自沉》：

> 驭远兵轮自某处开回上海，于某日道出石浦，遥见海平线上，一缕浓烟，疑为法兵舰。管带大惧，开足机器，拟速逃窜。觉来船甚速，管带益惧，遂自开放水门，将船沉下，率船上众人，乘舢舨渡登彼岸，捏报仓卒（猝）遇敌，致被击沉云。刻闻上峰将彻底根究，并札上海道，会商制造局，设法前往捞取矣。

将重大事件以新闻报道的形式引入文本，无疑会增加文本的真实度和现场感。

电报文本的引入，则从另一个角度显示出西方文化对中国近代社会生活的影响——相对于新闻报道而言，电报的针对性更强，更讲究时效性。

---

① 陈平原：《中国小说叙事模式的转变》，北京大学出版社 2003 年版，第 110 页。

它既可以满足人们急切了解某类信息的需要，也可成为人们跨地域解决问题的工具。在《孽海花》中，它是传播外交信息的工具；在《官场现形记》里，电报的引入更为频繁。如第 3 回、第 4 回里，黄道台"军装案"发是通过他的亲戚两江督府幕僚王仲荃电报告知的；他出钱摆平此案时，彼此沟通依然靠电报。仅第 4 回就直接引入两则电报。第 10 回里，电报则成为替王道台、陶子尧妹夫之间就办理购买外国机器案交流信息的平台：

> 上海长发栈王道台：陶倅所办机器，望代商洋人，可退即退，不可退即购。不敷之款及出洋经费另电汇。至洋行另索四万，望与磋磨勿赔。事毕，促陶倅速押机器回省。乞电复。

一段文字，部署了四件事，既便捷又及时。在《二十年目睹之怪现状》里，电报的应用更广泛。第 47 回叙述蓝宝堂在中法战争爆发时，眼看"法国船来了，他便不敢做主，打电报到里面请示，回电说不准开炮"。吴继之得知任职的消息，也是通过电报传达的。第 55 回叙述嘉庆、道光年间有人冒充成亲王到南京，从将军、总督以下的钱，都被他骗了。德泉说："这是从前没有电报，才被他瞒过了。若是此刻，只消打个电报一问，马上就要穿了。"说话间，九死一生的电报到了，吴继之让他"速回扬州"。可见，电报既为人们交往提供了方便，也成为人们交流信息、相互沟通的平台，甚至被认为是防止受骗的工具。

总之，通过这两种叙述元素的融入，不仅压缩了篇幅，增加了文本的容量，增强了小说文本的时代性；也对中国小说原有的叙事模式形成了一定的冲击，有助于文本叙述张力的扩大和叙事魅力的增加，是中国近代小说发展史上值得关注的现象。

二　人物设置

从人物设置来看，谴责小说里出现了与中国古典小说中完全不同的人物类型。一方面，小说中开始广泛描写外国人的形象，并使其在特定叙事单元里开始占据叙事中心的位置。总体看，谴责小说很少有不涉及外国人的。就其类型来说，共三类。第一类是外国传教士形象。这是中国近代小说中出现最频繁的外国人形象，也是争议最多的人物形象。褒之者，往往看重其文化传播的功能，视其为近代中国开放的有力推动者；贬之者，往往抓住其文化侵略的功能，视其为外国军队入侵中国的野蛮帮凶。其实，对历史现象的任何简单化概括，都会失去历史本身的丰富性和真实感。相比之下，谴责小说作为同代人同步反映社会现实的文本，他们对于外国传教士的描写或许更接近当时有见识的士人的认知。在小说里，传教士们往往极力了解、熟悉中国文化，以中国人容易接受的方式传播西方文化；同时，利用外国侵略者在战争胜利后逼迫中国当局签订的不平等条约中的治外法权，干涉地方政府的司法权、人事任免权等，有时也能起到保护百姓免受地方官员欺压的作用。如《文明小史》第 8 回所写的外国传教士即如此，他不仅把"我们中华的话……学得很像，而且中国的学问也很渊博。不说别的，一部《康熙字典》，他肚子里滚瓜烂熟"。当刘伯骥请求他帮忙时，他并没有因为素不相识而拒绝之，不但尽力帮助刘伯骥，还逼迫知府释放了被羁押的一班秀才。《文明小史》第 15 回里，贾氏兄弟在苏州附近的一个小镇上遇到的站在路边向行人发放"劝人为善"的书籍的外国人，应该也是教会人士；《官场现形记》第 51 回等多次写到的教案以及教会替教民保护财产的描写，《二十年目睹之怪现状》中"做官的非但怕外国人"，还怕教民的现实等，[①] 活跃其中的都是这类形象。

　　第二类是外国军人形象。与中国现当代文学作品中的外国军人形象不同，谴责小说中虽然也有对甲午中日战争时日军残暴罪行的描写，但是对西方军人的描写却少有暴虐的行为。这是一个很耐人寻味的现象——是外国军队的军容军风彻底征服了谴责小说的作者，还是对中国军队的彻底失望使然？是外国军队在战时与平时有两种不同的形象，导致这些视野还算开阔的作者产生错觉；还是当时的真实感觉就是如此？……总体看，谴责小说里较多出现的外国军人是中国军队聘请的教官和外国军舰上的军官。前者如《官场现形记》第 6 回叙述巡抚到校场检阅新军时，"老远的便见有多少洋枪队，由教习打着外国口号，一斩齐的走了上来"。这显然是中国近代新军培训过程中经常出现的外国教习形象，他们在叙事进程中所占的比重还很小。那些坐着军舰进来的外国军官，在叙事进程中所占比重就要大得多了。如第 55 回集中描写梅知州刚上任，就听报有三只外国兵船在海面上，"第二天，大船上派了十几个外国兵，……走到岸上，向铺户买了许多的食物，什么鸡鸭米麦之类，买好了，把账算清，付了钱，仍旧坐了小划子回上大船，并没有丝毫骚扰。"第五天夜里，有强盗来抢，中国水兵将领吓得裤子都穿不上了，外国军舰反而抓住了强盗。当知州奉命请洋提督审判强盗时，答曰："既然贵国法律这几个人都该办死罪的，就

----

　　① 《吴趼人全集》第 1 卷，北方文艺出版社 1998 年版，第 407 页。

请贵州梅大老爷照着贵国的法律办他们就是了。"并不干涉中国的司法权，这点和传教士明显不同。当他们应邀到法场监斩时，作者对两军军容作了对比性描写，极力赞扬外国军队的军容整洁:"外国的兵腰把笔直，步伐整齐，身材长短都是一样，手里托着洋枪，打磨的净光雪亮，耀人的眼睛，等到到了法场上，一字儿摆开，站在那里一动不动。及看中国的兵，老的小的，长长短短，还有些痨病鬼、鸦片鬼，混杂在内，穿的衣裳虽然是号褂子，挂一块，飘一块，破破烂烂，竟同叫花子不相上下……比起人家的兵来真正是天悬地隔!"①当巡抚邀请他们到南京去住、梅知州也为其准备好高级的住处时，他们均拒绝了。整个叙事都是围绕外国军人展开的，而且，叙事节奏、叙事走向也取决于外国人的态度。文本留人的印象是:这些外国军人是守法知礼的，是不干涉中国内政的。在中国小说史上，这类外国军人形象应该是独一无二的，值得深思的。

第三类是外国皇族和虚无党人形象。这类形象集中体现在《孽海花》中，该小说共35回，集中描写外国人生活的就占据6回。其中对德国飞蝶丽皇后和俄国沙皇等皇族的描写较为成功，前者美丽端庄，且体谅交往对象，属于威而不严的形象;俄国沙皇不仅威仪天下，而且在被夏雅丽刺杀的时候，能够一边呼唤卫士，一边两手抱住对方，使其无法投掷炸弹。如此描写，一个遇事不惊、有胆有识的君主形象便凸显出来。小说给以篇幅更多的是夏雅丽、克兰斯、陆翠、海富孟等虚无党人的形象，其中夏雅丽的美丽果敢、爱憎分明，为党的事业牺牲自己，刻画成功，令人难忘。

另一方面，与外国人打交道的人物形象开始占据小说中重要位置。这类人物，在《官场现形记》《二十年目睹之怪现状》《文明小史》等文本中，主要以翻译(或称为"通事")的身份出现，起着沟通中外、交流信息的作用。实在说，从艺术角度观察之，成功的形象几乎没有。但是，作为一种新的职业、新的形象进入文本本身便有着独特的价值——它意味着随着国门的打开与中外交往的增多，翻译人才必将在社会生活中占据越来越重要的地位;作为反映现实生活的小说，也越来越难以回避这类形象。当然，也有一些以钦差大臣身份出国的外交人员出现在叙事里，不过，作为文学形象尚不成功。真正成功的外交人员形象出现在《孽海花》中，仅第18回出席"谈瀛会"的就有出使日本大臣吕苍舒，前出使德国正使李葆丰，前出使美、日、秘的大使云印宏，前出使德国参赞徐印英，奉旨游法国的马美菽、游英国的印龢，前出使英、法的俞印耿，现充出使英、

---

① 《李伯元全集》第2卷，江苏古籍出版社1997年版，第776—777页。

法、意、比四国大使薛淑云、参赞王印恭，当然还有小说主人公金雯青。尤其是金雯青这个形象，谙熟中国传统文化，很想为国出力，但是，由于对西方文化缺乏真正的了解，结果被俄国人毕叶所骗，花巨资购买了错误的中俄地图，使中国丧失了七八百里的土地，他自己也因此丢掉官职和性命。一个心有余而力不足、好心办坏事的典型，一个在中国传统文化领域内游刃有余、进入西方文化却窘迫无助的悲剧形象。他的出现，有填补文学形象类型空白的价值。相对而言，买办形象虽然也屡屡出现，却没有成功的形象，其艺术水准还不及晚清狭邪小说中的此类形象。

三　心理描写

从描写方法看，谴责小说主要是通过夸张的行为描写来刻画人物性格，这是中国古典小说常用的方法。但是，在有的小说里，尤其是作者受西方文化影响比较大的作品中，心理描写已经作为描写人物的重要手法出现，文本里也已出现精彩的心理描写。刘鹗是谴责小说作家里接受西方文化较早的作家，对西方文化的熟悉与认同，使得《老残游记》艺术品位突出。小说第6回写阴风森森、白雪飘飘的季节里，老残吃罢午饭，看房外雪越下越大，树上有几个老鸦，缩着颈项避寒，不住地抖擞翎毛，怕雪堆在身上。又见许多麻雀儿，躲在屋檐底下，也把头缩着怕冷，其饥寒之状殊觉可悯。因想："这些鸟雀，无非靠着草木上结的实，并些小虫蚁儿充饥度命。现在各样虫蚁自然都入蛰，见不着的了。就是那草木之实，经这雪一盖，那（哪）里还有呢？倘若明天晴了，雪略为化一化，西北风一吹，雪又变做了冰，仍然是找不着，岂不要饿到明春吗？"老残"想到这里，觉得替这些鸟雀愁苦的受不得"。一个关爱众生、悲世悯物的人物形象已经挺立在我们面前。然后，他转念又想："这些鸟雀虽然冻饿，却没有人放枪伤害他，又没有什么网罗来捉他，不过暂时饥寒，撑到明年开春，便快活不尽了。若像这曹州府的百姓呢，近几年的年岁也就很不好，又有这么一个酷虐的父母官，动不动就捉了去当强盗待，用站笼站杀，吓的连一句话也说不出来，于饥寒之外，又多一层惧怕，岂不比这鸟雀还有苦吗？"[1] 由物及人，老残最终的关怀是人文关怀，其情感出发点是人道主义情怀。至此，一个立于严寒之中，却很少顾及自己，而是将关爱的视野遍及世界上所有生命的形象便依托其心灵的展示凸显出来。似乎感到这种群体的关怀还不能充分展现老残的内在心理，刘鹗又在第13回再费笔

---

① 刘鹗：《老残游记》，三秦出版社1996年版，第40页。

墨,重点描绘他面对妓女翠环惨遭老鸨毒打的心理。看到翠环身上一条青、一条紫的伤疤,他心里想到:"这都是人家好儿女,父母养他的时候,不知费了几多的精神,历了无穷的辛苦,淘气碰破了块皮,还要抚摩的。……谁知抚养成人,或因年成饥馑,或因其父吃鸦片烟,或好赌钱,或被官司拖累,逼到万不得已的时候,就糊里糊涂将女儿卖到这门户人家,被鸨儿残酷,有不可以言语形容的境界。"① 老残以近代意识,将妓女也当作平等的人看待,并且替她赎身后娶了她。对比那些面对妓女只发一些空洞的感慨,然后该玩弄就玩弄,到头来起身走人的名士,老残对翠环的同情与关爱要真实得多,于此展示的人物心理也颇细腻可信。

曾朴对法国文学非常熟悉,其创作不仅在表现外国风情方面得心应手,而且在刻画人物心理方面也较为成功。《孽海花》无论是描写傅彩云作为公使夫人出洋时的心满志得,还是刻画她与德国军官瓦德西恋爱时的惴惴不安,都颇为到位。尤其是在第 30 回金雯青去世后,作者一边描写彩云"在雯青新丧之际,目睹病中几番含糊的嘱咐,回想多年宠爱的恩情,明明雯青为自己而死,自己实在对不起雯青",因忏悔而生悲哀,"所以倒也哀痛异常,因哀生悔,在守七时期,把孙三儿差不多淡忘了"。日子一长,心又不安分了,开始筹划将来的生活:"不守节,去自由,在她是天经地义的办法,不必迟疑的;所难的是得到自由后,她的生活该如何安顿? 再嫁呢,还是住家? 还是索性大张旗鼓地重理旧业?"然后,集中篇幅描写她所可能面对的三条人生道路给她心灵带来的冲击:

> 她也想到,若再嫁人,再要像雯青一样的丈夫,才貌双全,风流富贵,而且性情温厚,凡百随顺,只怕世界上找不到第二个了。那么,去嫁孙三儿吗? 那如何使得! 这种人,不过一时解闷的玩意儿,只可我玩他,不可被他玩了去。况且一嫁人,就不得自由,何苦脱了一个不自由,再找一个不自由呢? 住家呢? 那就得自立门户,固然支撑的经费不易持久,自己一点儿小积蓄不够自己的挥霍。况一挂上人家的假招牌,便有许多面子来拘束你,使你不得不藏头露尾;寻欢取乐,如何能称心适意! 她彻底的想来想去,终究决定了公开的去重理旧业。②

---

① 刘鹗:《老残游记》,三秦出版社 1996 年版,第 91—92 页。
② 曾朴:《孽海花》,三秦出版社 1996 年版,第 273—274 页。

　　一瞬间，傅彩云几乎把一个女性新寡后可能走的道路都思考了一遍。不仅如此，她还把每种选择的得失在心中反复比较，最终做出了抉择。其他如第10回傅彩云谈到金雯青夸奖曾侯夫人在英国"手工赛会"上如何技压群芳时，心中暗暗较劲："老爷这明明估量我是个小家女子，不能替他争面子，怕我闹笑话。我倒偏要显个手段胜过侯夫人，也叫他不敢小觑。"则将其好强争胜、轻易不服人的心理展现了出来。这些心理描写，其细密真切的程度，所体现出的艺术水准，即便是与新文学作品里的心理描写相比，也毫不逊色。

第二章　庙堂江湖:从公案小说、侠义小说到武侠小说

时局的动荡、官场的黑暗带来社会的失序,如何重建秩序成为近代作家关注的焦点。受中国传统文化影响,寄希望于清官的清廉、侠客的义气来重构社会安全,成为百姓的心理需求。与之相适应,便出现了以清官、侠客为表现对象的小说流派。研读这类小说,我们发现围绕着侠客生活空间的变化,文本呈现出由游移庙堂江湖间到卫护庙堂、反抗江湖,再到疏离庙堂、逍遥江湖的发展趋势,中国近代小说便出现了一条独特的发展轨迹,即由公案小说到侠义小说,再到武侠小说。由于它们在描写对象、人物架构、叙事特征等方面具有相似特征,故置于一章论述之。

第一节　"侠"的文化内蕴及在文学中的演变

侠的存在,其渊源可追至先秦时代,是呼应春秋战国时代的社会需求而出现的。时值中国思想史上百家争鸣的黄金时代,不同学派具有迥异的治世策略与经国之道,均渴望得到诸侯的支持以便实现理想。然而,现实中能够成为将相、施展雄才的毕竟是少数,大部分人的理想只能停留在想象层面,因此,思想者希望有侠士帮助实现理想。世俗社会层面里,由于等级的差异、收入的不均、权贵的欺压、战乱的侵扰等,也幻想具有超人品格者出现,帮助自己洗刷冤情、平均财富,进而建构平等的社会制度。当权者出于维护统治、争夺霸权的需要,也希望得到众多勇武超群的侠客,以实现正常武力之外的称霸野心。这样,社会诸阶层都呼唤侠客出现,侠客便成为深受社会推崇的群体而层出不穷;同时,侠客们也根据自己的理想选择相契的君主,合则留,歧则走,成为游走于各方诸侯的游侠,以自身行为影响着政治走向与社会风气。

一 "侠"与"史"结缘

当游侠们建功各国、扬名天下时,其事迹便会通过百姓之口流传四方,成为民间故事。后世学者采集入册,便成为历史文本,侠客由此进入史学视野。学者们开始概括侠的特征,如《韩非子·五蠹》认为"儒以文乱法,侠以武犯禁",对儒、侠皆有抨击,凸显侠客行为与社会规则不合的一面;司马迁在《史记·游侠列传》中描述游侠时,则包含着深深的同情与理解:"今游侠,其行虽不轨于正义,然其言必信,其行必果,已诺必诚,不爱其躯,赴士之厄困。既已存亡死生矣,而不矜其能,羞伐其德,盖亦有足多者焉。"其概括基本理清了"侠"的内蕴,后世论者多为对其观点的阐发;而他塑造的一系列侠客形象,则使聂政、荆轲、朱家、郭解等流芳百世。据此可以认定,侠客形象进入文学世界是以其《史记·游侠列传》为标志的。东汉班固对待侠客的态度就复杂得多,其《汉书·游侠传》一方面言"观其温良泛爱,振穷周急,谦退不伐,亦皆有绝异之姿",肯定侠士具有超越俗人的品质;另一方面指出其"以匹夫之细,窃杀生之权,其罪已不容于诛矣","惜乎不入于道德,苟放纵于末流,杀身亡宗,非不幸也!"惋惜侠士们有放纵自我、丧失道德之处。应该承认班固的判断更为客观些,亦符合史家笔法。受其影响,后世史书中再无侠士的位置。但是,两位史学家对后世文学创作仍有影响,即公案小说、侠义小说、武侠小说中仍然喜欢将所叙故事置入具体的历史背景之中,且选择乱世作为侠客施展本领的叙事空间。

二 "侠"与"文"融合

侠客们脱离了"史"的樊篱,扑进文学的怀抱,实乃文学的幸运,因为拘泥于史实显然不利于发挥人的创造性想象;而在想象性相对较弱的中国文学世界里,冲进一帮笑傲江湖的侠客,演绎几番酣畅淋漓的故事,必使中国文学地图增加更加绚丽的画面。果然,经过魏晋南北朝时期的酝酿,至唐传奇中便结出硕果来。《虬髯客传》《红线》《昆仑奴》《聂隐娘》《无双传》等唐传奇中,假托唐代史实,叙述侠客超群卓越的武功,渲染其一鸣惊人、不矜其能的品质,从而使侠客形象成为文学作品的主角。唐传奇对后世小说创作的影响,主要体现在这些方面:其一是历史性。即小说叙事时间多明确指出是唐代某年间,以增加叙事的真实性。如《无双传》显示为"建中"(唐德宗年号)、《虬髯客传》叙事时间为"隋炀帝"、《红线》表明是"至德"（唐肃宗年号）、《聂隐娘》里有"贞元"（唐德宗年号）、《昆仑奴》则写明是"大历"（唐代宗年号）等。其二是神奇性。小说所叙故事均为尘世间的俗事，但促成情节发展的关键人物是侠客；他们身怀绝技，却隐身人间，不到万不得已不出手，一旦出手，必然成功。这样，侠客的形象便显得非常神奇。如《昆仑奴》中的磨勒虽为家奴，但其悟性超众、武功惊人，不仅准确理解女主人的暗示，还利用超绝的轻功帮助主人成就情事。其三是模式化。唐传奇中已经形成后世公案小说、武侠小说中叙事的基本模式，或以武功，或以道术行侠——聂隐娘与精精儿斗法，红线、空空儿以及磨勒的飞行绝技，甚至还出现了化尸药（《聂隐娘》），死而复苏药（《无双传》）。旧派武侠小说侧重技击武打、描写剑仙的神奇和新派武侠小说出现善用毒药的人物类型等，均可见其影响。

宋代传奇继承了唐传奇的特征，并在市民化方面有所发展。到了明代拟话本中，侠客则进一步融入市井生活，或成为经商者成功的保障。但是，真正代表明代侠客形象的是长篇小说《水浒传》。该小说一方面继承描绘侠客依托具体历史的传统，将叙事重点放在北宋年间发生的宋江起义事件上，为小说营造真实的叙事氛围；另一方面采取利用固定空间（梁山）汇聚各路侠客的技法，成功描写了一批以自身武功反抗社会不平的侠客形象。值得注意的是，梁山好汉们身上已经潜伏着后世侠客形象的内蕴，即不再把反对社会禁忌作为主要对象，更不反对最高统治者，所谓"反贪官不反皇帝"；而是把导致自身冤情的基层官员作为反抗与杀戮的对象，并随时等待皇帝招安，期待成为皇帝的马前卒；在被招安以后，便全力剿杀方腊的起义队伍。显然，《水浒传》中的侠客形象内蕴，已悄然发生变化。

清代小说描述侠客时，受作家"前理解"制约，呈现出不同的类型。或发扬《水浒传》的传统，不写或少写侠客对抗社会的内容，而让其成为名臣大吏、清官廉士的马前卒；或改变传统的英雄儿女观，让英雄儿女结伴，成为忠孝节义、全德全能的楷模。这些小说里，侠的基本特性仍然存在。所谓"见了不平之事，他便放不过，仿佛与自己有伤损的一般"，（《三侠五义》第13回）"吃饱了自己的饭，专替别人家干事。或代人报仇，或偷富济贫，或诛奸除暴，或挫恶扶良。别人并不去请他，他却自来迁就，当真要去求他，又无处可寻"，（《七剑十三侠》第1回）并且秉承着"天下人管天下事"的宗旨，爱憎极其分明，"路见不平，便要拔刀相助，一言相契，便肯沥胆订交。见个败类，纵然势

焰熏天，他看着也同泥猪瓦狗，遇见正人，任是贫寒求乞，他爱的也同
威风祥麟"，(《儿女英雄传》第5回)且只允许自己行侠仗义，不让别
人知恩图报。凡此种种，说明清代小说一方面延续着侠客的基本功能，
依然承担着抑恶扬善、打抱不平的角色；另一方面顺应时代需求，彰显
侠客与统治者需求契合的内蕴，尽可能使其成为朝廷的帮手。文康在
《儿女英雄传》中，甚至让侠女转回家庭做贤妻良母，也算是为侠客寻
找到一条新路。

三　"侠"在近代小说中的变异

清末民初，"侠"与文学的关系再起波澜。晚清岁月，随着西方列
强的步步入侵，清政府的统治日趋腐朽，有志之士纷纷寻求救国之路，
期待文学能够有所作为。变法失败后，梁启超逃避日本，目睹日本"武
士道"精神盛行，而故国"东亚病夫"尚沉沉昏睡，为了弘扬尚武精
神，他于1904年出版《中国之武士道》，希望发掘民族的"武侠精
神"。受其影响，学界重新评价《水浒传》，侧重阐释小说的武侠精神，
将其与反瓜分、反专制相联系，解读其中的革命内涵；同时，与改造国
民性相联系，强调公义，强调民族国家。孙中山领导革命党，在反清斗
争中依靠江湖会党势力，发动一系列颇具传奇色彩的武装斗争，为武侠
小说的产生提供了现实条件。① 此期武侠作家众多，代表人物是被称为
"南向北赵"的向恺然和赵焕亭，还有所谓"北派五大家"等人，他们的
作品被称为"旧派武侠小说"。

总体观察"侠"的产生及其承载的文化内蕴，实为中国传统文化背
景下中国人尝试发挥自我能力、改变社会现状的想象性存在，虽然其存
在具有一定的现实基础。这是因为在几千年等级制度为主的传统社会
里，人们有渴望社会公平的愿望，而现实中能够实现愿望的机会太少，
于是，只能将这种愿望的满足寄托于公案小说、侠义小说或武侠小说中
的侠客身上。在侠客们施展超世武功、打抱不平的神奇情节中，读者们
得到想象性满足，从而减少了对社会不平的怨恨，释放了制造社会动荡
的焦虑情绪。同时，文学世界里引入侠客，作家们有了摆脱现实束缚、
展开想象的桥梁。在对侠客们行为的超凡性和对其生存环境的浪漫性描
绘里，融汇着作家超现实的追求与特异性的思维，由此培育了中国浪漫
主义文学的奇葩。

---

① 参见范伯群、孔庆东《通俗文学十五讲》，北京大学出版社2003年版，第145页。

第二节　近代公案小说

公案小说是指以表现清官断案析狱为主，塑造不为权贵、竭诚为民的清官形象的小说流派。公案小说的出现是回应读者的现实需求的。人们在现实生活中遭遇到诸多不公平待遇而无处申冤，才希望有清官、侠客帮助他们讨回公道，实现公平。"政治动乱与官僚腐败，通常被视为驱使晚清听众遁入幻想世界的两大主要动因。在幻想世界里，清官实施法律，达成秩序，而侠客则以非常手段，锄强助弱，维护正义。"[①] 因此，公案小说既与社会不公有关，也是百姓们获得想象性满足的文本，其演变有着漫长的历史过程。

一　公案小说的演变

"公案"一词，最早出现在唐五代时，大多是谈论法律或公务问题时使用。[②] 宋元时期使用之，则多涉及官府行为或案件。专指小说类型之一种的说法见于耐得翁《都城纪胜·瓦舍众伎》："说话有四家：一者小说，谓之银字儿，如烟粉、灵怪、传奇。说公案，皆是搏刀赶棒，及发迹变泰之事。说铁骑儿，谓士马金鼓之事。说经，谓演说佛书。说参请，谓宾主参禅悟道等事。讲史书，讲说前代书史文传、兴废争战之事。"[③] 其实，公案小说的雏形在魏晋南北朝时期已经出现，如《搜神记》中的《严遵》《东海孝妇》《苏娥》等志怪小说，其题材类型接近公案小说，描述重心是案件的发生与结局，凸显案件背后的决定性力量是神、佛，符合作者宣传神道的需要。其叙事特征是描述故事梗概或情节片段，人物形象单薄。唐五代时期的公案故事主要保留在传奇小说和笔记小说中，代表作有《谢小娥》《冯燕传》《苏无名》《崔思兢》等，这些小说情节趋于完整，刻画人物较为丰满，所表现的社会生活面也较为开阔，且出现体现百姓意志的正面人物。有学者认为："综合各方面因素来看，唐代公案小说的创作虽较之汉魏六朝时期有了很大的进展，但唐代只是公案小说这一小说类型的形成酝酿期，只有到了宋元时期，公案小说才真正成为一种比较成熟

---

① 王德威：《现代中国小说十讲》，复旦大学出版社 2003 年版，第 2 页。
② 参见苗怀明《中国古代公案小说史论》第一章中的详细论述，南京大学出版社 2005 年版，第 45—46 页。
③ 孟元老等：《东京梦华录》，上海古典文学出版社 1956 年版，第 98 页。

的小说类型。"① 宋元话本中的《错斩崔宁》《合同文字记》《三现身包龙图断冤》《简帖和尚》等即为著名的公案小说。其特点是叙述故事更加完整、成熟，人物形象日趋复杂化，表现内容与市井生活密切相关，为后世公案小说的发展奠定了良好的基础。宋元时期公案小说的叙事焦点是冤案的产生与破解，在断冤解疑的过程中凸显宋元时代读者由执法不公、社会冲突引发的焦虑情绪，表现出市民读者对社会公平的渴求与对两性情爱问题的关注。明清时期，公案小说创作进入高峰，不仅拟话本中有许多公案小说，据统计，"三言"共有 120 篇作品，其中 40 篇属宋元旧作，在剩下的 80 篇作品中，有 18 篇属于公案小说；"二拍"共 80 篇作品，其中公案之作 25 篇；《型世言》共 40 篇作品，公案小说 13 篇。② 其中《陈御史巧勘金钗钿》《乔太守乱点鸳鸯谱》等塑造了陈御史、乔太守等机智的清官形象；而《滕大尹鬼断家私》《硬勘案大儒争闲气 甘受刑侠女著芳名》等则刻画出滕大尹、朱熹等反面官员形象。清代出现了以《施公案》《彭公案》《海公案》等为代表的一批长篇小说，其叙事焦点由故事转为人物——清官、侠客，以人物活动的轨迹带动叙事进程的发展，随着视角的转移，小说反映的社会生活面有所拓展，人物形象也更为丰满。而反面官员形象的出现，为后世谴责小说《老残游记》等批判"清官"开启了新路。因此，公案小说发展到近代，不仅仅是小说情节的累积叠加，也凸显出小说理念和技巧的嬗变。

　考察中国公案小说的发展历程，可以发现公案小说是指描写清官断案析狱、侠客协助清官破案为主要内容，塑造清正廉洁、为民做主的清官形象的小说流派。在明清公案小说中，清官形象已发生变异，具有新的特征。就清官而言，在元话本和元杂剧里，清官虽未成为文本叙事的核心，读者更关注冤情是否得到昭雪、有情人是否能成眷属，但清官形象承载着当时百姓的理想，体现着百姓们渴望清明政治的愿望，因此，其所断案件多为民间刑事、民事案件。就人物关系而言，清官与百姓之间，呈现出百姓崇拜清官的状态。明清以后，文本焦点渐渐聚焦于皇室内部的纷争，皇家子弟争夺皇位继承权的斗争成为公案小说的叙述中心，普通百姓的身影渐渐淡去，清官在小说中所作所为不再以民间冤案为主，而是以助皇帝铲除奸臣为己任。《三侠五义》虽然能看到包拯处理民间案件的身影，但大部分篇幅是助皇帝对付襄阳王；此时的人物关系，是皇帝对忠臣的嘉许，

---

① 苗怀明：《中国古代公案小说史论》，南京大学出版社 2005 年版，第 30 页。
② 同上书，第 78 页。

忠臣对侠客的重用。到《施公案》《彭公案》等小说中，施公、彭公所对付的主要是绿林起义的案件，民间案件已经很难进入清官的视野，其关注的是民间造反的钦案;他们聚集侠客要除掉的也不再是襄阳王之类的叛臣，而是由江湖好汉转变的民间暴动领导者。归顺朝廷的侠客与揭竿而起的侠客之间的对立，形成明清公案小说人物关系的聚焦点。

二　公案小说繁荣的原因

首先是中国社会缺乏公平所致。中国封建社会的基本架构是宗法制社会体系，小到家庭，讲究男尊女卑、家长与家长成员的尊卑秩序;大到家族，则是族长至高无上，族中人要无条件服从之，族长很多时候握有生杀大权，严重抑制着族群内部可能出现的不同声音;上升到国家层面，则是专制统治，君权高于一切，所谓"君叫臣死，臣不能不死"即如此。几千年的中国历史，一步步强化着严格的等级制度，使生活其中的人们很难体会到公平的存在。清官的除暴安良、平抑冤狱与侠客的打抱不平、行侠仗义，均有抑制残暴、平衡社会不公、维护社会秩序的特性，因此成为百姓向往的对象。尤其是在基层官员队伍里，充斥着草菅人命的昏官庸吏，其存在往往使那些蒙受冤屈者有冤无处说，人们只能在阅读或说书人讲述的清官故事里获得想象性满足。这是公案小说发展的社会基础。

其次是市场因素的影响。既然生活在不平等的社会里，又没有揭竿而起的雄心，那些生活基本无忧、关注社会公平的读者喜欢通过小说阅读发泄心中的不平与愤懑，这样就形成一个巨大的市场需求，反向刺激公案小说的创作与刊印。同时，明代印刷业的繁荣，不少文人如余象斗、冯梦龙等人投身小说印刷、传播行业，也为公案小说的繁荣起到了推动作用。及至晚清，随着西方印刷技术的传入，大部头小说的印刷成本下降、印刷速度提升，通过近代报刊、书局等形成的传播途径，小说能够迅速在市场上流传开来，书商的资本投入也能够较快收回，从而形成良性循环。两种因素的呼应，形成公案小说良性发展的市场氛围。

最后是小说自身的原因。从魏晋南北朝的志怪片段，到明代以短篇小说集形式出现的公案小说，其艺术性表现力均不强。尤其是明代的公案小说，那些短篇小说集中汇聚着众多办案文牍、案例，最初尚能吸引读者阅读，时间一长，就没有阅读快感了。发展停滞的公案小说显然需要新的元素加入，才能够带来发展动力，刺激其向前运动。于是，小说家们一方面加大神怪元素，使得冤鬼托梦、旋风引路、占卜得信等主观性情节大大盛行;另一方面强化清官与罪犯较量的情节，在此消彼长中凸显智慧的力量，增强可读性。同时，引入侠客群体，增加打斗场景，使原来沉闷滞涩的叙事进程骤然加快，叙事节奏也变得顺畅明快。从公案小说的发展实际看，其策略还是成功的。

三　公案小说的文本内蕴

公案小说代表文本是《施公案》《彭公案》。《施公案》，清无名氏著。最早刊本有嘉庆三年（1798）的序，现存道光四年（1824）刊本。初刊 97 回，又名《施公案传》《施案奇闻》《百断奇观》；有续集 100 回，又名《清烈传》，光绪十九年（1893）刊本。后续至 528 回，120 万字。小说人物以施世纶为原型，他是靖海侯施琅的儿子，由扬州及江宁知府升至漕运总督；其为官清廉，刚正不阿，民间留传不少他为民申冤的故事。小说描述施仕伦从做扬州府江都县令到升任通州漕运总督期间断案、剿寇的事迹。他任江都知县时，擒拿奸僧九黄、淫尼七珠及十二寇，收绿林英雄黄天霸、贺天保；后者助其抓关大胆，捉"黄河套水寇"刘六、刘七等。施公升任顺天府尹，赴任途中，险被恶虎庄武天虬劫杀，黄天霸救之；此后连破大案，升为通州仓厂总督。他奉旨出巡山东，放赈救灾，途中得黄、贺等相助拿获抢粮盗首于六、于七；返京途中又于霸王庄拿黄隆基，独虎营拿罗似虎，河间府拿侯七，任邱县拿谢虎。康熙封施公为漕运总督。后收复神弹子李公然、白马李七，并得到朱光祖、褚标等人相助，诛杀采花贼飞来燕、剿灭摩天岭余成龙、擒拿关东大道蔡天化、破窦尔敦盗御马案、擒琅琊王王朗并取回御用琥珀夜光杯，施公与众英雄均获皇帝封赏。

《彭公案》共 100 回，贪梦道人撰。贪梦道人，原名杨挹殿，福建人，生卒年不详。现存光绪十七年（1891）刊本。主人公彭朋，以彭鹏为原型。彭鹏，福建莆田人，由知县官至巡抚，以清官著称。据记载，《彭公案》成书前即在北京以说唱的形式演出、流传，"会庙场中谈是书者不计其数，一时观者如堵，听者忘倦"。光绪中期，评书艺人黄诚志以说彭公断案故事知名，其后始有《彭公案》的刊印出版。① 小说以彭朋的仕途升迁为线索，描述其由三河知县到绍兴知府、升任河南巡抚、被授兵部尚书的过程；伴随其升迁过程的，是江湖侠客李七侯、黄三太、杨香武、欧阳德、张耀宗等人受其指挥，协助他先后除掉豪强左奎、武文华，剿杀与皇帝作对的响马周应龙，平定大同总兵傅国恩的叛乱等情节，由于

---

① 参见张次溪《人民首都的天桥》相关部分，转引自苗怀明《中国古代公案小说史论》，南京大学出版社 2005 年版，第 100 页。

功勋卓著，被赐"忠臣爱民"匾额。

公案小说具有多重内涵：其一，歌颂清官尽职尽责、忠君敬业。《施公案》中，施公总是在忙着破解各种疑难案件。无论是兄弟争夺财产、豪强欺压百姓，还是僧尼不守寺规、内臣祸害朝纲，他都大胆出手，时时维护朝廷的声誉与封建统治秩序。尽管几次差点遇害，仍然能够置生死于度外，表现出对朝廷的忠心和为官的尽职、清廉。《彭公案》则着力塑造彭朋的形象，凸显其忠君爱民、清廉报国的性格。他上任三河县令之前便想："我一到任，必要为国尽忠，与民除害，上报君恩，下安民业，剪恶安良。男子汉大丈夫生于世间，必要轰轰烈烈作一场事业，落个流芳千古，方称一件美事！"（第1回）小说赞扬其人格、政绩："彭公为人，除俸息养廉之外，毫无沾染。到任十数天，大小断了七十余件，政声传扬，三河境内无不感德。"（第7回）此后相继除掉左青龙、武文华、周应龙、花得雨、傅国恩等人，为此两次被参、几次被刺，可谓历尽千辛万险，不改其志。

其二，小说反映出清代社会生活的真实状况。《施公案》描写的一系列涉民案件，既折射出清初跑马圈地、抢占民田的史实，也反映出康乾盛世期间豪强势要凭借权势欺压百姓、滥杀无辜的现状。以上海古籍出版社出版的188回《施公案》为例，共涉及案件28起，多为民事案件。其中，因色而起的案件13起，占46%；因财而起的案件10起，占36%；其他案件5起，占18%。可见，施公所断案件多为百姓生活中常见的性爱冲突、财产纠纷，文本内蕴与世俗生活的关联很密切。如果进一步深究，则发现性爱冲突并非正常婚恋中的双方引发的矛盾，而多为处于强势的一方强行掠夺底层百姓妻女的行为。如第43回瓢老鼠勾结刘医谋害兄长、霸占嫂嫂案，第80回金店老板陈魁霸占伙计张义妻女、杀害其女婿案等均如此。《彭公案》第7回写左青龙仗着"他叔叔是裕亲王府的皇粮庄头，他又当本街牙行斗头，手下有些打手"，竟然抢走民女、打伤其家人；同时，他还被控"霸占房产，还有合谋勾串，私捏假字，欺压孀妇，鸡奸幼童，侵占地亩，私立公堂，拷打良民，威逼强婚等事"。第41回写"监生张耀联，绰号人称恶太岁……好淫少妇长女，无恶不作。"这种状况的普遍存在，说明权势、金钱已经成为干预两性关系的重要因素。而谋财害命、兄弟争产等案件的频繁出现，如《施公案》第4回朱有信、刘永争银案，第12回李天成货物被劫案，第45回庞大、解四谋财害命案，第75回富仁、富义弟兄窃银案等，一方面凸显出对利益的看重而不顾商家诚信与兄弟情义，另一方面表现出人被利益迷惑时，是罔顾生命价值的。

其三，小说描绘了豪强勾结皇亲或内臣、祸害地方的社会现实。《施公案》第 37 回描写关升倚仗其父做过"本朝监院"而横行乡里,无恶不作;施仕伦微服私访,被他骗进堡内马棚吊打。第 82 回、第 83 回叙述富豪郭玉山出银五十两,另每月加工钱二两银子,引诱伙计王振代娶十八岁冯氏的案件。第 105 回施公所见皇粮庄头马大年"好色纵淫,欺压良善,全做的没天理的事情"。这次,他勾引人家媳妇柳细腰,害死其夫冯二点。第 126 回叙述皇粮庄头黄隆基,吞并千顷良田,抢人妻女;其管家乔三,"见人妻女,有些姿色,他硬跑去强奸"。得知施公欲惩治之,乔三竟然派朱光祖夜入金亭驿行刺。(第 133 回) 第 142 回叙述黄隆基的内弟罗似虎依仗大哥进宫"在千岁宫内当总管"而"不守本分,胡作非为,爱交光棍,包揽官事,开设赌场,讹诈富人","女子貌美,给他为妾;幼童貌美,他硬鸡奸;不美,作为奴婢使用。"经手下乔四点明看风水者为施公乔扮时,仍然藤打钦差,无法无天。而小说的叙事背景是康熙年间;这样就揭开了康乾盛世的画皮,让人看到了所谓盛世背后潜伏的危机。《彭公案》成书时间稍晚,但二者所叙故事背景一致。第 1 回就叙述左青龙的管家仗势欺人的场景:"同他来的有一个胎里坏胡铁钉,瞧见妇人长得俊俏出奇,他们就倚仗主人之势,横行霸道,欺压良善,抢掳妇女,奸淫邪道,无所不为。"第 70 回叙述刘凤岐告花得雨派人抢其妻子,妻子自杀案;花得雨乃裕王府的皇粮庄头,当彭公化装私访时,他询问姓名,彭公说:"姓十名豆三,号叫双月。"花得雨听了,微微一笑说:"你这是何苦哪!我早就知道,尊驾你是查办大同府的钦差彭大人。你来私访,我与你也无仇恨,何必前来送死?我也不是怕事的人!"然后,公然囚禁彭公,意欲杀害之。为何敢杀朝廷命官?第 92 回其弟花得雷道出了答案:"旗人是正蓝旗汉军,裕王府内包衣人……"他们嚣张异常,对王法、朝廷命官毫不在乎。第 12 回武文华为左青龙说情不成,即威胁彭公:"彭知事,你到任不久,凌辱乡绅,剥尽地皮,我要叫你坐的长久,算我无能。"不久,就托人上奏章参掉彭公的职务。第 16 回李七侯请左玉春(裕亲王皇粮庄头)帮忙活动彭公复职的事,他说:"不论什么事,只管说吧。五府六部,翰林科道,提督衙门,营城司坊,无论哪个衙门,只要有左某一到,可以管保成功。"这些人的所作所为,一方面凸显出朝廷高层对皇亲国戚的特权缺乏约束,使得其手下人利用靠山、为所欲为;另一方面由此造成激烈的社会矛盾和阶级对抗,促使很多人铤而走险、走上反抗社会秩序的道路。公案小说中之所以出现那么多占山为王的好汉,也带出了诸多为王效力的侠客,均与特权意识膨胀导致社会秩序崩坏有关。公案小说凸显出类似社会状况,实际上也画出了康熙盛世的真面貌,传播着编著者对社会现实的认知与批判。

四　公案小说的叙事特征

从叙事特征考察之,公案小说一方面具有评书类小说的共同特点,如情节生动,语言通俗,各回容量大小不一等特点;另一方面也具有明显的叙事弊端,如叙事节奏的不协调、叙事内容的主观性、叙事情节的重复等。《施公案》尤为突出,首先是叙述节奏很不协调。前10回里叙述3个案件,其主要案件胡翰林夫妇被杀案,要到第21回才彻底告破;嵌入其中的朱有信、刘永争银案和冯氏告丈夫董六案倒写得有声有色。这样,大叙事中套小故事,叙事节奏疾徐有序,可读性很强。随着叙事进程的展开,叙事节奏越来越迟滞,如查办黄隆基案,从第126—136回,10回叙说一个故事,节奏就慢多了。而其衍生的罗似虎案件,则从第137—154回,共18回;此后的佟六被杀案则从第166—172回,占7回篇幅。之所以如此,固然与公案小说起源于说书行当有关,为了吸引听众,故意拉长故事;但是,转化成长篇小说之后,叙事如此拖拉,显然考验读者的耐心,也减弱了艺术魅力。其次是叙事内容的主观性。尽管小说是虚构的艺术,但仍然要抵达真实性的境界,才能够使读者信服。《施公案》中凭超自然元素破案和审案时注重主观印象的做法,严重破坏了叙事的真实性。在188回本中,28个案件有5个是由动物鸣冤报案的——第1回"猪鸟梦鸣冤",是施公梦见九只黄雀、七只小猪而顿悟凶手为"九黄""七珠"的。第4回是白水獭告状,第28回是螃蟹告状,第29回则是黑犬闯公堂鸣冤,第118回为"鸿雁三声"报冤案。其他如旋风引路找尸体、屋檐掉瓦显凶手等,虽能够增加情节的传奇性和神秘色彩,当时的读者或许尚能接受,但现代读者显然感觉过于虚幻。再次是叙事情节单元的重复,主要表现在施公微服私访和审案环节的描写之中。《施公案》188回中第1回、第35回、第84回、第104回、第141回、第167回、第180回均写到施公微服私访的情节,尽管为了满足读者的心理期待,施公在黄天霸等人的帮助下大部分私访成功,但查访黄隆基、罗似虎时还是被识破了,甚至第144回里差点被罗似虎害掉。"麻脸、缺耳、歪嘴,鸡胸驼背,身躯瘦弱,容甚不好"(第37回)的生理特征,携带一仆化装成商人或算卦先生的情节反复出现,构成叙事单元的重复,易造成读者的阅读疲劳。《彭公案》中4次私访,2次被识破,且被吊打,差点被杀掉,也存在情节相似的弊端。而审案时的凭面相断定是否为凶手的做法,也重复出现——如第129回抓住韩道卿时,施公道:"我看你满脸凶恶,定是个匪徒。"为何抓他呢？只因为施公做梦，梦到旱地里长满青色的稻子，因此断定有"旱道青"作案，派人抓住了同音的韩道卿。针对心中的疑惑，施公则认为："本要拿'旱道青'，虽则是韩道卿，三字不同，看他相貌，绝不是好人。"第 130 回抓住奸夫淫妇时，"施公细看奸夫：年岁不过二十上下，白面焦黄，两眼垂泪，相貌透着斯文。又看淫妇：虽是惊恐，尚不甚怕，香粉消退，暗藏春色，不过二十多岁，像有淫行，举止不稳。"审判结果与此印象一致，奸夫武禄春只判"革退秀才"，而淫妇许氏"照例应剐"。微服私访是将官府行为私人化，即便私访者没有遭遇凶险，其所访获的信息也难免掺杂道听途说的材料，内含的真假难辨与实物证据的缺乏等均使其难以成为判案的主要依据；而凭借观察面相来鉴别好人、恶人的做法，则极易造成审判者审美趣味干扰判决结果和嫌疑人因为外貌特征导致冤狱的可能。如果小说让读者意识到这些问题的存在，则必将削弱公案小说内蕴的真实性，进而减少公案小说的叙事魅力。

《施公案》凭借面相判断嫌疑人的特点，到了《彭公案》则成为描绘人物形象的模式化手法，彭公同样存在凭借主观印象断案的特点，人物描写的道德意识更加彰显。彭公刚出任县令，逛庙会时见到调戏妇女的恶徒即为凶恶之徒："对面来了一人，身高九尺，膀大腰圆，身穿一件白纱长衫，内衬蓝夏布汗褂裤，蓝绸子中衣，白袜青云头鞋，手拿一把翎扇，浓眉阔目，两目有神，四方口，面带凶恶之相。跟随有二十多人，都是凶眉恶眼，怪肉横生，身穿紫花布裤褂，青布薄底快靴，不像安善良民，随那少年人进庙。"为了验证其恶，接下来写到彭公劝说他们时，张宏张口大骂："放狗屁！张大爷不用你说，来人给我把他捆上，带回庄中发落！（第 1 回）第 9 回描写嫌疑犯魏保英时，"彭公看他年有二十八九岁，面皮微青，并无一点血色，黄眉毛三角眼，一脸的横肉"。第 11 回写左青龙："身高九尺，面如紫酱，两道环眉直立，二目圆睁，四方口，沿口黑胡须，身穿青绸绉长衫，蓝宁绸套裤，内衬蓝褂，足登白袜青云鞋，三旬以外的年岁。"第 12 回武文华出场，其肖像如何呢？"身高八尺，颈短脖粗，身穿官服，头戴官帽，面庞微黄，雄眉直立，二目圆睁"。穿着丝绸、面相凶恶、凶眉恶眼、横肉张扬等成为地方恶人的标志性符号。与之相对的善人则不同——如第 15 回："彭公看武喜五官端正，面带慈善之相，不象（像）作恶之人。"第 70 回写衙役将涉案人带来后，"那人把头抬起，彭公一看此人，年在二十以外，面庞微白，四方脸，眉清目秀，鼻直口方，身穿蓝布大褂，内衬白布褂裤，蓝布套裤，青布双梁鞋，五官端方，面带慈善之相。"从叙事结果看，这些面善者均非作案人。这既是彭公自我经验带来的判断，也是作者有意识照应此前的肖像描写。然而，从叙事效应看，道德意识的渗入会干扰行为主体对事件性质的判断，进而对叙事的真实性产生消解作用，也让人对彭公、施公这样审案的清官们的断案能力产生怀疑。

从小说塑造的人物形象看，公案小说显然是以清官为主的。以《施公案》为例，通过所叙述的几十起案件，一方面刻画施公不畏艰难，为民做主，屡破奇案——无论对方是地方劣绅、谋利商人，还是皇亲国戚、知府县官，他都能凭借皇帝的信任和无私无畏的精神，斗争到底。他抑制豪强的势力，斩杀祸害一方的恶霸，尽力维护百姓利益，解析平民冤狱，因而成为百姓景仰的清官典型。他剿杀刘六、刘七、武天虬、濮天雕、余成龙等江湖好汉的情节，则表现出他维护社会安定、国家秩序的志向，剿杀盗寇、安宁一方，凸显出其忠君报国的性格特征。另一方面，正如前述，小说充斥着冤魂托梦、鬼神告状等荒诞情节，也有诸多主观断案的描写，其存在实际上也减弱了清官形象的真实性。而他对部下的苛刻薄情，则凸显出清官的另一面。黄天霸、王栋、王梁是其手下的保镖和捕快，在其升任顺天府尹准备回京时，三人一起商议告归林下。王梁借口新官不会像施公那样好处，倒不如"退归林下，与众朋友无拘无束，岂不快乐？"（第62回）笔者认为这是侠客们对往昔自由生活的向往与回归，具有部分真实性。更主要的原因是黄天霸辞别施仕伦时所叙李升的遭遇。李升在施公到江都县任职之前就保过其性命，后来成为江都县捕快。受命查访黄河水寇时被杀，"嗣后老爷闻信，也属平常，赏银数两而已。他妻无靠，嫁与别人。算是跟官一场，白白丧命，痴心妄想，终成画饼。"（第68回）这是最让部下寒心的事情，李升今日的遭遇岂不是黄天霸们他日的写真？这种只用其才、不恤其后的行为，反衬出施仕伦恩释黄天霸的虚伪。而对待更低级的衙役的残暴，更暴露出等级制度下人性的负面内蕴。小说第1回写施公梦到九只黄雀、七只小猪，便让快头英公然、张子仁以五日为期，将九黄、七猪捉来。二人讨问"这九黄、七猪，是两个人名，还是两个物件，现在何处？"他俩被喝骂为无用奴才，先打十五板。第六日，再次重责十五大板，打得哀声不止，鲜血直流。再如第127回，因为梦见旱道上长青色稻子，便让张岐山、王朝凤擒拿"旱道青"，查访不到，先是各打二十大板，再打五个大嘴巴。如此行为，搞得下属怨声载道，也凸显出施公根本不把下属当人看的特性。惟其如此，既符合封建官场的实际情况，也多维度刻画出施仕伦的性格特点，增加了其形象的可信度。

清官们的行动之所以成功，是因为有侠客帮忙，因此，公案小说的次要人物类型是侠客形象。《彭公案》《施公案》刻画出两代侠客的形象。

《彭公案》中的侠客有恨有爱，有功名心，也有儿女情。小说中既有黄三太、杨香武这样胸怀坦荡、武功盖世的大侠，也有尹亮、李六这样行为龌龊、淫荡不堪的败类。在涉及侠客们婚恋生活的描写中，更具有独特的侠味儿！第 50 回描写："赛毛遂杨香武一拍张耀宗说：'张贤弟，你看那面如晚霞的，他是河南上蔡县葵花寨铁幡杆蔡庆，那位妇人是他妻子金头蜈蚣窦氏，这女子是她女儿，叫恶魔女蔡金花。后来这位，乃是淮安一带水路的老英雄猴儿李佩，那女子是他女儿李兰香。'"① 之所以这么详细介绍对方，杨香武是为了给张耀宗做媒。果然，他与蔡庆做主，当场成就了蔡金花与张耀宗、万君兆与李兰香两对婚姻。第 69 回则是欧阳德当媒人："欧阳德将高、刘二人叫至东屋内，说：'你二人可曾订下亲事否？'高、刘二人齐说：'尚未订亲。'欧阳德说：'这里庄主乃有名人焉！意欲把他女儿与内侄女给你二人，你二人可愿意否？'高源说：'我二人现无定礼，有何不愿意的事。'刘芳说：'这事也不能这样草率，还须请人算算。'……纪有德要了高、刘二人的年庚，与他女儿、内侄女儿的年庚，叫家人拿去，请管帐的马先生一合，刘芳与纪云霞相合，刘彩霞与高通海相合，徐胜、欧阳德就算男女两方的媒人。高源、刘芳二人谢了亲，重整酒筵，又饮了几杯。用过了早饭，纪有德便套了车，送他们四人回归公馆。"② 两次婚配，凸显出江湖本色：不用世俗礼节，只看重彼此才艺；干脆利落处，恰是武林风格。但均由长辈做主，虽为当时特色，但缺少后世武侠小说中自由恋爱的活泼浪漫，略有包办之嫌。

《施公案》的叙事则聚焦于侠客如何以己长技报效朝廷。黄天霸是黄三太的儿子，从小习武，靠飞镖在江湖成名，与贺天保、濮天雕、武天虬并称南方四霸天。（第 53 回）投靠官府之前，他"虽说是贼，专截贪官污吏，不截孝子节妇，孤客穷商"，（第 63 回）其敢作敢为、以武行侠的特点尚属于侠义精神；从第 34 回他行刺施公时被捕，从此"改邪归正"并接受施仕伦为其改名施忠，帮助其成就安民平暴的事业。此后，其性格特点呈现出分裂性：既保施公破案，剿杀绿林朋友，设计杀掉十二寇，逼杀结义兄嫂等，继承了梁山好汉替天行道的江湖道义；也并非一味求取功名，而是在施公升官进京时及时告退，重归江湖。一方面是结义弟兄武天虬死在自己镖下、濮天雕自刎，使其"愧见天下弟兄"（第 67 回）；另一方面通过李升死后家境的凄凉看透了施仕伦只顾自己前途的真相，悟透了

---

① 贪梦道人：《彭公案》，三秦出版社 1995 年版，第 241 页。

② 同上书，第 344 页。

世间追求功名者的下场："细想世事，如做春梦。临危回头土一堆，因此心灰意懒"，"灰却名利之心"。（第68回）后来，在施公遇到大麻烦难以解决，亲自登山求访他时，他才再次为其效劳，最终获得皇帝奖赏，被封为漕运副将。因此，在中国小说史上，黄天霸是一个典型的由笑傲江湖到徘徊在江湖、庙堂之间，最终归顺朝廷的侠客形象。

从公案小说发展史观察之，《施公案》将清官与忠臣形象融合、把侠义与忠义混溶，其目的就是为了让清官收拢江湖豪杰，使其为朝廷效忠。这些内蕴使《施公案》成为清官、侠客合流的标志性小说，也被认为是第一部公案侠义小说。而从《彭公案》所叙述的案件来看，100回小说只涉及11起案件，其中民事案件6起，占55%；涉及皇室的5起——杨香武盗九龙杯、徐胜盗珍珠手串、周应龙谋反、傅国恩谋叛、周仕奎谋反等，占45%。涉及民事案件的小说内容只有十几回，涉及江湖侠客跟随彭公剪灭谋反者的情节却占80%以上的内容。小说从第17回黄三太、杨香武出场，即开始向侠义行为倾斜；至第27回则聚焦于侠客行为，描述江湖侠客之间的恩怨纠葛成为小说的重心；直到第58回、第70回才重新叙述两个民事案件，而犯案者均为绿林好汉，依然是为凸显侠义服务的。与武侠小说不同的是，侠客们之间并没有直接的情仇，其矛盾焦点集中在侠客的武艺是为自身利益服务，还是为朝廷效力。如黄三太"练了一身武艺，身归绿林为寇，不劫买卖客商，单劫贪官污吏、势棍土豪，得了银子也不乱用，周济孝子贤孙，前数年我就洗了手，不敢作欺心之事"。（第28回）打虎救驾，得赏黄马褂，也成就江湖威名。虽然，他也帮助过彭公，却并非死心塌地为朝廷效力。周应龙虽然也练就一身好武功，却与朝廷对立。第34回描写周应龙听杨香武说所盗九龙玉杯是御用之物，他一阵冷笑，说："我周应龙岂是怕事之人！既说是御用之物，你叫皇上发官兵来要九龙玉杯，我在家中等候于他。"而张耀宗、徐胜、刘德太等人则是将平生所学全部贡献给朝廷的，尤其是徐胜，更是渴望报效朝廷。他盗走康熙的珍珠手串，皇上找彭公破案："皇上说：'彭朋，朕昨夜失去珍珠手串一件，贼人竟敢留下字迹。'即叫内臣给彭朋看。彭公接过一看，那字帖上写的是：民子余双人，叩见圣明君；河南曾效力，未得沾皇恩。彭公看罢，叩头说：'吾皇万岁！奴才在河南巡抚任内，拿获叛逆宋仕奎诸贼，此人功劳甚大，并在内里帮助张耀宗等，拿获贼党多人。此人姓徐名胜，后来他携眷回家祭祖，奴才也未及题奏保他。'"[1] 与杨香武盗

---

[1]　贪梦道人：《彭公案》，三秦出版社1995年版，第325页。

走九龙杯显示自己的本领不同，徐胜则是因为彭公忽略了自己的功劳，没有上奏皇帝给自己功名才有此行为的，于此可见其效力之心切！果然，小说最后描写这些侠客均有了功名。"在事出力人员，高源赏给游击，以都司尽先补用；刘芳即用守备，加都司衔；徐胜候补守备；武杰以把总用。"① 据此分析，我们可以认为《彭公案》的侠义成分远大于公案成分，是一部准侠义小说，凸显出公案小说向侠义小说转型的特点。

此外，《彭公案》也有独特的叙事特征。其一，文人加工的痕迹鲜明。虽然小说是在说书人演说的基础上产生的，但是，在人物形象、景物描写、环境刻画等方面均具有明显的提升，打上了文人修饰的烙印。如彭公暗访时："信步进庄，但见这所村庄，另有一番可逛之处。正是：小溪围绿林，茅屋数十家。倚水柴扉小，临溪石径斜，苍松盘作蟹，翠竹几横斜。鸡犬鸣深巷，牛羊卧浅沙。一村多水石，十亩足烟霞。春韵问啼鸟，秋香看稻花。门垂陶令柳，圃种邵平瓜。东渚鱼堪钓，西乡酒可赊。田翁与溪友，相对话桑麻。"② 其中描绘景色的诗歌，虽然不能与经典的写景诗相比，却颇有古风意境。第 27 回描写春天美景："天气正在三春，桃柳争春，杏花开放，春风拂拂，柳条袅袅，燕语莺歌。"第 82 回写武杰所见风景："一日，他在千佛山真武顶山门以外，瞧见那山前山后，树木成林，果然是峭壁石崖，山清水秀。自己往前信步行走，下了山坡，一路上青山叠翠，碧柳如烟，樵夫高歌于山坡，牧童驱牛于野外，青绒一片，俄然一新；农夫荷锄于田野，渔翁垂钓于河岸，游鱼正跃，野鸟声喧。"第 59 回高恒探寒泉穴："到了后山，只见峭壁直立，树木森森，山花野草，遇时而新。在西北山后，阴风阵阵生凉，野兽窜避无踪。众人顺着幽僻小路，由山岭上往下走去。原来这座寒泉穴，就在西北半山坡中，上盖景亭，阴风冽冽，冷气凄凄。"这些段落，颇得古代散文名家的意韵，也为情节发展做了铺垫，是《施公案》所没有的。或以诗歌刻画人物，小说写窦氏带着女儿蔡金花，赶车"走到夹道沟北口，约摸有一里多远的路，只可走一辆车；却见从南来了一辆二套太平车，两个铁青骡子，车内坐着两个仆妇，中间坐着一个女子，年有十七岁，生得芙蓉粉面，眉黛青山，目横秋波，真有仙女之姿。怎见得，有诗为证：才向瑶台觅旧踪，曙鸦啼断景阳钟。薄施脂粉妆偏媚，倒插花枝态更浓。立尽晚风迷蛱蝶，坐

① 贪梦道人：《彭公案》，三秦出版社 1995 年版，第 463 页。
② 同上书，第 8—9 页。

临秋水乱芙蓉。多情莫恨蓬山远，只隔珠帘抵万重。"①　无论是选用意象之美丽、所用典故之恰切，还是格律的规范、语言的明畅，均与描写对象相吻合。而描写空间设计茶楼、酒肆时，则写出对仗工稳的对联，更是文人嗜好的表现。如第 60 回茶楼、酒店悬挂的对联："楼上有对联一副，写的是：平生肝胆凭茶叙，不是英豪仗酒雄。下面门首，亦有一副对联，写的是：三山半落青天外，千里相思明月楼。"第 61 回一心谋反的宋仕奎，其招贤馆却有诸多雅驯的对联："到路南见一座大门，上有对联云：兴贤与能，于斯为友；及时作事，自古有年。"西边招贤馆门首，"上写对联云：古人作会，有山与日；贤者乐群，若竹遇兰"。再往里走，看到"两边各有对联，写的是：圣贤为骨，英雄为胆；肝肠如雪，义气如云"。显然，对联在此不胜为了凸显馆主的修养，而是修订小说者借此卖弄文采的。

其二，大量江湖黑话的运用，为叙事增色不少。第 1 回叙述张宏等人准备调戏庙会里遇到的年轻妇女时——"胎里坏胡黑狗说：'合字调瓢儿昭路把哈，果衫头盘儿尖尺寸，念孙衫架着入神，凑字训训，万架着急付流扯活。'那探花郎小蝴蝶张宏一听，说：'训训垞岔窑在那。'彭公主仆二人一听这伙人所说之话，一概不懂。这乃是江湖中黑话：'合字'是他们一伙之人，'调瓢儿昭路把哈'是回头瞧瞧，'盘儿尖尺寸'是说这妇人长得好、年纪小，'念孙衫架着'是没有男人跟着，'训训垞岔窑'是问他家在哪里住。"一段江湖黑话，既掩饰了其行为的非法性，带来神秘色彩，也增加了叙事的真实性。第 51 回欧阳德去找周应龙途中遇到抢劫匪徒——"宋明听欧阳德说要走路金银，不由一阵冷笑，回头说：'合字耳目着了，溜丁团刚晒流口，我摘了他的瓢！'后边有人说：'并肩字，训训他的万。'书中交代，这是江湖黑话：'合字耳目着了'，是他们一伙听见了；'溜丁团刚晒流口'，说的是那个人说话，竟闹笑要走路金银；'摘了瓢'，是杀了他的脑袋；'并肩字，训训万'，是自己哥们，问问他姓什么？欧阳德在江湖多年，岂有不懂这些话的，听罢，说：'贼根子，你错翻眼皮了，吾乃当时绿林的总大万，吾是你们活爷爷。'宋明知道这蛮子懂得江湖的黑话，'总大万'就是众人的爷爷，他如何不气！抢刀扑奔欧阳德而来，照定头顶之上就是一刀。"这是一场江湖老手之间的较量，彼此皆熟悉江湖黑话，反而增加了叙事的趣味性。第 72 回叙述刘芳救彭公时被围："吴太山仔细一看，认得是花刀无羽箭赛李广刘世昌之

---

① 贪梦道人：《彭公案》，三秦出版社 1995 年版，第 261 页。

子、多臂膀刘德太，知道他是彭钦差那里的人，说：'合字儿，昭路把哈，溜了马，是遮天万字垓赤字，莺爪孙，顺水万，亮青字，摘留了瓢。'这是江湖黑话：'合字儿'是他们自己人；'昭路把哈'是回头瞧瞧；'溜了马'是一个人；'遮天万字垓赤字'是彭大人；'莺爪孙，顺水万'是公用之中，办案的官人姓刘；'亮青字，摘留了瓢'是拿刀把他杀了。"这段黑话，不仅表现了吴太山的狠毒，也刻画出刘德太处境的凶险。总体看，江湖黑话的适当运用，既能够真实反映江湖生活的真实情况，表现绿林好汉们行为的神秘性，也契合公案小说向侠义小说过渡中江湖色彩愈来愈浓的叙事氛围。而作者插在黑话后面的解释，则避免了读者因为不懂这些话语导致的困惑，也避免因此形成叙事障碍。

第三节　近代侠义小说

侠义小说是指以凸显江湖义气、传统正义为内蕴，叙述豪侠仗义行侠、维护正道的事迹，塑造重义轻利的侠客形象的小说流派。《史记》中的《刺客列传》《游侠列传》可视为侠义小说的滥觞；唐代，侠义小说渐趋成熟，以《虬髯客传》《红线》《昆仑奴》《聂隐娘》等为代表；宋元话本中的"朴刀""杆棒"类多为侠义小说，明代《水浒传》亦多侠义小说色彩。清代中叶以后，《施公案》《彭公案》是融汇侠义与公案元素的文本。近代侠义小说的代表文本是《三侠五义》《儿女英雄传》《荡寇志》等。侠义小说对武侠小说影响很大，各种拳术、剑术乃至武术门派纷呈，使其魅力大增。此前的唐宋传奇、公案小说等虽写侠客，却不聚焦武打场面的描写，"直到《儿女英雄传》和《三侠五义》，武术技击场面的描写才蔚为奇观。此后，不管是单打独斗还是阵战群殴，武打成了武侠小说最突出的标志。"[①]

一　侠义小说的代表文本

《三侠五义》源于道光年间说书艺人石玉昆演说的包公故事，文良等人记录其说唱的《龙图公案》为《龙图耳录》，但删去唱词部分，后人据此改编成《三侠五义》。同治十年（1871）前，问竹主人第一次修订为120回的《三侠五义》，又名《忠烈侠义传》。光绪元年（1875），入迷道人（文琳）进行了第二次修订，光绪五年（1879）出了活字印本。光绪

---

① 陈平原：《千古文人侠客梦》，北京大学出版社2010年版，第184页。

十五年（1889）俞樾改写了第1回，改书名为《七侠五义》。小说叙事时间为北宋仁宗年间，从包公出世，叙述到其赴任定远县、执掌开封府，审奇案、平冤狱、除暴安良、行侠仗义的故事。辅助包拯的侠客有北侠欧阳春、南侠展昭、丁氏双侠（丁兆兰、丁兆蕙），还有钻天鼠卢方、彻地鼠韩彰、穿山鼠徐庆、翻江鼠蒋平、锦毛鼠白玉堂这五位结拜弟兄。小说还叙述了包拯门生颜查散在白玉堂等人帮助下治理洪泽湖水患、收复军山，为剪除襄阳王赵爵做准备的故事。

《儿女英雄传》今存40回并"缘起首回"，题"燕北闲人著"，其写作年代可能是1854年。作者文康，字铁仙，姓费莫氏，满洲镶红旗人，约生于乾隆末、嘉庆初，死于同治四年（1865）之前。文康出身于八旗世家，从乾隆到咸丰，他家均有人做高官——曾祖温福，乾隆朝巡抚，官至武英殿大学士；祖父勒保历任巡抚、总督而镇大学士，授军机大臣，兼管理藩院；文康是勒保次孙，曾任理藩院员外郎、天津道台，后任安徽凤阳通判。"晚年诸子不肖，家道中落，先时遗物，斥卖略尽。先生块处一室，笔墨之外无长物，故著此书以自遣。……乃垂白之年，重遭穷饿"。① 独特的家世和经历促成其儿女英雄观，并以小说表现之。小说叙述少年公子安骥因为父亲安学海在河工任上被人陷害，下在监狱中，待罪赔修。为营救父亲，他变卖田产，筹集巨款，前往淮安救父。唯一跟随照顾他的老奶公，途中病倒。安骥只身前往，先是雇用的两个骡夫起了歹心，图财害命；后又误入能仁寺，落入恶僧之手。十三妹本是中军副将何杞的女儿，其父为大将军纪献唐所陷害，于是携母避难青龙山，习武行侠，待机复仇。她在悦来店与安公子相遇，探知骡夫阴谋，一路暗中护送，终于弹毙山僧，全歼能仁寺强徒，救了安公子和蒙难村姑张金凤及其父母。十三妹做主，将金凤许给安骥，并赠送威震遐迩的弹弓给他作护身符，她拾到安公子慌乱中丢下的砚台。安学海获救后，放弃官位寻找她，在青云峰告诉她仇人纪献唐已被朝廷杀掉，并以砚弓之缘为由，进行一番说教，极力撮合她与安骥结合。她改变了出家的初衷，嫁给了安骥。此后，张、何二人同侍安公子，帮他读书上进；安骥则科场连捷，官至二品，政声斐然，位极人臣。两人各生一子，安老夫妻长寿安康，子贵孙荣。

《荡寇志》又名《结水浒传》，共70回，另附结子1回。作者俞万春（1794—1849），字仲华，号忽来道人，浙江山阴（今绍兴）人。他一生没有做官，但青少年时期随父先后镇压了广东的黎族起义、桂阳梁得宽领

---

① 马从善：《儿女英雄传·序》，文康《儿女英雄传》，百花洲文艺出版社1996年版。

导的农民起义、赵金龙领导的瑶族起义。这些活动，为其创作提供了丰富的"生活经验"。该文本草创于道光六年（1826），写成于道光二十七年（1847），前后三易其稿。但他"未遑修饰而殁"，又经其子龙光代为"修润"，于道光二十九年（1849）刻板问世。该书紧接金圣叹 70 回本《水浒传》，叙述宋江等在梁山泊英雄排座次后，发展到几十万人，力量不断壮大。提辖陈希真因好道教修炼，"绝意功名"，抱病在家。其独生女陈丽卿容貌美丽，武艺绝伦，被高衙内看中，要娶其为妻。陈希真父女严惩了高衙内，离家逃走，创猿臂寨，与梁山泊对立。他们跟云天彪、徐槐率领的官军合作，同心协力，"围剿"梁山好汉，结果把 108 位好汉"尽数擒拿，诛尽杀光"，把他们的灵魂镇压在石碣之下，永世不得翻身。

二 侠义小说的独特内蕴

侠义小说对正义、侠义的呼唤并非直接吆喝出来，而是通过对现实生活中不公平现象的描述和对人性内蕴的揭示凸显出来的。因为现实充满不公，才渴望侠客们打抱不平；因为现实中人性良善的一面备受压抑，才揭露人性恶的内涵，以期引起读者的关注。综观侠义小说，较少后世武侠小说中出世的冲动，反而有十三妹式的回归家庭的倾向，其中蕴含着对尘世的肯定和对现世的留恋。

首先，侠义小说侧重表现特定时期的社会现实，凸显社会不公与矛盾冲突。《三侠五义》立足于揭露地方豪强倚仗高层背景欺压百姓，故第 12 回叙述庞太师之子庞昱设立软红堂，专门软禁抢来的漂亮女性。这次，他又抢来金玉仙，试图逼奸。同时，听说包公要来查办他，竟然勾结陈州太守蒋完派豢养的武士项福去行刺包公。第 13 回写苗秀，"只因他儿子苗恒义在太守衙门内当经承，他便成了封君了，每每的欺负邻党，盘剥重利"。这两位横行霸道的豪强，一靠朝中太师，一仗太守关系，蔑视王法，欺压乡邻，危害一方。而第 59 回描写太岁庄马刚"倚仗总管马朝贤的威势，强梁霸道，无所不为，每每有造反之心"。第 72 回写其宗弟马强，"倚仗朝中总管马朝贤是他叔父，他便无所不为他霸占田产，抢掠妇女"。可见，小说揭露的矛头直指皇宫内部。这样，小说的叙事时间虽然假托宋朝，而成书时间是晚清，其所反映的社会问题显然是晚清社会的焦点，与谴责小说聚焦点是一致的；但也应该看到，相对公案小说而言，侠义小说是以表现江湖侠客的侠义精神为主的，因此，反映现实的内容所占比重较少。

《儿女英雄传》则借安学海、何杞等人的冤案，从世俗层面对官场的黑暗进行了深刻揭露,透过安骥和十三妹的视角也反映了当时的社会现实。安学海本是安心做官的士人,只因不肯巴结上司,便被陷害。作为河工知县,师爷问如何上报勘量尺度时,他让"据实"上报,师爷道:"我们这些河工衙门,这'据实'两个字是用不着、行不去的哪。即如东家从北京到此,盘费日用,府上衙门,内外上下那(哪)一处不是用钱的?况且京中各当道大老,合本省的层层上司,以至同寅相好,都要应酬的到,尤其不容易。……只这内而门印、跟班,以至厨子、火夫、外而六房、三班,以至散役,那(哪)一个不是指望着开个口子,弄些工程吃饭的?此犹其小焉者也。再加一个工程出来,府里要费,道里要费,到了院费,更是个大宗。这之后,委员勘工要费,收工要费,以至将来的科费、部费,层层面面,那(哪)里不要若干的钱?东家是位高明不过的,请想想,可是'据实'两个字行得去的?"(第 2 回)这里,已经凸显出他不通官场世故处。当河台过生日时,师爷霍士端劝他多送礼,且明言:"这是有去有来的买卖,不过是拿国家库里钱捣库里的眼,弄得好,巧了还是个对合子的利儿呢!不然的时候,可惜这样个好缺,只怕咱们站不稳。"他说:"这可就罢了我了!慢说我没有这样家当,便有,我也不肯这样作法。""众人的礼物都是你赌我赛,不亚如那临潼斗宝一般。独安老爷除了五十两公分(份)之外,就是磕了三个头,吃了一碗面,便匆匆的谢委禀辞,上任而去。"① 于是,河台报复之,让他担任高家堰河工,终因河堤决口而将其革职问罪,罚其赔银修堤。一个刚正耿直的官员,在龌龊的官场根本无法容身。小说刻画出官场尔虞我诈的腐败真相。这种现象并非只存在河工官场,行伍间亦如此。小说的女主人公十三妹,其父亲何杞则因为不答应上司纪献唐替儿子求婚而被陷害,参其"刚愎任性,遗(贻)误军情"将其逮捕下狱。(第 18 回)通过文官被诬、武将被陷的事实,小说勾勒出清代官场的整体情况。

　　《荡寇志》的情节设置显然是以剿灭梁山好汉、忠君报国为主的,因此,其内蕴可以概括为褒扬忠君爱国的侠客、抨击"替天行道"的好汉。之所以建构起相对立的两个人物形象系列,俞万春确有现实考虑,正如序言所云:"盖以尊王灭寇为主,而使天下后世晓然于盗贼之终无不败,忠义之不容假借混朦,庶几尊君亲上之心,油然而生矣。"② 为了抵消《水浒传》的影响,配合清政府镇压农民起义,作者对小说内容进行了精心

---

① 文康:《儿女英雄传》,百花洲文艺出版社 1996 年版,第 29—31 页。
② 徐珮珂:《荡寇志序》,俞万春《荡寇志》(上),百花洲文艺出版社 1996 年版,第 4 页。

设计。他没有彻底颠覆原作，而是在继承《水浒传》抨击奸臣、揭露朝政混乱的基础上，巧妙地将朝中奸臣与梁山好汉勾连起来。小说写蔡京、童贯、高俅等人均与宋江义军勾结，奸诈骄横，残害百姓；搅乱朝纲，由此引发百姓的愤恨。如第137回写一人道："若拿着了宋江，把来千刀万剐，方泄吾恨。那年我外祖家好端端住在沂州安乐村，吃他杀得不知去向，至今提起来头发直竖。""宋江听了这番话，分明如卧针毡，周身冷汗"。这样，小说谴责的矛头就不再局限于奸臣，而且兼及梁山好汉；他们由被人崇拜、替天行道的好汉转化为人人诅咒的强盗了。如此内蕴，既表现出近代作家对于朝廷被奸臣掌控的不满，亦凸显出晚清社会对于暴乱不止、血腥暴力制造者的鄙夷。

惟其如此，小说塑造了忠心报国的侠客陈希真、云天彪、陈丽卿等人，将其描述为时时不忘朝廷的忠良。陈希真落草猿臂寨，被苟桓等推为寨主，他却不忘对朝廷表忠诚，"希真滴泪道：'众好汉如此见爱，不料希真尚有这般魔障。容我拜辞北阙。'众人忙设香案。希真望东京遥拜道：'微臣今日在此暂避冤仇，区区之心实不敢忘陛下也。'说罢，痛哭不已"。（第84回）第86回描写他打败高封后，对被俘官兵抚谕道："你等休要疑心，我并不造反。只因高封这厮残害百姓，是我大仇人，不能饶他。"第90回写"希真又于青云山顶，建盖一座万岁亭，供奉大宋皇帝牌位，朔望率领众头领朝贺。"第108回陈希真对真大义道："尔我所商之事，总断只有八个大字，叫做：扶助朝廷，扫除强梁。"多次重复的语言与行为描写，凸显出作者着意表现的内涵：陈希真这样的侠客，即便是寄身山寨，也是心在朝廷的。因此，他们可理直气壮斥责梁山好汉——王进骂林冲："只可恨你不生眼珠子，前半世服侍了高二，吃些军犯魔头；后半世归依了宋江，落个强徒名望，埋没了一生本事，受尽了多少腌臜。""可怪你一经翻跌之后，绝无显扬之念，绝无上进之心，不顾礼义是非，居然陷入绿林。难道你舍了这路，竟没有别条路好寻么？就说万不得已，暂时容身，也当早想一出离之道。……你但思想，你山寨中和你本领一样的，吃我天朝擒斩无数，谅你一人岂能独免？你想逃罪，今番罪上加罪；你想免刑，今番刑上加刑。不明顺逆之途，岂有生全之路？种种皆你自取之咎，尚欲衔怨他人，真是荒谬万分。"① 徐槐责骂卢俊义道："你错极了！天子圣明，官员治事。如尔等奉公守法，岂有不罪而诛？就使偶有微冤，希图逃避，也不过深山穷谷，敛迹埋名，何敢啸聚匪徒，大张旗

---

① 俞万春：《荡寇志》，百花洲文艺出版社1996年版，第1225—1227页。

鼓，悖伦道理，何说之辞！……我且问你：万里而遥，千载而下，卢俊义三字能脱离'强盗'二字之名乎？玷辱祖宗，贻羞孙子。"① 而从故事结局看，张叔夜、云天彪、陈希真等三十六位侠客均封为王侯将勇，宋江、吴用、卢俊义等一百零八将则要么战死疆场，要么被凌迟处死。对比鲜明的人生归宿，凸显出作者对侠客人生选择及其命运归宿的思考，也表现出作家欲弘扬正义、消弭社会冲突的愿望。

其次，侠义小说凸显人性内蕴。《三侠五义》无论对朝廷生活的描写，还是对平民百姓的叙述，均蕴含人性考量。第 1 回所叙刘妃、李妃为争夺皇后位置而展开的冲突。因为皇帝有言："二妃子如有生太子者，立为正宫。"故当李妃先生子时，刘妃便勾结郭槐、喜婆尤氏等以剥皮狸猫代替其所生儿子。这就是著名的"狸猫换太子"。李妃被打入冷宫，后流落到秦凤故乡多年。如果说刘妃、李妃之争是国家层面的利益争夺，皇后的名号、太子的名分，实际上代表的是权力和地位；那么，第 2 回所写包拯家的矛盾，则是家庭层面的利益冲突，所争对象为财产。包家原有包山、包海二子，增加了包拯，财产分割的格局就将要改变了。在忠厚平和的包山看来，没有什么；但在包海及其妻李氏眼中问题就严重了："好好儿的'二一添作五'的家当，如今弄成'三一三十一'了。"因此，包海把包拯扔弃到六里外的锦屏山。包山拾回包拯并将其养大后，李氏乘其放羊期间，做毒油饼让丫鬟秋香送去，幸亏被流浪犬吃掉；后又将包拯骗入枯井中。机关算尽，皆为名利！情节背后隐含着作者对人性阴暗面的认知，也是对封建末世礼乐崩坏、道德沦丧的现实写照。

《儿女英雄传》的人性内蕴表现为建构新的儿女英雄观。文康从自家经历和时代需要出发，对传统儿女英雄观做出重大调整。他不认为儿女情与英雄气相悖，认为二者是相辅相成的。首回即曰："这'儿女英雄'四个字，如今世上人大半把他看成两种人、两桩事：误把些使气角力、好勇斗狠的认作英雄，又把些调脂弄粉、断袖余桃的认作儿女。所以一开口便道是'某某英雄志短，儿女情长''某某儿女情薄，英雄气壮'。殊不知有了英雄至性，才成就得儿女心肠；有了儿女真情，才作得出英雄事业。"显然，文康是将其作为能够互相转化的两种人生状态来思考的。这种观点不仅成为他创作《儿女英雄传》的结构依据，也赋予其人物以独特内涵，更为小说中的侠客归宿提供了理论资源。

---

① 俞万春：《荡寇志》，百花洲文艺出版社 1996 年版，第 947 页。

三　侠义小说的叙事特征

整体考察，侠义小说的叙事特征有其嬗变过程。《三侠五义》尚有公案小说的叙事特质，《儿女英雄传》《荡寇志》则摆脱了公案小说的痕迹；其侠客形象所建构的与朝廷的关系，亦处于变化之中；由此带来人物形象的个性鲜明、叙述语言的生动晓畅等，为近代小说增色不少。

《三侠五义》共 120 回，前 27 回主要叙述包公成长及作为清官破案的故事，后 93 回写侠义故事。依内容看，公案成分明显减弱，全书共涉及 19 个案件，若除去"狸猫换太子"案件和马刚、马强勾结马朝宗造反案件等直接涉及皇室的案件，还有 17 案。它们集中在前 25 回，可见小说的公案成分不到全书的五分之一。尽管如此，《三侠五义》中描写清官审案时凭借察言观色、旋风引路、菩萨现身等方法做出判断的情节却不少。如第 6 回写道："杨忠正自发怔，只见丹墀以下起了一个旋风，滴溜溜在竹丛里团团乱转，又隐隐的听得风中带着悲泣之声。"原来是寇珠附魂于他，以便在包公面前替李妃申冤。第 7 回审讯涉嫌害夫的张王氏时，包公也是凭印象判断："包公见他口似悬河，牙如利剑，说的有情有理，暗自思道：'此妇听他言语，必非善良。'"第 8 回叙述赵虎等人见一个红衣女子夜入寺庙，心中生疑，敲门见"道人凶恶异常，并且酒气喷人，已知是不良之辈。"而引其前来的"红衣女子乃是菩萨现化"。第 10 回描述韩瑞龙被诬杀人案时，县官"见韩生不象（像）行凶杀人之辈，不肯加刑"；包公"将郑屠提出，带上堂来，见他凶眉恶眼，知是不良之辈"。第 21 回，包公审判黄玉香失踪案时，嫌疑人谈月来到，"老爷留神细看，见他约有二旬年岁，生得甚是俏丽，两个眼睛滴溜嘟噜的乱转，已露出是个不良之辈了。"第 39 回，包公审理颜查散被诬杀人案时，"见他虽然蓬头垢面，却是形容秀美良善之人"，便有意追问细节，为其洗去罪名；而真凶冯君衡到案时，"包公见他兔耳鹰腮，蛇眉鼠眼，已知是不良之辈"，于是，严刑拷打，获得口供。此前，县里审问颜查散时，也如此——县尹看他不像"杀人的凶手"，县宰也认为："看此光景，决非行凶作恶之人。"（第 36 回）有趣的是，颜查散审理欧阳春被诬告案时，也是如此："见他为人正直，言语豪爽，决非劫掠大盗。"（第 82 回）全书描述的 19 个案件中，竟然有 9 个是靠印象或旋风、菩萨帮忙破案，既凸显出小说叙事时代办案工具的落后与审案理念的主观，亦透出侠义小说形成过程中与公案小说割舍不断的渊源。

人物形象的立体化，既标志着中国近代小说人物塑造技法的进步，也使侠义小说与公案小说的艺术成就拉开了距离。其一是多维度描写人物形象。《三侠五义》刻画包拯时，一方面立足于现实生活中兄弟财产争夺导致亲情破裂的诸多情形，叙述其二哥、二嫂如何设法谋害之；另一方面则描述包拯人生中许多带有神秘色彩和反转性的奇遇——第2回二嫂下毒，有癞狗替食；被二嫂诳坠枯井，却意外获得古镜，成为其后判案析狱的利器。仕途坎坷时，得遇展昭保护；土龙岗遭劫，却获得张龙、赵虎、王朝、马汉四位保镖（第6回）；第14回项福行刺他时，又得展昭暗中保护等。后来得遇国母，不仅使皇帝母子团圆，而且成为皇帝亲信；在与马朝贤、庞太师等人斗法中，则屡屡得江湖侠士帮助。种种奇遇集于包拯一人的描写，使其不仅仅是一个凡间的清官形象，而且承载着中国民间对清官的多重寄托。惟其承载太多，则其形象中必寄寓诸多超凡性；当超凡性屡屡显现时，又使其形象具有了神秘性。过多主观性场景如幻梦破案、旋风引路、动物鸣冤等之所以集中在他那里，分明与此有关。如此多维度描绘包拯，其效应是该形象具有多重内涵，具有多向阐释的可能；也使其凌空云上，与现实生活产生隔离，具备一定的虚幻性。

《儿女英雄传》也是多种叙事手法并用。从整体设计看，为了服务其一龙二凤的人物架构，作者巧妙运用巧合法，将张金凤、何玉凤描绘成非常相似的两个人。如描写何玉凤在能仁寺初见张金凤，发现对方竟然"形容和自己生的一模一样，倒像照着镜子一般"，不觉心里暗惊道："奇怪，都道是'人心不同，各如其面'，怎生有这等相像的！"[1] 为了强化这种巧合性，小说还通过安骥的视角强调两人的相似。安骥回复安学海说："说起相貌来，却是作怪，就合这新媳妇的相貌一样。不但像是个同胞姊妹，并且像是双生姊妹。"[2] 如此强化，实则是为了让读者信服二凤侍奉一龙的合理性，增加二人相似命运的宿命性，也增强了叙事的趣味性。叙述人物命运时，则多次运用暗示手法，通过意象叙事把即将发生的故事含蓄地点出来。如第22回何玉凤梦见父母，父亲从案上花瓶里拈出三枝花来，"原来是一枝金带围芍药，一枝黄凤仙，一枝白凤仙，结在一处。"并念四句偈言："天马行空，名花并蒂；来处同来，去处同去"，暗示她将与张金凤并侍安骥。[3] 第24回安骥、何玉凤、张金凤三人行礼时，"只见那供桌上的蜡烛花齐齐的双爆了一声，那烛焰起的足有五寸余长，炉里

---

① 文康：《儿女英雄传》，百花洲文艺出版社1996年版，第99页。

② 同上书，第187—188页。

③ 同上书，第864页。

的香烟袅袅的一缕升空，被风吹得往里一趸，又向外一转，忽然向东吹去，从何玉凤面前绕到身后，联合了安龙媒，绾住了张金凤，重复绕到他三个面前，连络成一个团圝的大圈儿，好一似把他三个围在祥云彩雾之中一般"。① 一个画面把三人即将开始的生活场景勾勒出来，而且是其膜拜行礼时，就更富有象征性——既说明其婚姻遇合的神奇性，也凸显二女嫁一夫的幸福安详情景。

《荡寇志》则采用了意象叙事、超前叙事、限知叙事等叙事手法。意象叙事是指在小说创作中选择蕴含丰富文化内涵的意象写入文本，使其承担起叙事功能。《荡寇志》中有许多梦境、预兆、场景等，均具有意象叙事的功能。如开卷所写卢俊义的梦，就具有笼罩全书、奠定基调的价值。"梦见长人嵇康，手执一张弓，把一百单八个好汉，都在草地尽数处决，不留一个，惊出一身大汗。醒转来，微微闪开眼，只见'天下太平'四个青字，心头兀自把不住的跳，想道：'明明清清是真，却怎么是梦？'……"这个梦预示着梁山好汉将被全部剿杀，然后才能"天下太平"的主旨。而此回描写的另一个意象，同样具有象征意义："只见蒸天价的通红，那面替天行道的杏黄旗，已被大火卷去，连旗竿都烧了。"② "替天行道"是梁山好汉们做事的准则，也是支撑其行为的思想理念；缀有"替天行道"字样的杏黄旗被烧毁，意味着他们所信奉的理念将不存在，其行为的不合时宜、缺乏合理性也就彰显出来。而通过童谣、预言等构成的超前叙事，则在小说中多次使用，其效应既能够预示人物命运，也能够凸显人物的神奇性。如第71回的童谣："山东纵横三十六，天上下来三十六，两边三十六，狠斗厮相扑。待到东京面圣君，却是八月三十六。"前面的3个"三十六"，吴用解为108汉；读者明白是梁山好汉中的主要人物36位，陈希真等也有36位结为对立的阵营；两边相斗，最后是东京面圣时，陈希真等36位功臣，囚禁36位梁山好汉。至此，可以说这首童谣实际上是书中人物归宿的谶言！即便是日常生活中的小细节，作者也留心布局，超前定位。如叙述陈希真父女决定逃离东京时，"丽卿回头看了那箭园亭子厅房，又看了看屋宇。止不住一阵心酸，落下泪来。希真劝道：'不要悲切。天可怜见，太平了，我定弄回这所房子还你。'"③ 面对留恋故居的女儿，做父亲的给孩子以许诺。果然，第139回西大街辟

---

① 文康：《儿女英雄传》，百花洲文艺出版社1996年版，第419页。
② 俞万春：《荡寇志》（上），百花洲文艺出版社1996年版，第3—5页。
③ 同上书，第81页。

邪巷的故居被皇帝赐回。似乎只是圆了陈丽卿的一个梦，实际上增加了小说的生活气息。限知叙事往往将作者的视野局限于所见所闻，能够增强小说的现场感，渲染真实的氛围。《荡寇志》中的限知叙事多继承中国传统小说的手法，即并非如西方现代小说那样采用严格的第一人称，而是在特定场景中，以观察者的视角描述对象，因此，也构成限制叙事。即以陈希真父女逃离东京的途中，雇用庄家一起赶路时遇到劫匪为例，先写庄家所见："只见前面林子里，那庄家在那里竖着扁担探望。看见那岭上烈焰障天，火光大起，料着他父子们得胜，便迎上来。"怎么厮杀、如何制胜的？庄家不知，文本不写；只写进入其视野之后的父女二人情况和远望的情形。等待陈丽卿与二位强盗对阵时，小说转入陈希真的视角："看女儿使开了枪，端的神出鬼没，暗暗喝彩道：'好个女孩儿！不枉老夫一番传授！'那邝金龙、沙摩海使尽平生本事，兀自不能取胜。"① 战场情景，有声有色地展现出来了，却全是陈希真的视角。类似的叙事手法运用，在小说中还有不少，可视为中国小说传统内部在叙事视角方面的自我嬗变。

　　其二是对人物心理展开细腻展现，尤其是那些性格鲜明的人物，其行为的动机、事后的兴奋与受挫的懊悔等，均有成功的描述。《三侠五义》第 33 回："真名士初交白玉堂，美英雄三试颜查散"，通过 3 次人为安排的巧遇，白玉堂测试颜查散是否为可交的君子。偶遇时的表面落魄与心中傲然、再遇时的挑逗雨墨与慷慨出手、三遇时的有意重复与旁观心态等跃然纸上。一回书将三个人——行事洒脱、做人傲慢的侠客，为人厚道、心胸包容的士子和机灵使性、故作老成的书童的心理对比凸显出来。而第 40 回白玉堂闻听展昭被封为"御猫"后到东京显示功夫的行为与心理，更能表现他的性格："我既到了东京，何不到皇宫内走走？倘有机缘，略略施展施展，一来使当今知道我白玉堂，二来也显显我们陷空岛的人物，三来我做的事，圣上知道，必交开封府。既交到开封府，再没有不叫南侠出头的。那时我再设个计策，将他诓入陷空岛奚落他一场，是猫儿捕了耗子，还是耗子咬了猫？纵然罪犯天条，斧钺加身，也不枉我白玉堂虚生一世。那怕从此倾生，也可以名传天下。"② 为此，他深入皇宫内院，杀人题诗，盗走"三宝"；又把"御猫"展昭困在通天窟内，尽情嘲讽，表现出根本不把官府放在眼里的豪气，也透露出他心胸狭窄的毛病。为江湖声名情愿丧生，其要强、爱面子的性格，恰是其人生悲剧的内在根源。《儿

---

① 俞万春：《荡寇志》（上），百花洲文艺出版社 1996 年版，第 111—115 页。

② 石玉昆：《三侠五义》，中州古籍出版社 1996 年版，第 214 页。

女英雄传》的心理描写同样出色，第 35 回安骥中举的情景——家人张进宝气喘吁吁地跑进来报喜，安学海拿着报单就往屋里跑；安太太乐得双手来接报单，却把烟袋递给了安老爷；安公子一个人站在角落里哭；丫头长姐儿听到喜讯，把给老爷的帽子错给了公子；舅太太撒完尿，提着裤子就跑出来；岳母张太太一个人躲在楼上，撅着屁股向魁星爷磕头。相似的情景中，不同身份者不同的心理特征表现出来了。第 6 回描写安骥眼看十三妹能仁寺弹杀凶僧时紧张、恐怖的心理，何玉凤在人生重要关头的犹豫、忐忑的心态等也写得非常逼真。如第 25 回她面对安家人的劝说，不知如何应对时，先是抱怨张金凤不与自己通气，再抱怨干娘不来帮自己："别人犹可，我只恨张金凤这个小人儿，没良心！当日我在深山古庙给他联姻，我是何等开心见诚的待他；今日的事怎的他连个信儿也不先透给我？更可气的是我那干娘，跟了我将及一年，时刻不离，可巧今日有事不在跟前，剩了我一个人儿，叫我合（和）他们怎生打这个交道？"接下来自我劝解、思量安家对己不薄："便算是他们都是有心算计我，人家安伯父、安伯母二位老人家，不是容易把我母女死的活的才护送回乡，况且我父亲的灵柩人家放在自己的坟上，守护了这几年了，难道他从那时候就算计我来着不成？何况人家为我父母立茔安葬，盖祠奉祀，这是何等恩情，岂可一笔抹倒？"① 如是，便将一个女孩孤独无依时心潮翻涌的情态如实描摹出来。

《荡寇志》中的心理描写也很成功。小说对陈丽卿、陈希真父女从居住京城到逃亡山东，从逍遥侠客到留居山寨的变化过程均有细致刻画，其间心理描写颇多。在分析其形象时会涉及，此处重点分析梁山好汉们的心理描写。面对与朝廷对立的现实处境与来自官军侠客的斥责，梁山好汉们的心理颇不宁静。第 71 回写卢俊义灯光下想将起来，好不凄惶，叹口气道："再不道我卢俊义今年三十三岁，却在这里做强盗。梦虽是假，若只管如此下去，这般景象难保不来。招安不知在何日。可恨那班贪官污吏，闪到我这般地位！"第 119 回再次写到他的悔恨："是晚卢俊义退入卧室，挑灯独坐，叹口气道：'宋公明，宋公明！你把忠义二字误了自己，又误了我卢俊义了，众兄弟兀自睡里梦里哩！算来山泊里干些聚众抗官、杀人夺货的勾当，要把这忠义二字影子占着何用？今日却吃这县官一番斥驳，弄得我没话支吾。当初老老实实自认了不忠不义，岂不省了这番做作之苦。'便看着自己的身子道：'卢俊义，卢俊义，你是个汉子，素

---

① 文康：《儿女英雄传》，百花洲文艺出版社 1996 年版，第 429 页。

来言语爽直,今番为何也弄得格格不吐?'"第131回写呼延灼大声叹道:
"我悔不听兄弟之言,以至如此。但事至今日,有何面目再投官军,不如
死也跟着宋公明休。"而林冲被王进骂后的悔羞、鲁智深的发疯等,无不
与其内心深处的矛盾有关。小说抓住他们的矛盾心态展开;确实具有相当
的说服力,也独具描写的深度。

当然,侠义小说中最为成功的还是侠客形象。《三侠五义》中展昭的
武艺高强、忠于朝廷,欧阳春的老成稳重、波澜不惊,少侠丁兆兰的遇事
冲动、爱憎分明,白玉堂的英俊潇洒、心胸狭窄等,均给读者留下深刻印
象。《儿女英雄传》中的十三妹更是个敢恨敢爱、洒脱无羁,有几分豪
爽,亦有一丝温柔的女侠。小说这样描写她的肖像:"生得两条春山含翠
的柳叶眉,一双秋水无尘的杏子眼;鼻如悬胆,唇似丹朱;莲脸生波,桃
腮带靥;耳边厢带着两个硬红坠子,越显得红白分明。"① 从外貌看,她
与一般女性无异;但写到悦来店里轻松搬送几百斤重的碌碡,能仁寺弹毙
恶僧等情节则将其武艺超群之处凸显出来。十三妹一见安骥便一连串发
问:"请问尊客上姓? 仙乡那(哪)里? 你此来自然是从上路来,到下路
去,是往那(哪)方去? 从何处来? 看你既不是官员赴任,又不是买卖
经商,更不是觅衣求食,究竟有什么要紧的勾当? 怎生的伴当也不带一个
出来,就这等孤身上路呢? 请教!"② 因为她知道骡夫的阴谋,急于了解
安骥的行程与目的,故急切发问;当安骥以谎言骗她时,她则据经验一一
驳之,显得老道稳重。她逼迫安骥与张金凤成婚时,也显示出豪爽、急性
的特点。当安骥以人生大事、没有父母之命拒绝时,她说:"事情到了这
个地步了,只有成的理,没有破的理。你以为可,也是这样定了;你以为
不可,也是这样定了! 你可知些进退?"③ 安公子再推托时,她干脆拔出
宝刀,逼迫他起来。照她的性格,不想管的事情,请我也不管;想管的事
情,一定要办成。第5回中说:"我是天生这等一个多事的人:我不愿作
的,你哀求会子也是枉然;我一定要作的,你轻慢些儿也不要紧。"④ 但
是,她行事并不莽撞,而是虑事周密、顾全大局的。她自陈不杀害纪献唐
的原因:"一则,他是朝廷重臣,国家正在用他建功立业的时候,不可因
我一人私仇,坏国家的大事;二则,我父亲的冤枉,我的本领,阖省官员
皆知,设若我做出件事来,簇簇新的冤冤相报,大家未必不疑心到我,纵

---

① 文康:《儿女英雄传》,百花洲文艺出版社1996年版,第58页。
② 同上书,第66页。
③ 同上书,第139页。
④ 同上书,第67页。

然奈何我不得，我使父亲九泉之下被一个不美之名，我断不肯；三则，我上有老母，下无兄弟。父亲既死，就仗我一人奉养老母，万一机事不密，我有个短长，母亲无人养赡，因此上忍了这口恶气。"① 她对金钱的洒脱态度，亦算女侠本色："要知天下的资财原是天下公共的，不过有这口气在，替天地流通这桩东西。说这是你的，那是我的，到头来究竟谁是谁的？只求个现在取之有名，用之得当就是了。用得当，万金也不算虚花；用得不当，一文也叫作枉费。"② 她留在能仁寺的诗句，也表现出她思路的缜密与行事的侠义特征，难怪安学海评论道："你看他这折《北新水令》，虽是不文，一边出豁了你，一边摆脱了他，既定了这恶僧的罪名，又留下那地方官的出路。"③ 至于小说中描写她转变后谨守妇道的言行，反倒不如那些在日常生活中彰显其武功的细节感人。如第 24 回她帮助张太太认针，反而把针捏断成两节了；第 28 回新婚之夜，安骥想拉她就寝，她稍微用力便摔倒了丈夫，遂使小脚勾起安骥等。从而把一个寄身日常生活，却未能忘情侠客本性的形象刻画得生动传神。

能与十三妹媲美的是陈丽卿。与《水浒传》除非表现邪情、凶杀的需要，很少涉及家庭生活不同，《荡寇志》由于线索人物是父女二人，就必然涉及家庭生活中的温情与关爱。这样，小说在表现侠义情肠、君臣大义之外，便凸显出人间柔情、小儿女情调，尤其是在陈丽卿身上最为突出。小说描述母亲早亡的丽卿，与父亲相依为命十几年，故对父亲既亲昵，又依赖。在展现其十九步至二十五岁、长达七年的故事里，作者呈现出一个有恨有爱、活泼大胆、不通世故、不失娇羞的女性形象。陈希真介绍女儿："我这小女，舞枪弄剑，走马射飞，件件省得；只是女工针黹，却半点不会，脚上鞋子，都是现成买来，纽扣断，也要养娘动手。"④ 正是女侠特点，武艺样样在行，唯独不擅长女红。而小说重点描写的就是其侠气冲天的特性，父女二人到玉仙观游览时遇到高衙内，被对方调戏时，"丽卿一头解去汗巾，放下了裙子，穿好袄儿，一头指着高衙内骂道：'我把你这不生眼的贼畜生，你敢来撩我！你不要卧着装死，你道倚着你老子的势，要怎么便怎么，撞在我姑娘手里，连你那高俅都剁作肉酱！'"一个天不怕地不怕的侠客形象出现在读者面前，当父亲担心高俅报复时，丽卿道："怕他怎的！便是高俅亲来，我一箭穿他一个透

① 文康：《儿女英雄传》，百花洲文艺出版社 1996 年版，第 115 页。
② 同上书，第 127 页。
③ 同上书，第 187 页。
④ 俞万春：《荡寇志》（上），百花洲文艺出版社 1996 年版，第 69 页。

明窟窿!"① 高俅若找事,就一起杀掉! 这是一个不解世故、只为义气激发的少侠。惟其如此,临逃离东京前,她"便取下灯台去照着,飕飕的把高衙内两只耳朵,血淋淋的割下,又把个鼻子也割下来。又看看那两个道:'这厮也不是好人!'去把孙高、薛宝的耳朵也割下来"。② 行为粗豪,不让须眉,即便是语言,也有粗放和不通世故处。她与丈夫祝永清饮酒时,笑问丫头道:"你们看我的本领,比祝郎何如?""一个女兵会搂沟子,插嘴道:'姑娘强多哩。祝将军与姑娘,真是才郎配佳人,天下没有。'丽卿道:'放你的屁! 我是家人,他是野人不成? 豺狼还有虎豹哩!'"③ 不像闺门女孩儿话,放在酒后则适合其豪放特性。小说写她到刘广家后的情景,因要恢复女儿妆,刘夫人为其准备鞋子,丽卿笑道:"别样学男子不来,若论这双脚,却同男子一样。"直言自己大脚,不知遮掩回避,也显得直爽可爱。当听到刘广道:"高封这厮,自己年轻时也从男风上得了功名,后来反把他孤老害杀。"丽卿便问希真道:"爹爹,什么叫做'南风'?"希真笑喝道:"女孩儿家,不省得,便闭了嘴,不许多说!"④ 其天真未凿处,往往不经意间显现出来。小说传神处在于似乎无意间,却扣住其女性特征描述之。第 76 回写她到了云龙家,当庄客提来一桶热水后,"丽卿起身,道个万福,"忘记自己是女扮男装,潜意识支配其做出了女性礼节。因为她实在太不习惯男装了,所以得到父亲允许恢复女装时,丽卿笑道:"悔气! 没来由做了多日的男子,好不自在!"为了更真实地写出陈丽卿的女孩特性,小说中多次写到她给父亲撒娇。第 85 回写她争当先锋,陈希真不同意,她便撒娇道:"可知是哩! 爹爹想:你要孩儿做粉头,我都依了;我只不过要做个先锋,爹爹都不许我,教孩儿如何气得过?"⑤ 以往昔的服从掩饰这次的要强,以柔情逼使父亲给自己先锋位置,也打动众将为其求情。第 87 回,父亲为她找祝永清做丈夫时,丽卿惊道:"爹爹又要把我许与那个?"一个"又要"既点出当初父亲为了练成功法,把她假许给高衙内的往事,也表现出对父亲不与自己商量的微微不满,还有撒娇性的质问口吻。当然,她并非只会撒娇或打仗,还有一定的生活智慧。她带兵与高封对阵,被高封的魔法迷住去向时,"丽卿看见林子那边一株枯树,忽地心灵机巧,便去那枯树上周围摸了一

---

① 俞万春:《荡寇志》(上),百花洲文艺出版社 1996 年版,第 30—33 页。
② 同上书,第 78 页。
③ 同上书,第 366 页。
④ 同上书,第 150—152 页。
⑤ 同上书,第 297 页。

转，指着一方道：'这边是正北方的归路，只顾冲杀出去！'尉迟大娘道，'姑娘怎地晓得？'丽卿道：'我们交兵时，太阳不过辰刻。这枯树一面热，一面冷，那晒热的一面必是东方'"。① 这类富有生活气息的细节既是侠客行侠仗义的本领，也是生活常识的积淀。正是作者多方面的刻画，陈丽卿才成为一个不仅承载作家理念，更具有多重性格与内涵的圆形人物。

小说语言的成熟与富有个性色彩，也是侠义小说值得重视的叙事特征。由于说书人长期的打磨，《三侠五义》的描述语言具有很强的形象性。如叙述花蝶为非作歹、到处奸淫女性，被江湖豪杰追捕、准备投奔邓车时，欲偷小丹村的宝珠灯，却被预设的机关擒住："他此时是手儿扶着，脖儿伸着，嘴儿拱着，身儿探着，腰儿哈着，臀儿蹶着，头上蝴蝶儿颤着，腿儿躬着，脚后跟儿跷着，膝盖儿合着，眼子是撅着，真是福相样儿！"② 一连串极富特色的动词，勾画出花蝶此刻的狼狈相。在塑造不同身份的人物形象和透过其视角观察景色时，均能够使用符合人物文化修养、地区色彩的语言凸显其特点，因此，小说语言亦具有个性化。如白玉堂奉旨到杭州擒拿欧阳春，初到那里，便见到怡人的美景："时值残春，刚交初夏，但见农人耕于绿野，游客步于红桥，又见往来之人不断。仔细打听，原来离此二三里之遥，新开一座茶社，各曰玉兰坊，此坊乃是官宦的花园，亭榭桥梁，花草树木，颇可玩赏。白五爷听了，暗随众人前往。到了那里，果然景致可观。有个亭子，上面设着座位，四面点缀些巉岩怪石，又有新篁围绕。"③ 非杭州，无如此景观；非白玉堂，无如此雅兴。于是，雅致的语言描绘俊丽的景色，契合风流倜傥的审美主体的性格。若是行走旅途、熟悉风情的人，其语言则富有市井气息。如雨墨被主人派来陪颜查散进京路上，其语言就活泼伶俐、蕴含生机。自言："小人自八岁上，就跟着小人的父亲在外贸易。慢说走路，什么处儿的风俗，遇事眉高眼低，那算瞒不过小人的了。差不多的道儿，小人都认得。至于上京，更是熟路了。"因此，路途中，他俨然是颜查散的导师——教他走路："相公不要着急。走道儿有个法子。越不到越急，越走不上来；必须心平气和，不紧不慢，仿佛游山玩景的一般。路上虽无景致，拿着一村一寺皆算是幽景奇观，遇着一石一木也当做点缀的美景。如此走来走去，心也宽

---

① 俞万春：《荡寇志》（上），百花洲文艺出版社 1996 年版，第 309—310 页。
② 石玉昆：《三侠五义》，中州古籍出版社 1996 年版，第 349 页。
③ 同上书，第 406 页。

了，眼也亮了，乏也就忘了，道儿也就走的多了。"替他应付："若是投店，相公千万不要多言，自有小人答复他。"① 接下来，与店家言明只付一间房钱、不吃店里包饭、不喝店家泡茶、拒绝店家点蜡等行为，对话间凸显出其老练处。这种状态没有持续多久，第 33 回里，化名金懋叔的白玉堂三试颜查散时，雨墨的应对则既护主又调侃对方。金生道："吾告诉你，鲤鱼不过一斤的叫做'拐子'，过了一斤的才是鲤鱼。不独要活的，还要尾巴像那胭脂瓣儿相似，那才是新鲜的呢。你拿来吾看。"喝什么酒呢？"吾告诉你说，吾要那金红颜色浓浓香，倒了碗内要挂碗，犹如琥珀一般，那才是好的呢。"② 金生的话已经表现出其熟悉行情、应对自如之处。点菜很多，剩下不少，雨墨忍不住告诫主人："相公还是没有出过门，不知路上有许多奸险呢。有诓嘴吃的，有拐东西的，甚至有设下圈套害人的，奇奇怪怪的样子多着呢。相公如今拿着姓金的当好人，将来必要上他的当。据小人看来，他也不过是个篾片之流。"③ 颜查散制止了他，他便转而调侃白玉堂，刚到饭店，点鱼、酒时，他便说出白玉堂说过的话；甚至早晨起来，白玉堂吟的诗，他也张口就来："大梦谁先觉？平生我自知。草堂春睡足，窗外日迟迟。"这样，就把一个替主人着急、有几分无奈和几分卖弄的小家伙写活了。第 24 回、第 58 回写到山西人时，模拟其说话形态的方言的运用，也恰到好处地烘托出氛围，彰显其性格。第 24 回，屈申喝多了酒，看了看日色已然平西了，他便忙了，道："乐（老）子含（还）要净（进）沉（城）呢！天万（晚）啦（咧），天晚咧。"天黑时，屈申心中踌躇道："这官（光）景，城是进不去了。我还有四百两营（银）子，这可咱（怎）的好？前面万全山若遇见个打梦（闷）棍的，那才是早（糟）儿糕呢！只好找个仍（人）家借个休（宿）儿。"④ 此后，屈申与人对话时也用山西方言。而第 58 回韩彰遇到那个带邓九如的山西人，在买卖邓九如时，也是满口山西方言。这种语言的成功运用，不仅利于刻画人物性格，凸显人物身份，而且利于调解书中大量运用官话导致的沉闷气息。若整体观察，语言的形象性、个性化与方言的运用，无疑是中国近代小说语言发展成熟的标准之一。

《儿女英雄传》的叙述语言以北京话为基础，流畅明快，富有韵味。尤其是描写人物形象时，口语的特性发挥得淋漓尽致。如描述旗装女性走

---

① 石玉昆：《三侠五义》，中州古籍出版社 1996 年版，第 174—175 页。
② 同上书，第 177—178 页。
③ 同上书，第 179 页。
④ 同上书，第 135 页。

路的特点："原来那随缘儿媳妇虽是自幼给何小姐作丫鬟，他却是个旗装。旗装打扮的妇女走道儿，却合（和）那汉装的探雁脖儿、摆柳腰儿、低眼皮儿、瞅脚尖儿走的走法不同，走起来大半是扬着个脸儿、拔着个胸脯儿、挺着个腰板儿走。"① 一组儿化音的句子，将旗女走路如风摆杨柳、婀娜多姿的形象再现出来。有时，作者用儿化词组成连环句式，用来描绘对象的特点，也显得别有情趣。描写邓九公的姨太太曰："褚大娘子说着，又望他胸前一看，只见带着撬猪也似的一大嘟噜，只用手拨弄着看了一看，原来胸坎儿上带着一挂茄楠香的十八罗汉香珠儿，又是一挂早桂香的香牌子，又是一挂紫金锭的葫芦儿，又是一挂肉桂香的手串儿，又是一挂苏绣的香荷包，又是一挂川椒香荔枝，余外还用线络子络着一瓶儿东洋玫瑰油。这都是邓九公走遍各省给他带来的，这里头还夹杂着一副镂金三色儿，一面檀香怀镜儿，都交代在那一个二钮儿上。"② 外衣上堆砌着如此众多的物件儿，既炫耀其得宠，也描述其低俗、无心机，还极富个性色彩。而将社会特定阶层的行话引入文本，也能够看出作者生活面的宽阔。更有些方言如第 37 回常州话的介入文本，则起到塑造人物形象、烘托特殊气氛的作用。

　　除了前述叙事特征，侠义小说的不同文本也有其叙事独特性。在《儿女英雄传》中，由于文康特别熟悉旗人的生活习俗与当时的底层庙会等，因此，小说擅长借助民俗表现行规，或展现场景。如白脸狼准备打劫安骥时说："这话可'法不传六耳'。也不是我坏良心来兜揽你，一文咱们俩是'一条线儿拴俩蚂蚱——飞不了我，进（蹦）不了你'的。讲到咱们这行啊，全仗的是磨搅讹绷，涎皮赖脸，长支短欠，摸点儿赚点儿，才剩的下钱呢！"③ 一段话，把赶脚行的习俗概括了出来，也为他们为何要劫安骥做了解释。第 38 回描述安学海看望邓九公途中所见庙会——"此刻才到这庙门外，见那些买吃食的吃吃喝喝，沿街又横三竖四摆着许多扫帚、簸箕、掸子、毛扇儿等类的摊子担子。……那山门里便有些卖通草花儿的、香草儿的、瓷器家伙的、耍货儿的，以至卖酸梅汤的、豆汁儿的、酸辣凉粉儿的、羊肉热面的，处处摊子上都有些人在那里围着吃喝。"④ 通过简洁的文字，把庙会热闹的场景再现于读者眼前，使其仿佛置身其中。其他如第 28 回描写何玉凤结婚时上花轿时的习俗——唢呐阵

---

① 文康：《儿女英雄传》，百花洲文艺出版社 1996 年版，第 549 页。
② 同上书，第 228—229 页。
③ 同上书，第 53 页。
④ 同上书，第 739 页。

阵、射箭三响、司仪念诗等，此后喜娘相扶参拜天地、祖先、翁姑，然后入洞房、闹洞房等，将旗人婚庆习俗尽情展现，也渲染了喜庆的氛围。

《荡寇志》则引近代科技进入文本。其叙事时间虽是宋代，但所凸显的社会问题是晚清的，其引入的人物、知识、理念等也是近代的。第 113 回叙述白瓦尔罕的出场，专门点明其身份为欧罗巴人——"火王二人道：'公明哥哥放心，我等有一位军师同来，系是一位异人，乃大西洋欧罗巴国人氏，名唤白瓦尔罕。……'宋江忙吩咐请来。白瓦尔罕到内帐相见。众人看那人中等身材，粉红色面皮，深国高鼻，碧睛黄发，戴一顶桶子样浅边帽，身披一领大红小呢一口钟，像杀西洋画上的鬼子。"[1] 北宋人哪里能够见到"西洋画"？又怎么能够请到欧罗巴人？作家是将晚清时期进入中国、介入中国内斗的外国人引入到文本中了。仅此贡献，俞万春就比梁启超引外国人形象入戏剧、比谴责小说写外国人形象早半个多世纪。洋人的到来，将给作战双方带来哪些变化呢？小说中描述了作战工具的变化，直接导致战场形势的转变。第 117 回白瓦尔罕造出沉螺舟，实际是西方发明的潜水艇，它的介入导致官军大败。白瓦尔罕被俘后，也为官军设计建造了沉螺舟，并在攻打梁山好汉时发挥重要作用。不仅如此，白瓦尔罕还将西方著作翻译出来，并教会刘慧娘近代测量知识，所以，第 125 回她利用所学西方测绘知识得出敌城的数据，为后来攻城时火烧敌方仓库提供了依据。战后，刘慧娘回答云天彪询问缘故时的答话，完全是西方地理经纬度知识。可见，俞万春创作这部小说时，已经对于战争有关的船舰、测绘等知识有所了解，并增加刘慧娘预测准确、智慧独具的特征的可信度。

第四节　旧派武侠小说

武侠小说是指以江湖世界为表现空间，以凭借武技、仗义行侠的侠客为主要表现对象，凸显作者对侠义认知的小说流派。近代武侠小说的先声是《绿牡丹》，早期代表作有《永庆升平》《圣朝鼎盛万年清》《七剑十三侠》等。清末民初，受梁启超等人倡导中国武士道精神的影响，武术重新被重视，以文言武的武侠小说盛行。于是，创作出一大批武侠小说，被称为"旧派武侠小说"。

与侠义小说聚焦现实、留恋现世不同，武侠小说游走于现实与想象

---

[1]　俞万春：《荡寇志》（下），百花洲文艺出版社 1996 年版，第 832 页。

之间，建构起或凸显现实纷扰，或彰显超然想象的文学世界。作家们生在乱世，社会转型期价值观的不稳定、信仰的颠覆与重建等使其产生改变或脱离现状的想法，融以自我思想、文化素养，便建构起风格特异的武侠世界——或如平江不肖生、赵焕亭等关注现世，借史实映衬现实，在现实基础上展开想象，表现出浓郁的文化气息和爱国内蕴；或如还珠楼主超越现世，向往仙境，依托客观景观与传统文化积淀，构架理想仙界，投注自我哲思。

武侠小说依然塑造浩气长存、义薄云天的侠客形象，其叙事主旨仍是弘扬正义，批判邪恶；其人物设置往往是正邪两大系列并立。这是与侠义小说一致处。二者的区别更加明显：从人物归宿看，前者是江湖或仙界，后者是庙堂。从叙事焦点看，前者侧重修炼成侠、行侠积德，自我完善；后者侧重投奔清官、报效朝廷、成就功名，获得社会认可。从内蕴拓展看，前者建构和平环境，想象存在空间，抵达自我善境，凸显文化积淀；后者侧重缓解社会焦虑，实现社会公平。

正是对侠义小说的继承与发展，促成了武侠小说流派的建构，拓展了文学境界、文本内蕴并对新派武侠小说产生了巨大影响。

一　关注现世的武侠小说

关注现世的小说家以向恺然、赵焕亭为代表。向恺然（1890—1957），名泰阶，又名逵，笔名不肖生，湖南平江人，故署平江不肖生。青年时代曾两次留学日本，写有《留东外史》。他知拳术，对于武林、江湖掌故尤其熟悉。居住上海时，为世界书局老板沈子方所知，登门求稿，以丰厚的稿酬促其创作武侠小说，于是有《江湖奇侠传》问世，于1923年1月《红》杂志第22期开始连载。1923年6月，在《侦探世界》上连载《近代侠义英雄传》。其代表作为《江湖奇侠传》《近代侠义英雄传》，还有《江湖大侠传》《江湖小侠传》《江湖异人传》《现代奇人传》《半夜飞头记》《猎人偶记》《江湖怪异传》《烟花女侠》《双雏记》《艳塔记》等。

赵焕亭（1877—1951），名绂章，河北玉田人。他出身旗籍，旧学功底扎实，曾随父宦游山东、湖南、四川等地，积累了丰富的创作素材。20世纪20年代初开始创作，取材特点是多以清代史实为因由加以任意发挥，人物架构保持着当朝权臣率领众侠客报效朝廷的模式，实则延续着侠义公案小说的传统。主要作品有《奇侠精忠全传》《大侠殷一官轶事》《双剑奇侠传》《北方奇侠传》等19部。

从小说内蕴考察，向恺然、赵焕亭的武侠小说首先借武侠故事凸显现实。《江湖奇侠传》通过赵家坪之争反映出清末民初乡村争夺良田的现实。对于生活在山区的乡民来说，实际上是生存空间与生存基础之争，因为赵家坪是"一块大平原，十字穿心，都有四十多里"，"这坪在作山种地的人手里，用处极大。春、夏两季，坪中青草长起来，是一处天然无上的畜牧场；秋、冬两季，晒一切的农产品，堆放柴草。"① 杨天池返乡寻养父母时帮助平江人击败浏阳人，无意间将昆仑派拖入与崆峒派的对立之中；此后正邪各派的加入，导致江湖上门派林立、纷争不断，纷乱世相实为向恺然对民初中国政治现状的摹写。如果从细微处研读，第5回所叙杨祖植夫妇江中失去儿子（杨天池）后花费1400两银子买裁缝钟广泰的小儿子（杨继新）的行为，既是作为世家子不愿老太爷、老太太因为失去孙子而出现意外，凸显其孝心，也透出贫穷人家的钟广泰有10个儿女、养活不起的困境，因而只能卖儿养家。而第16回描写向闵贤到衡阳书院读书时，专门提到"那时衡阳书院的老师，是当代经学大家王闿运。"从第81回"失守地马心仪遭擒"至第105回"报深仇巧刺马心仪"，向恺然花费25回笔墨所叙述的故事是以发生在晚清的"张文祥刺马案"为原型的，只是把"张文祥"改为"张汶祥"、"马新贻"改为"马心仪"。显然，作者有意在武侠小说中融进现实生活的内涵。《近代侠义英雄传》则将叙事背景置于中国近代社会急剧变迁的时代气息中，其现实关切指向爱国思想和民族意识。小说写谭嗣同对前来报信的王五说："这消息不待你这时来说，我早已知道得比你更详确。安全的地方，我也不只有一处，但是我要图安全，早就不是这们（么）干了。我原已准备一死，象（像）这般的国政，不多死几个人，也没有改进的希望，临难苟免，岂是我辈应该做的吗？"② 临难不避，愿以身殉国，谭嗣同的慷慨就义是小说表现爱国主义的典型情节。描写霍元甲时，作者抓住爱国精神和民族意识展开叙事。霍元甲得知号称世界第一的俄国大力士在天津耀武扬威，便与农劲荪一起前往。当翻译告知对方不愿意较量时，霍元甲道："他既自称为世界第一个大力士，……却怕我这个病夫国的病夫做什么哩！……我此来非得和他较量不可。"农劲荪也说："霍先生的性情，从来是爱国若命的。轻视他个人，他倒不在意。他一遇见这样轻视中国的外国人，他的性命可以

① 平江不肖生：《江湖奇侠传》，吴福助主编《民国小说丛刊》第一编，文听阁图书出版有限公司2010年版，第30页。

② 不肖生：《近代侠义英雄传》，吴福助主编《民国小说丛刊》第一编，文听阁图书出版有限公司2010年版，第57页。

不要，非得这外国人伏罪不休。"① 最后，霍元甲开出三个条件请其选择，那位大力士只好灰溜溜地逃离。听说英国人奥比音在上海蔑视中国人，霍元甲抛下生意，到上海与之较量。他对彭庶白说："我若不是因他们太欺负我国人了，不服这口气，无端找他们这种受人豢养、供人驱使的大力士比赛，实不值得。"② 可见其作为是为国人争气的，农劲荪的话也证明了这一点："只是霍君之意，以为居高位谋国政的达官贵人，既无心谋国家强盛，人民果能集合有能耐的人，专谋与外来的大力士较量，也未始不可使外国人知道我国人并非全是病夫，也多有不能轻侮的。"③ 霍元甲去世前不久，在上海教育界的欢迎宴会上感慨："我常自恨生的时候太晚了，倘生在数十年以前，带兵官都凭着一刀一枪立功疆场，我们中国与外国打起仗来，不是我自己夸口，就凭着我这一点儿本领，在十万大军之中，取大将首级，如探囊取物。现在打仗全用枪炮，能在几里以外把人打死，纵有飞天的本领，也无处使用，下了半辈子苦功夫，才练成这一点能耐，却不能为国家建功立业，那怕打尽中国没有敌手，又有什么用处！"④ 既有生不逢时的遗憾，更有难以报国的愤慨，凸显出强烈的爱国意识。

赵焕亭的代表作《奇侠精忠全传》共 218 回，150 万字，叙述杨遇春、杨逢春、于益等人帮助官军镇压苗族、白莲教起义的故事。小说的创作动机是振作国人尚武精神、劝惩世间邪恶淫客。因此，小说着力描写武功高强的江湖人士，并将其人生道路分为两类：一类为杨遇春、杨逢春、杨芳等凭借武艺报国平乱，终成正果；另一类为冷田禄、田红英等所代表邪路，虽也有卓越武功，却助纣为虐、祸害人间，终获恶报——冷田禄早年强奸贾素姐，战败带伤逃避时，醉倒在贾家，被识出、捆绑报官。（第213 回）田红英被叶倩霞追至小二墓前，小二冤魂幻为青衣女子，执拂扫昏之，使其被俘；其军师柳方中则被帮助过小二夫妇的大脚夫妇擒获。（第 217 回）最后一回既写皇帝"将红英、王三槐等明正典刑"，也叙述叶倩霞的功劳由其夫承受，并预告"后来遇春、杨芳等再平回疆之乱，都爵至封侯"，恰如作者自言："书中褒的是忠、孝、节、义，贬的是奸、盗、淫、邪"。与此同时，作者对动乱时局的描写给人印象深刻。他时不时跳进叙事进程中抒发感慨，或在注释中评论。如第 61 回写叶倩霞夜闯

① 不肖生：《近代侠义英雄传》，吴福助主编《民国小说丛刊》第一编，文听阁图书出版有限公司 2010 年版，第 224—225 页。

② 同上书，第 839 页。

③ 同上书，第 1188 页。

④ 同上书，第 1905—1906 页。

和珅府内媚川楼，见到珍宝充塞其间，感慨"海内奇珍，万民膏血，都被和相吸收得来"，作者便在下方注曰："当时如和相吸吮，只一人已不可当，而今则化身无量，凡当轴拥兵者，何一非贪如羊、狼如狼者哉！且吸收膏血，间接由海外困吾民，呜呼吾民，终成人腊而已矣！"① 第129回夹叙"民国十四年""南北糜烂，带甲满地"的情景，第218回仍感叹"此书之成，始终在连年混战声中，书中战事虽然结束，国内乱事却没有结束"。第1回、第8回等也有类似陈述。如是感慨确能激发读者的现实回应，却对叙事构成严重干扰；反不如将现实感受融入历史场景或由书中人物口中传达更合适。于此可见作家在传统叙事手法与时代意识相结合方面，尚不如向恺然成熟。

其次，小说借武侠表现民俗。向恺然年轻时曾游走各地，亦熟悉江湖规矩，因此，其武侠小说中便充满各种风俗的展示。《江湖奇侠传》第6回通过杨天池的回忆再现平江、浏阳争赵家坪的场景："他们争水陆码头的旧例，只要是行走得动的，不论老少男妇，都得从场去打；不过老弱妇孺在后面，烧饭、挑水、搬石子、运竹竿、木棍；不愿从场的，须出钱一串，津贴从场的老弱。"② 或描绘迎接御赐全部道藏真经的习俗："襄阳府的陆知府大老爷，三日前就传谕满城百姓，要虔诚斋戒，焚香顶礼的迎接。所以家家户户，都在大门外摆设香案。"③ 或叙说押镖行船的规矩："照行船的惯例，凡遇顺风，总得行船，风色不对，就得停泊。"④ 或简介江湖规矩："你不知道各处水旱的强人，最踌躇不敢轻易动手的，只有三种人：第一是方外人，如尼姑和尚之类；第二是读书人，譬如一个文士装束的人，单独押运多少财物；第三就是这类单身珠宝行商。因这三种人的本领，平日在江湖上都少有名声，不容易知道强弱。"⑤ 或叙述湖南婚俗："湖南的风俗极鄙陋，凡是略有资产的人家，不论如何不成材的儿子，从三五岁起，总是不断地有人来做媒。若是男孩子生得聪明，又有了十多岁，百数十里远近有女儿的人家，更是争着托了情面的人来作媒。"⑥ 其他如第48回、第49回，写河南遂平县重武力不重文才的婚俗，第29回

---

① 赵焕亭：《奇侠精忠全传》，新星出版社2009年版，第404页。

② 平江不肖生：《江湖奇侠传》，吴福助主编《民国小说丛刊》第一编，文听阁图书出版有限公司2010年版，第44页。

③ 同上书，第693页。

④ 同上书，第720页。

⑤ 同上书，第1078—1079页。

⑥ 同上书，第1115页。

刻画苗族法师作法败敌的情节和第 57 回介绍苗族人喜欢骑马射猎、擅长施毒，第 74 回描述缅刀的柔韧与难以掌握等，皆可看出向恺然写民俗、叙规矩，均有明确的目的，即为表现人物性格、推动叙事情节服务。《近代侠义英雄传》亦聚焦风俗展示。小说第 1 回提到大刀王五名称的来历，顺便叙述江湖侠客绰号的类别："绰号的取义，有就其形象的，有就其性质的，有就其行为的，有就其身份的，有就其技艺的。不问谁人的绰号，大概总难出这五种的范围。"① 第 7 回先详细介绍掼交的制服与规则，再交代了黄包袱的典故："江湖上的规矩，不是有本领的人，出门访友不敢驮黄色的包袱。江湖上有句例话：黄包袱上了背，打死了不流泪。江湖上人只要见这人驮了黄包袱，有本领的，总得上前打招呼，交手不交手听便。有时驮黄包袱的人短少了盘川，江湖上人多少总得接济些儿。若动手被黄包袱的打死了，自家领尸安埋，驮黄包袱的只管提脚就走，没有轇轕。打死了驮黄包袱的，就得出一副棺木，随地安葬，也是没有一些轇轕。"② 若非熟知内情的人，是很难明白其中规则的。向恺然的武侠小说不仅写江湖规则，还描述行业习惯。如第 28 回描写湘阴县米贩子的行规："凡是当米贩子的，每人都会几手拳脚，运起米来，总是四五十把小车子，做一路同走，有时多到百几十把。不论是抬轿挑担，以及推运货物的小车，在路上遇着米车，便倒霉了。他们远远的就叫站住，轿担小车即须遵命站住，若略略的支吾一言半语，不但轿担小车立时打成粉碎，抬轿的人，坐轿的人，挑担的人，推小车的人，还须跪下认罪求饶，轻则打两个耳光，吐一脸唾沫了事，一时弄得性起，十九是拳脚交加，打个半死。"③看似平铺直叙的叙述，却把特定社会里米贩行业的规矩展示了出来，同时也彰显出湖南民风的强悍。

赵焕亭也擅长通过民俗表现对象。如《奇侠精忠全传》第 58 回杨遇春遇雨陷黑车的描写，即表现出权贵人家美妾的荒淫；第 60 回对吃嚼库丁软硬两派的描绘，则透出库丁的贪婪与京城黑社会的内幕；第 68 回对苗族祖先盘瓠的追叙以及苗族小儿十五即佩刀、烙铁烙脚底等习俗的描述，既凸显其神秘性，亦为后文苗族善战做铺垫等。以风俗衬托人物性格、借民俗渲染叙事氛围方面，与向恺然异曲同工。

再次，小说借武侠阐释哲理。向恺然的武侠小说之所以能够超越同

---

① 不肖生：《近代侠义英雄传》，吴福助主编《民国小说丛刊》第一编，文听阁图书出版有限公司 2010 年版，第 6—7 页。
② 同上书，第 101—102 页。
③ 同上书，第 420—421 页。

侪,内蕴丰厚是主因。《江湖奇侠传》固然能够凸显江湖世界的传奇与神秘,但若一味强调此特性,必然使其小说世界与现实人生产生隔膜。为了避免这一弊端,向恺然时常在小说中插入对自然、人生的感悟,使读者与他一起透视现实、解悟哲理。如智远教导朱复:"你可知道学道的人,有法、财、侣、地四件东西么?这四件东西,缺一不能成道。""没有法,不能卫道;没有财,不能行道;没有侣,不能了道;没有地,不能得道。"① 这段话将修炼成道的过程分解为四种要素,从规则、经济、人道、空间等方面阐述了学道之道,富有禅意。如果说这里是总论,那么,对道、法关系必然还有具体论述。第44回笑道人教训徒弟戴福成曰:"道家其所以需用法术,是为济人,以成自己功德的。是为自己修炼时,抵抗外来魔劫的。谁知你倒拿了这法术,下山专一打劫人的财物,造成自己种种罪过。"② 因此,将其逐出师门,可见法为修道、护道而学。第33回庆瑞告诉师弟后成:"我等须以道为体,以法为用。……你要知道法术没有邪正。有道则法是正法,无道则法是邪法。"③ 也是强调理顺道、法关系对于学习法术者是相当重要的。明白了道、法之间的辩证关系,才能够超越俗世追求。第42回叙述魏壮猷投师黄叶道人时,必须先绝念妻财子禄;道人也认为:"你知道绝念妻财子禄,倒不失为可造之才。"④ 只有抵达这样的境界,方能够无视人间纷争,正如金罗汉吕宣良所云:"世人所争的,何尝都是于自己有关的事?所以谓之争闲气。"假如一个人真正能够超越尘世功利,进入与物无争、与人无扰的境界,那么,离得道就不远了。

江湖行侠,或凭武功,或靠道术,因此,武侠小说往往通过道术刻画人物形象。《近代侠义英雄传》叙述王五被董姓武师轻易制服,遂拜其为师。董武师告诉他:"工夫没有止境,强中更有强中手。""你要知道,我们练武艺的人,最怕的就是声名太大。常言道:'树大招风,名高多谤。'从来会武艺、享大名的,没一个不死在武艺上。"⑤ 显然,做老师的并没有把"术"放在首要位置,而是从做人层面为其讲"道"。霍元甲与王子

① 平江不肖生:《江湖奇侠传》,吴福助主编《民国小说丛刊》第一编,文听阁图书出版有限公司2010年版,第459—460页。

② 同上书,第835页。

③ 同上书,第560页。

④ 同上书,第795页。

⑤ 不肖生:《近代侠义英雄传》,吴福助主编《民国小说丛刊》第一编,文听阁图书出版有限公司2010年版,第54页。

春比武，处于守势却让对方受伤，究其因乃如霍元甲所言："平时练拳用气力，在练的时候，气力必专注一方，不是拳头，便是脚尖，或肩或肘，或臀或膝，除了这些有限的地方而外，如胸、腹、背、心、胳膊等处，都是气力所不能到的。我家迷踪艺，在练的时候不用气力，便无所谓专注一方，平时力不专注，用时才能随处都有，没有力气不能到的地方。"① 非常富有辩证色彩的一段话，却道出了中国传统武术中得"道"者与得"术"者的差别。惟其如此，农劲荪才认为："学道的人不必练习武艺，然武艺没有不好的。中国有名的拳术，多从修道的传下来，便可以证明了。练武艺练到极好的时候，也可以通道，只是很难，是因为从枝叶去求根本的原故。"② 而要抵达道的境界，则需要练武者具有侠义精神和信义理念。譬如董武师之所以愿意指点王五武艺，就因为王五当初没有将病了半月的他赶出镖局，而是情愿担着风险接养之。（第 3 回）应该承认，王五对董武师活着养、死了葬的态度，凸显出江湖侠客敢于担当的侠义情肠，才获得更有价值的豪侠回报。这种义气不仅表现在江湖来往上，也表现在霍元甲从事商业活动中。第 43 回，他准备与农劲荪赴上海之前，先把代朋友借的即将到期的三万串钱的事情处理好，便是坚守信义的行为。这不仅为其赢得好友农劲荪的肯定，也为他闯荡商界、笑傲江湖赢得良好声誉。

最后，向恺然的武侠小说还有鲜明的中西文化比较意识。作为表现侠客行侠生活为主的小说，武侠小说一直以中国传统武术为叙事焦点，部分文本涉及道家、佛家文化的比较，却很少涉及西方拳击术。《近代侠义英雄传》则将西方大力士作为刻画霍元甲形象的陪衬写进文本。小说描述两位西方拳师比武的场景："两人出场，对着行了一鞠躬礼，并不开口说话，分左右挺胸站着。随即有两个西人出来，带了一个三十多岁的西装中国人在后面，先由中国人向看客说明比武的次序，原来用种种笨重的体育用具，比赛力量，最后才用拳斗。"③ 仅仅是出场情景，就与中国传统比武情况差异巨大。第 50 回描写他们开始拳击比赛时，无论其所戴拳击手套，还是立在中间的两个西洋裁判，抑或是白力士与黑力士斗拳的场面，都给读者带来了不同的观感。与西方拳师交手几次、对其技击特点有所认知后，霍元甲能够比较中西技击的异同："外国武艺，在没见过的，必以为外国这么强盛，种种学问都比中国的好，武艺自然比中国的高强。其实

---

① 不肖生：《近代侠义英雄传》，吴福助主编《民国小说丛刊》第一编，文听阁图书出版有限公司 2010 年版，第 1434 页。
② 同上书，第 1453 页。
③ 同上书，第 776 页。

不然，外国的武艺可以说是笨拙异常，完全练气力的居多，越练越笨，结果力量是可以练得不小，但是得着一身死力，动手的方法都很平常。不过外国的大力士与拳斗家，却有一件长处，是中国拳术家所不及的。中国练拳、棒的人，多有做一生世的工夫，一次也不曾认真与人较量过的，尽有极巧妙的方法，只因不曾认真和人较量过，没有实在的经验，一旦认真动起手来，每容易将极好进攻的机会错过了。机会一错过，在本劲充足、工夫做得稳固的人，尚还可以支持，然望胜已是很难了。若是本劲不充足，没用过十二分苦功的，多不免手慌脚乱，败退下来。至于外国大力士和拳斗家，就绝对没有这种毛病。这人的声名越大，经过比赛的次数越多，工夫十九是由实验得来的，第一得受用之处，就是无论与何人较量，当未动手以前，他能行所无事，不慌不乱，动起手来，心能坚定，眼神便不散乱。如果有中国拳术的方法，给外国人那般苦练出来，我敢断定中国的拳术家，绝不是他们的对手。"① 如果向恺然不是精通中国传统武术、也知晓外国拳击的行家，是不可能进行如此透彻的比较的。其中对西方技击重实践特点的肯定，凸显出作者对西方文化实证特征的认同。小说叙述黄石屏接连治好德国患者戴利丝和雪罗的赘疣，而她们均为被德国医院院长诊断非得动手术才能治好的病号。黄石屏几根金针所展示的神奇折服了这位六十八岁的院长，他不但向其虚心请教，还让黄石屏在他身上点穴实验，以体会中医医术的微妙处。（第74回）可见作者并不盲目排外，而是根据自己的观察体验，对中西文化采取客观、理性的评判。这样，其小说所描绘的武侠世界就不再停留于技击层面，而是进入文化的深层结构，解析中西文化的优劣，进而使其小说具有较高的文化品位和较深的文学内蕴。

武侠小说的叙事特征亦具有独特之处。其一是充分吸收中国传统小说的叙事手法，尤其是公案小说、侠义小说等流派的艺术特长，通过设计连环套式的叙事链条，一环扣一环，使情节生动曲折，增加了小说的叙事魅力。如《江湖奇侠传》的基本叙事框架为平江、浏阳争夺赵家坪，其中包括主要人物柳迟、杨天池、朱复等人的成长史，昆仑派、崆峒派等派别的各代侠客构成的等级结构以及两派之间各邀帮手、争胜比武的叙事元素。即便是同一个人物，如欧阳后成、马汶祥、杨继新等，也往往牵扯到武林各派、僧俗两界。《近代侠义英雄传》则以王五、霍元甲为叙事线

① 不肖生：《近代侠义英雄传》，吴福助主编《民国小说丛刊》第一编，文听阁图书出版有限公司2010年版，第1033—1034页。

索，串联起众多情节。这样，其叙事线索多重，叙事进程波澜起伏，使小说极富可读性。《奇侠精忠全传》则融汇历史传说、苗疆神话于一体，将叙事的传奇性、生动性相结合，颇具吸引力。

其二是人物形象鲜明，性格独特。向恺然在创作武侠小说之前，就出版过《留东外史》等长篇小说，擅长刻画形象。在其武侠小说中，往往能够抓住人物特征，极经济地写活形象。如《江湖奇侠传》中的侠客们，笑道人的幽默慈善、满脸笑颜，使人只要见过一面就难以忘怀；哭道人的阴险诡异、野心勃勃，特别是其以眼泪做武器，使接触者受伤的细节，令人惊异；金罗汉吕宝良作为昆仑派的领袖，几乎没有出过手，依然形象鲜明，则是靠他随身携带的两只神鹰和武功卓绝的众多弟子；崆峒派领袖杨赞化很少出场，但通过董禄堂、杨赞廷、甘瘤子、常德庆等人的所作所为，也渲染出其高深怪异的功夫。而江南酒侠凭借饮酒、喷酒，酒滴如豆、四射伤人的绝门武艺和立意为昆仑、崆峒派讲和的行为，既收束了故事，也凸显出儒家和为贵的传统意蕴，表现出大德者不以武凌人的人格魅力。《近代侠义英雄传》中霍元甲、王五等侠客形象，糅合时代风云、传奇武功和绝异品质，具有真实、可信的特征。

《奇侠精忠全传》则注重描写人物的成长过程，侧重表现其心理嬗变。如杨遇春出生时仙乐阵阵、两位四品武官守门并赠金刀，抓周时既抓书册，亦拿木刀，预示其文武双全；该就学了，有名师葛玄一教授，并食肉芝，得《玉真玄女兵法秘笈》等。考中武举后，受额经略赏识，得异人协助和朋友相帮，方成就盖世奇功。此形象的塑造，既强调过程性，亦紧扣神奇性特点。冷田禄的蜕变史亦引人注目，作者围绕欲望的畸生与变异展开对其形象的刻画——他母亲早死、随父成长，父亲却与人通奸，对其缺乏关爱。于是，自私、好淫、阴毒的性格使其诱奸父亲的情人，强奸胡姓女孩、新娘贾素姐，通奸田红英等，均凸显出其日趋邪恶的一面。他匿藏苗族女首领乌苏拉，为此与师兄弟割袍断交；勾搭教主田红英，成为白莲教主将，最后的死亡也被安排为淫报。对功名的欲望亦使其绝情寡义，尤其是害死替其买骏马的武鸣凤，诱骗师兄杨遇春等行为，表现出一个心理变态者离侠义愈来愈远，高超的武功反而成为邪恶的帮凶。于此，彰显出赵焕亭武侠小说不以表现武功为主、侧重人物成长过程与心理特征的特点。

其三是想象奇特，意象骇人。与公案小说中的侠客紧随清官思想而作不同，也与侠义小说中侠客拘泥于现实环境中难以自拔迥异，旧派武侠小说中的侠客们摆脱了客观物质世界的束缚，地球引力控制不了他们，凭借修炼的法术意念即可斩杀敌人。如《江湖奇侠传》第29回的苗族法师可以法术作战;红云老祖、哭道人等人的门下多凭法术行走江湖,黄叶道人的弟子们也个个法术惊人。而欧阳后成学法术成功后返乡寻亲期间,看到仇人潘道兴出来,远远地指着他说道:"我今日定要取你这恶贼的性命。"话才出口,潘道兴已经倒地死亡。坐船离开时,船主谋取他的包袱,后成骂那人:"像你这种没天良的恶贼,真应倒在这河里淹死。"话音没落,那人已经倒入河中淹死。凭借意念即可瞬间杀人,完全摆脱了数番恶斗方能制胜的传统套路。更为奇特的是向恺然直接将近代科技成果引入小说,第33回叙述欧阳后成以庆瑞给他的手枪替祖师杀死方振藻。这个细节以往少有人关注,它可能是武侠小说中最早使用手枪者,其效益是多重的:第一,热兵器的进入武侠小说,消解了冷兵器时代武功的绝对性地位;即便是法术很高如方振藻者,也无法抵挡。第二,应了方振藻的咒语。第32回结尾处写明,方振藻当年发的誓言为本身咒:"倘若犯了戒,就得死在一个未成年的小孩子手里。"而此时杀死他的人,恰恰是一个未成年的小孩。第三,凸显神奇性。欧阳后成有枪,却不知道使用。关键时候,有人提醒他,刚从怀里拿出枪,枪声就响起,方振藻就死了。也就是说,他没扣动扳机,枪就能够击发,一切都在祖师的操纵下完成了,他只是个替身。如此描写,其意象骇人,叙事效果也出人意料。

赵焕亭通过梦境等意象预置情节的频频使用,亦形成独特的叙事特征。如第12回田红英父亲死后被族亲骗财、心情沮丧时做梦见到十万雄兵齐唱:"黄鹄休歌贞女吟,白莲风起惨阴云。白铜鞭上搋枪郎,杀劫茫茫待此君。"并遇到风流倜傥的少年将军,杀掉丈夫陈敬。此梦预示她将成为白莲教的教主,并爱上冷田禄、虐杀陈敬。第125回、第126回叙述冷田禄谋害武鸣凤时,两次写到梦境,先是逢春梦见满面浴血的鸣凤扑倒,怪其来晚了;然后写鸣凤告诉田禄近日总是梦着回家,并梦见逢春等。梦梦相连,既表现二人感情,也酝酿悲剧氛围,颇得传统小说神韵。

二 超越现世的武侠小说

超越现世的武侠小说以还珠楼主的创作成就最大。他原名李善基(1902—1961),四川长寿人。其父李元甫曾任苏州知府,他自幼即随父游历各地,曾经三上峨眉,四上青城,为小说创作中建构武侠世界积累了素材。他虽只上过私塾,却对佛、道、医、卜、星象都有心得。17岁时父亲去世,家道中落。19岁时随母亲移居天津,在《大公报》供职,兼做家庭教师。发表小说处女作《轮蹄》时署名"还珠楼主",取唐代诗人张籍《节妇吟》"还君明珠双泪垂"诗意，遂以此为笔名。约在 1930 年前后，应天津《天风报》之约，他创作《蜀山剑侠传》，连载后很受欢迎。1932—1949 年，以"蜀山"为核心，他以 36 部武侠小说形成一个庞大的"蜀山系列"，代表作为《蜀山剑侠传》《青城十九侠》。

与向恺然关涉现实不同，他的小说世界具有超现实性，文本内蕴具有多重性。从表层看，无非是正派"剑仙"与旁门左道、魔道的一系列斗争。一方面描摹正邪势不两立的现实世相，使其小说具有相当可信的现实基础；另一方面也叙述正邪之间是能够转化的，只要本性不灭，在剑仙帮助下，那些进入邪途的年轻侠客尚有光明未来。如《蜀山剑侠传》中的郑八姑本属于邪派，却因为无大恶而得到峨眉派的帮助，终于成为颇有道行的剑仙。还珠楼主的小说并未停留在对现实的映照方面，而是对人类命运进行更深层面的思考。在"蜀山"系列中，无论正邪，只要生命意识存在，皆面临着"道家四九天劫"——它既非造物主的设定，亦非其他人格神的施为，而是一切"超人"必然面临的"自然命运"。对生命终将结束的恐惧，使人们往往幻想能够通过自身修为超越劫难，抵达长生不死的仙境。于是，剑仙们通过修炼内功，使其臻于上乘，增强抵御邪魔侵袭的能力；然后，利用自己的功法入世行侠，斩魔除妖，杀怪清邪，积累善行，以利脱劫。魔界妖人则通过苦练魔器，或盗劫他人宝物而保护自身，逃过劫难。其行为有正邪之分，修炼途径也迥异，但是，欲躲过劫难的目标是一致的。其中蕴含着人类对大劫难（死亡）的恐惧与渴望超越劫难的愿景。采取手段的差异，则凸显出人性内蕴的善恶。同时，其武侠小说注重偶然因素如奇遇、宝物以及超越人类能力的自然元素等对剑仙成功的辅助，视其为行侠诛魔的外在保障；对人物命运中不可抗拒的必然因素则持崇拜态度，无论是躲不过的天劫、地劫，还是自身命运的轮回、情感方面的宿命等，作家均以坚信的态度描述之，试图使读者接受之，认同之。偶然、必然因素的糅合，使得其小说蕴含着深邃的哲理内蕴。

希望超越劫难、保护生命存在的愿望，使其文本在魔幻迷离的意境中充盈着人道主义的光辉。惟其如此，其文本侧重描写剑仙们如何凝聚力量挽救众生，乃至人类生存的地球的行为。如《蜀山剑侠传》第 38—40 回的核心情节"大破慈云寺"，是因为该寺聚集邪恶势力，不仅危害一方，而且谋求诛灭剑仙。因此，正义势力集结是为了保护江湖世界与现实世界的平安。"戴家场群雄授首"的现实性更强，它由世俗婚恋引发族群冲突，进而带来正邪两派的介入，直至戴家场擂台决胜负，剑仙为首的一方击败邪恶一方，保住了地方繁荣安宁的生存环境。（第 70—73 回）第 122

回描述"三仙二老诛绿袍老祖"，是因为后者食人血肉、残暴无厌，且功法超绝，对江湖世界构成威胁。"大破紫云宫"则是因为紫云三凤受许飞娘的蛊惑，对其他人的生存极具威胁性；当易家兄弟追至铜椰岛，引发天痴、神驼大战，一场毁灭地球的灾难——地心赤祸即将爆发之际，群仙再聚而至，各施其才，制止了灾难。（第 222 回）其中蕴含着作者对 20 世纪 30 年代世界形势的忧惧，也寄托了其希望人类能够聚合智慧，抛弃一己之私，共同保护生存家园的意蕴。

　　之所以能够建构起如此深刻的小说内涵，与其对中国传统文化的研读和打通彼此界域为己所用有关。作者对于儒家入世观颇有体会，认同其济世行善、修身齐家的理念，因此，笔下剑仙多律己、除恶，救危解困。对于佛教文化，作者取其苦修自身、超越苦难的理念，强调修炼中对磨难的淡然与对目标的信仰，因此，其笔下人物多经几世轮回，方能得道。对于道家文化，作家最是向往，也是其小说文化内蕴的主要构成，剑仙所学所修，多是内家功法，即道家气功和法术。峨眉派弟子下山前必闯过左洞，其内部所设十三关即为七情六欲所构成，象征性写出修炼之道；（第 220 回）李宁教导女儿所言："一饮一啄，莫非前定。……物各有主，圣姑早有布置，该为何人所有，定而不移，决不会择强而归。"① 可见，剑仙的修为、处世之道皆以道家理念为主。其最终目标则是积善、自修，超越生死，得道成仙。以延长生命为人生目标，恰恰是道家文化的核心观念。因此，小说中历尽磨难、成为仙界成员的侠客常常是剑仙中的领袖角色。出于论述的方便，这里分别阐述作家文化修养对其创作的影响。实际上，其小说中的文化理念通常是糅合各种文化理念于一体的，是打通了彼此界域而自成一派的。在此基础上，作家展开其对个体生存、生命意识、人类前途乃至地球未来的思考，就收获了超越传统、凌驾他人的思想，创作了具有深刻内涵的小说。

　　还珠楼主的才华不仅表现在内蕴的多重性方面，也表现在人物形象的个性化、叙事意象的独特性与景物描写的雅致化等方面。《蜀山剑侠传》以"三仙二老"（苦行头陀、玄真子和妙一真人，嵩山少室二老追云叟白谷逸和矮叟朱梅）、"三英二云"（李英琼、余英男、严人英、齐灵云、周轻云）作为两代剑仙的代表，串联起众多人物。若从文学视角考察，则长辈以朱梅、白谷逸、苦行头陀、怪叫化凌浑等刻画得最为成功，既具有剑仙传奇色彩，也富含现实人性。如矮叟朱梅游戏人间，似乎无求，却处

---

① 还珠楼主：《蜀山剑侠传》，北方文艺出版社 2012 年版，第 1867 页。

处扬正义、抑邪恶。第 25 回描写他惩罚法元，先是装醉吐了对方一身秽物，再取走其盗窃的银子；法元急于攻击时，则以其衣服罩头，使其乱剑搅碎；再把银两放回，留条警告之："警告警告，玩玩笑笑。罗汉做贼，真不害臊。赃物代还，吓你一跳。如要不服，报应就到。""底下画着一个矮小的老头儿，一手拿着酒杯，一手拿着装酒的葫芦，并无署名。"①第 27 回他救了许钺、陶钧，却反对他们跪谢；唤之不起，自己也跪拜地上。救人不图感恩，恰是侠客本色。人跪拜我，我亦跪拜人，则是大侠怪癖！当陶钧还不明白，依然跪着不起时，则拳脚相加，惩罚陶钧。如此细节，凸显出朱梅厌恶俗例，特立独行的性格。有类似怪癖的还有白谷逸和凌浑，他们在惩戒邪恶人士时也是自己不出手，而是利用敌方特点，使其互相攻击。第 61 回叙述赵心源被对手所制，自己身体不能动转，也不能逃走，闭目等死。"半晌工夫，耳边只听一种清脆的声音，好似小孩打巴掌一般清脆可听。偷偷用目一看，前面二人竟然对打起嘴巴来，你打我一下，我还你一下，都是用足了力气，仿佛有什么深仇似的。""那二人直对打了半夜，还是不肯停手。最奇怪的，是下半身站在那里不动，上半身就只两手可以抡动起来。刚好三魔的左手打在六魔的脸上时，六魔的左手也同时打在三魔的脸上。左手打罢，右手又照样来打。二人站的地方，也再没有那么合适。你打过来，我也打过去，快慢如一，距离一样。叭叭叭叭的声音连响个不住，要快也一样快，要慢也一样慢，好比转风车一般，匀称极了。"② 原来是白谷逸让八魔中的三魔钱青选与六魔厉吼互打，以惩戒其追杀赵心源。第 90 回叙述魏青见一个道人跑来跑去，"细看那道人已跑得气喘吁吁，头上黄豆大的汗珠子直流，两眼发呆，看准前面，脚不沾尘，拼命飞跑。似这样从魏青身旁跑过来跑过去，有好几十次。""后来见那道人累得上气不接下气，步法渐渐迟缓。"③ 以魏青视角，透视凌浑作为——幻作尚和阳、戏弄独角灵官乐三官，与追云叟作弄二魔相似。通过戏谑性情节，一方面增加小说的叙事魅力，设置悬念诱惑读者；另一方面凸显剑仙本领高强，不需要出手，即可作弄敌方如木偶；同时，也表现出大侠本色，即自掌正义，不求回报。神驼乙休的观点正是如此："我老驼生平没求过人，人也请我不动。闲来无事，想做什么，就做什么。"④ 他斗铜椰岛主时，表示："我向来不喜鬼鬼祟祟行事，痴老头他如

---

① 　还珠楼主：《蜀山剑侠传》，北方文艺出版社 2012 年版，第 172 页。

② 　同上书，第 473 页。

③ 　同上书，第 782 页。

④ 　同上书，第 1348 页。

识趣，不往岷山找寻便罢；他如去时，休说我不能轻饶了他，便是山荆，也未必肯放他囫囵回去。""我向来不知甚么顾忌，也从未向人服过什么低。"① 无所畏惧、我行我素，凸显出独立的人格和超绝的精神，正是乙休形象可爱之处。

年轻一代剑仙则凸显其天然禀赋和人生奇遇。无论是《蜀山剑侠传》，还是《青城十九侠》等，还珠楼主均特别看重剑仙先天的禀赋，甚至多次写到一旦某小孩禀赋特异，就会有正邪两派争夺之。如李英琼就是被昆仑派、峨眉派争取的对象，她是被昆仑派的赤诚子骗往昆仑派的途中，因为赤诚子遇敌而意外在莽苍山赵神殿得到"紫郢"宝剑，后又得到长眉真人的仙鹤，成为峨眉派弟子的。为了强化剑仙、神魔来历的奇特，作家多次描述他们出生的奇特。如《青城十九侠》第 12 回叙述剑仙纪异的来历，乃其母纪淑均与怪物葛魁交合受孕而得；第 33 回叙述剑仙涂雷的来历，则是其母涂琏珍受霹雳震动而受孕。《蜀山剑侠传》第 141 回方良夫妻救了蚌王，"蚌口三张三合之间，蚌口中那道银光忽从天际直落下来，射向梁氏身上。这时正是夏暑，斜阳海岸，犹有余热。梁氏被那金光一照，立觉遍体清凉，周身轻快。强光耀目中，仿佛看见蚌腹内有一妙龄女子，朝着自己礼拜"。"那梁氏早年习武，受了内伤，原有血经之症。自从被蚌腹珠光一照，夙病全去，不久便有身孕。"② 方良夫人梁氏奇特受孕，为后来生下三胞胎埋伏线。其他如笑和尚、金蝉、石生等剑仙的来历也均非凡，均有神奇性和鲜明的个性。如写笑和尚："那笑和尚本是书中一个主要人物，他的出身甚奇，留待后叙。年才十四五岁，为苦行头陀生平惟一弟子。五岁从师，练就一身惊人艺业。性情也和金蝉差不多，长就一个圆脸，肥肥胖胖，终日笑嘻嘻，带着一团和气。"③ 金蝉则是齐漱溟的儿子齐承基转世托生的（第 16 回），石生是母亲陆蓉波感石所生。强调出身的奇特，实际上是中国传统文化中重视血缘内涵的延伸，也有神话传说中天人感应生育后代的意蕴，这样描写，既凸显出年轻剑仙的来历非凡，也容易解释其超凡功法的成因。

当然，剑仙们能够制伏邪魔，成就仙业，还有不容忽视的因素，即奇特宝物的辅助。还珠楼主武侠小说世界的建构得力于其非凡的想象力，无论是仙界、山野，还是海洋、湖底，均成为其施展想象的载体，即便是剑

---

① 　还珠楼主：《蜀山剑侠传》，北方文艺出版社 2012 年版，第 1812 页。

② 　同上书，第 1468 页。

③ 　同上书，第 229 页。

仙、邪魔手中的兵器，也无不具有想象奇特的特征。第 18 回餐霞大师的弟子朱梅带给金蝉的宝物——天黄珠和朱草，前者"乃千年雄黄炼成，专克蛇妖。放将出去，有万道黄光，将周围数里罩住"。后者"长约三四寸许，一茎九穗，通体鲜红，奇香扑鼻"，"又名红辟邪，含在口中，百毒不侵。"第 27 回余莹姑洞中偶得青霓剑，第 28 回周淳中毒后得到朱灵草："那灵草一千三百年结一回果，成熟七天，便入地无踪。服了之后，益气延年，轻身换骨，又抵百十年苦功。"第 43 回李英琼收服金眼神雕佛奴，后来还有玉奴。第 77 回叙述秦紫玲、秦寒萼姊妹，不仅有母亲留下的"千年神鹫与一对白兔们"，"遇有需用之物，不论相隔万里，俱有神鹫去办。"而且还有弥尘幡——"此幡颇有神妙，能纳须弥于微尘芥子。一经愚姊妹亲手相赠，得幡的人无论遭遇何等危险，只须将幡取出，也无须掐诀念咒，心念一动，便即回到此间。"第 82 回郑八姑的雪魂珠和第 107 回笑和尚所得乾天火灵珠等也是至宝，对他们后来行侠建功用处极大。《青城十九侠》中裘元、涂雷所用的宝剑，虎王所骑的黑虎等，也与前述宝物相似，皆为剑仙闯荡江湖、奔波世界的利器。而作为剑仙对立面的魔妖们，其手中亦不乏宝物，或如第 72 回姚开江所用"百毒烟岚连珠飞弩"，"乃是用各种毒涎恶草和毒瘴恶虫化合五金之精，百炼千锤制就的弩箭，再用本身五行真气练成飞箭，与飞剑一般能发能收。一经发出，与敌人飞剑相遇，敌人飞剑被污落地；凡人沾上一点，立刻毒气攻心而亡。真实南疆中最厉害的法宝，其毒非常。"或如口衔乾天火灵珠的文蛛："浑身碧色，头尖口锐，阔腮密鳞，身形颇似蟾蜍。腹下生着两排短脚，形如鸟爪。两条前爪长有三丈，色黑如漆，尽头处形如蟹钳；中节排列着许多尺许长的倒钩，形如花瓣，发绿光的便是此物。"① 其他如绿袍老祖的百毒金蚕蛊与极乐真人李静虚的乾坤针，秦紫玲所用的天狐白眉针与北极寒光道人的吸星球等，彼此相克，成双出现，相映成趣。与其他武侠小说家多描述侠客致力于人间不平迥异，还珠楼主描绘的剑仙们多以自然界为施展功法的对象，其行侠目标往往是妖怪，于是，其文本中便充满形形色色的怪兽形象。山魈、木魅、恶鲧、葛魈、蓝螭、冰蚝等神话传说中的怪物，被形象刻画出来，成为剑仙征服的对象，凸显出作家想象力之丰富。

　　个性鲜明的形象、想象奇异的意象、美丽如画的环境等，均需要通过文字展现出来。还珠楼主以生花妙笔将其细腻描述，糅合文言、白话于一

---

　　① 　还珠楼主:《蜀山剑侠传》，北方文艺出版社 2012 年版，第 996 页。

体，形成简洁、雅致的语言，文学品位颇高。观其景致，或清幽淡雅，如第19回："如火一般的红日，已从地平线上逐渐升起，照着醉仙崖前的一片枯枝寒林，静荡荡的。寒鸦在巢内也冻得一点声息皆无，景致清幽已极。再加上这几个粉妆玉琢的金童玉女，真可算得尘外仙境。"或香艳朦胧，如第46回李英琼在莽苍山古庙中与紫龙游斗时所见："这时已是三更过去，山高月低，分外显得光明。庙前这片梅林约有三里方圆，月光底下，清风阵阵，玉屑朦胧，彩蕚交辉，晴雪喷艳。这一条紫龙，一个红裳少女，就在这水晶宫、香雪海中奔逃飞舞，只惊得翠鸟惊鸣，梅雨乱飞。那龙的紫光过处，梅枝纷纷坠落，咔喳有声。"或秋色怡人，如熊曼娘所见："正值秋深日暮，满山枫林映紫，与余霞争辉。空山寂寂，四无人声，时闻泉响，与归林倦鸟互相酬唱，越显得秋高气爽，风物幽丽。"①或描画峨眉山美景，极富层次感："一面是孤峰插云，白云如带，横亘峰腰，将峰断成两截。虽在夏日，峰顶上面积雪犹未消融，映着余霞，幻成异彩。白云以下，却又是碧树红花，满山如绣。一面是广崖耸立，宽有数十百丈。高山上面的积雪受了阳光照射，融化成洪涛骇浪，夹着剩雪残冰，激荡起伏，如万马奔腾，汹涌而下。中间遇着崖石凸凹之处，不时激起丈许高的白花，随起随落。直到崖脚尽处，才幻作一片银光，笼罩着一团水雾，直往百丈深渊泻落下去，澎湃呼号，声如雷轰，滔滔不绝。"②或如笑和尚所见云起云飞，灵动活泼："白云舒卷，绕山如带，自在升沉。月光照在上面，如泛银霞。时有孤峰刺云直上，蓊茸起伏，无殊银海中的岛屿，一任浪骇涛惊，兀立不动。忽然一阵天风吹过，将山腰白云倏地吹成团片，化为满天银絮，上下翻扬。俄顷云随风静，缓缓往一处挨拢，又似雪峰崩裂，坠入海洋，变成了大小银山，随着微风移动，悬在空中，缓缓来去。"③而作者用语的典雅有致，使小说语言颇有古韵："六月天气甚长，夕阳虽已没入崦嵫，远方天际犹有残红，掩映青旻。近处却是瞑烟晚雾，笼幂林薄，归岭闲云，自由舒卷。时当下弦，一轮半圆不缺的明月，挂在崖侧峰腰，随着云雾升沉，明灭不定。崇山峻岭，茂林修竹，因风碎响，与涧底流泉汇成音籁。端的是清景如绘，幽丽绝伦。惟独干莫宝光，深藏地肺，渺难追探；不似丰城剑气，上射穹霄，可以迹象。"④阅读这样的文字，不仅能够意随笔转，领略其景色之美，而且语言自身的

---

① 还珠楼主：《蜀山剑侠传》，北方文艺出版社2012年版，第800页。
② 同上书，第856—857页。
③ 同上书，第1135页。
④ 同上书，第1113页。

雅致韵味，极具艺术魅力。

综上所述，旧派武侠小说建构的"江湖世界"，对于战乱频仍的现实世界而言，是反衬，是超越，更是象征！在充满暴力、不平的世界里，人们渴望侠客们能够仗剑行侠、除暴安良，更留恋那远超现实、空灵美妙的想象世界。纯洁的情感、飘逸的姿态、浪漫的情怀、超凡的技能等，因为"江湖"的存在而有所寄托了。惟其如此，才激起后世金庸等人的接力创作。

第五节　侠客的存在状态

侠客在中国近代小说文本里是一个延续不断的系列形象，综观公案小说、侠义小说、武侠小说等小说流派中的侠客，可以看出其存在状态的独特性。笔者从存在空间、人格特征等方面展开论述，以便对侠客形象做出客观、科学的分析。

一　侠客的存在空间

侠客在中国近代小说世界里拥有独特的空间，其内蕴可以宏观、微观分论之。总体看，侠客活动的江湖空间，"小处写实而大处虚拟，超凡而不入圣，可爱未必可信，介于日常世界与神话世界之间，这正是所谓写实型武侠小说中'江湖世界'的基本特征"。[①] 若从宏观考察，侠客们游走于江湖、庙堂之间，建构起属于他们的生存空间。"江湖"一词出自《庄子·大宗师》："泉涸，鱼相与处于陆，相呴以湿，相濡以沫，不如相忘于江湖。"意谓执着于艰难的情感，不如放弃情感换来平安的生活，蕴含尊崇自我、神道自然之意。其存在，"也不只是泛指人世间，而是隐隐有和朝廷相对的意思。……将江湖世界作为一个不受王法束缚的法外世界、化外世界，实际上是在重建中国人古老的'桃源梦'。"[②] 侠客游走于皇权中心与社会边缘，恰是其渴望成就功名与坚守自我意志的双重欲望使然。但是，若从小说流派的视角研读文本，则可以判断：在不同的小说流派中，侠客们所处空间是不同的。在公案小说中，侠客们的人生途径基本上是从家庭走向江湖，在江湖扬名立万以后，其人生路向发生变异——一部

---

① 陈平原：《江湖与侠客》，《陈平原自选集》，广西师范大学出版社 1997 年版，第 169 页。
② 陈平原：《千古文人侠客梦》，北京大学出版社 2010 年版，第 185—186 页。

分侠客由于种种机缘，开始成为清官们的保镖，追随清官为民除暴、为国立功，其存在空间从江湖逐步移向庙堂。如《施公案》中的黄天霸、贺天保等，《彭公案》中的黄三太、杨香武等均如此。随着他们利用武艺取得成就，往往能够获得朝廷的封赏。于是，其价值观也发生了变化：以往为打抱不平而行走江湖，以保护弱者为人生事业的宗旨，变为以为国出力、获得功名为人生目标。尤其是黄三太打虎救驾获赏黄马褂的行为，他自述打虎的原因："因我六十生辰之日，有昔日结拜的朋友濮大勇，酒后他说我年迈无能，要在北京天子脚下，作一件惊天动地之事才算英雄。小人一时气忿不平，我来到京都，正遇万岁爷行围打猎，遵旨打死猛虎，不敢求赏，只求万岁爷赐我一点物件，成我之名，死于九泉之下，也感念万岁爷的皇恩浩荡。"① 一方面是炫耀自己未老、技能惊人，另一方面也是为了获得皇帝的认可，提升自己在江湖上的名声。惟其如此，杨香武才会盗走九龙杯以显示其武功不在黄三太之下。其中蕴含的意蕴耐人寻味：一方面，黄三太、杨香武、黄天霸等人均非后来《三侠五义》中的展昭那样死心塌地地追随清官，而是在关键时候显身手，凸显自身绝艺；另一方面，他们不满足于江湖人士的认同，竭力寻求皇帝的认可，以皇家的赞许作为标准使得其价值观与江湖拉开了距离。另一部分侠客则坚持在江湖上谋生存，他们不认同统治者的权威，往往占据一方、自立规矩，成为统摄一方的势力。这些侠客虽然有吓人的绰号，武功通常不如那些投身庙堂的侠客，因此，他们采取的策略是啸聚群雄，协同作战。《施公案》中的刘六、刘七领导的好汉群，于六、于七领导的绿林群豪等，《彭公案》中周应龙召集的江湖豪杰等，便是这样的江湖侠客聚集群体。

在侠义小说中，侠客们依然游走于江湖、庙堂之间，但是，与公案小说相比，已经发生变化。一方面是侠客们的出路多元化，既有《三侠五义》中展昭、陷空岛五鼠那样完全归属清官、效忠皇帝的侠客，也有《儿女英雄传》中十三妹那样辞别江湖、认同封建礼教与规范、回归家庭的女侠，更有《荡寇志》中陈希真、陈丽卿那样占山为王，汇聚江湖人士专门帮助官军、剿灭梁山好汉的侠客。如果我们不拘泥于十三妹的回归家庭、认可这是另类的走向小庙堂（家庭）的话，那么，侠义小说中的侠客们呈现出脱离江湖、向庙堂归拢的趋势是明显的。"当侠客由'法外'走向'法内'，放弃江湖规矩转而侍奉朝廷王法，传统的任侠精神，必须重新定义。当朝廷命官倚赖从前的法外之徒或者金盆洗手的侠客来维

---

① 贪梦道人：《彭公案》，三秦出版社1995年版，第125页。

系社会秩序，国家权力的合法性也已裂缝丛生了。"① 显然，侠义小说里
侠客归向庙堂的负效应是多重的。另一方面是那些依然坚守在江湖的侠
客则慢慢失去侠客的特性。除了《三侠五义》中的欧阳春、丁兆兰、
丁兆蕙等少数人之外，他们游走江湖，既为朝廷出力，也继续打抱不平
的侠义行为；大部分留在江湖上的侠客被塑造成打家劫舍、横行一方的
豪强。如《儿女英雄传》能仁寺那帮恶僧、《荡寇志》中啸聚梁山的所
谓好汉，均成为破坏社会稳定、制造社会动荡的负面形象。应该说，他
们离侠的本质越来越远了。近代作家以小说表现之，依然有独特价值：
"侠义公案小说既不拥戴旧制度，也不保证法外侠士带来新制度，它以
形形色色的方式替代了权力话语，从而提供了世变维新的舞台。侠义公
案小说重新审视了叛乱与革命、个人与保皇、果报与公正、道德与司法
等等观念，社会对于激烈变革的需求由此更为清晰可见。"② 亦即侠客们
游走于两个空间之间的行为，既是个人角色的转换，也是社会期待投射到
个人身上的表现。

　　在旧派武侠小说中，侠客们重新以江湖作为驰骋的空间，显示出很
大的自由度。小说作者抓住侠客生活漂泊不定、逍遥自在的特征，忽而
杏花江南，忽而风雪塞北；或为繁华的闹市，或为寂美的乡村等，构建
于文本中均成为侠客们施展武功的空间。从宏观视之，武侠小说空间的
选择很自由，完全根据小说创作的需要而安排。如《江湖奇侠传》的
江湖空间既有现实实存的湖南省平江县、浏阳县，也有超越现实之上艺
术化的崆峒、峨眉山、昆仑山等奇峰名山；《近代侠义英雄传》则紧扣
大刀王五、霍元甲生活的北京、天津以及霍元甲打擂而去的上海展开，
中间插叙其他侠客活动的区域空间，是典型的现实空间。而以《蜀山剑
侠传》为代表的小说空间则独具特色——看似现实存在的峨眉山、青城
山等客观实存，实际上是作者想象改造过的虚构空间。在那里，作者把
自己能够想象到的奇境异界展现出来，或在某种感觉方面抵达极限，如
满山冰冻，下面隐藏奇特洞窟，却有武功卓异的人物如郑八姑隐居其
中；或于蛮荒边疆建构富有异俗的村寨部落，其中住有擅长施毒、轻功
惊人的武林前辈等。在拓展人类想象力方面，还珠楼主的武侠小说做出
了很大贡献，其中就包括对武侠空间的建构。其空间有两大特点：其一
是聚焦于中国西南地区，即四川、湖南、贵州、云南一带。这里是作者

---

① 王德威：《现代中国小说十讲》，复旦大学出版社 2003 年版，第 4 页。
② 孙康宜主编：《剑桥中国文学史》下卷，生活・读书・新知三联书店 2013 年版，第 485 页。

熟悉的地方，也是中国山水秀丽的地区，便于描写山河、雪原、奇洞、暗穴等空间；当然，也便于作家将外来的汉族侠客与本地山民进行比较，通过行为、语言、性格等方面的差异，凸显出其对区域文化的认知。其二是全球视野，小说超越国界，如《蜀山剑侠传》让侠客练习功法的地方至喜马拉雅山、阿尔卑斯山，第141—148回则描绘海底、海岛世界，后来延伸到北极。如此空间建构，既显剑仙们的功夫来之不易，穷尽人间绝境磨炼自己；亦通过所建构的多维空间，展示作者所拥有的地理知识，大大拓展了武侠小说的表现空间。

　　如果从微观考察，侠客们的存在空间则有不同特点。那些投靠清官、效忠朝廷的侠客，往往以清官的官衙为中心，居住在清官居室附近以便卫护；若是清官外出私访，或赴任途中，则随同行程，无论馆驿庙宇，还是乡间茅屋，皆成为其存在空间。此时，其主体意识是不能彰显出来的，因为他们已经成为清官们的附庸，存在于清官的阴影下。而那些逍遥江湖的侠客们，其空间选择多为险峻的高山，或湍急的江河。在那里，借助自然天险建构保护武侠群体的空间，使其能够在王法之外构建独特的社会存在。如《彭公案》写周应龙营建的避侠庄:"此人姓周名应龙，绰号人称都霸天，在淮南以南、扬州之北三十里的避侠庄居住。他家中的宅院，全有埋伏，有绷腿、绳绊、脚锁、立刀、窝刀、自发弩箭。外边墙是夹壁墙，人要不知掉下去，准得饿死。院中设有壕沟，上绷芦席，内中有水，人若落下去就不能上来。他手使一对瓦楞金装铜，练得飞檐走壁之能，有万夫不当之勇，会打毒药弩，人受一下，连肉全烂。他是坐地分赃，手下有二百余名绿林中人，各分一处，内有四个大头领，一名美髯公金刀无敌薛虎，二名小温侯银戟将鲁豹，三名俏郎君赛潘安罗英，四名玉麒麟神力太保高俊，这四人足智多谋，远韬近略非常，乃金翅大鹏周应龙的臂膀。"① 这是典型的村寨式的堡垒，其中生活着志趣相投的江湖好汉们。避侠庄被破后，周应龙逃到紫金山，后又逃至北邱山才被抓住。他所盘踞的紫金山极为险要，易守难攻，因此，折损了几位侠客才攻下。而其扔下金牌的后山寒泉穴也非常险峻:"到了后山，只见峭壁直立，树木森森，山花野草，遇时而新。在西北山后，阴风阵阵生凉，野兽窜避无踪。众人顺着幽僻小路，由山岭上往下走去。原来这座寒泉穴，就在西北半山坡中，上盖景亭，阴风冽冽，冷气凄凄。……此泉自山阴流出，其水墨绿之色。向东有一窟窿在泉之下，如冰盘大，一股水直向东流，归入逆水潭

---

① 贪梦道人:《彭公案》，三秦出版社1995年版，第146页。

中，由山之东涧沟流入河内。从紫金山路背后，有小路一条，可至寒泉的上面。站在寒泉之台阶上，东望逆水潭，如在目前。"①而《三侠五义》中的陷空岛则是充分利用自然地形，加以人工巧设机关形成的空间。无论是展昭被困的通天窟（第54回），还是丁兆兰被困的螺蛳轩（第55回），抑或是白玉堂设计的独龙桥（第56回），均凸显出天工人力相结合的特点。这样，危机四伏的地形与武功特异的"五鼠"，就使得江湖人士对陷空岛敬畏俱存。

到了想象力极为丰富的还珠楼主笔下，剑仙们的独特空间就更为玄妙、隐秘了。以其代表作《蜀山剑侠传》为例，散仙易周所建居在南海，"曾在那里用千年玄龟、海底珊瑚和那许多异宝，盖了一所宫殿。因知过于炫奇，难保不有能人前去寻隙，又在殿前设了一座大须弥正反九宫仙阵。其中神妙莫测，变化无穷，不知个中三昧的人陷身其中，除了死活由人处治外，休想脱身一步"。②不仅地处偏远，而且秘设阵法，令人生畏。紫云三凤的紫云宫则在海底，且原是连山大师别府，天一金母旧居。而剑仙们向往、聚集的凝碧涯更如天宫般美丽的所在："灵云等举目往前一看，果然前面崖壁上面有丈许方圆的'凝碧'两个大字。左侧百十丈的孤峰拔地高起，姿态玲珑生动，好似要飞去的神气。那凝碧崖与那孤峰并列，高有七八十丈，崖壁上面藤萝披拂，满布着许多不知名的奇花异卉，触鼻清香。右侧崖壁非常峻险奇峭，转角上有一块形同龙头的奇石，一道二三丈粗细的急瀑，从石端飞落。离那奇石数十丈高下，又是一个粗有半亩方圆、高约十丈、上丰下锐、笔管一般直的孤峰，峰顶像钵盂一般，正承着那一股大瀑布。水气如同云雾一般，包围着那白龙一般的瀑布，直落在那小孤峰上面，发出雷鸣一样的巨响。飞瀑到了峰顶，溅起丈许多高。瀑势到此分散开来，化成无数大小飞瀑，从那小孤峰往下坠落。……水落石上，发出来的繁响，伴着潭中的泉声，疾徐中节，宛然一曲绝妙音乐。听到会心处，连峰顶大瀑轰隆之响，都会忘却。那溅起的千万点水珠，落到碧草上，亮晶晶的，一颗颗似明珠一般，不时随风滚转。近峰花草受了这灵泉滋润，愈加显出土肥苔青，花光如笑。"③可见，武侠小说中的空间已经不仅仅是侠客、剑仙们修炼之处，而成为彰显其神奇功法，衬托其内在品质的所在。

---

① 贪梦道人：《彭公案》，三秦出版社1995年版，第287页。
② 还珠楼主：《蜀山剑侠传》，北方文艺出版社2012年版，第1675页。
③ 同上书，第453—454页。

二　侠客的人格特征

考察侠客们走近庙堂或逍遥江湖的行为,剖析其存在的空间,有助于阐释其人格特征。受其人格的影响,侠客们的行为往往在精神方面凸显出不同的特点,或保住自我本性,自由笑傲江湖,弘扬侠义精神;或丧失自我,疏远侠义品格。坚守江湖者,在小说中可能以失败结局,但其人格更接近侠的本原;走进庙堂者,也并非全部丧失侠义,只是其效忠朝廷的行为相对疏远了侠客保护弱者、维护平等的精神。

公案小说《施公案》《彭公案》中的侠客们即明显分为前述两类,呈现出不同的人格特征。《施公案》叙述"南方四霸天"的来历:"黄天霸改名施忠,手使金镖三支,改邪归正。下剩一名贺天保,苏州人氏,年三十六岁,黄胡子马蜂腰,使的一口朴刀,骑红鬃马。第二名濮天雕,年三十二岁,黑面目,五短三长,江南人氏,手使单刀,坐骑青马。第三名武天虬,杭州人氏,二十六岁,手使亚虬枪,坐骑白头马。"[1] 本为结义四兄弟,却走上不同的人生路,活跃在不同的空间——黄天霸、贺天保先后归依施公,成为清官替天行道的马前卒;贺天保为此丧命,获得官方抚恤。黄天霸保护施公成就功业,施公被封漕运总督,他也获封漕运副将。(第177回) 而留在江湖的濮天雕、武天虬则分别被斩杀。濮、武二位虽然死于非命,却保住了精神的自主和人格的独立,而黄天霸即使得到皇帝赞赏,却未能挺起脊梁。《施公案》里,黄天霸叙述了其父及其经历,颇为典型地表现出两代人人格的变迁:"民父在皇城沙泥滩放过响马,曾劫过爷家库银。提起民父当灭九族,罪该万死,安心要劫皇爷。可巧万岁进海子猎围已毕,銮驾回宫。民父独骑出了海子红门,走至漫洼,四顾无人,截住老佛爷,单要爷的黄马褂。皇爷不唯不怪,反而开恩,将马褂赏与民父黄三太。民父领赏回家,将马褂供奉佛堂。后来旨意要民父进京,民父自行投首,封官不做,情愿归籍务农。蒙皇爷恩准,放回原籍。民子天霸看破绿林无好,改邪归正,投往江都知县。今日得见天颜,求恩宽恕,举家大小都感天恩不尽。"[2] 黄三太本是《彭公案》中的主要侠客,因为是黄天霸的父亲,故黄天霸替父请罪。这段文字透出几层信息:第一,黄三太还保有江湖侠客的豪气,敢作敢当,连皇帝都敢打劫。第二,黄三太不做官,情愿归家为民。而远离官府恰是江湖侠客的特征,尽管在

---

[1] 《施公案》,上海古籍出版社1993年版,第88页。
[2] 同上书,第411—412页。

《彭公案》中他也帮忙找过皇家的九龙杯，那是因为杨香武偷九龙杯是与其赌气，他是基本保持侠客的自尊的。第三，黄天霸是主动投靠官府的，所谓"看破绿林无好，改邪归正"，可能正是其真心话。因此，其行为就失去了江湖侠客的豪气，见到皇帝，"连连扣头"；遇到达木苏王爷的挑衅，不但不敢反抗，反而口称"小民"，与其比武时也是缩手缩脚，不敢施展。另外一个忠心归依的侠客关小西，见到皇帝，不仅叩头连连，而且言辞卑微："民子关太，小西是民子别名。在京西门头沟开设两座煤窑。民子好赌博，将窑输尽，倚仗武艺，投入绿林。因偷盗入桃花寺遇见恶僧，来到顺天府告状，后保大人奉旨擒拿恶僧。也曾在通州巡粮，当过海巡。大人奉旨放赈，保护大人前往山东，沿路敌挡众寇。差满回京，拿过许多盗贼。民子功不抵罪，望万岁开恩，宽恕重罪。"① 其他如《施公案》中李公然的独立行侠、计全的徘徊江湖庙堂之间、《彭公案》中杨香武的恃才傲人、窦尔敦的卓尔不群等均保住了自己的人格独立。而《施公案》中刘六、刘七、于六、于七等公开反抗朝廷的侠客，《彭公案》中周应龙聚集的绿林好汉等，则是将山寨村垒作为固化的江湖，认定目标就坚持到底，因此，他们虽然都失败被杀，却在人格独立上立于不败之地。

　　侠义小说中，归依朝廷的侠客们的人格变异更大，那种明晰的主仆关系导致这些侠客们身上的"侠"的色彩愈来愈淡，而"奴"的意识越来越浓。《三侠五义》描述的主要侠客中南侠展昭、双侠丁兆兰和丁兆蕙以及陷空岛五鼠等均成为归依朝廷的侠客，只有北侠欧阳春、智化、艾虎等侠客是心向朝廷，但也保持一定的江湖自由。这些侠客与朝廷关系的疏密度，直接制约其人格的独立程度。欧阳春在江湖自由活动，不受官府的约束和王法的局限，从事着为民申冤、打抱不平的侠客行为，如杀马刚、除强盗、护清官等，按照自我理解的正义行动，颇具游侠本性。而展昭等人虽然武功上未必输于欧阳春，但人格方面远逊于后者。第22回写展昭因为多次保护包公有功，蒙皇帝召见并表演武艺，获得皇帝称赞："天子看至此，不由失声道：'奇哉！奇哉！这哪里是个人，分明是朕的御猫一般。'谁知展爷在高处业已听见，便在房上与圣上叩头。众人又是欢喜，又替他害怕。只因圣上金口说了'御猫'二字，南侠从此就得了这个绰号，人人称他为御猫。"被皇帝称赞为一只猫，他就马上谢恩，沾沾自喜了。被封为"御前四品带刀护卫"后，包公带他到朝房等待谢恩，众人"展爷穿着簇新的四品武职服色，越显得气宇昂昂，威风凛凛，真真令人

————————————

① 《施公案》，上海古籍出版社1993年版，第412页。

羡慕之中可畏可亲"。①众人的观感反射出展昭的心态,即以成为朝廷命官为荣,也会更加尽心尽力为朝廷卖命。陷空岛五鼠曾经是江湖赫赫有名的人物,可是,一旦有机会效忠朝廷,也是趋之若鹜。第48回叙述钻天鼠卢方随包兴进宫见皇帝时,"包兴又悄悄嘱咐卢方道:'卢员外不必害怕。圣上要问话时,总要据实陈奏。若问别的,自有相爷代奏。'"显然,在江湖上无所畏惧的卢方,这时已经很紧张了。及至见到皇帝,他则连连认罪:"罪民因白玉堂年幼无知,惹下滔天大祸。全是罪民素日不能规箴,忠告,善导,致令酿成此事。惟有仰恳天恩,将罪民重治其罪。"当徐庆回答皇帝询问为何叫穿山甲时,刚说:"只因我……"蒋平便在后面悄悄提拨道:"罪民;罪民。"徐庆听了,方说道:"我罪民在陷空岛连钻十八孔,故此人人叫我罪民穿山鼠。"②不但提醒别人,自己更是尽心表现,蒋平冒险捞金蟾以显示武功的行为,人格方面更加卑微。因此,后来三人被封为六品校尉时,对皇帝感恩戴德也就不奇怪了。白玉堂是五人中最傲气的一个,但是,面圣时情愿接受展昭拿来的刑具,以罪人身份上朝。见到皇帝、被封四品护卫之衔,便"心平气和,惟有俯首称恩"了。(第58回)可见,随着存在空间的变化,侠客的主体意识也在发生变异。昔日傲视群雄的霸气消解了,在皇权的神圣与皇帝的权威震慑下,其曾经膨胀的人格迅速萎缩,甚至呈现出奴性特征。而《荡寇志》和《儿女英雄传》等侠义小说里,侠客的人格也在发生变化。陈希真、陈丽卿并未直接为清官前驱,而是受到委屈之后,选择一处山寨,以江湖模式谋求生存;以此为根据地,他们招募绿林好汉,组成一支能够与梁山好汉对立的队伍。在官军到来之际,配合官军剿灭梁山好汉。其人格特征不再是典型的江湖气概,而是标准的忠臣内蕴;与其对立的梁山好汉们,也不再是《水浒传》里的占山为王、替天行道的江湖侠客,而是勾结权臣、无恶不作的恶棍形象。显然,其人格也不能与好汉保持同一水准了。不仅如此,《荡寇志》中为朝廷服务的侠客们是一组靠亲戚关系组成的群体——陈希真与刘广为"襟丈"关系,云天彪与刘广为亲家,其子云龙与刘女慧娘联姻;云天彪的外甥是祝家庄的祝永清,后与陈丽卿定亲;刘广两个儿子刘麒、刘麟也是此阵营大将。除此之外,栾廷玉与栾廷芳是兄弟,栾廷芳与祝永清是师徒等。可见,以血缘、亲戚建构起的准家族豪侠集团,对付以江湖义气串联成的梁山好汉,胜负成败间变得富有文化内蕴。陈丽卿、

---

① 石玉昆:《三侠五义》,中州古籍出版社1996年版,第126—127页。

② 同上书,第255—257页。

刘慧娘等女侠的归依家庭，则与十三妹有相似之处。十三妹为父报仇、行走江湖时，其人格特征是标准的侠女特色，无论是出手救援安骥，还是能仁寺毖杀凶僧，抑或是自作主张将张金凤嫁给安骥等，均凸显出敢作敢为、不拘俗礼的特点。但是，自从安老爷苦心劝服、使其改变认识后，她便回归家庭，成为贤妻良母，其人格精神也渐渐与世俗女子趋同。让侠客回归家庭，虽然不是直接为朝廷服务，却仍然受到当局欢迎，因为与闯荡江湖的侠客相比，侠客们回归家庭毕竟减少了社会不稳定因素，使社会破坏力减弱了。

在旧派武侠小说中，侠客的人格精神得到相对完满的展现。就代表作家向恺然与还珠楼主而言，其作品中侠客的人格各有特色。向恺然在《江湖奇侠传》为代表的讲述侠客武功、展示各地民俗的小说里，侧重描述侠客奇异的经历、卓绝的秉性以及宿命性的奇遇锻造出的人格内蕴。像柳迟、杨天池、朱复等人，均有童年的意外遭遇，或家庭的变故，后来都遇到著名侠客的接纳而成为江湖上有名侠客；欧阳后成、马汶祥、杨继新等人的江湖经历同样具有个性特征，其中糅合进民族意识、门派之争等。当读者阅读这些小说时，往往能够感受到童年遭际带来侠客们坚韧、不屈的人格内蕴，也能够看到一旦修炼成才，他们匡扶正义、救危赈贫的行为，钦佩其正直的人格。而《近代侠义英雄传》则将爱国主义精神注入大刀王五、霍元甲以及其他侠客的人格内蕴之中，在时代风云、武林冲突与中外文化交锋的氛围里，彰显侠客的民族意识、爱国精神与侠义品质，从而使其人格内蕴与传统侠客迥异。《蜀山剑侠传》等武侠小说中的侠客形象，则是在极力展示其超越现实的能力、凸显其超绝的剑术与惊人的法术，于极力开掘人类潜能和拓展人类想象力的同时，也将其侠客的人格展示了出来。具体讲，还珠楼主笔下的侠客们，具有更强的自由度，他们不仅无视朝廷的威权——事实上，还珠楼主很少写到皇帝，除非借人物之口叙述往事时偶尔涉及，大多以明清易代之际作为时代背景，使其文本远离了具体的历史现场，而获得非常大的自由度；也不像新派武侠小说如金庸等人设置所谓江湖盟主，追求权势，号令属下。生活在化外之境的剑仙们，一任自我意志行事，服从的是正义，追求的是善良。如果考虑到剑仙们多修至仙界，不受人的主观能力的局限，也不受客观世界的限制，而是一任自我意愿，抵达理想的境界，抗拒百年一遇或几百年轮回的大劫，那么，形象的超现实性决定了其人格的飘逸与浪漫特质，行为的超凡性则使其人格具有几分神秘性，使人向往的同时，也使人感到有一种可望而不可即的虚幻性。剑仙们多不为外力所制，正如神驼乙休所言："我老驼生平

没求过人，人也请我不动。闲来无事，想做什么，就做什么。"① 第87回
灵云介绍凌浑:"这位师伯道法通玄，深参造化。只是性情特别，人如与
他有缘，不求自肯度化;与他无缘，求他枉然。"② 两位散仙行为、性格
中，蕴含着自主、自立意识与自由决策、自我裁决的特点，恰是历代游侠
具有的品质。综观还珠楼主笔下的超级剑仙，大多嗜酒如命，小说第25
回说明:"本书中有三个爱吃酒的剑仙，一个是追云叟，一个是醉道人，
一个便是朱梅。"这些超一流剑仙，借助酒精，傲然于世，蔑视世俗规
则，不受外物束缚，彰显出豁达的心态与独立的精神，令人向往。旧派武
侠小说中的这类形象，对于浪漫主义不甚发达的中国文学而言，无疑具有
独特的价值。

---

①　还珠楼主:《蜀山剑侠传》，北方文艺出版社2012年版，第1348页。

②　同上书，第745页。

第三章　情天恨海:从狭邪小说到
鸳鸯蝴蝶派小说

在中国近代小说史上,秉承唐传奇、明末才子佳人小说和《红楼梦》的传统,形成了言情小说一派。由晚清狭邪小说到民国"倡门小说",再酝酿出鸳鸯蝴蝶派小说。那么,这些小说到底言说何情?唐宋传奇大多回到特定历史氛围中,演绎超越俗世的奇异故事,渲染历史幽情或侠士豪情;才子佳人小说则凸显理想爱情观,展现两性间终能团圆的爱情,凸显文人的理念。从《红楼梦》到晚清狭邪小说,作家们建构特定空间叙说情爱,或如大观园绚丽辉煌,反衬豪门男女情感的难以实现;或如妓院梨园别具风采,名士名妓抒发浪漫情怀,展现其休闲生活。民初鸳鸯蝴蝶派小说形成,其情感内蕴亦因时而变:哀情小说表现自由恋爱受挫的悲哀之情,社会言情小说凸显世情变幻、人情淡薄;其代表作家张恨水则借情感故事表现市民生活,剖析市井文化。可见,时代瞬变,情感不稳,描绘人类情感的嬗变,对于人类认知自我、认识他人、理解社会等均有益处,也使小说回归人本,离生活更近,易为读者接受。

第一节　中国言情小说的渊源

中国言情小说的源头可追溯至唐传奇。其代表作《莺莺传》中崔莺莺与张生的一见钟情令后人仰慕不已,文本中的典型叙事片断,如红娘牵线、题诗相约、私订终身、赶考未归、赠环送信、终属他人、诗词传情、始乱终弃等,均被后世言情小说家继承。《莺莺传》开创了言情小说始乱终弃哀怨型叙事模式。而《霍小玉传》中名妓为情所伤而死、化作厉鬼报复男性的情节,开启了中国言情小说情伤报复型的叙事模式。《李娃传》里名妓重情明理、才子重归正途的结局,则创造了浪子回头终团圆型的叙事模式。应该承认,中国言情小说的主要叙事模式至此均已建构成功。

一　明清言情小说的特点

明清以降，受宋代以来文化中心南移的影响，江南人的文化程度普遍高于北方。"据统计，19世纪末，江苏省粗识文字的男子，占60%左右；学者、文人占5—10%；有阅读能力的妇女占10—30%，其中会作诗的占1—2%。"① 科举考试所选状元的分布情况与此一致。"自顺治至光绪，状元凡一百十余人，苏州人便有二十四人之多，且有父子状元、祖孙状元。"② 那些科举中不能走上成功道路者，往往寄情于言情小说，在虚构的情节中自我满足。于是，在明末清初形成了对近代言情小说影响巨大的才子佳人小说。此流派有五六十部长篇小说，鲁迅认为："至所叙述，则大率才子佳人之事，而以文雅风流缀其间，功名遇合为之主，始或乖违，终多如意，故当时或亦称为'佳话'。察其意旨，每有与唐人传奇近似者，而又不相关，盖缘所述人物，多为才人，故时代虽殊，事迹辄类，因而偶合，非必出于仿效矣。"③

才子佳人小说题材上写才子佳人的恋爱故事，情节构成多是郊游偶遇、梅香传情、私订终身；恋爱期间虽有外人捣乱，最终或由于才子金榜题名，或由于圣君贤臣主持正义，有情人终成眷属。其代表作有《玉娇梨》《平山冷燕》《好逑传》《金云翘传》等。其对后世言情小说的影响表现在：第一，在男权社会里，颠覆了传统女性观。小说普遍赞扬女性的美貌与才华，如《平山冷燕》第8回平如衡一见冷绛雪，心中暗想："再不想天下竟有这等风流标致的小才女，要我平如衡这样嗤嗤男子何用？"④ 第16回燕白颔感慨："天地既以山川秀气尽付美人，却又生我辈男子何用？"⑤ 连皇帝也叹道："怎么闺阁女子，无师无友，尚有此异才；而男子日以读书为事，反不见一二奇才以负朕望。"⑥（第9回）这种观念对《红楼梦》中的宝玉和狭邪小说、鸳鸯蝴蝶派小说中的女性观均有影响。第二，小说提出了理想女性的标准。《玉娇梨》中苏友白说："有才无色，算不得佳人；有色无才，算不得佳人；即有才有色，而与我苏友白无一段

---

① 徐雪筠：《上海近代社会经济发展概况》，上海社会科学院出版社1985年版，第96页。

② 郑逸梅：《味灯漫笔》，古吴轩出版社1999年版，第162页。

③ 鲁迅：《中国小说史略》，齐鲁书社1997年版，第151页。

④ 荻岸山人编次：《平山冷燕》，春风文艺出版社1982年版，第79页。

⑤ 同上书，第178—179页。

⑥ 同上书，第92页。

脉脉相关之情，亦算不得我苏友白的佳人！"①（第5回）强调色、才、情俱佳，方符合自己的理想；以"情"为准，与世俗择偶标准迥异，对后世言情小说影响很大。

二　《红楼梦》与《茶花女》的影响

承续才子佳人小说的传统，而将众多佳人汇聚一园，《红楼梦》成为清代言情小说的高峰。其影响表现为：第一，家族存在的影响。家族的财势是婚姻的背景，家长的出现有利于情感倾诉，家族的考虑在于传宗接代等，这些因素均使林黛玉在爱情竞争中处于劣势。狭邪小说中名士无论怎样爱名妓，都不敢明媒正娶回家；鸳鸯蝴蝶派小说中青年男女的爱情悲剧原因等，无不凸显出家族因素对情感走向的影响。第二，女性观的影响。《红楼梦》借贾雨村之口介绍宝玉的女性观："女儿是水作的骨肉，男人是泥作的骨肉。我见了女儿，我便清爽，见了男子，便觉浊臭逼人。"（第2回）宝玉喜欢女性，是因为女性不追求功名利禄及凸显出的清丽柔和气质，因此少了世俗气，并非有人理解的是强调男女平等。这对后世言情小说男性形象的塑造产生了很大影响，那些愤世嫉俗的名士、游荡功利圈外的才子或视情为人生唯一追求的青年男子身上，多少有贾宝玉的影子。第三，悲剧结局的影响。《红楼梦》中男女主人公或死亡，或出家的结局是对才子佳人小说所建构大团圆模式的彻底颠覆。它对此后言情小说中描摹人物悲剧、揭示存在的困惑等均有影响。

如果说《红楼梦》从内部调整着中国言情小说的叙事走向与人物命运，那么，林译小说则提供了其发生变化的外在动力。尤其是林纾翻译的《巴黎茶花女遗事》，对中国近代言情小说影响更大：第一，平等观念的影响。阿尔芒和玛格丽特的爱情，超越了门第观念而平等相处，此内蕴是中国传统文化中最缺乏的资源，也是中国青年最向往的爱情类型。狭邪小说、倡门小说、鸳鸯蝴蝶派等小说中均有此内涵。第二，自我牺牲。严复曾感慨："可怜一卷《茶花女》，断尽支那荡子肠！"玛格丽特为所爱牺牲自己，这是两性情感交往中最崇高的情感，也成为后世言情小说中最能够打动读者的精神内涵。外来资源的渗入，悄悄却有力地改变着中国言情小说的内蕴。

---

① 荑荻山人编次：《玉娇梨》，人民文学出版社1983年版，第52页。

第二节　晚清狭邪小说

晚清狭邪小说是指 19 世纪中期至 20 世纪初形成的小说流派。它以妓院梨园为主要表现空间，以名士名妓、优伶鸨仆为主要表现对象，其文体形式多为长篇章回体。其命名出自鲁迅的《中国小说史略》。鲁迅述其成因曰："《红楼梦》方板行，续作及翻案者即奋起，各竭智巧，使之团圆，久之，乃渐兴尽……故遂一变，即由叙男女杂沓之狭邪以发泄之。……特以谈钗黛而生厌，因改求佳人于倡优，知大观园者已多，则别辟情场于北里而已。"① 代表作品有韩邦庆的《海上花列传》、陈森的《品花宝鉴》、张春帆的《九尾龟》、魏秀仁的《花月痕》、孙家振的《海上繁华梦》、俞达的《青楼梦》等。

一　晚清狭邪小说的代表作

《海上花列传》作者署名"花也怜侬"，本名韩邦庆（1856—1894），字子云，别号太仙，自署大一山人，松江府（今上海）人。该书亦名《绘图青楼宝鉴》《绘图海上青楼奇缘》，共 64 回；叙述语言用官话，人物对话用吴语。它是最著名的吴语小说，也是中国第一部方言小说。其内容为清末中国上海十里洋场中的妓院生活，涉及当时的官场、商界及与之链接的社会层面。小说以赵朴斋到上海寻找其舅舅洪善卿为线索，通过其痴迷海上生活而不返故乡的经历，展示了上海名士、名妓的生活；而其妹妹赵二宝和母亲等亦被都市文化征服的情节，更凸显出两种文化冲突及当事人的文化选择。同时，小说对 19 世纪末海上名妓的生存状态进行了细致描写，对海上男女欲望的存在、情感的变异以及畸形环境中名士与名妓建构的家庭气氛的描绘等，均透出作家认识的深刻，故被鲁迅称为狭邪小说中"平淡而近自然"的佳作。②

《花月痕》的作者魏秀仁（1818—1873），字子安，号眠鹤主人、眠鹤道人，清福建侯官（今福州市）人。自幼随父研习经史，28 岁方考中秀才，29 岁考中道光丙午科举人，以后屡试进士不第，曾去陕西、山西、四川省官府做幕僚，并曾主讲渭南象峰书院、成都芙蓉书院。其代表作

---

① 鲁迅：《中国小说史略》，齐鲁书社 1997 年版，第 212 页。
② 同上书，第 215 页。

《花月痕》以太原为主要叙事空间，通过韩荷生与杜采秋、韦痴珠与刘秋痕两对有情人的情感故事，演绎出封建时代读书人的人生道路——飞黄腾达或怀才不遇，凸显出作者的现实遭际与理想幻梦，成为特定时代士人生存轨迹的再现，具有较高的认识价值。这部小说以诗词融入文本，缠绵悱恻，情感动人，颠覆了才子佳人小说大团圆结局的叙事模式，再现了才子落魄、佳人香消玉殒的生存状态，对后世以表现才情为主的言情小说影响最大。

《品花宝鉴》的作者陈森（约 1797—约 1870），字少逸，江苏常州人。他科举不得意，道光中寓居北京，熟悉梨园旧事，遂以清代乾隆、嘉庆中优伶生活为题材，写出《品花宝鉴》前 30 回。道光二十九年（1849）作者自广西返京，始成全书，共 60 回。小说出版于 1849 年，又名《怡情佚史》《群花宝鉴》，以贵公子梅子玉和名伶杜琴言、书生田春航和名伶苏蕙芳同性相恋的故事为中心线索，写京城梨园十个名伶的生活经历。小说结尾写十名伶脱离梨园，将钗钿衣裙一把火焚弃，开办古玩店谋生，以此表现作者为梨园增辉、为名伶吐气的理想。鲁迅说："若以狭邪中人物事故为全书主干，且组织成长篇至数十回者，盖始见于《品花宝鉴》，惟所记则为伶人。"[1]

《九尾龟》的作者张春帆（1872—1935），名炎，别署漱六山房，江苏常州人，著有《九尾龟》《宦海》等长篇小说。作者自称创作《九尾龟》"并不是闲着笔墨，旷着功夫，去做那嫖界的指南，花丛的历史"，强调此书"处处都隐寓着劝惩的意思"（第 33 回）；可批评家们偏偏不领情，几乎众口一词认定其为"嫖界的指南，花丛的历史"。可见，创作主体的动机与读者的阅读效果之间还是存在很大距离的。小说叙述常熟名士章秋谷，倜傥风流，擅文强武，因不满家庭包办婚姻，出走苏州、上海等地，利用自身所长（熟悉妓院规矩）揭露妓院的邪恶丑事，对不良老鸨和妓女进行惩处和揭露。应该承认，小说对上海社会现实还是有相当真实的表现的，其价值也是溢出"嫖界""花丛"而彰显出文武双全的名士在封建末世的生存困境的。

《海上繁华梦》的作者孙家振（？—1939），字玉声，笔名警梦痴仙、玉玲珑馆主、江南烟雨客等，上海人，主要创作武侠小说、狭邪小说。其狭邪小说代表作《海上繁华梦》共 78 回，以到上海游历的谢幼安、杜少牧为线索，以妓院、赌场等为表现空间，以嫖客、妓女、赌徒为表现对

---

① 鲁迅：《中国小说史略》，齐鲁书社 1997 年版，第 205 页。

象，揭露晚清上海十里洋场存在的种种骗局，立意表现社会黑暗、虚伪的一面与人性中的贪婪、奸诈。

《青楼梦》的作者俞达（？—1884），字吟香，号慕真山人，江苏长洲人。中年颇作冶游，后欲潜隐，而以风疾暴亡。著有《青楼梦》共 64 回，写名士金揾香才华横溢，却拒绝参加科举考试，欲利用青春年少游遍花丛，因此，结交 36 位名妓，组织"闹红会"，名噪一时。后娶所爱名妓归家，得其劝告，参加科举，一举成功。任职地方时，官声亦佳；后父母升天，儿子成才，遂麻衣草履，入山求道，几经坎坷，终于成仙。该书寄托了封建时代落魄士子所有的人生理想——"游花国，护美人，采芹香，掇巍科，任政事，报亲恩，全友谊，敦琴瑟，抚子女，睦亲邻，谢繁华，求慕道"。（第 1 回）于现实中得不到的，在小说中均实现了，乃典型的白日梦。

由于笔者的《晚清狭邪小说新论》一书对狭邪小说的独特内蕴、形象特征、原型流变、叙事特征、现代意蕴等做过详尽论述，[①] 因此，这里仅总体论述狭邪小说内蕴的两面性，并从江南士风的视角阐释狭邪小说的特征。

晚清狭邪小说的产生，正值中国由封建社会向半封建半殖民地社会的转型期，也就是杨义先生所说的："人类更年期。""所谓人类更年期是指原先的文明价值系统分崩离析，新的文明价值系统未及调适组建，因而产生社会行为规范和心理意识紊乱的过渡性历史时期。"[②] 于此氛围里孕育出的狭邪小说，旧影新声相交织，凸显出传统与现代既冲突又兼容的过渡色彩。晚清狭邪小说以科场受挫或官场折翼之士的休闲生活为表现对象，他们皆是深受传统文化熏陶者，无论其生存空间如何变化，也不管其人生态度积极消极，言行间均凸显出传统文化内蕴。

首先，他们的诗酒人生的价值观是从传统而来的。名士们诀别科场或官场时正值中年，所谓"挂冠时犹是中年"，原有的价值立场、人生选择已被自我否定，全新的价值观尚未确立。但是，人要活下来就必须考虑怎样生存的问题，而最简捷的办法就是从已有的文化积淀中选择符合自我追求的人生之路。中国文人借以消解忧愁的途径不外诗与酒——曹操云："何以解忧，惟有杜康"；南朝名士认为："使我有身后名，不如及时一杯酒！"[③]

①　侯运华：《晚清狭邪小说新论》，河南大学出版社 2005 年版。
②　杨义：《京派海派综论》，中国社会科学出版社 2003 年版，第 89 页。
③　刘义庆：《世说新语·任诞篇》，上海古籍出版社 1982 年版，第 31 页。

壮志难酬的李白靠"斗酒诗百篇"支撑着失意的人生。晚清之际的失意之士既无实现"修齐治平"理想的机缘，只好在诗意酒香中自赏风流，于"红袖添香"的想象里满足浪漫的情欲，故《青楼梦》中金挹香自称："半生诗酒琴棋客，一个风花雪月身"；①《九尾龟》里，章秋谷博得"风流才子，诗酒名家"的雅称；《海上尘天影》里，韩秋鹤自我定位为"艺苑诗狂，尘天剑侠。糟邱酒丐，香国情魔"。不同文本中的不同人物做出了相同的选择：诗酒人生。甚至连海外归来的刘药荪，也在《续海上繁华梦》中认为激烈入世"反不如与二三知己诗酒陶情，借以消磨岁月为妙"。② 应该承认，他们的人生选择于人类社会的进步而言是消极的；但对于自我生命的实现来说，以诗意冲淡现世的污浊，用酒精驱逐失意的牢骚，则具有独特的价值。何况，如此选择的背后，尚有着道家文化的强力支持。

道家文化是基于人类自然天性而形成的思想硕果，其内敛冥思的姿态、性随自然的主张和避世倡隐的倾向皆使晚清失意之士对其产生共鸣。"治国平天下"既已无望，转而思考怎样度过余生是其思维的一致性；选择适应人类自然天性的怡情娱乐之举——休闲，成为无衣食之忧的名士们的共同意愿。近代社会中，少有远离尘器的深山古刹，名士们也经不住近代都市繁华生活的诱惑，便借陶诗"心远地自偏"自辩，在妓院梨园寻求"色隐"避世，不管他人看来多么伪饰，自我心理上却已达到平衡。这种妓院梨园内的休闲生活，既可为名士浪漫的爱情寻找到合适的对象——名妓的修养与美丽能带来实实在在的精神享受和欲望满足；名优的高超表演多在虚拟情境中使名士领略到异性之美，情的发泄与审美愉悦相融合，使其忘却现实中的苦闷与忧愁。至于三五同好相约游园，一边荡舟饮酒，一边登览题词，山光水色组合的自然之美伴以名妓名优酝酿的人类之美，极易建构起超现实的境界。这时，凉亭置酒引觞，酒令间展示出名士对《四书》《五经》的熟悉，斗智时凸显名妓机灵敏捷的才能。酒酣之际，聆听名妓几段清歌，便觉"此曲只应天上有"；欣赏名优一折昆曲，更感流连此间胜王侯。"小红低唱我吹箫"的梦想，终于在平康北里实现了；隐逸避世的愿望自觉已实现，却无深山的冷清和枯坐的寂寞……他们所认同所追求的佳境，凸显的恰是传统文人的理想内蕴。

诗酒人生和色隐避世是文人政治前途受挫后的生活理想，他们其实更

---

① 俞达：《青楼梦》，上海古籍出版社 1994 年版，第 65 页。
② 孙家振：《续海上繁华梦》，百花洲文艺出版社 1993 年版，第 953 页。

注重自我的政治理想。由于政治理想不能实现而耿耿于怀,因此虽到妓院梨园休闲,仍不时谴责讥议官场科场的腐败,抨击社会弊端。西泠野樵著《绘芳录》主要表现名士祝伯青、王兰与名妓聂慧珠、聂洛珠之间的爱情故事,第43回曰:"今日出仕的人,专门一味逢迎,求取功名,那里还记得'忠君爱民'四字。居高位者要结党羽为耳目,在下位者以阿谀奉承为才能。……故当今之世,君子日去,小人日来。朝廷之上半属衣冠之贼,土地之守悉为贪酷之夫。"此言是身居相国之位的江公说的,已将居官者之卑劣概括出。及至科场失败者眼中,官场科场更是一塌糊涂,乏善可陈。《品花宝鉴》中,奚十一携十几万两银子进京捐官,后捐一知州;张仲雨用四千两银子捐个六品正指挥;魏聘才也凭所姘妓女玉天仙的赞助捐了个从九品官。《九尾龟》中金汉良捐知县,方子衡捐得候补知府,康已生更是靠科场舞弊爬进官场,竟至江西巡抚。如此情状,造成的捐纳候补官骤增,近代上海就有歌谣云:"上海三多:妓女多,驴子多,候补道多。"据张仲礼统计,太平天国前"异途绅士"(捐官者——引者注)人数约31万人,19世纪后30年中,捐官人数剧增至43万人。① 滥竽充数者充斥官场,使士人心理上与统治者产生疏离,并否定了传统的功名之路。《海上繁华梦》中谢幼安眼见当时"不重科甲出身,只须略有钱财,捐一官半职,便可身膺民社,手握铜符,反把那些科界中人瞧看不起",认为"反不如静守田园,享些清闲福味的好"。② 即便是有功于世者,也不愿接受保举进入官场。《海上尘天影》中韩秋鹤曾助经略平定海盗,当经略欲保其为官时,他说:"现今保举之滥,无以复加。凡大员子弟,有势力者,虽不出家门,不办一事,往往厕名荐牍,叨窃头衔,论其品,则鸡鸣狗盗聚赌宿娼也,论其学,则刑名榷算掌故茫然也。……我非赘瘤,其能与之为伍乎。"③ 这些名士对官场的决绝和对科场的否定并非出自酸葡萄心理,而是清晰地认识到了两者的堕落至极而不屑涉足其中;同时,离开官场和科场者仍不忘评议之,则是中国士人"好议论"的传统使然。

　　当然,激情慷慨地谴责一般不会带来过多的负担,尤其是在上海租界这一特定空间内,有外国法律的保护,言论自由是无须承担政治风险的。更有甚者,他们要挽世风于颓败中,想做一个道德拯救者,希望以行动拯救被外来文明冲击得支离破碎的传统道德体系。他们警觉世道人心的变

① 张仲礼:《中国绅士》,李荣昌译,上海社会科学院出版社1991年版,第150页。
② 孙家振:《海上繁华梦》,百花洲文艺出版社1993年版,第6页。
③ 邹弢:《海上尘天影》,百花洲文艺出版社1993年版,第173页。

化，正如《花月痕》所言："今人一生，将真面目藏过，拿一付面具套上，外则当场酬酢，内则迩室周旋，即使分若君臣，恩若父子，亲若兄弟，爱若夫妇，谊若朋友，只是此一付面具，再无第二付更换。人心如此，世道如此，可惧可忧！"① 因此决心凭一己之力，激浊扬清，阻止道德的衰微和人心的变化。《海上花列传》中的洪善卿既是商人，又是帮闲，却要做个拯救者。他知道妓院的危害以及道德沦丧，多次劝止外甥不要迷恋花丛，并出钱送其返乡；无奈赵朴斋已被上海迷住，宁可拉人力车也不愿返回乡下。最后来寻哥哥的赵二宝也迷恋上海的繁华，不听他的劝告，终于堕落成妓女。他不具备拯救者的道德品质和风范，正如二宝所言："俚个生意，比仔倪开堂子做倌人也差仿勿多。"② 仅凭血缘和责任去实施拯救只能是失败，面对失败他只能以断绝来往保住一点精神的自尊。《九尾龟》中的章秋谷利用自己嫖界资格的老到和一身武功，先后劝醒并拯救了方幼恽、刘厚卿、钱向秋、陈文仙、李双林等人，似乎应是个成功的拯救者，但其自身作为又消解了这一形象。他遍洒风流，见谁爱谁，处处留情却不十分投入，想维护世风却引诱良家女子何小姐，欲讲究道德却乘人之危占有楚芳兰，并支持自由恋爱的贡春树和程小姐私奔……凡此种种皆表现出对传统道德的违逆和对世风的败坏。谢幼安不仅救出桂天香，劝醒杜少牧、郑志和与冶游之，而且以其疏离政治的人生定位、怡情适性的生活态度、悦而不淫的道德风范和"诗酒自娱"的理想情趣影响着交往的名士，身体力行地替传统文化树一个处世为人的榜样，想借此挽救失足的士妓和颓败的士风。他们三人，或适得其反，或自我消解，或形单影只，皆现出处境的尴尬。他们凸显出社会转型期名士们对传统道德的留恋，却因认识不到世风转变的合理内蕴而带有悲剧色彩，表现出思维滞后的一面。

名士们对官场科举的否定以及拯救行动的失败已隐约透出士人思维与行为受社会思潮变化影响的一面。事实上，鸦片战争、甲午战争等事件不仅改变了中国社会历史发展的进程，而且使士人睁开眼睛看世界，意识到变局将至，尽管充满迷惘与疑惧，却给中华民族提供了走向世界、弃旧图新的契机，也使士人认识到了清政府没有希望，更多的士子由维护传统转向改造传统。从而为传统的消解和士人近代意识的萌发营造了氛围，奠定了坚实的基础。受形势所迫和变局意识的制约，晚清狭邪小说亦凸显出鲜

---

① 魏秀仁：《花月痕》，百花洲文艺出版社 1996 年版，第 368 页。
② 韩邦庆：《海上花列传》，人民文学出版社 1982 年版，第 545 页。

明的开放意识。

　　首先,开放意识表现为名士名妓不再封闭自我,而是走出国门,接受并介绍西方文明。名士们往往游历海外,切身体会西方文明的利弊,以期从中找到富国之路。《海上尘天影》里韩秋鹤考察美国矿业、机械制造业,观摩俄罗斯炮台,领略日本风光;吴冶秋也曾到日、俄考察。《海上繁华梦》及其续集、《九尾龟》等文本中皆有不少篇幅描写留学者,既有甄敏士、刘药荪等有志报国者,也有杜少牧、郑志和、冶游之等回头浪子出国自我改造。名妓的开放则表现在接待外国嫖客、与外国妓女和平相处方面。由于租界内成年外侨的性别比例失调,为外侨提供性服务的妓女很早就有,多是被称为"咸水妹"的广东妓女。及至晚清,像《九尾狐》中的胡宝玉等名妓也开始学习外语,接待外国嫖客。《海上尘天影》中绮香园里还有马利根、玉田生等外国妓女,《海上繁华梦》里则有资雄花四郎、麦南、富罗等洋嫖客。这里,不仅是国籍的不同,而且凸显出士妓们已克服了心理上积淀的对夷族的蔑视和自足自守的情绪,具备了开放意识。其次,开放意识表现为媒体的引入。报纸是近代都市信息传播的主要载体,随着各类小报的创刊,妓院梨园的遮羞布已被记者一层层揭开,花界选举、品评妓优的活动也被小报操纵了。在此背景下,狭邪小说作者意识到报纸作为叙事元素的价值,纷纷引媒体入文本。《九尾龟》里炮台统领之子金和甫到妓院撒野,章秋谷制伏了他。当受其威胁时,秋谷道:"我就立刻写信到营,把你的恶迹说个明白,再托各报馆上起报来,看你老子的统领做得成做不成?"① 借舆论的力量震慑对方,使其灰溜溜地逃走了。《海天鸿雪记》叙高湘兰为报复陈耀卿改做花寓,便在报上登启事言"名姝遇骗",使耀卿丢人又花钱,费了一千多元才摆平此事。② 《续海上繁华梦》中侯谱涛打了花怜怜,鸨母扬言要登报,因是官身,谱涛只好赔了一百五十元钱。③ 最善于利用报纸做广告的是《九尾狐》中的胡宝玉,其兄阿二死后,她为其买上好棺材,捐五品官衔,摆四品仪仗,又借了十六名营兵摆阵势,震动沪上。④ 无论欲盖其事的名士,还是欲彰其秘的名妓,皆注意到了报纸的开放性;其所作所为,既凸显出蔑视礼教的一面,更彰显出主体意识的开放。最后,开放意识表现为买办阶层的兴起。买办的出现是士阶层分化的结果,是士子体现自我价值的新途径。买办们

　　① 张春帆:《九尾龟》,上海古籍出版社 1994 年版,第 107 页。
　　② 李伯元:《海天鸿雪记》,《李伯元全集》第 3 卷,江苏古籍出版社 1997 年版,第 94 页。
　　③ 孙家振:《续海上繁华梦》,百花洲文艺出版社 1993 年版,第 147 页。
　　④ 江阴香:《九尾狐》,上海古籍出版社 1997 年版,第 367 页。

突破传统价值观的束缚，不仅学习外语，还为洋商服务，将谋利当作获得尊崇的手段，凸显出现代社会的开放心态。《九尾狐》《海上繁华梦》中皆有以康白度（comprador，买办）命名的人物。此外，《海上花列传》中的吴松桥、《海上名妓四大金刚奇书》中的陈兰荪、《海上繁华梦》中的金子多、《梼杌萃编》中的全禹闻等皆是成功的买办。其存在既显示了买办已成为近代都市生活中的一个阶层，更凸显出在过渡时代士子身份的转换和主体意识的开放。

　　阿二以妓院相帮的身份却配享四品仪仗的哀荣，买办们不再以传统的标准评判自我的人生选择，皆透出对传统的颠覆和对礼教的蔑视，那些放诞洒脱的名士们的行为更惊世骇俗。他们或解构封建等级关系，强调休闲生活中的精神平等，《品花宝鉴》中徐子云等名士立下章程："'老爷'二字，永远不许出口"。① 《海上尘天影》中顾兰生也不让名妓叫"老爷"，而且替名妓洗酒后污秽，甚至为其送手纸。或将自我欲望的满足放在首位，服中娶妾，消解了"孝"的权威。《海上繁华梦》及其续集中，屠少霞狂嫖烂赌气死母亲，"五七还没有到"便娶阿珍为妾；戚祖诒刚葬罢母亲，便动议娶邢蕙春。《绘芳录》第 54 回中众名士为自杀的名妓送葬，《海上花列传》中乔韵叟等名士为李漱芳祭祀等，虽有制造风流佳话的个人目的，却也显示出礼教的束缚日渐松弛，传统的权威日渐消解。同时，狭邪小说对传统的颠覆还表现在对圣贤典籍的消解方面。每逢社会转型时期，原先奉若神明的教条就会沦为人们调侃的对象，在场者的欢笑、对教条内容的巧妙置换和应用对象的转移共同消解了其神圣性。《四书》《五经》是古代中国读书人的圣经，也是科举考试的主要内容，但在晚清则成为妓院休闲时的酒令，圣人名言也被用来描绘狎妓情景。李伯元创办《春江花月报》时，干脆将《论语》改写成嫖经，以致被当局以"侮圣"的罪名查封。《风月梦》《海上尘天影》《花月痕》《海上繁华梦》等文本，皆有将"四书""五经"与"六才"并置作酒令的描写；《品花宝鉴》描写孙嗣徽兄弟酸腐可恶时，皆引经书中的句子，并以嫖妓时的开合正反、轻重深浅之道比喻科举八股的做法，从而将其神圣严肃之色彩一扫而光。不仅如此，连一向尊崇的"恩师"也成为调侃、批评的对象。《梼杌萃编》中曹大错就曾面评其恩师厉尚书："老师做官做人的道理，门生固不甚佩服。就以笔墨而论，老师做试官会中了门生；门生若做了试

---

① 　陈森：《品花宝鉴》，百花洲文艺出版社 1996 年版，第 68 页。

官，是断不会中老师的！"① 有时，这种消解会达到否定一切的程度——《品花宝鉴》中以道德文章倾倒一时的屈道生，死前却让义子将所有文稿全烧掉："一生牢骚到白头，文章误我不封侯。"② 误其一生的决不仅是作为载体的"文章"，更有文章所蕴含的传统文化，因而焚毁文章的行为分明喻示着对传统文化的绝望与否定！这是中国小说向现代转型所必不可少的思想准备和过渡阶段。

综观晚清狭邪小说，可见社会转型对小说内蕴的影响明显：一方面，转型时期社会兼容度增大，使传统文化内蕴成为名士选择生存方式和人生道路时的文化依凭，也使狭邪小说拥有旧的文化氛围熏陶出的大批读者；新的文化特质的引入，并未遭到统治者的强权压制，社会给了其存在的空间，使其能影响文本内蕴及人物形象。两者虽非对等存在，但并存本身即凸显出近代社会新旧交织的特点。另一方面，旧的文化基因与新的文化影响并非历时地出现于晚清狭邪小说中，而是共时地存在于同期或同一文本中，甚或同一人物身上也蕴含来自不同文化的内蕴。这种情形的存在固然是近代社会文化冲突与整合在文本中的反映，同时也有着不可忽视的积极效应——在近代小说创作缺少大师的情境中，文本的文化含量和社会信息储存已成为其优势；而信息的密集及多种文化的注入无疑也会增加形象的负荷，使其内蕴更为丰厚。凡此种种，是近代小说研读中所不应忽视的。

二　江南士风与狭邪小说的关系

江南士风是指江南士子在特定的历史条件下形成的行事风度和精神价值，它具体表现为行事方面唾弃礼法、好论玄谈、率性任情、放浪形骸；精神价值上追求真诚、强调自我完善、标榜名士风流、凸显个性存在。

江南士风初成于魏晋南北朝时期，尤其是晋室南渡以后，以"竹林七贤"为代表所体现出的魏晋风度是其突出表现。其任性自适、纵欲清谈等特征，人们多联系当时统治阶级对文人的迫害来论述之。这当然是对的，但也是不全面的。因为文学创作毕竟是个体创造性活动，身为文人，其处世行事也往往显现出个性，所以笔者认为应该以个体生命与时尚的关系来论述江南士风的特点及其对狭邪小说的影响。

魏晋南北朝时期，士林有服药的时尚。此风初兴之时，士林受道家思想影响，渴望通过服药达到长寿的目的。后起的追随者服药，主要为增加

---

① 钱锡宝：《梼杌萃编》，上海古籍出版社 1997 年版，第 108 页。
② 陈森：《品花宝鉴》，百花洲文艺出版社 1996 年版，第 760 页。

容貌美。他们服的是"五石散",此药可使服食者面色红润,精神健旺,因此何平叔说:"服五石散非惟治病,亦觉神明开朗。"① 王瑶认为:"在魏晋,其风直至南朝,一个名士是要他长得像个美貌的女子才会被人称赞的。"② 拥有容光焕发的神貌,便可在士林中赢得赞颂。此风熏染士林,代代不息。洒脱傲慢如李白,出游时,行装是"仙药满囊,道书盈篋"③;韩愈好女乐、服丹药等行为,可见唐时仍留六朝风。晚明时期,名士对仪表的追求不再依靠服药,而是继承了六朝好服饰之风。《万历野获编》在谈到晚明服饰时举例说:"故相江陵公,性喜华楚,衣必鲜美耀目,膏泽脂香,早暮递进,虽李固、何晏无以过之。"④ 到晚清时,由于科学的进步,名士们已不再追求虚无的"长寿",但仍吸食洋药(鸦片),以麻醉神经忘却现实,并刺激精神,以满足妓院里翻局留宿持续欢爱的需要。研读狭邪小说文本,主人公无论男女,大多有"阿芙蓉癖",至少也要抽几口水烟提提神。"药"虽有土洋之别,目的也不尽相同,效应却是一致的。

服药虽使仪表增色,却无法满足名士们标榜风流、显扬才情的全部要求。作为士子,他们更侧重精神欲求,于是,清谈之风兴起。士人爱议论,《论语·季氏篇》言:"天下有道,则庶人不议。"反之,"圣王不作,诸侯放恣,处士横议"。⑤ 此虽为议政,却开清议先声。清议兴起于东汉中叶,太学生们因不满外戚专横、宦官祸乱而抛弃章句之学,转向关注社会,聚焦于社会实际问题,放言高论,不避豪强。西晋时,受佛学影响,在士大夫中形成谈玄之风,品评庄佛得失,探究经学之义,清谈遂成为士人生活中不可缺少的内容。由于多是文人参与,故清谈之风延续下来,便也谈论诗词文章、议评时事得失。此后,唐代文人的上书进谏,宋代名士的以理入文,明末的思想解放,晚清的谴责社会,皆可见其风脉。至于狭邪小说,虽在平康北里,面对色艺俱佳的妓女,名士们仍爱谈论时事、评议诗词。《花月痕》中韦痴珠虽名不上榜,仍针对海疆不靖,"逆倭构难",上《平倭十策》,指陈时弊,踔厉风发,颇有清议之风;《海上尘天影》中韩秋鹤与吴冶秋不仅出国考察外国军事、政

① 王瑶:《中古文学史论》,北京大学出版社 1998 年版,第 152 页。
② 同上书,第 150 页。
③ 独孤及:《白之曹南序》,章培恒等《中国文学史》中卷,复旦大学出版社 1996 年版,第 84 页。
④ 吴存存:《明清社会性爱风气》,人民文学出版社 2000 年版,第 74—75 页。
⑤ 朱熹:《四书章句集注》,中华书局 1983 年版,第 272 页。

治,更议论中日甲午战争的得失、官场的黑暗;《品花宝鉴》中徐子云、梅子玉诸人品评相公、议论诗赋;《青楼梦》中金挹香品评众美、评点其诗等,皆表现出清谈余韵。为何跑到妓院清谈?因为晚清社会思想统治虽有所放松,却不能公开议政,社交场合公开议政,虽无杀身之祸,也会招来麻烦。这样,就需要一个既能让名士发泄不满,又不致受到外力干涉的场所,妓院的确是近代社会中存在的较佳公共空间。就内在品质而言,士子们既无逼上梁山的豪气,也无乡村俗子敢作敢为的精神,避难就易是其自然的选择。清代,官场人是不能随便出入妓院的,所以三五知己在此清议,放心亦舒心。至于妓女,或同气相投,或关心出局费用,她们才不会告发呢!

受清谈之风影响,六朝士风由评议经学佛道,转而品评人物。如《世说新语·容止篇》:"嵇康身长七尺八寸,风姿特秀。见者叹曰:'萧萧肃肃,爽朗清举。'""有人叹王恭形茂者云:'濯濯如春月柳。'"皆是对人物风貌的品评。这种以风貌神韵品评人物的风气,到了狭邪小说中,则模式化了。《品花宝鉴》《海上尘天影》等文本结尾处或评花榜、公子榜,或建花神祠,将书中人物分级评之;《绘芳录》将家蓄优伶评出优劣,并各言其特点;《青楼梦》《花月痕》《海上花列传》等文本则在众人聚会时,借品评诗词来显示修养的高低及作者的审美趣味。在评点赞颂的诗文中,萦绕着江南士子恃才自负、以我为主的精神内蕴。

笔者认为,清谈自有其文化价值:正面理解之,它使文人找到了最佳的泄愤抒情途径。无须过多条件,清茶一杯,良朋三五,即可开谈;实在不行,指云对竹,亦可宣泄。但其负面效应也明显,六朝后期已出现为标榜风流而流于形式的空谈,晚清的清谈更缺乏六朝名士丰实的内蕴和清雅的情趣,品评人物成了社交中带有礼仪性质的一种活动了。他们得了清谈的外形,却丢掉了神髓。也许如朱自清先生所言,一旦有了机会,士子们便"自命不凡了,自嗟自叹也更多了。就是眼光如豆的'村夫子'或'三家村学究',也要哼哼唧唧的在人面前卖弄那背得的几句死书,来嗟叹一切,好搭起自己的读书人的空架子"。① 清谈至此,渐近堕落了。由于清谈是群体行为,品评人物也是在聚会时进行的,因此这两种行为都要求名士们兴趣盎然。何以起兴?惟有酒色。自古以来,文人与酒便有不解之缘。及至六朝,文士们更推崇"使我有事后名,不如即时一杯酒"的

---

① 《朱自清古典文学论文集》,上海古籍出版社 1980 年版,第 169 页。

现实人生观。① 阮籍一生爱酒，刘伶作有《酒德颂》，毕卓更典型："得酒满数百斛船，四时甘味置两头，右手持酒杯，左手持蟹螯，拍浮酒船中，便足了一生矣。"② 现实的挫折感、人生的迷惘全倾注到酒杯里，希望清酒一杯，能浇胸中块垒。若还不行，便求之于色。美女斟酒、佳人歌舞成为名士生活的独特内蕴。这样，"醇酒妇人"就成为不涉时事的象征，用酒与色的迷醉遮掩去心的伤痛和情的悲哀，实属人生的无奈。此风沿传既久，士林便形成一种虚伪的共识：即便没有那人生的无奈，也要借酒来标榜自我；即便没有感情的激荡，也要找妓女来显扬风流。《世说新语·任诞篇》云："王孝伯言：'名士不必奇才。但使常得无事，痛饮酒，熟读《离骚》，便可称名士。'"痛饮酒既借酒消愁，又增加谈兴；读《离骚》既希慕游仙，又标榜清高。于是，对酒的流连已成了士子人生的装饰。

细究六朝士风，文人们酒常饮，色偶好。到了唐朝，尤其是中唐以后，士与妓的关系便日趋密切。王仁裕《开元天宝遗事》云："长安有平康里，妓女所居之地。京都侠少，萃集于此。兼每年新进士以红笺名纸游谒其中，时人谓此坊为风流渊薮。"新科进士所谓"红笺名纸游其中"，行贽见之礼。但贽见不是求见红牌妓女，而是希望借名妓的引渡提携，达到晋见权要的目的。这是一种政治性的社会活动，士与妓构成互有所需的平等关系。新进士中多名士，妓家有名妓，名士名妓相聚，则容易发生爱情故事。唐传奇《李娃传》《霍小玉传》等之所以均以名士名妓作为主体，是有此现实基础的。宋代理学兴起，以往论者常认为其束缚了士人的心。其实，宋代的法律和道德都承认狭邪之游是合法的正当行为。理学的兴起对召妓贿酒影响甚少。社会及家庭且视为故常，不以为讳。二程中的程明道云："只要心中无妓，不妨座上有妓。"③ 在此氛围里，宋代每创新词，必先风行妓院，然后流行于市井大众之间。柳永更是流连北里勾栏，一边品味"其奈风流端正外，更别有击人处"，"盈盈泪眼，漫向我耳边作万般幽怨"；一边感慨"系我一生心，负你千行泪"。苏轼流放岭南时，钱塘名妓王朝云竟嫁子瞻以赴难。可见士与妓的关系仍很密切。及至明代，宣德年间曾禁官妓，"官吏宿娼，罪亚杀人一等，虽遇赦，终身弗叙"。④ 实际上由于皇帝本身即有此好，士林也禁而不止。中期以后，随经济恢复和财富的积累，士林纵欲成风。江南才子祝枝山、唐寅等，

---

① 刘义庆：《世说新语·任诞篇》，上海古籍出版社 1982 年版，第 31 页。
② 《晋书·毕卓传》，上海古籍出版社、上海书店 1986 年版，第 160 页。
③ 东郭先生：《妓家风月》，北岳文艺出版社 1990 年版，第 130 页。
④ 王琦：《寓圃杂记·官妓之萃》，中华书局 1984 年版，第 7 页。

寄迹平康，唐寅作有《金粉福地赋》《风流遁赋》，祝枝山有《烟花洞赋》，其文虽不传，仅读题目，即可知其内容。至于名妓董小宛与冒辟疆、李香君与侯方域、柳如是与钱谦益的风流故事，更可见晚明江南士风的内蕴。晚清时，江南名士更是色酒不分离了。狭邪小说作者及其笔下人物，每日里流连长三书寓，打茶围、碰和酒，为博所悦者欢心，吃双台甚至六双台酒；叫单局、双局，或连续翻局。与所狎妓女张园品茶、坐马车、吃番菜，戏园捧角、吊膀子；或坐船携妓，游虎丘，逛扬州，遍赏风流，再学几声杜牧——"十年一觉扬州梦，赢得青楼薄幸名"。往昔名士偶尔为之的风流行状，而今成为士子日常生活的主要内容。痴如孙玉声，"猎艳寻芳，大有'杜牧扬州'之慨，当筵买笑，挥霍甚豪"，[1] 将家产挥霍完，又将一生所挣尽抛入花街柳巷；醉如韩邦庆，"与某校书最昵，常日匿居其妆阁中。兴之所至，拾残纸秃笔，盖是书（指《海上花列传》）即属稿于此时"[2]。这里，色是助酒的菜，在酒色的美味光影中，人生的其他内蕴全淡化或消解掉了。若深究晚清士人所得江南士风哪些真传，便是由酒而得的消沉和由色而来的颓废，已没有阮籍壶下的激愤和李白诗中的飘逸。

但是，小小酒杯能容纳心中如山的重负吗？美人的温存能消解尽生命无常之忧和人生苦短之患吗？为了生存，也为了逃避，江南士子在酒杯、美人后面尚留有一条人生的小道，供他们在难以消解时逃避人生使用，那便是隐逸之路。《后汉书·逸民列传序》分析隐逸的动机云："或隐居以求其志，或曲避以全其道，或静己以镇其躁，或去危以图其安，或垢俗以动其概，或疵物以激其清。然观其甘心畎亩之中，憔悴江海之上，岂必亲鱼鸟乐林草哉？亦云性分所至而已。"[3] 不管哪种动机，都可视作士子对人生的逃避。六朝时期，由于经济形态是典型的封建庄园经济，经济的自给自足导致人际关系的疏离，士人若欲归隐，是比较容易达到目的的。即如陶潜，没有自己的庄园，仍可"种豆南山下"，寻求一种虽物质窘迫、精神却自由的生活。但随时代变迁，隐逸或成为"终南捷径"，或成为一种精神传承，而不再具有行为功能了。晚清时期，内忧外患纷至沓来，社会形态已呈乱世，士大夫们心理上也含有隐逸的情绪，可并没形成典型的隐逸风气。虽也有俞达"爱挈老母诸妹遁西乡"，却是因为"沦落苏台，

---

① 周钧韬：《中国通俗小说家评传》，中州古籍出版社 1993 年版，第 368 页。

② 同上书，第 344 页。

③ 王瑶：《中古文学史论》，北京大学出版社 1998 年版，第 188 页。

穷愁多故，以疏财好友，家日窘，而境日艰。积逋累累，致城中不能一日居"才转到乡下谋生的。① 大部分人滞留在苏沪一带都市中，靠笔墨求生资，不仅没疏离人群，反而搅进了现代人际关系的旋涡之中。究其因，盖斯时江南已深受资本主义的影响，处于工商业社会初期，人际关系日趋密切，遂使士子们陷入种种关系网中，难于自拔也不愿自拔。狭邪小说的作者多是科举落第仕途受阻者，若沿着士人的传统轨迹发展，他们应置田乡间或买舟湖上，做一名"采菊东篱下"式的社会旁观者。但现代都市繁华生活的诱惑，近代传播媒体所提供的泄愤渠道以及花街柳巷所具备的娱情消愁之功效，均将其归隐之意消解掉了，只剩下对乱世隐者的向往之情。表现于交往中，是彼此称颂有高蹈之情或林下之风，或赞有闲逸韵致者为清雅之辈；表现于诗文中，则慕陶羡谢，称扬王孟，仿佛自己真是诸君同调。当然，也有杂交士人传统而综合之者，如《青楼梦》便是让金挹香尝遍人间春色、科举仕途皆顺时，毅然走上寻道访仙的归隐之路的。《绘芳录》中的祝伯青、王兰、陈小儒、云从龙等人，也是功成名就后回到金陵、隐于都市的。不过，这种对隐逸之风的继承，倒又跟六朝文人服药的目的不谋而合，即享尽人间富贵后渴望成仙，以便将现实生活情景永恒化。

三 江南士风对狭邪小说的影响

采用散点透视法剖析了江南士风与狭邪小说的关系后，论者将采用综合视角考察江南士风的总体特征对狭邪小说的影响。六朝士人虽有个体差异，总体价值趋向却有相似性，即接受"独善其身"的价值观。唯其"独"守个性，尊重自我的选择，才与世俗标准拉开了距离。于是，在世人眼中，他们便成了任性放诞之士。阮籍也当官，却是"闻步兵校尉缺，厨多美酒，营人善酿酒，求为校尉，遂纵酒昏酣，遗落世事"。② 至于刘伶裸袒在室，友人责他，他反怪友人："我以天地为栋宇，屋室为裈衣，诸君何为入我裈中？"③ 他"常乘鹿车，携一壶酒，使人荷锸而随之，谓曰：'死便埋我。'其遗形骸如此"，更显示出蔑视礼法、任性而为的特点。与陶潜"不为五斗米折腰"而归隐、谢灵运厌恶官场争斗而寄情山水一样，他们貌似怪诞的行为背后，是主体意识的独立、对"真"性情

---

① 周钧韬：《中国通俗小说家评传》，中州古籍出版社1993年版，第338页。
② 《晋书·阮籍传》，上海古籍出版社、上海书店1986年版，第157页。
③ 刘义庆：《世说新语·任诞篇》，上海古籍出版社1982年版，第31页。

的追求和自我人格的完善。

唐代士风总体上是开阔、自由、乐观向上的。统一强盛的时代培育了士人远大的理想，使其较少沉溺于个人荣辱进退的悲喜忧欢之中，而多以天下为己任。但就生命个体而言，仕途的挫折、理想的遇阻，仍会激起江南士子心中任性放诞的潜质。如对待权贵，阮籍等人是不合作态度，是因恐惧而退身自保，所以他们只能追求自我完善，其人格是内敛拘束的，最理想的境界是精神的平等。李白等名士则以扩张的人格行事，早年在《流夜郎赠辛判官》中即云："昔在长安醉花柳，五侯七贵同杯酒。气岸遥凌豪士前，风流肯落他人后！"有时直接蔑视权贵，"黄金白璧买歌笑，一醉累月轻王侯，"表达其内心的高傲。虽然社会地位他远不如权贵，精神上却超越他们，因而在诗文中采用俯视视角。有论者认为"这种在权贵面前毫不屈服、为维护自我尊严而勇于反抗的意识，是魏晋以来重视个人价值和重气骨传统的重要内容"。① 这种价值观直接影响到狭邪小说主人公的气质，如《绘芳录》中祝伯青勇斗吏部尚书之子刘蕴，为此不惜丢掉功名；陈宝徵上书扳倒名吏鲁道同。《花月痕》中韦痴珠虽一生布衣，却精神独立；《海上尘天影》中韩秋鹤志相投则尽力与之谋，不相投则辞职返里等，均可见唐代士风的影响。及至晚明，纵欲风气使名士更加风流放诞，当时社会对怪异的、惊世骇俗的行为持赞赏态度。如名士王艮喜欢头戴"五常冠"，身着深衣古服，行为怪诞，危言耸听。徐渭"晚年愤益深，佯狂益甚，显者至门，或拒不纳。时携酒至酒肆，呼下隶与饮"。② 张岱早年生活更具典型性，其《自为墓志铭》云："少为纨绔子弟，极爱繁华，好精舍，好美婢，好娈童，好鲜衣，好美食，好骏马，好华灯，好烟火，好梨园，好鼓吹，好古董，好花鸟，兼以茶淫橘虐，书囊诗魔。"③ 在狭邪小说中，遗世者忘父舍妻、奇谈诡论于平康的行为，富公子筑园构舍、狎优品花之嗜好，不也颇得晚明士风之遗韵吗？

晚清之际，名士们又有了相似的历史机缘，而且有着更为丰富的文化遗产可继承，遗憾的是他们的注意力被近代都市瞬息万变的外部环境所吸引，而不愿精心内思，因此其行为虽也形似，却渐渐扭曲变异了。《青楼梦》第7回中金挹香、邹拜林雇画舫载24位美妓游虎阜，一路吟诗饮酒、唱曲游乐之举；《九尾龟》中章秋谷雇数辆马车，各载名妓，在苏州街头

① 章培恒等：《中国文学史》中卷，复旦大学出版社1996年版，第89页。
② 袁宏道：《袁宏道集校笺·徐文长传》卷四一，上海古籍出版社1981年版，第716页。
③ 吴存存：《明清社会性爱风气》，人民文学出版社2000年版，第175页。

狂奔，赢得沿街争睹的风流状；《海上繁华梦》中杜少牧醉酒邀友狂砸颜如玉的房间；《品花宝鉴》中华公子、徐公子狂赏相公、家婢比美争艳的豪举等，无不带有放诞任性的特点。但仅此而已，若品其内蕴，除了显示风流、争风吃醋外，却难觅潇洒的意态和真正的思想了。

到了明清，情礼兼到的心态对江南士风影响更大。对于狭邪小说而言，它首先影响到创作主体的心态，成为制约情节构成的潜在要素。狭邪小说虽写妓院梨园，总体上却悦而不淫，不能不归结到此价值观的制约。文人之于妓女、名士之于相公，可同游同宿，却鲜有构成婚姻的。实现了"情"的抒发，却不敢越"礼"的樊篱。或者是妓女借此"溂浴"①，这种情况占多数，如《海上繁华梦》中花艳香之于游冶之、花媚香之于郑志和即如此；或者有了真正的爱情，却被"礼"束缚，导致悲剧，如《海上花列传》中李漱芳和陶玉甫即如此。显然，狭邪小说中的"情礼兼到"不像六朝士子统一于一个时空场中，而是统一于行为主体身上的。在妓院梨园，他尽可作一名多"情"公子，将其浪漫之情恣意发挥；在社会家庭，却必须遵守"礼"的规定，力求使自我的行为不与"礼"冲突。人物的悲欢命运、情节的演绎变化等皆受"情礼兼到"观念的影响。其次，此价值观还影响到文本的人物设置。由于"情礼兼到"是一种理想的人格，因此狭邪小说的行为主体往往寄托着作者的理想。表现在文本中，或一分为二，有成有败，有正有邪；前者如《花月痕》中的韩荷生与韦痴珠，后者如《品花宝鉴》中的梅子玉和奚十一等。或合二为一，有荣衰之变，皆为情礼纠缠所致，如《海上尘天影》中韩秋鹤与苏韵兰的一生悲欢即如是。至于行为主体能否被作者肯定，不管其动机如何，皆由作者从"情""礼"出发判定之，人物没有任何自主权。当然，晚清时期"礼"的束缚毕竟有所松弛，士子们越"礼"任"情"之举越来越多，这种状况在狭邪小说中也多有反映。从理论上讲，尽管文人狎妓代有遗风，毕竟流连妓院是与传统礼教冲突的，所以，士人到妓院梨园，与下九流交际，本身就犯"礼"。更有甚者，一旦到了妓院，见了所爱，江南才子们便往往忘乎所以，任情而为。如《青楼梦》中金挹香替钮爱卿梳头，拱到妓女怀中作吃奶游戏，前者是梳头娘姨做的事情，后者是事母的举动，但人到风流处，礼教自搁置，他全包了！《海上尘天影》中韩秋鹤为汪畹香割肉疗疾，显然尽的也是"孝"道；《海上繁华梦》中屠少霞母亲刚死，他就急不可耐娶了阿珍，被族人告上公堂。这些士人们的人格多

---

① 指妓女为骗取钱财，以嫁人为借口勾引嫖客，嫁后不久即逃走或闹出家门，重操旧业的行为。

具有两面性：一方面是守"礼"的士大夫（韩秋鹤、金挹香皆有功名），另一方面却又是封建礼教的反抗者（以"情"抗"礼"）。

如此人格和特殊的社会氛围确实难为了江南名士们：任情而为时，离不开女人；守礼不为时，必须避开女性。为与不为，总有一个独特的参照对象——女人。那么，他们对女人是什么态度呢？笔者认为，他们对女人有崇拜情绪，并进而导致其生活和文本中的女性化倾向。

耽于药酒使江南名士的神经越来越敏感，意志越来越脆弱。《颜氏家训·涉务篇》云："梁世士大夫，皆尚褒衣博带，大冠高履。出则车舆，入则扶持……景之乱，肤脆骨柔，不堪行步，体羸气弱，不耐寒暑，坐死仓猝者，往往而然。建康令王复，性既儒雅，未尝骑乘，见马嘶喷陆梁，莫不震慑，乃谓人曰：'正是虎，何故名为马乎？'"可见当时士人状况。这有两种效应：一方面使其把握住生活中情感的瞬间，能细腻入微地展现人类情感的波澜；另一方面也使他们经不起现实人生的挫折，政治上的得宠与失欢、自然界的阴晴变化以及情爱对象的喜怒哀乐等，均能在其心中激起涟漪，随物而兴，因事而发，歌哭无常，大悖常理。凭着这药酒浸出的艺术神经去享受女色，在粉艳桃红、莺语燕言的氛围中，江南名士虽身为男性，却渐渐失去了驰骋疆场、笑傲江湖的豪气，转而将其审美焦点凝结在女性身上。一方面，傅粉施朱，饰以女性之物，以女性审美观为自我的审美观。晚明至清代小说中的男性已不再有汉唐时期男人长须浓眉、威武雄强的形象，而更多继承了六朝士子羸弱不堪的特征，文弱纤秀、白面朱唇的青年士子成为此期小说正面人物，而带有强烈男性气质者，却很可能成反面人物。此风影响至狭邪小说，人物描写也如此，如《品花宝鉴》中梅子玉、杜琴言皆呈女性色彩，而颇有男性色彩的奚十一等人则成为反面形象。另一方面，由于行为对心理的长期暗示，造成士人心理的扭曲错位，他们倾向于以异性的生命体验来观察人生、体悟世界。沿习既久，渐成风气，以至于品评人物也多用赞美异性的词语，如《世说新语·容止篇》："王右军见杜弘治，叹曰：'面如凝脂，眼如点漆'。"此处显然是女性视角。至于狭邪小说中，凡女性出场，必将其穿戴、装饰、神态、随从等详细描摹，男性人物则大多不作如是描写。人物描写盲区的存在，阿和因爱慕而"喝佩攘的溺"①，邹拜林因仰慕林黛玉而"自号拜林外史"等②，更可见文本中的异性崇拜情绪。

---

① 邹弢：《海上尘天影》，百花洲文艺出版社1993年版，第125页。
② 俞达：《青楼梦》，上海古籍出版社1994年版，第11页。

　　晚清狭邪小说的作者大多是被挤出政治轨道的在野者。他们与政治相对疏离，转而追求生活的现实性，也就是说，仕途既堵，如何生活下去便成为其人生的首要问题。他们中虽也有一生穷困潦倒、中年遽逝的（如俞达），但大多是中等家产，衣食无忧。此类士人，已在生命的成长过程中培养出了独特的审美趣味与应世心理。这些素养往往赋予书中人物，所以狭邪小说的主人公大多诗酒风流、不乏嫖资，于狭邪中谈笑戏谑，在戏院里捧角拜旦。若偶尔为之，尚不足言其价值，问题是大多数狭邪小说中，人物的活动空间就是妓院梨园，家庭倒退居幕后；况且，他们到妓院梨园，既非仅为性欲的发泄，更非仅为同性恋，而是将"先生"或"相公"作为审美对象，欣赏品味之。即便那些"先生""相公"，也多是色艺两全、品位雅洁的。他们至少有一技之长，甚至几艺兼备，审美品位与士子相当。这样，一方是抱着鉴赏的目的而来，另一方具有可供鉴赏的内蕴，交往的双方已成为审美关系，其活动目的也超越了生存的需求，而凸显出生活的趣味性和艺术性。

　　对异性的崇拜情绪和将生活趣味化、艺术化的目的两相融合，使江南士子的生命轨迹越来越带有浪漫色彩，离生活越来越远。对异性的模仿越细微，健康性就越少，其行为最终呈现为一种病态的女性化特点。首先，其外在行为具有女性化特点。跟六朝士人傅粉饰朱相似，狭邪小说中的名士每日里像女性一样仔细梳弄辫子、抹刨花水、分刘海儿，手上戴着既显示身份又吸引女性的钻石戒、黄金戒、金表等饰物；不仅欣赏昆曲、梆子戏，还能登台客串角色……其行为显然有向异性看齐的倾向。这些并非社交中所必需的装饰，到了妓院梨园，却是不可少的。其次，情感反应方式是女性化的。自古道"男儿有泪不轻弹"，可狭邪小说中，男人一旦所欲受挫，不论挫折程度如何，就痛不欲生，涕泗交流，甚至有欲效古代妇女殉夫之例而欲投穴殉妓的，如《海上花列传》中的陶玉甫等，表现出幽怨悱恻的士人的侍妾心态，而非壮怀激烈或拂袖而去的雄性性格。《品花宝鉴》中的梅子玉和杜琴言，相思时凄凄惨惨，相见时哭哭啼啼；欲分手留药表意，再相逢同床共枕……其缠绵悱恻之情，并不让人感动，反倒有伪饰做作之嫌，令人讨厌。最后，文本叙述男性的情感变化、心理波澜时，所用词语有明显的女性化色彩。虽然从语言学的角度讲，汉语无明显的阴性、阳性，但在漫长的文化发展过程中，语言运用中文化的积淀造成表情词的性别向度还是明显的。用情调阴柔、动作幅度小、情感呈现细腻的柔媚之语来写男性的感情，《品花宝鉴》《青楼梦》《海上花列传》等文本中皆屡屡出现。如梅子玉在怡园见到真琴言时，"仔细一看，只觉神采奕奕，丽若天仙，这才是那天车上所遇、戏上所见的那个人。子玉这一惊，倒像有暗昧之事，被人撞见了似的，心里突突的止不住乱跳，觉得有万种柔情，一腔心事，却一个字说不出来"①。有时香侬软语过于密集，则会有甜腻之感，《青楼梦》的语言即如此。

为什么晚清狭邪小说具有鲜明的异性崇拜和女性化特征呢？从现代社会学角度理解之，能帮助我们透析这种现象。六朝、晚明、晚清均处于社会转型期，此时人的价值立场是最容易发生逆变或错位的。由于价值的不稳定导致自我价值立场的模糊，当事人往往陷于迷惘之中，其价值的肯定已经不能通过自性而获得，通常是借他性或异性来肯定自我。狭邪小说中士子交往的对象多是异性，获得异性的青睐、拥有异性的爱情等行为皆能帮助自我迷茫的灵魂找到归宿。神经敏锐、自我错位的文士们既然已不可能通过"修身齐家治国平天下"来实现自我的值，那么平康北里独占花魁、梨园酒楼消磨春宵便成了最佳的选择。在这里，既可以放松被正统道德、家事国事揪得紧紧的心弦，又可以展示自己书上得来的才艺，于吟咏对弈、酒令灯谜之中获得几许满足，赢得异性的赞扬，其行为是自赏的、消闲的，又是无奈的、可怜的。

第三节 民初倡门小说

民初倡门小说是指民国初期鸳鸯蝴蝶派小说内的一些作家以娼妓为主要描写对象的小说，因当时尚未有"狭邪小说"的命名，故自名为"倡门小说"。代表作家有何海鸣、毕倚虹、周天籁、包天笑、许廑父等人。代表作有《老琴师》《人间地狱》《亭子间嫂嫂》《倡门之病》等。因其上承晚清狭邪小说之传统，下启鸳鸯蝴蝶派的社会言情小说，具有相对独立性，因此，单独论述之。

一 倡门小说的代表作家作品

毕倚虹（1892—1926），名振达，号几庵，笔名清波、婆婆生、春明逐客，扬州仪征人。少年时，因父亲在浙江做官，便随居西子湖上。15岁至京师，以窥官场情形。后清政府在爪哇设领事馆，倚虹受命为第一任领事，但行至上海，辛亥革命发生，只得作罢。继而离开仕途，进中国公

---

① 陈森：《品花宝鉴》，百花洲文艺出版社1996年版，第139页。

学攻法律。1926 年 5 月 15 日病逝。

　　《人间地狱》1922 年 1 月 5 日起在周瘦鹃编辑的《申报·自由谈》上连载，至 1924 年 5 月 10 日因其生病暂停，共 60 回。小说"以海上倡家为背景，以三五名士为线索"，是一部典型的民国倡门小说。主人公柯莲荪、姚啸秋等名士与名妓秋波、碧嫣之间的情感故事感人至深，名士对名妓动了真情，名妓也以名士为日后从良的依托，从而演绎出爱情故事，也描写了民初上海的社会现状。这部小说的主要人物均有原型——如柯莲荪（毕倚虹）、姚啸秋（包天笑）、玄曼上人（苏曼殊）、华雅凰（叶楚伧）、赵栖梧（姚鹓雏）等，因此，该小说具有相当写实性。小说一方面推崇名士风度，如第 20 回柯莲荪介绍玄曼上人："虽说是自称和尚，但见他诗酒风流，酒色不忌，性情孤洁，语言雅隽，并且文擅中西，诣兼儒佛，实在算得如今一位硬里子的名士了。"另一方面颂扬名士、名妓间超越肉体的精神之恋，如得知秋波病重后，柯莲荪对啸秋说："我觉得青楼中买人，远不如在青楼中市骨。买人的结果，平添了许多烦恼……像我这买骨的痴想，我觉得一抔黄土，郁郁埋香，春秋佳日，冢次低徊，怀想其人，永远不能磨灭。脑筋里有些永久的悲哀，便存了些此恨绵绵之想，岂不甚好？那种意境，远在金屋春深，锦衾梦暖之上。"[1] 足见其对情的看重。

　　周天籁（1909—1983），安徽休宁人，十三岁因父亲去世而辍学，到上海谋生，接触到社会底层人物，了解他们生存的艰难，开始创作。其代表作《亭子间嫂嫂》写安徽文人朱道明到上海谋生，与风尘女子顾秀珍同租亭子间为邻，并在交往中产生情感，却因为贫穷无法结合。利用其视角，小说表现了顾秀珍扭曲的外形与痛苦的灵魂。小说一方面展示出下层文人在上海谋生的不易，透过其视角观察十里洋场繁华生活背后的阴暗面；另一方面通过作家与妓女的交往，两人同命相怜却不能结合的悲剧结局，揭示出受困于现实处境的善良者人性的闪光点。而用上海土话描写人物和对世俗生活的展示，构成其艺术特色。

二　倡门小说的现代特质

　　"倡门小说"的现代特质主要体现在人物形象的创新及形象内蕴的更新方面。首先，它侧重塑造有胆有识的妓女。晚清狭邪小说一般以名士为构思中心，或名士名妓对构，倡门小说则以妓女为主要表现对象，士的存在往往只是妓女的陪衬。狭邪小说中的名妓，前期侧重才、情、色俱佳，

---

①　范伯群等主编：《人情才子毕倚虹代表作》，江苏文艺出版社 1996 年版，第 66—67 页。

后期则是色与欲的结合，胆识超人的名妓只有胡宝玉等人，却又贪婪淫荡；倡门小说中的名妓则凸显胆识，去其淫态。这既是时代变迁，人们对女性的整体认识有所变化的结果——西方人文主义思想的逐渐传入为女性施展其才提供了环境，海内外妇女解放的呼声则营造了具体的氛围，"女子无才便是德""女人是祸水"的观念渐渐为知识分子和都市市民所摒弃，改变了人们对妓女的认识；也是文学自身发展的必然——此时的作家，再写古典式的才子佳人不可能超越前人，再塑造色才情俱佳的妓女也不符合妓界实情，只好把握其性格中契合时代特征的元素加以典型化，塑造出与呼唤"英雌"的时代一致的妓女来。何海鸣的《先烈祠前》和毕倚虹的《人间地狱》即为典型文本。前者写倡门出身的姨太太"有一种特别的长处，就是也认得许多字。……全衙门里的笔墨事情，外头靠朱师爷，内里就会凭这位姨太太。……所有衙门中公事呈报镇守使，请他主持和吩咐的，都一切由她过目，看完后也就由她主持。……差不多镇守使就是她，她就是镇守使"。[①]　她凭其地位和识字不仅让不知"先烈"为何的镇守使去祭祀先烈们，而且阻止了他让卫兵"拿刺刀和枪托子"去对付烈士遗孤，告诉他"这班人都是可怜的人，只有民国对不住他们，他们没半点对不住民国"[②]，情愿用私蓄去周济他们，促使镇守使发放救济金。叙事进程中起主动作用的是她，构成叙事内动力的是她，她以才华与胆识构成了对丈夫的优势。后者写名妓白莲花不堪鸨母对自己身体的控制，为追求自由而不懈地斗争。她已替鸨母"做了六节生意，零碎的整票的也赚了有两万出头"，听柯莲荪介绍"买卖人口是犯罪，要吃官司的"，马上表态："那末好，那末好，先请老太婆吃一场官司。"[③]　当相好程藕舲表示不管其赎身的钱时，她明确表示自己的事情自己办。不久，她便逃到律师那里，请律师致函鸨母，自赎其身。敢作敢为，依法办事，不是现代都市生活的妓女做不出；没有接受现代文明的影响，也不敢做。即使被软禁在鸿运楼时，仍冷静机智地打电话给姚啸秋求援，最终不仅自己跳出了地狱，还救出了爱媛和媛媛。民初倡门小说中的妓女已初步具备了拯救意识——李姨太是利用特殊身份拯救烈士遗孤，白莲花则是利用法律和智慧自救并救人。应该说，其内蕴是与时共进的！

　　其次，倡门小说重构理想，否定从良。狭邪小说里人物总体上是认同

---

①　范伯群等主编：《倡门画师何海鸣代表作》，江苏文艺出版社1996年版，第114页。

②　同上书，第120页。

③　范伯群等主编：《人情才子毕倚虹代表作》，江苏文艺出版社1996年版，第108页。

现世观的，今朝有酒今朝醉成为休闲名士的人生观。及至民初，共和政体的建立，西方观念的引入在人们面前展示了新的生活境界，他们开始设计未来，人生的聚焦点也超越了现在，而勾勒出一个个"乌托邦"境界。当小说家们携此理念进行创作时，文本中的妓界便发生了明显的变化，尤其是何海鸣的小说中，对未来的构想最为鲜明具体。由于参与了中华民国的创建，在其政治理念中已预置有对未来的向往，所以对倡妓问题，何海鸣有自己的看法，他认为要"速行筹谋女子生计，使女子生计均得安全后，然后始能为普遍之废止"。对于当代人来讲，应先"废除领家制度，不许妓院中有龟鸨，纯粹使妓女自由之意志营业，而以倡门妓院为男女自由交际之场合，则倡妓又何害哉"①？前两年创作的《五十年的倡妓》已凸显出此观念，小说将故事发生的时间虚拟为"民国六十一年"，内务部采用幸福斋主人的"倡妓保护法案"，已于十年前逐渐施行保护倡妓、解放倡妓的政策。先登记妓女，然后分三等规定不同的自由解放的期限，"年限满了之后，通同无条件自由解放。无论领家和生身父母都不能干涉她、拦阻她。不愿嫁人的，入济良工厂做工，谋独立生活。嫁人的，不准谁借这个题目索半文钱，就是在那一定的年限当中，虽说是法定的倡妓服役期间，警厅也常常派人在倡门中调查侦察，不许领家虐待妓女。有病的，便须停止服役；下等的稚妓，每晚不许接两个客人，还须每间一日休息一夜。有急于要嫁人的，身份银子不能超过当初卖价以上。"② 显然，作者的基本出发点是想改变妓业的剥削与虐待状态，还妓女以自由身和保护妓女作为人的基本权利。妓业存在已有几千年的历史，还没有谁这样认真设想过制定法律、健全制度来保护妓女，文本充分凸显出现代理性色彩！不仅如此，他还以平等的态度视倡妓为一自由职业："凡是十八岁以上的女子，秉着自己自由的意志，愿意作倡妓营业的，承认它是一种特殊的职业，准其到各地警厅请领志愿倡的证书，受法律保护，自由营业。"③

在其他文本中，何海鸣将对未来的重构与个人奋斗结合起来，一方面，士妓交往重精神享受，不重欲望；另一方面，妓女在名士的鼓励下探索个人的出路，以个人之力与社会对抗。其小说《倡门红泪》里，被称为"描写倡门疾苦的第一圣手"的作家与妓女阿红相知，却对她"只尽义务，不求权利"，追求的是休闲之乐。阿红要嫁人的前夜，约他前去想

---

① 范伯群等主编：《人情才子毕倚虹代表作》，江苏文艺出版社 1996 年版，第 200 页。
② 范伯群等主编：《倡门画师何海鸣代表作》，江苏文艺出版社 1996 年版，第 201 页。
③ 同上。

献身于他时，他却抑制住内心的欲望："不可，我做了四年君子，要傻就应当傻到底。况且伊已是别人家的人了，我又何苦在这末一次把晤中，去践踏伊，蹂躏伊，难道是这末一次的自持，我竟办不到吗？"阿红被丈夫逼走，却落了个"滟浴"的罪名，从北京到上海，再到济南、青岛、天津等地，无处不受人歧视。出于对自我未来的希冀，她找到一个聪明的孤儿，"一面把他的心买好，一面又施以教育，使他成为一个有学问有艺能的人。到相当时候，我嫁给他。""世界上有一种童养媳……我就仿这个法子，来找一个童养夫。"于是请塾师，找保姆，精心呵护以期他有所成，没料到长大后他却出走了。她的计划虽然幼稚，而且失败了，但是在设计未来时，她既没走养妓当鸨母的路，又没有真正利用色相去滟浴，只是想依照自己的理想和能力建构一个未来。虽有几分虚妄，却于社会无害，应该是值得同情的个人奋斗的尝试。作者之所以给她安排一个与作家偕隐西山，买了意大利孵鸡器和法国葡萄树从事生产的结局，也是对其理想受挫的安慰，其中寄寓着作家本人的同情与理解。这种同情与理解到了周天籁笔下，则转化为一种理性的平等意识和存在内蕴。其代表作《亭子间嫂嫂》曰："我的主张一个人不论做什么行业，只要能够生活，这做的行为便有意义……我可以断定一个人在世上忙忙碌碌，都是为了生活，现在你也是为生活，我也是为生活，异途而同归，只不过各人做的事方式不同罢了。"[1] 将娼妓作视一种客观存在，一种为了生存而不得不从事的职业，其认识显然超过了以往作家。正是对世俗生存观的认同，使其在设计顾秀珍的未来时，通过她三次嫁人皆失败否定了从良。当然，周天籁揭示出否定从良背后更复杂的原因：其一为不愿失去自由。初嫁薛景星便抱怨："他是不许我自由，不能时刻到外面去白相，我从前要东就东，要西就西。"[2] 其二为不愿吃苦。与北平富商议嫁时，明确表示"过去要我下田下园，我万万办不到。"[3] 其三为难遇知音。时代变了，不许纳妾，否则犯重婚罪，故朱道明虽然喜欢她却不能纳其为妾；即便法律允许，知音也难觅，"他们都是把我玩弄的，都是存心来嫖我的，那里会有好人呢？"[4] 其四为自我迷失。"我嫁人也嫁怕了！事情难也是真难，我好像海洋中一只丧失了方向的帆船，迷了路了。"[5]

---

[1]　周天籁：《亭子间嫂嫂》，安徽文艺出版社1997年版，第16页。

[2]　同上书，第143页。

[3]　同上书，第257页。

[4]　同上书，第35页。

[5]　同上书，第261页。

　　最后，倡门小说凸显人本意识，彰显人间至情。晚清狭邪小说中已有"妓女也是人"的呼声，但相对于社会对妓女的歧视来说，那声音太微弱稀少了！其内蕴中也有了男女平等意识，却多从社会地位的角度评判，而非从人自身。及至民初，强调妓女的人格尊严和生存权利已成为文本中普遍存在的内蕴。李姨太同镇守使去祭先烈时，镇守使表示不如将别的牌位全撤掉而为其岳父建个专祠，她却立即否定："谢谢你这番厚意。但是我想一个轰轰烈烈的先烈，必须他女儿做了倡妓，嫁了大老官，做了姨太太才能换来一所专祠，也不见得有什么体面，或者谈起来更伤心呢。"正是出于"要替我那做烈士的父亲留一点面子"的自尊，尽管镇守使多次催问，她仍不告诉他哪个牌位是其父的。《倡门之子》中阿珍被王一庸梳笼并怀孕，当对方表示不负责任时，她本可打胎，但她认为："腹中这块肉我也有一半的份，我总想把他生出来，看看是个什么样子。"鸨母强逼她时，她喊道："你们真敢在这青天白日之下打胎谋命吗？"鸨母怕嚷出事来，只好骂一顿离开。阿珍对生命的珍视，实际上也是对自我生育权的本能保护。否则，儿子出生后她便不会有"做母亲的有了儿子的乐趣"。当王一庸想夺回儿子时，她斥之："哦，你的骨肉就是人，便应该接了家去；我们做倡妓的就不是人，便应该抛弃在风尘中受苦？"① 她们虽然坠入非人的境地，却仍追求做人的尊严，正如顾秀珍谈到查验身体时所说："我们到底是一个人呀！"② 尽管有些嫖客认为"骗骗妓女有什么伤天害理？"但毕倚虹显然意识到了这是"伤天害理"的非人道行为："唉！单纯的嫖客心目中，简直不把妓女当一个人类看待呀！"③ 惟其如此，他们才在文本中强调人与人之间实质上的平等，凸显出现代意识，即无论社会、经济地位如何，在做人的基本权力方面，人类应该是平等的。

第四节　鸳鸯蝴蝶派小说

一　鸳鸯蝴蝶派命名的由来

　　鸳鸯蝴蝶派是 20 世纪初发端于上海直到 1949 年以后才渐趋消亡的一个文学流派，以"游戏笔墨，备人消闲"为其主要宗旨。"鸳鸯蝴蝶"典

---

①　范伯群等主编：《人情才子毕倚虹代表作》，江苏文艺出版社 1996 年版，第 141 页。
②　周天籁：《亭子间嫂嫂》，安徽文艺出版社 1997 年版，第 179 页。
③　毕倚虹：《北里婴儿》，范伯群等主编《人情才子毕倚虹代表作》，江苏文艺出版社 1996 年版，第 226 页。

出狭邪小说《花月痕》第 31 章回目："卅六鸳鸯同命鸟，一对蝴蝶可怜虫。""'鸳鸯蝴蝶派'其实像当时颇有交集的'南社'一样，是一群较为坚持传统书写形式与古代才子生命形态的庞大知识群体。"① 早期鸳鸯蝴蝶派小说多表现青年男女相爱却难以结合，因而导致死亡的悲剧，故又被称为"哀情小说"。若整体观察，此派作品内容极为驳杂，其刊物上自分的种类就有言情、哀情、社会、黑幕、娼门、家庭、武侠、神怪、军事、侦探、滑稽、历史、宫闱、民间、公案等；作家的整体倾向是"拥护新体制，保守旧道德"，代表作家有徐枕亚、李涵秋、包天笑、周瘦鹃、张恨水、秦瘦鸥等。主要刊物有《小说时报》（1909），《小说月报》（1910），《妇女时报》（1912），《自由杂志》《游戏杂志》《香艳小品》（1913），《中华小说界》《民权素》《礼拜六》《眉语》《小说丛报》《女子世界》（1914），《小说大观》《小说海》（1915），《春声》（1916）等。其活动空间以上海为主，后来渐及北京、天津等城市。

　　鸳鸯蝴蝶派的全盛时间是辛亥革命到五四运动之前，尤其是袁世凯复辟帝制前后达到高潮。之所以如此，原因有三：首先是政治因素的影响。前述已知，鸳鸯蝴蝶派作家在政治理念上并不反动，不少人积极参加辛亥革命前后的革命活动。蓬勃兴起的辛亥革命一度燃起他们的豪情，使其认为理想的世界即将来临，因而兴奋不已；可是，随着政治风云的变化，尤其是袁世凯篡权、复辟以后，敏感的作家们受到巨大的打击。于是，胆大的秉笔直书，抨击黑暗的现实；更多的作家则秉承传统文人借情爱故事诉说政治幽情的手法，构思缠绵悱恻的爱情故事表达心中郁闷难耐的感情。其次是社会思潮的变化。民初之际，受晚清先觉者传播西方文化的影响，青年知识分子们开始追求恋爱和婚姻自由。然而，强大的传统文化势力往往使年轻人的尝试变成终生难忘的痛苦。范烟桥先生在《民国旧派小说史略》里对此有精到的分析：

　　　　辛亥革命以后，"父母之命，媒妁之言"的传统婚姻制度，渐起动摇，"门当户对"又有了新的概念，新的才子佳人，就有新的要求，有的已有了争取婚姻自主的勇气，但是"形隔势禁"，还不能如愿以偿，两性的恋爱问题，没有解决，青年男女，为之苦闷异常。从这些社会现实和思想要求出发，小说作者就侧重描写哀情，

① 赵孝萱：《"鸳鸯蝴蝶派"新论》，兰州大学出版社 2004 年版，第 11 页。

引起共鸣。①

　　既然社会上有如此众多的潜在读者，哀情小说的创作与出版就大受欢迎；读者的欢迎会形成反向刺激，促使更多的作家创作此类小说，导致鸳鸯蝴蝶派小说的繁荣。再次是作者自身的因素。与后来的新文学作家大多是具有"学者气"不同，鸳鸯蝴蝶派作家具备的是"名士气"和"才子气"。他们对传统文化情有独钟，具备诗词功底，擅长书法绘画，能够鉴赏金石古董，爱好戏曲美食，追求生活的艺术化。其行为沿传明清以来江南文人的阴柔特征，欣赏风雅悠闲的情趣，把玩品味人生所经历的柔媚委婉的情愫；甚至连其笔名，都喜欢具有哀情色彩和特定文化内涵的花鸟虫鱼或意象，如周瘦鹃、朱瘦菊、秦瘦鸥、许瘦鹤、严独鹤、姚鹓雏、周病鸳、高太痴、张恨水等。因此，当他们进行创作时，自然容易选择缠绵凄婉的情感故事作为表现对象了。

　　在新文化运动勃然兴起时，鸳鸯蝴蝶派小说成为新文学作家眼中旧文学的代表，被反复批判。那么，新文学作家为何反对鸳鸯蝴蝶派？有学者认为："并不是因为他们认为人不该有趣味追求，有消闲的生活的权利或幸福，也不是因为他们认为言情写欲引入道德堕落（那是顽固的守旧派的论调），而首先是鉴于趣味或言情给人们带来的结果将会是意志消沉，乃至有泯灭意志的危险，因为在中国国民的心理结构中，那'像水一样缺乏自己的意志'（恩格斯语）的现象实在太可怕了。也就是说，他们首先反对的不是趣味本身而是趣味的结果。"② 即侧重从文学的社会效果来评估之，而非聚焦于其本体效应。实则没有那么可怕。鸳鸯蝴蝶派小说是直接继承了晚清言情小说的传统而有所拓展的，是延续中国言情小说的文学流派。

二　影响鸳鸯蝴蝶派的言情小说

　　20 世纪初年，言情小说出现新变。除倡门小说对狭邪小说进行改良外，符霖、吴趼人和苏曼殊的小说创作均凸显出新的风貌——符霖的《禽海石》侧重表现孟子倡导的礼教思想对青年人感情的桎梏，凸显情感悲剧的内部原因；吴趼人的《恨海》聚焦社会动荡对青年爱情的摧残，彰显情感悲剧的外部压力。两方面聚合起来，已把 20 世纪初年年轻一代的恋爱困境刻画出来。苏曼殊的言情小说则把主人公出身之不幸作为悲剧

---

① 魏绍昌编：《鸳鸯蝴蝶派研究资料》，上海文艺出版社 1984 年版，第 272 页。
② 张光芒：《启蒙论》，上海三联书店 2002 年版，第 65 页。

根源，糅进精神深处情感追求与宗教戒律的冲突，使其文本中的悲剧内蕴更加深化，亦使言情小说更上新台阶，开启了哀情小说创作思潮。

《禽海石》共 10 回，1906 年群学社刊行。小说叙述秦如华与顾纫芬青梅竹马，感情深厚；短暂分离后，又在北京同住一院。如华托人提亲，双方家长均以同院居住应避嫌而拒绝；二人为此患病，方得定亲，却约定十七岁才能成婚。不久，义和团运动爆发，秦家南归，顾家留京；再见时，顾父已死，纫芬与母亲病困客栈；与如华见了最后一面后，纫芬去世。这部小说明确谴责封建礼教，批判孟子："他说：世界上男婚女嫁，都要凭着父母之命，媒妁之言。否则，父母国人皆贱之！咦，他全不想男婚女嫁的事，在男女两面都有自主之权，岂是父母媒妁所能强来干涉的？"（第 1 回）在情人离世后，如华认为其爱情悲剧的原因不在父亲，不在拳匪，全在孟子："倘然没有孟夫子那'父母之命，媒妁之言'的老话，我早已与纫芬自由结婚……我甚望我中国以后更定婚制，许人自由，免得那枉死城中添了百千万亿的愁魂怨魄，那就是不可思议、不可称量的功德。"（第 10 回）批判儒家腐见之际，亦强调青年男女的自主权利，渴望自由婚姻。同时，小说推崇"情"的价值，强调两性间情感交往的纯洁性。作者强调"情"的价值："余以为造物之所以造成此世界者，只是一'情'字。""凡颠倒生死于情之一字者，实足为造物者之代表。"（弁言）叙述人物情感时，亦侧重精神交流，"我与纫芬彼时的交情，却是以情不以淫，在情性上相契，不在肉欲上相爱。"（第 6 回）惟其推崇情真，方能保持情纯，故当父亲为其再定毕小姐时，他表示："我与纫芬是精神相契合，声气相感通。我除了纫芬之外，莫说毕家小姐，就是王嫱再世，谢女重生，我也不要承教的。"（第 9 回）显然，其融会时代事件展开情爱故事的叙事特征，与晚清言情小说风格有别；其情爱观、批判性与其第一人称的凄婉叙事风格等，亦对鸳鸯蝴蝶派小说产生多维影响。

吴趼人的《恨海》亦 10 回，创作和出版时间为 1906 年，叙工部主事陈戟临之子陈伯和，与同乡张鹤亭之女棣华订婚；次子仲霭，与中表王乐天之女娟娟订婚。两对小儿女自幼同窗，青梅竹马，不料庚子乱起，时棣华之父在上海经营，陈戟临派伯和与白氏及棣华南下避乱。途中因乱被人群冲散，白氏惊慌成疾，客死旅店。伯和于中途得意外横财，辗转至上海。他不务正业，先因嫖被妓女卷走全部财物，又因吸食鸦片成瘾而流落街头。等到鹤亭找到他时，他已死于医院；棣华万念俱灰，遁入空门。仲霭在父母死后遇到父亲生前好友，荐其至陕西某观察幕中，得蓄资产，并被保举功名；当他请假扶柩归乡，并寻访娟娟时，娟娟已沦落风尘，成为娼妓。仲霭遁入深山，不知所终。《恨海》叙述了两对青年男女兵荒马乱中鸳梦难圆的悲剧故事，抒写了"精卫不填恨海，女娲未补情天"的人生遗恨。虽然小说在爱情观念上显得相对保守，但作者对情有独特认知："要知俗人说的情，单知道儿女私情是情；我说那与生俱来的情，是说先天种在心里，将来长大，没有一处用不着这个情字，但看他如何施展罢了：对于君国施展起来便是忠，对于父母施展起来便是孝，对于子女施展起来便是慈，对于朋友施展起来便是义。可见忠孝大节无不是从情字生出来的。至于那儿女之情，只可叫作痴；更有那不必用情，不应用情，他却浪用其情的，那个只可叫做魔。"① 小说将两对青年男女的爱情悲剧置于庚子事变的大背景之中，既描写他们劳燕分飞的悲苦情感，也为我们描绘了国破家亡、生灵涂炭的惨痛感情以及颠沛流离中母慈子孝的亲情等。主人公病死、出家或沦落成妓女的结局，无疑是对现实与理想爱情的否定——即便依然是才子佳人，欲重构理想情感已是徒劳；而将个人情感与时代风云相结合的方法，则启发了后世言情小说作家。因此，《恨海》被认为是鸳鸯蝴蝶派的先驱也就不足为奇了。②

吴趼人 1910 年创作的《情变》，连载于上海《舆论时事报》，虽然因为作者遽然辞世而未成完璧，仅已刊载的近 8 回小说而言，却塑造了敢恨敢爱、意志坚定的女性形象，凸显出爱情至上的理念。小说叙述寇四爷擅长武功的女儿阿男，与书生秦白凤同窗期间相爱，遂私定终身；尽管两家各自为其定有对象，阿男却利用飞檐走壁的本领，与白凤私会。风声传开后，其父欲杀之，白凤亦避祸镇江；她夜盗宝马至镇江，挟白凤私奔到杭州。最后阿男被父亲抓回，嫁给余小棠，白凤也被迫与何彩鸾结合。小说刻画了胆识超群、情感鲜明的侠女形象，阿男敢于表白爱情，即将分开之际，她直接问："哥哥，你到底爱我不爱？"（第 2 回）准备私会白凤时，心中想："天下万事，总是先下手为强，若是只管游移，便要因循误事了。"及至再见白凤时，见其"面如冠玉，唇若涂朱，气爽神清，风采秀逸"，更下定决心要得到他——"我从小儿与他耳鬓厮磨的，此刻长大了，那婚姻大事，倘是被别人抢了，叫我何以为情？"白凤尚犹豫不决，她提醒之："婚姻大事，尽有人自己要做点主意。"白凤感到绝望、表示来生再做夫妻，她一场坚决："来生么？我偏要今生做他一做。"（第 4 回）正是这种凡事自我做主、果敢决断的性格，使其能够和白凤私下拜

---

① 《吴趼人全集》第五卷，北方文艺出版社 1998 年版，第 3 页。
② 参阅赵孝萱《"鸳鸯蝴蝶派"新论》，兰州大学出版社 2004 年版，第 67 页。

堂，并与其私奔，卖艺养活白凤。如果说《恨海》尚恪守传统礼教、凸显情毁于时代动荡，那么，《情变》则更充分展现出吴趼人以情统事、褒扬情爱的价值立场，对后世言情小说的发展多有启迪。

苏曼殊更是以其一系列作品建构起言情小说的新景观，其文本丰富的内蕴、独特的叙事风格与其传奇的身世，成为民初文坛的奇观。1912—1917年，他先后创作了《断鸿零雁记》《天涯红泪记》《绛纱记》《焚剑记》《碎簪记》《非梦记》等小说，产生了相当大的影响。

特殊的身世、浪漫的情怀制约苏曼殊的小说创作，因此，其言说情感时便侧重道德自觉，往往给笔下人物安排一个桃花源式的生存空间，在那里实现主人公的梦想。道德的约束使其人物在追求爱情方面缩手缩脚，施展不开，往往酿成悲剧。如《断鸿零雁记》叙述三郎与雪梅、静子等几位姑娘的情感经历。其中的雪梅用情专一，在父亲取消与三郎的婚约、三郎已出家的情况下，却仍为其坚守感情，直到不愿他嫁绝食身亡。但是，她不敢像五四一代青年那样，与三郎私奔，只能为爱付出生命。究其内因，乃是深受礼教的束缚；即便是不嫁他人的行为，亦是从一而终的观念使然。《焚剑记》叙述阿蕙的未婚夫死亡，她与未婚夫并无多深的感情，却抱着"木主"成婚，终生守寡。对这个形象的描绘与同情，凸显出作者对其行为的认同与赞许，亦即对其符合封建礼教的行为是肯定的。《碎簪记》里青年男女大多接受西方文化影响，初步形成了自由恋爱的理念。他们本可以自由结合，成全自我的爱情，但是"父母之命"的紧箍咒牢牢锁住了他们。庄湜与灵芳恋爱，却"不敢有违叔父之命"，对婶娘撮合与莲佩的婚事不敢明确拒绝；莲佩对自己的终身大事也完全听命于婶娘。灵芳有追求爱情是勇气，甚至可以为爱而死，但同意庄湜叔父的请求，主动退出，以成全他人的婚事。人物架构及其结局中彰显的是儒家温良恭让的传统内蕴。当现实生活中情感的实现异常渺茫，主人公又不能以结束生命以摆脱困境时，苏曼殊便为其设计一个桃花源般的境界。其小说有一半描绘此境，《天涯红泪记》里燕影生与母游圣恩寺归来时，迷途所遇"路不拾遗，夜不闭户"的弹筝谷，那里环境优美、与世无争；《焚剑记》中剑侠独孤粲在钦州所见阿兰祖孙居住的"人迹罕至"的山区，不仅诱人欲往，而且成为独孤粲的归宿；《绛纱记》中昙鸾遇海难后漂泊到的一座荒岛更典型，人们"日出而作，日入而息……不读书，不识字，但知敬老怀幼，孝悌力田而已。贸易则以有易无，并无货币"。赞许绝圣弃智的生活，即是对充满血腥和暴力的政治文明的否定，也是其回避社会退守自我的消极心态的外化，还反映出他对桃花源理想的执着与留恋。在桃花源里，人们似乎没有了三郎式的家国之痛与身世之悲，也不再有"恨不相逢未剃时"的怨愤，怡然自乐中蕴含着想象式的满足。

在日本成长的经历使苏曼殊深受外来文化的影响，西方文化中凸显自我的意识深深影响其小说创作，因此，其文本中处处徘徊着自我的影子。这种强烈的主观意识，既制约小说叙事进程的展开、抑制人物情感的流露，往往导致情节有突兀的转折。如《断鸿零雁记》叙述三郎外出化缘时被劫、在山中迷路，寻觅住处时却正好遇到乳娘，得知生母信息，决定去日本寻母；筹集路费、四处卖花时，他巧遇未婚妻雪梅，雪梅赠金助其寻母。山中偶遇乳母、再巧逢未婚妻，已经相当突兀；此后接着叙述的三郎和静子的感情故事更出人意料。三郎因为出家人的身份，不得不与静子分离，归国后应该去找雪梅。小说却让其在灵隐寺遇到湘僧法忍，听他讲述一个负情女郎的故事。小说最后才告知读者，雪梅忠贞于他而绝食身亡。这样的叙事结构，显然不合常理，因为作家关注的不再是事情的进展如何，而是情感的走向与抒发。雪梅的痴情与三郎的负义、法忍的痴情与女郎的绝情构成对应，凸显出作者内心深处的矛盾：生活在尘世间，难免生情；而佛教教义主张戒欲绝情。如何解决这种冲突呢？他安排世间有情人皆遇负心人，暗喻情即是空，而且有情者无善终，非死亡即出家。如此叙事，既切合言情小说以情感为主的特性，使情感的发展趋势左右叙事走向，亦表现出作者的主观意识对叙事进程的干扰。

创作这些小说时，苏曼殊摒弃了中国传统小说的章回体文体样式，而采取西方小说常见的简单分章、不设标题的形式。无论苏曼殊是否意识到这样做的价值，其客观效应却是为中国近代小说体式的转变提供了新的模式。比起十几年以后张恨水去回留章、保留回目的改良，苏曼殊小说形式的现代色彩更浓。与此相呼应，他描绘场景或刻画人物时，亦极少运用古诗词，更不用那些陈词套话，而是从形象内蕴到行为描写中凸显出外来文化影响的痕迹。可以从两个方面剖析之：一是受佛教文化影响，人物命运多顺法随缘。其小说中的人物，大多顺从命运的安排，无激烈的反抗行为；实在为情所苦，难以解脱者，则选择出家的结局。《断鸿零雁记》中的三郎、法忍和潮儿，《绛纱记》中的梦珠、玉鸾和谢秋云，《非梦记》中的燕海琴等都削发为僧（尼）。二是受西方文化的影响，人物西洋化色彩鲜明。《绛纱记》叙述余与五姑、薛梦珠与谢秋云、霏玉与爱玛、浪子与玉鸾四对青年的爱情，主人公8人，6人精通英语，1人熟悉西方文化；《碎簪记》叙述庄湜与杜灵芳、燕莲佩之间的爱情悲剧。其中庄湜精通法文，灵芳随兄留学欧洲，莲佩虽未出国，却师从外国学者，深谙西方文化。如此安排，使得其小说从文体特征、情感内蕴到人物素养、情感类型等方面，均超越古典小说，具有了现代性。

综观苏曼殊的小说创作，虽有自由恋爱行为的描写，却少有自由结合的喜剧，从情感内蕴考察是遵循传统文化道德规范的。因此，即便是描写出家人恋爱，也不像古典小说如《水浒传》中那样让人感到难以接受；反而因其情感之真实动人，令读者顿生同情，认同并接受之。其小说人物的悲剧结局、小说体式的去章回体化以及聚焦于理想难以实现的悲情则等，直接影响了徐枕亚等哀情小说作家的创作，进而影响到鸳鸯蝴蝶派言情小说的风格。①

三　鸳鸯蝴蝶派的代表作家作品

鸳鸯蝴蝶派的言情小说分为两类：一是民初的哀情小说，以徐枕亚、吴双热、李定夷的小说为代表；二是社会言情小说，以李涵秋、刘云若、包天笑、张恨水、秦瘦鸥等人的小说为代表。

（一）"哀情小说"三大家

哀情小说以徐枕亚、吴双热、李定夷等人的小说创作为代表，其主要特点是借用传统的章回小说体式、利用骈体句式传达抑郁在青年心中因爱情不能成功而产生的悲哀之情。初兴之际，很受欢迎，但到20世纪20年代初即渐趋萎缩，其原因值得剖析。"作为'最上乘之文学'，小说有权利讲究文辞之美。为了追求更加纯粹的文学性，徐枕亚们选择了注重词藻音韵的骈体文。这其中确有逞才使气卖弄笔墨的文人积习，可也必须考虑到清末民初文学体裁和小说文体的混乱以及互相渗透，使得一切想入非非的文学尝试都可能被接受。"② 如此写作方式，一方面确实有其独到之处，即创造了以骈体写作、抒情为主的近代小说传统；另一方面，恰恰于此陷入了困境——小说作为叙事文体，历来以叙事为主，事件的波澜起伏是构成文本魅力的要素。忽视小说的文体特征来创作小说，偶尔为之很新鲜，却易导致文风的呆板、枯燥等，因而难以持久。

从骈体文自身的特征来说，也会使其步入困境。骈体文是中国古典文学在语言文字技巧运用方面达到极致的文体，重视用典是其特征。"典故"的存在使得骈体小说能够将其人物的情感凭借历史中的人和事表达

---

① 如袁进："他作品中的情感思想与鸳鸯蝴蝶派的代表作《玉梨魂》距离不大，尤其是他的《断鸿零雁记》……对鸳鸯蝴蝶派的崛起是起过重大作用的。"《鸳鸯蝴蝶派》，上海书店1994年版，第58页。

② 陈平原：《"新文化"的崛起与流播》，北京大学出版社2015年版，第276页。

出来。这样，借助于"典故"，生活在现实社会里的人们就能够在想象中回到所愿意抵达的理想境界，从而超越时空，获得精神世界的极大满足。那些具有丰富能指的事件或意象，均蕴含着多向性的意蕴，其时间向度显然是指向过去的；现实中的人以指向"过去"的"典故"为载体，其中蕴含的无奈、留恋和凭吊意味，无不带有伤感色彩。这份伤感用来表现民初青年知识分子的哀情非常恰当，但是，社会思潮变化极快，文体过分依赖思潮则容易陷入尴尬。当作为社会思潮的哀情随社会进步而消失以后，骈体小说的处境就渐入窘迫，难以生存了。

从读者层面看，骈体小说对读者的文化修养有预设。大量铺排用典的结果，必然要求读者熟悉传统文化，有较高的文学修养。随着新学的普及，作为小说读者主体的青年知识分子越来越喜欢西方文化，他们既无传统知识分子深厚的典故积累，也无青灯黄卷独自品味伤感的幽情，而是以林译小说、白话文学作为阅读对象。另一部分市民读者，显然并非谙熟典故的人，他们可以接受小说里的哀情，却无法读懂承载哀情的典故，也厌恶呆板僵化的四六句式。他们需要的是由阅读带来的快感，而非深思苦虑后再赔上眼泪，因而根本不接受这类小说。因此，这种读者预置本身便形成对其发展的制约，也是其陷入困境的原因之一。尽管如此，哀情小说作为言情小说流派之一，仍值得研究。

徐枕亚（1889—1937），江苏常熟人，1912 年出版《玉梨魂》。现实中的徐枕亚确实出身贫寒，外出任教时，与东家儿媳妇发生恋爱，并多次幽会。他有一个强悍的母亲，郑逸梅回忆道："他的母亲，性情暴戾，虐待媳妇，他的嫂子不堪恶姑的凌辱，自尽而死，他的妻子蔡蕊珠，也不容于恶姑，硬逼他们俩离婚。他没有办法，举行假离婚手续，私下却把蕊珠迎来上海，秘密同居，后来生了孩子，产后失调，遽尔逝世。他伤痛之余，做的《悼亡词》一百首，印成小册，分寄朋好。那时北京刘春霖状元的女儿沅颖，读了他的《玉梨魂》和《悼亡词》，备致钦慕，由通讯而见面……春霖……力诅（阻）不允。后由枕亚拜樊云门做老师，再由云门做媒，结果成就婚姻。沅颖南来，生活不惯，为时不久，也就抑郁致疾而死。"[1] 人生的波折使他对情有深刻的体悟，在为吴双热的《孽冤镜》作序言时说："情之所钟，正在吾辈。文人多情，文人之不幸也；文人言情，又文人之本能也。文人多慧，慧根即情根也；文人多穷，境穷则情挚也。大抵文人一生，方寸灵台，无一足以萦绕，惟与此情之一字，有息息

---

[1] 《郑逸梅选集》第 1 卷，黑龙江人民出版社 1991 年版，第 261 页。

相通之关系。既不得于世,此情无着处矣,不得已托之美人香草以自遣。"

小说叙述何梦霞外出教书时,到远亲家拜访,适逢崔家儿子去世,孙子崔鹏郎无人指教,便搬到崔家住,业余教崔鹏郎读书。由鹏郎传送诗词,结交寡居的白梨影,两人产生爱情。迫于风俗,梨影将小姑崔筠倩介绍给梦霞,在父亲和嫂子催促下,为了"孝"心和照顾侄儿,筠倩与梦霞订婚;不久,白梨影病故,年仅27岁;筠倩心情郁闷,久而成疾,也郁郁而终,年仅18岁。梦霞则外出参加革命,辛亥革命爆发时战死在武昌城下。该书以骈体创作小说,描述情感难通又难忘的悲哀,颇适合表现对象的特点。有学者认为:"徐枕亚借助古老的语言来缓冲主题上的压力。因为正统的观念认为寡妇再恋是厚颜无耻的事件,古旧的语言本身表明了趋向过去的清明的世风的期待。"[①] 此外,小说呈现革命+恋爱的叙事模式。三个主人公为情而死,已经很能打动读者;梦影更是为革命牺牲,符合进步青年的需求,也开了"革命+恋爱"模式的先河。

哀情小说的重要作家还有吴双热与李定夷。吴双热(1884—1934),名恤,双热即热心热血之意,江苏常熟人。在《孽冤镜·自序》中谈到创作宗旨:"欲普救天下之多情儿女耳,欲为普天下多情之儿女,向其父母之前乞怜请命耳!欲鼓吹真确的自由结婚,从而淘汰世间种种之痛苦,消释男女间种种之罪恶耳!"小说叙述王可青游尚湖时遇到薛环娘(粹华),由好朋友"双热"介绍相识,两人赋诗订婚。王父为一小官,既嫌环娘家贫,又欲巴结上司,便阻挠其事。可青被软禁,先娶盐商之女,此人极为丑陋:"粉白黛绿之面,杂以斑斓;无盐嫫母之容,真堪颔颐。"[②] 且瓠犀不掩,鹤背微伛。她强悍无比,婚后不孕,不仅打跑为可青介绍朱莹娘的媒婆,还占有了可青为所喜欢的薛绀珠修的别墅,三年后病故。可青后又娶父亲上司的侄女方素娘,此女美丽骄横,蔑视公婆,最终携带嫁妆而去。环娘久等不得,撞墙而死,可青得了精神分裂症,以至于疯狂,成天离不开酒与药。小说结束时,可青到南京寻找环娘,得知她早已自杀,便支走老仆人,在环娘坟墓前自杀殉情。文本揭示出"财""势"加上父辈的权威,逼得青年男女之"情"无存在空间,只能以生命的终结为代价,为"情"一哭,为"情"愤慨而已!面对此"镜",令读者惊心动魄:"盖家庭无父母之专制,男女现平权之真像,此则情交之佳朕也。我国有此佳朕乎?呜乎未也!"作者一面用"乞怜"的口气,恳请天下父母;另

---

① 李嵘明:《浮世代代传——海派文人说略》,华文出版社1997年版,第86页。
② 《中国近代小说大系·孽冤镜》,百花洲文艺出版社1993年版,第250页。

一方面也大声疾呼，痛斥父母专制。文本反映出 1912 年前后，社会青年的过渡心态。

李定夷（1889—1964），江苏常州人。他从上海南洋公学（交通大学前身）预科毕业后，到《民权报》任编辑。《霣玉怨》于 1914 年 7 月出版，对纯洁、专一、坚贞的爱情予以推崇与肯定。小说叙述刘绮斋在公园初识史霞卿，听到她与女朋友讨论对"不自由勿宁死"的理解："自由在法律之中，固不容人之干涉；自由在法律之外，必戕害他人之自由，人人咸得而干涉之，何况父母尊长乎。……西哲所云，亦就法律范围以内言之。"① 一个女子有如此卓越的见解，使绮斋顿时产生爱慕之心，经过霞卿表哥牵线，两人互相赠送汉玉、戒指订婚，进而发展到热恋。但刘家托人向史家求婚，却被拒绝。绮斋到云南求职，霞卿被继母钱氏勾结土匪绑架，逃出后住在舅母陆氏处。绮斋认识侠女陈庐妹，陈示爱被绮斋拒绝，两人成好朋友。陈助霞卿杀钱氏，刘、史之爱没有阻力，二人为弟弟绚斋、妹妹碧箫订婚。不料绚斋病于日本，绮斋往视遇到海难，传言已死，霞卿殉情而死，绮斋得救而回。不久，绚斋也死，碧箫殉情被救。史父让活着的两人结合，绮斋反对，碧箫也剪发自守。绮斋埋葬妻、弟后，出家以殉情。他们是"爱的坚贞者"，却又是"爱的行动的怯懦者"。"父母之命"的专制性是不可取的，而作为制度却又是必须维护的；他们将封建陈规误读为"法律"。他们没有获得父母之命，也就等于置身"法律"之外，爱情虽然坚贞，却显得名不正言不顺了。

（二）社会言情小说代表作家作品

社会言情小说是对哀情小说叙事模式化、内蕴脱离时代倾向从文学内部进行自我调适而产生的小说流派，由于其贴近社会、叙事技法更为成熟等，故艺术价值更高，对后世言情小说的影响也更大。作为流派研究，此处不局限于鸳鸯蝴蝶派作家，时域也适当后延。

李涵秋（1873—1923），名应漳，以字行，别署沁香阁主、韵花馆主、娱受室主，扬州人。1889 年在汉口主持《公论新报》。辛亥革命时曾担任扬州民政署秘书长，后任教于江苏省立第五师范学校。1921 年应聘到上海主编《小时报》和后期《小说时报》，后又主编《快活》杂志。共创作长篇小说 33 种，代表作有《广陵潮》《战地莺花录》等。

《广陵潮》1909 年开始创作，1919 年成书。该书背景广阔，从英国人侵犯广东写起，经上书变法、百日维新、洪宪帝制、张勋复辟，直到五

① 《中国近代小说大系·霣玉怨》第 2 回，百花洲文艺出版社 1993 年版，第 380 页。

四运动前抵制日货、国民演讲大会结尾。小说以云家为主，通过姻亲或师生关系勾连起伍家、田家、富家、何家，进而勾勒特定时代的社会画面。其线索人物为云麟，他与几个女性的感情纠葛是情节主线——青梅竹马的伍淑仪，由于算命先生的播弄而分手，遵祖母命嫁给革命党人富玉鸾。他娶了端庄明礼的妻子柳氏，却不满足，又得到冰姿侠骨的名妓红珠。文本具有鲜明的过渡时代特征，如淑仪的丈夫参加革命被杀后，云麟陪她到南京为丈夫收尸，见他人都不留辫子了，便"自惭形秽"，让淑仪替他剪去一半头发，还留一半盘起来，藏在帽子里面。好在天气严寒，头上总戴着帽子，也没有人看出来。"他的意见，以为大清反正，我这半条辫子，总算是忠于故君；就使天命已绝，竟由君主变为共和，我那时候再斩草除根，还他个新潮体制，也不为迟。"（第58回）他的老师何其甫亦如此，其师娘美娘道："论他们心里，自然是不肯剪辫子了。又因为外面闹得利害，不剪辫子便有人来干涉你，或是告到地方官那里，就须办罪。可怜他们千万为难，想来想去，还是我们那一位想出一个变通办法。把各人的头发绞开了，剪去一半，留着一半。留的那一半，挽成一个小小鬏髻儿，藏在帽子里，走出去，外人看着好像是剪了辫子似的。只等大清国一朝重复过来，他们老实仍然将那一半辫子垂出来，总被那些光滑滑剪成和尚头的人取巧得许多。"[1] 师徒二人的行为刻画出民初众知识群体的窘境，凸显其于过渡时代徘徊新旧之间的骑墙心态，也表现出因社会动荡导致士人行为失措的时代特征。

　　小说人物形象塑造比较成功。云麟是一个传统名士在时代大潮中发生变异后的形象，一个性格复杂的才子形象。他十二三岁就中了秀才，心中渴望的就是红袖添香的生活。他爱淑仪，却不执着，当看到淑仪夫家送来那么多彩礼，将她家的五六进房子都装满了，便想："若是我家来聘仪妹妹，那（哪）里会有这种富丽？论仪妹妹那种娇媚，自宜享此艳福。我便是勉强娶了她，不是白白糟蹋了？"[2] 显然，为了迎合市民读者的口味，作者将此人的心理也市民化了。认同财富的力量，贬抑爱情的位置，把他与传统名士区别了开来。而他与红珠的交往，也充满功利性。他们相识之初，他就开始花红珠的钱；而且，红珠还三次救了他的命——第一次是他在南京误交坏人，红珠帮助他逃脱；第二次是受富玉鸾的牵累，被当作革命党人抓进监狱，是已经成为制台大人四姨太的红珠救的命（第55回）；

---

　　①　李涵秋：《广陵潮》（七集上册），上海震亚书局民国二十二年版，第100页。
　　②　李涵秋：《广陵潮》（四集全册），上海震亚书局民国二十二年版，第55页。

第三次是贫困窘迫之时，红珠带着死去丈夫的几万元家产嫁给他，解了他的困境。伍淑仪出身于书香门第，官宦世家，端庄美丽，温柔善良。既有林黛玉的多愁善感、才华横溢，也有薛宝钗的端庄大方、贤惠明礼，成为男性心目中理想的女性形象。但是，其委曲求全、任人摆布的处事态度，为爱伤感、不敢争取的情感取向，则与所处时代有明显隔阂，是作者虚构的与时代错位的幻影。最后是一群腐儒形象，是为置身民初、心留晚清的传统士人定制的画像，包括何其甫、严大成、汪圣民、古幕孔、龚学礼。如第65回叙述辛亥革命后，他们听说皇帝退位了，便决定在中秋节上吊殉清。到时候，先与家属诀别个没完没了；后论年龄，派次序，结果都少报了年龄，互相退让，只好抓阄。旁观者讽刺他们："这哪里是殉节，简直是在这里挨命。"结果被一个泼妇冲散，大家高高兴兴地回家过节去了。通过漫画式的手法，将此类苟活于世，却欲博取忠君虚名者的伪装剥去，暴露出其本来面目。

刘云若（1903—1950），名兆熊，字渭贤，天津人。他天资聪颖，酷爱文学，一生创作小说40多部，代表作是《旧巷斜阳》《红杏出墙记》等。其小说以对下层市民的描写见长，对天津的风俗民情亦多细腻刻画，故具有鲜明的地域色彩；在表现下层市民的行为和语言的真切方面，他是超过张恨水的。

《旧巷斜阳》，又称《恨不相逢未嫁时》。小说以天津南市的一个女招待的生活为切入点，反映了都市下层社会的生活及挣扎其中的人们的爱情。谢璞玉的丈夫是盲人，有两个幼儿。在餐馆当女招待时，与王小二（真名赵静存，河务局局长）相爱；丈夫察觉后出走，静存自责，忍痛南下。她孤身一人，失身于地痞，被卖为暗娼。后来，与静存重逢，并结婚；静存受案件牵连外逃，她只好孤苦中度残生。这部小说描述普通市民的生活，揭示了底层百姓生存的艰难；凸显两性间真情相爱、不重欲望满足的情感内蕴。同时，对天津风俗与市民语言的描写，也体现出作者深厚的艺术功底。

《红杏出墙记》以男主人公林白萍发现爱妻黎芷华与其好友边仲膺有苟合行为为开端。他本可捉奸，却"一走了之"。他离家出走后，边仲膺悔恨不已，"投军觅死"；林白萍"落水身亡"，黎芷华"堕楼自尽"，都殉了"情"。小说反映出作家对人间情感的独特思考：情感不是凝固不变的，当人们情感发生变化以后，其身份也随之变异，因此，原来的人际关系也会变化。当一切都发生变化后，再想回到原初是不可能的；无法回归的情感支配着当事人，只能走向悲剧。小说表现出刘云若对人间情感的独特认识，亦凸显出其处理婚外恋方法的理性与理想化。

包天笑（1876—1973），名公毅，字朗生，笔名有天笑、天笑生、钏影楼主、染指翁等，江苏吴县人。他曾大量翻译介绍了教育小说，主要有《苦儿流浪记》《孤雏感遇记》《埋石弃石记》《馨儿就学记》等；创作有《上海春秋》《海上蜃楼》等长篇小说，短篇小说代表作有《一缕麻》《烟篷》等。

最能代表其创作成就的是短篇小说。《一缕麻》叙述"丽若天人"、旧学新知俱晓的小姐，10岁时被父亲许给富家子；男孩"臃肿痴呆，性不慧而貌尤丑"。小姐与某学堂高才生相爱，深知"吾国婚姻野蛮"，却屈从孝心嫁给痴夫。新婚次日她患白喉病，妪婢皆回避，痴夫则日夜相守，不幸被传染；几天后小姐醒来，见麻丝一缕，询问方知夫已死，遂礼佛自守。小说通过林小姐的悲剧，一方面揭露封建包办婚姻的罪恶，其主旨与新文学一致；另一方面写痴夫外丑内秀，凸显人性中自我牺牲精神。《补过》叙述柳吉人准备与上司的女儿狄韵秋结婚之际，遇到被自己始乱终弃的云英；为了弥补自己的过错，而娶了云英，内心却思念韵秋。"补了一个过，但终是留下一个恨。"小说让柳吉人在实现自我价值与回归传统伦理道德之间进行抉择，凸显出作家对传统道德的留恋。《烟篷》以其真实经历为基础写成，通过左先生追叙40年前返乡途中与阿金之间发生的爱情故事，既表达真情难以追回的遗憾，亦凸显人间友谊的真诚和人生无常的感慨。总体来看，包天笑的小说注重结构艺术，擅长在较短的篇幅中表达作家对社会、人生、情感诸问题的思考。但是，受早年翻译生涯的影响，其小说总是或多或少有外国小说的影子，如《补过》有托尔斯泰《复活》的影响，《烟篷》则能够看到莫泊桑《羊脂球》的痕迹。

张恨水（1895—1967），生于江西广信（今上饶），祖籍安徽潜山。名芳松，字心远，笔名有"潜山张恨水""我亦潜山人""天柱山下人""天柱峰旧客"等，"恨水"取自李煜的《乌夜啼》中的"自是人生长恨水长东"。其言情小说代表作有《金明外史》《啼笑因缘》《金粉世家》等。他强调小说的消遣、通俗特性："……夫小说者，消遣文字也，亦通俗文字也。论其格，固卑之无甚高论，无见于经国大计。然危言大义所不能者而小说能，写事状物，不嫌于琐碎，则无往而不可尽之，他项文字无此力量也。"①《〈金粉世家〉序》说："读者诸公，于其工作完毕，茶余

---

① 张恨水：《〈弯弓集〉序》，转引自解玺璋编著《张恨水》，蓝天出版社2004年版，第41—42页。

酒后，或甚感无聊，或偶然兴至，略取一读，藉消磨其片刻之时光。……
盖小说为通俗文字，把笔为此，即不免浅陋和无聊；华国文章，深山名
著，此别有人在，非吾所敢知也。"以其独特的小说观引领创作，其言情
小说侧重表现普通读者所关注的人类情感类型及其嬗变过程。

　　《春明外史》是其成名作，1924—1929 年在《世界晚报》连载，讲
述杨杏园和妓女梨云、才女李冬青的两段爱情故事，受传统言情小说影响
明显。第一段模仿《花月痕》，两人的关系及结局是韦痴珠、刘秋痕故事
的翻版，连主人公的诗歌才华和缠绵悱恻的名士气都一致。第二段因李冬
青先天有疾而不能结合，便推荐好友史科莲代替自己；史知道两人之间的
感情后，悄然离开北平，远走上海，杨杏园最终病逝。人物架构与故事结
局和《玉梨魂》相似，可见其影响。这部小说既表现出作家言情的天赋，
也凸显出其尚未摆脱传统言情小说的影响。《金粉世家》1927—1932 年在
《世界日报》副刊《明珠》上连载，以国务总理的公子金燕西和冷清秋、
白秀珠之间的感情纠葛为线索，展开了较为广阔的社会生活。以家族作为
小说的叙事背景，却不展现家族间的故事，而刻画人在时代思潮冲击下情
感的变异，是张恨水汲取《红楼梦》营养而有所超越的地方。其一男二
女的人物架构里，冷清秋乃传统淑女的象征，却有自我人格的觉醒，其冷
艳隽逸的形象、如秋雾迷离的结局凸显出淑女生存于社会转型期的尴尬处
境；白秀珠是新女性的代表，其挟权势而来的咄咄逼人姿态，也没能成全
其爱情。金燕西一人经历两种女性的爱，实际上寄寓着那时代男性渴望兼
有新旧女性情感的理想。《啼笑因缘》酝酿于 1924—1929 年，受"高翠
兰被抢案"的刺激而获灵感；应上海《新闻报》副刊主编严独鹤的邀约
使其问世。小说取"各有因缘莫羡人"的寓意，于 1930 年在《新闻报》
副刊《快活林》连载。小说叙述樊家树与三个女性关秀姑、沈凤喜和何
丽娜的感情纠葛。其中关秀姑是侠女的象征，豪爽仗义，不为情拘，牺牲
自我情感，成全他人；沈凤喜是市民阶层的代表，向往小康生活，看重金
钱利益，最终疯狂而死；何丽娜是富家小姐，新女性的形象，不仅形象美
丽，而且见识过人，终于和家树走到了一起。小说表现社会转型期情感的
多向性变异，揭示市民意识、女性的虚荣心等因素如何促成两性情感的变
化。有学者如此评价其与海派的关系："不是张恨水的言情故事游离出了
海派，而是他实现了海派文学的地域性局限消失后的可能。他暗示了海派
主题在全国的灿烂前途。"① 可谓知音之言！张恨水的言情小说创作，融

　　① 李嵘明：《浮世代代传——海派文人说略》，华文出版社 1997 年版，第 121 页。

传统、现代情感于一体，加以语言方面的雅驯与通畅并存，叙事技法的借鉴古今等，使其成为打通雅俗的小说大师，带动海派小说覆盖全国，因而也是鸳鸯蝴蝶派言情小说的代表作家。

张恨水与新文学的差异曾经是其被攻击之处，然而，转换视角观察之，则会发现其价值最大者恰在此。"其实张恨水与新文学的'相异'处，才是更值得关注的议题。两者相异，不是因为一者形式'新'，一者形式'旧'，而是张恨水小说有着新文学多数小说没有的说故事功力，有着一种来自于古代白话小说传统的'世俗性'与'世情性'特征，人物与故事有着一种特殊的风情与情调。"① "所以'张恨水'在 20 世纪文学发展史上的意义在于：他是使传统文本圆滑过渡到 20 世纪的一种'典范'。""他是将'新文学'或是来自'西方小说'外来的叙述质素，成功地加入'传统文本'的叙述体系中，传达出含蓄温润的叙述风格；但是又仍保有如较强的故事性等'传统通俗文本'的特征。"② 应该承认，此论是符合实际的客观论断。张恨水在推动中国小说的现代化转型方面做出的巨大贡献，是不应被忽视的。

秦瘦鸥（1908—1993），名浩，上海嘉定人。《秋海棠》通过描写旧社会京剧艺人遭受的摧残与迫害，揭露了反动统治阶级的荒淫无耻和残暴。小说叙述平剧演员秋海棠（吴玉琴）的成长及被迫害的故事。因长相美丽、演艺精湛，他几乎陷入富家姬妾的香艳阵里，幸亏好朋友袁绍文及时提醒他为人只有自重，才能获得别人的尊重。后来，他意外遇到罗湘绮——一个被母亲卖给军阀袁宝藩作姨太太的女大学生，彼此产生爱慕，并生下了女儿梅宝。事情败露后，他被军阀袁宝藩毁坏容貌，不得不离开舞台。他带着女儿离开了北京，住到乡下，含辛茹苦地抚养大女儿。北伐后，军阀死于战火，罗湘绮获得自由，到处寻找秋海棠未果。抗日战争爆发后，秋海棠带着女儿到上海，与人搭帮勉力演武生，屡受欺辱；后靠街头卖唱为生，贫病交加，濒于死亡。此时，罗湘绮与梅宝相遇，母女相认后，即驱车看望秋海棠；待她们赶到，秋海棠已经病逝。就其情感内蕴而言，小说侧重展现动荡时代的种种情感形态——军阀贪恋女大学生、演员与姨太太的婚外情、秋海棠的护犊之情以及其对情感的绝望等，丰富了中国言情小说的内涵。

---

① 赵孝萱：《"鸳鸯蝴蝶派"新论》，兰州大学出版社 2004 年版，第 42 页。
② 同上书，第 45 页。

第五节　哀情小说的独特内蕴与叙事模式

　　哀情小说是特定时代形成的小说流派，有其独特的文本内蕴与叙事模式，我们分别论述之。

一　哀情小说的独特内蕴

　　阐释哀情小说的内蕴离不开对民初社会特征的认知。兴起于民初的哀情小说，典型地反映出了民初社会转型期的特点。虽然晚清政体已经瓦解，但传统文化意识依然制约着人物的行为，成为影响青年爱情的关键因素。作为其代表性符号，封建家长形象给读者留下了深刻印象。如《霞玉怨》叙述刘绮斋和史霞卿之间曲折感人的爱情故事，导致其爱情悲剧的外在因素就是霞卿继母和父亲。史禅叟发现女儿霞卿与绮斋的通信后，厉声呵斥道："贱骨目中尚有父乎？予一日不瞑目，即一日不能任汝胡行。毋谓予杖不利，余力固能生死汝。"① 并听从钱氏谗言，欲许霞卿给杨肇新，但"肇新性好渔色，枇杷门巷，常留游屐"。② 霞卿表示反对时，他厉声说道："汝日读圣贤书，奈何曾三从亦未晓乎？在家从父，今日之事，我为政，安用汝晓舌？"③ 一方面利用父权的威力，独裁子女的爱情；另一方面借用圣贤之道，从意识深处瓦解霞卿对情感的坚持，最终导致女儿的爱情悲剧。《孽冤镜》叙述王可青和薛环娘真心相爱，却被父亲阻挠，导致环娘自杀、可青殉情的悲剧故事。酿成悲剧的罪魁祸首是其父亲。当可青在丑妻死亡后，寻求父亲允许自己娶环娘为妻，其父却欲巴结上司，让儿子娶上司侄女方素娘为妻，并严厉训斥儿子："毋多谈，趋绝汝婚，予为尔父，主权在我，主婚在我，自由耶……休想。"④ 父辈在哀情小说里处于绝对权威位置，根本不给子女一点做人的自由和情感选择的权力。外在的压力已经成为青年人难以逾越的障碍，更可怕的是其潜意识里对封建家长的权威有自觉认同。《玉梨魂》里何梦霞与白梨影真情相爱，本可能结合，因为崔家长辈喜欢他、孙辈也需要他教导。可是，两人没有进行任何尝试就放弃了，梨影以小姑筠倩代己与梦霞订婚，最终姑嫂

---

① 李定夷：《中国近代小说大系·霞玉怨》，百花洲文艺出版社 1993 年版，第 462 页。
② 同上书，第 464 页。
③ 同上书，第 466 页。
④ 同上书，第 304 页。

皆病逝，梦霞亦战死。为何不敢尝试？因其内心认为二人的交往是不道德的，依然囿于礼教观念。《孽冤镜》中王可青本来有机会和薛环娘结合，无论是被软禁前，还是妻死后；关键是他凡事均先禀告父母，然后才敢行动。《霣玉怨》中刘绮斋和史霞卿的爱情悲剧也是缘于双方对家长权威的自觉认同。待霞卿殉情、绮斋病逝后，他和史碧箫均拒绝家长让两人结合的建议，因为其信守从一而终的理念。因此，哀情小说从内、外两个维度揭示出民初青年恋爱悲剧的成因，丰富了中国小说对悲剧情感的表现深度。王国维曾感叹："吾国人之精神，世间的也，乐天的也，故代表其精神之戏曲小说，无往而不著此乐天之色彩：始于悲者终于欢，始于离者终于合，始于困者终于亨；非是而欲餍阅者之心，难矣！"① 在习惯阅读喜剧结尾的中国读者面前，哀情小说能够以十几部长篇小说凸显青年男女情感受阻、理想受挫的悲哀情绪，且赢得读者心许，实在是中国言情小说创作取得的巨大进展。

　　若仅仅表现传统内蕴，哀情小说就很难流行开来；民初毕竟是新时代，其文本应具有充分的现代内蕴，才能够吸引年轻人阅读。择其要者而言，现代内蕴有二：第一，在新时代氛围中凸显知识分子的生存困境。伴随着西方文化传入的西方礼节、现代活动场面以及现代人的国家意识等，均成为小说表现的对象。《玉梨魂》第 9 章叙述何梦霞带领学生到鹅湖果育学校参观时，彼此见面行握手礼，学生则唱军歌、排行列而行。《霣玉怨》第 3 回则描绘了女校开运动会的场景——"红日一竿，晓风骀荡，军乐鸣和，旌旗飘拂。'运动会''运动会'之声，腾沸人口，则本地亚秀女校今日开会也。女儿身手，壮士雄风，卓有可观。是日都人士之联袂而往者，济济跄跄，极一时之盛。"② 这样的背景下，青年人应该是充满激情、指点江山的形象，遗憾的是读遍哀情小说，也很少这样的人物。倒是他们对婚恋的谈论与对时局的关注，尚能表现出时代特点。《玉梨魂》中崔筠倩曰："今者欧风鼓荡，煽遍亚东，新学界中人，无不以结婚自由，为人生第一吃紧事。此求彼允，出于两方面之单独行为，而父母不得掣其肘，媒妁不能鼓其舌。"③《孽冤镜》第 3、第 5 章，《霣玉怨》第 1 回等均有类似表述。言说情感固然有新的追求，关注时局更彰显其与传统青年的区别。如《霣玉怨》第 9 回霞卿劝绮斋："滇省逼处强邻，四郊多

① 王国维：《〈红楼梦〉评论》，陈平原、夏晓虹编《二十世纪中国小说理论资料》第 1
卷，北京大学出版社 1997 年版，第 120 页。
② 李定夷：《中国近代小说大系·霣玉怨》，百花洲文艺出版社 1993 年版，第 383 页。
③ 徐枕亚：《中国近代小说大系·玉梨魂》，百花洲文艺出版社 1993 年版，第 94 页。

圶，存亡危机悬于眉睫，正英雄用武之地，志士立功之会。"① 第 10 回通过绮斋赴滇途中所见香港、安南情景，激发其 "天下兴亡，匹夫有责" 的责任感。《孽冤镜》则正面描写了陈毅庵、陈庐侠、武立三等革命党人及其革命活动，歌颂了他们献身民族解放事业的精神。除了这种积极用世之情，哀情小说还表现出民初青年生不逢时的喟叹与陷入困境无力自拔的现状。如《玉梨魂》第 1 章梦霞见梨花满地便感慨："花之命薄矣，我之命不更薄耶？我若早来数日，……吾犹得独凭栏杆，饱接花之香色；我若迟来数日，则已被风欺雨溅，玉碎珠沉，倩影不留，残香难觅，虽独对空枝，亦增伤感，然已属过后之思量，总不敌当前之惆怅。"② 借梨花抒发生不逢时的惆怅。第 6 章梦霞与石痴相见，"时而纵谈天下事，则不觉忧从中来，痛哭流涕，热血沸腾，有把酒问天、拔剑斫地之慨。盖两人固皆失意之人，亦皆忧时之士也"。③ 以 "失意之人" 与 "忧时之士" 概括其身份，隐含着对知识分子生存困境的认知。凡此等等，使哀情小说的内蕴与传统言情小说区别了开来。

第二，带有近代痕迹的语言使文本具有新的内涵。刘纳曾概括道："中国知识分子背离传统的封建士大夫的既定人生道路，始自辛亥革命时期。从家族伦理关系的锁链中挣脱出来的人们引吭高唱'自由'的颂歌……自由，以追魂摄魄的魅力召唤着新世纪里的中华儿女。"④ 对自由的向往，使人物在困难时刻呼唤西方救世主——《玉梨魂》中筠倩担心嫂子的病情，边哭边祈祷："上帝上帝，我为嫂祈祷上帝，勿使嫂痛苦"；在日记里表达自由意志被戕害后的决心时，则引用西方格言 "不自由，毋宁死"。《雪鸿泪史》中梦霞感慨自己命运时，也认为 "上帝不仁"。甚至对自由理念的阐释成为主人公的相爱诱因——《霣玉怨》里史霞卿认为："自由真理，必本法律。自由在法律之中，故不容人之干涉；自由在法律之外，必戕害他人之自由，人人咸得而干涉之。"⑤ 刘绮斋正是偶然听到这段话，才引发对史霞卿的爱慕之情的。应该承认，此论点的确代表着时人对自由理念理解的高度，亦成为哀情小说中极具时代特色的新内蕴。

---

① 李定夷：《中国近代小说大系·霣玉怨》，百花洲文艺出版社 1993 年版，第 413 页。
② 徐枕亚：《中国近代小说大系·玉梨魂》，百花洲文艺出版社 1993 年版，第 17 页。
③ 同上书，第 47—48 页。
④ 刘纳：《嬗变》，中国社会科学出版社 1988 年版，第 66 页。
⑤ 李定夷：《中国近代小说大系·霣玉怨》，百花洲文艺出版社 1993 年版，第 380 页。

二　哀情小说的叙事模式

从叙事特征考察哀情小说，其叙事模式、手法等方面的多维变革值得关注。研究哀情小说的叙事模式，则发现既有对明末清初才子佳人小说人物架构方式的继承，也有新的身份、内涵的变革，并尝试建构起新的叙事结构。才子佳人的人物架构多是才子、佳人之外增加一个男性添乱者，其存在一方面增强了叙事的曲折，制造一次次波澜；另一方面衬托才子的优秀，因为这些添乱者往往是有"财"而无"才"。其叙事结局则引入政权的干预，有情人终成眷属。皆大欢喜的收尾，契合中华民族的集体无意识。哀情小说的人物架构也是三人同构——《玉梨魂》是何梦霞、白梨影和李某（《雪鸿泪史》中为李杞生）；《賈玉怨》为刘绮斋、史霞卿与钱氏；《孽冤镜》是王可青、薛环娘与方素娘等。前两位是相爱者，后一位是添乱者。仔细研读，会发现后者的变异：一是捣乱者的身份有变化，由男性竞争者变成了家庭女成员，或为学校男同事；他们与当事人的关系，也由来自外部转为内部生发。如此安排，既描写真实，亦利于展开情节、制造悲剧气氛。二是排除险恶极端添乱者。除钱氏外，添乱者一般不直接干涉主人公的爱情，或如李某制造些小麻烦，或如方素娘作为妻子客观上成为障碍。有小奸小坏，无大恶大罪，如此形象更符合生活真实。而何梦霞在恋爱受挫、爱人殉情后投身辛亥革命，最终牺牲于战场上的结局，则构成"革命＋恋爱"模式。男主人公为革命而死，显然是呼应民初青年读者对革命先烈的敬仰心理而设置的，却开创了中国言情小说新的叙事模式。受其影响，李定夷的《賈玉怨》中有武立三和陈庐侠"革命＋恋爱"的叙事情节；吴双热的《茜窗泪影》中何长龄与沈琇侠、王子漳与何鸳秋之间构成"革命＋恋爱"关系，《镜花水月》则叙述姜云冷与革命党人柳竞雄的爱情悲剧，亦为典型的"革命＋恋爱"。至现代文学时期，茅盾、丁玲、蒋光赤等革命作家的小说创作，也多采用革命构成加恋爱生活的情节结构；后期张资平反映海上糜烂生活的三角恋爱小说，亦将男主人公的命运与革命联系起来，可见此叙事模式存在的合理性与影响的持久性。

从叙事手法考察之，哀情小说已经较多运用限知叙事。虽然晚清小说中也有限知叙事手法的尝试，但多数是偶尔为之，且通过书信等构成；至哀情小说则呈现出视角运用更为灵活的状态。如《玉梨魂》虽以全知叙事为主，但也有不少成功的限知叙事。第3章以婢媪的视角描写梨娘的闺房情况，描述其日常生活；第29章借崔筠倩的日记叙述六月初五至十六日的事实，其病况、心态、情绪等得以真实再现。嵌入亚文本建构限知叙事的方法，在《玉梨魂》《賨玉怨》《孽冤镜》等小说中普遍运用；主人公写的诗词、书信等，既能表现其传统文化素养，亦能够真实凸显其内在情怀，受制于视域所限的文本内蕴也属于限知叙事。如《雪鸿泪史》即为日记体小说，借助日记重写了何梦霞与白梨娘的情感经历。全书共 14 章，前 13 章逐月叙述己酉年发生的事情（含闰二月），第 14 章叙述庚戌年正月至六月故事的结局。文本通过日记再现当初的情感纠葛与心理波澜，所叙皆为梦霞所见所闻，构成典型的限知叙事。《孽冤镜》则通过叙事视角的变化，讲述王可青的情感故事。该文本 24 章，前 3 章运用全知叙事，描述男女主人公的相遇、相识与相爱；第 4、第 5 章以王可青的视角构成限知叙事，追叙娶贾曼云为妻的痛苦往事；第 6、第 7 章回到全知叙事，介绍双热为可青作媒的情节；第 8 章后半部和第 9 章再转为可青视角，描述其"登楼""证盟"的情感故事；第 10—12 章以"予"为观察角度，讲述与妻子的话别和到校寻觅王可青的经过；第 13—15 章以可青密信建构限知叙事，讲述其归家后的遭遇；第 16—20 章仍为"予"视角，交代传递绝交信、环娘自杀等情节；第 21—23 章恢复全知视角叙述可青病状；结尾一章，通过老仆王荣的转述，叙述可青的自杀。全知叙事与限知叙事交替使用，就使小说的叙述风格灵活多变，从而改变了骈体小说相对呆板的叙述节奏，标志着中国近代小说叙事技术的进步。

哀情小说由于描写男女青年的爱情悲剧，以展现人物的内在情绪波澜与心理变化为主，因此，塑造人物形象时便侧重通过心理刻画展示其性格特征。其叙事焦点主要是波涛汹涌的爱情突然来临时，身临其境的青年男女们或兴奋难捺、或焦灼不安的心绪。如《玉梨魂》第 4 章描写梦霞散步归来，发现桌上的《石头记影事诗》不见了，并拾到梨影戴的荼蘼一朵。有失有得的处境中，他兴奋难眠，既推测来人是谁，亦揣摩对方来意；想象着她读诗后的想法，也猜测留下花朵的含义等，惊喜、猜疑、兴奋等情绪困扰着他，使其心神不宁。《賨玉怨》中的刘绮斋与史霞卿第一次公园约会后，"辗转席间，忧喜交并"，一方面高兴两人成约，爱情有望；另一方面担心对方变化，希望落空。小说把握青年男子初陷入爱情之中的心理特点，将其幻想、忧惧心理细腻刻画了出来。男性如此，女性呢？中国古代言情小说中所描写的思春情节，或借春游题诗吸引异性的细节等，显然不符合民初青年男女爱情生活的实际，必须另觅途径。于是，哀情小说通过年轻女性情欲与环境的冲突来刻画其形象。《玉梨魂》中，寡居的白梨影与梦霞相爱时，心理就非常复杂：她向往爱情，渴望与梦霞相爱，却不得不顾忌儿子的存在。第 3 章中有非常精致的刻画——先是担心儿子受委屈，因而愁；继而得知梦霞待儿子很好，心中大慰，对梦霞产生敬慕之情；转而念其天涯漂泊，为其伤心；由伤人而伤己，两个陌生人已有了情感的一致处。这种心理描写的层次感与细腻度，与现代文学相比，也不逊色。然而，当诗词沟通、酝酿出爱情时，她却无法安然消受——她"因爱生恼，因恼生悔，因悔生惧，一刹那间，脑海思潮，起落不定，寸肠辗转，如悬线然。"① 这样的笔法，对于描绘一个有爱却不能得其所爱，又不能忘其所爱的悲苦形象而言，非常合适。

当然，哀情小说的情感内蕴亦并非一成不变，而是随时间流逝在悄悄变化着的。即以其代表文本而论，《玉梨魂》和《雪鸿泪史》在崔家庭院和梨影闺房等典型的私密空间里，描绘两性间情感的发生、发展与变异；《孽冤镜》中两人相逢的尚湖、《賈玉怨》里约会的地点李公祠和愉园等，则是典型的公共空间。从私密空间转移到公共空间，喻示着年轻人的爱情从幽谧场合的凄迷月光下转移到人来人往的明媚春光里，行为主体对爱情正义性的认知也在加强。就其所反映的情感内涵而言，亦表现出民初青年爱情的流动状态——《玉梨魂》所写三人，虽有自由恋爱的意愿，尚不敢付诸行动；自由恋爱的思潮是筠倩从学校带回来的。《孽冤镜》里二人已积极主动，恋爱成功；其爱情悲剧发生在恋爱成功之后，因为家长的因素导致劳燕分飞。这一视角的选择富有意味：真正的自由婚恋，并非停留在恋爱阶段；自由恋爱成功以后，能否步入幸福的婚姻殿堂，还有很长的路要走，一步迟疑，就有可能葬送此前的努力！《賈玉怨》反映的内涵更深邃，外界的压力相对微弱，他们的爱情却迟疑不决，在延宕中错过了好姻缘。究其因，乃在于其内心对长期存在的封建家长制的自觉认同。惟其如此，更显示出哀情小说的过渡性和认识价值，也凸显出新的婚恋观的建构不是一朝一夕即能完成的，还需要五四新文化运动来冲毁封建思想在青年人心中遗留的障碍。其尚未充分揭示的社会内蕴，有待社会言情小说来表现。

第六节　社会言情小说的情感内蕴与叙事特征

民国初年，政治形态不稳导致时局动荡不安，加以军阀混战造成民不

---

① 徐枕亚：《中国近代小说大系·玉梨魂》，百花洲文艺出版社 1993 年版，第 36 页。

聊生，且由于新的价值立场尚未确立所引起的知识分子的哀伤郁闷情绪笼罩文坛，因此，哀情小说的出现深受读者欢迎。但是，随着文化环境的改变和社会思潮的更迭，自由恋爱成为时尚，家庭藩篱渐趋崩毁，青年人不再似当初那样，满腔均为积郁，因而对哀情小说的热度下降。哀情小说自身的弊端亦渐趋明显，王钝根曾概括这类小说的叙事模式化："呜呼！其真能言情邪？试一究其内容，则一痴男一怨女外无他人也；一花园一香闺外无他处也；一年届破瓜，一芳龄二八外无他时代也；一携手花前，一并肩月下外无他节候也。如是者一部不已，必且二部，二部不已，必且三部四部五部以至数十部。作者沾沾自喜，读者津津有味，孰不知小说为何物。"① 恽铁樵在《答刘幼新论言情小说书》中也认为："爱情小说所以不为识者所欢迎，因出版太多，陈陈相因，遂无足观也。""何况僻典非小说所宜，雅言不能状琐屑事物。宜乎换汤不换药，如一桶水倾入一桶水，而读者欲睡也。"② 显然，论者既对其自我复制、不求变革的状态表示不满，也对其爱用僻典和骈语的不足进行了批评。1921 年，落华批评哀情小说的不足："盖四六派言情小说问世，小说之道遂受一劫，愤世之士，斥为无耻，焚琴煮鹤，举古今中外之名作，咸堕于不德之渊。……致以骈四俪六，浓词艳语，一如圬工之筑墙，红黑之砖，间隔以砌之千篇一律，行见其淘汰而无人顾问，移风易俗则瞠乎后矣。"③ 张恨水也发文批评其"文字堆砌""思想落伍""缺少小说的条件""不见情调"等，④ 可见，认识到言情小说必须变革的趋势，已成为时人的共识。

　　哀情小说是适应特定时期的社会思潮及读者心理的小说流派，当社会向前发展，读者心理趣味也发生变化时，小说自身也必然发生变化。往何处变？当时主编《小说月报》的恽铁樵在《论言情小说撰不如译》中，比较中西言情小说的差异："欧洲言情小说，取之社会而有余；我国言情小说，搜索枯肠而不足。且欧美小说家娓娓谈儿女，不虞为长者所呵斥；我国小说家勉强言床第，类不免为识者所诟病。"因此，"言情不能不言社会"。此说有两层含义：一是要在社会中的言情；二是可从言情中看社会。正是在社会、读者、小说自身等多重因素促动下，社会言情小说形成创作思潮，从情感内蕴到叙事特征均呈现出独特的风貌。

---

① 转引自李嵘明《浮世代代传》，华文出版社 1997 年版，第 95—96 页。
② 《小说月报》1915 年第 6 卷第 4 号。
③ 落华：《小说小说》，《礼拜六》第 102 期。
④ 张恨水：《玉梨魂价值堕落之原因》，《世界日报》1929 年 7 月 9 日。

一 社会言情小说的情感内蕴

首先是对传统文化陷入困境的惋惜之情。文化冲突的过程,虽然不像真刀真枪的战场那么血淋淋,却也充满内在的火药味儿。有冲突就有选择,选择即意味着承担。在传统文化熏陶下成长起来的鸳鸯蝴蝶派小说作家,对传统文化是情有独钟的。因此,尽管他们在政治体制方面推崇新的,在道德意识方面却坚守旧的。问题在于,少数知识分子的坚守抵挡不住时代大潮的冲击,眼看着在文化冲突与整合的过程中,处于弱势的传统文化轰然倒塌,社会言情小说家的心情是惋惜、伤感的。惟其如此,社会言情小说往往侧重从内部描述社会的变革,关注社会动荡给主人公心灵世界带来的震撼。姚鹓雏的《恨海孤舟记》、雷珠生的《海上活地狱》、张秋虫的《新山海经》和秦瘦鸥的《孽海涛》等长篇小说均如此。

姚鹓雏,江苏松江人,当初与同乡朱鸳雏并称"云间两雏"。《恨海孤舟记》创作于1917—1919年,在包天笑主编的《小说画报》连载。该文本叙述名士赵栖桐与两个名妓花云仙、灵芝的情感故事,表现出辛亥革命前后中国社会的政治情况、民间风情。小说描写赵栖桐与朋友一起到妓院休闲,没有预想中那种诗词唱和、琴瑟齐鸣,却看到众人赌博的场面,不禁感叹:"如今妓院里的规矩,毕竟与古昔有雅俗之分。昔日秦淮曲院,雅戏杂陈,弹棋投壶,鼓琴读画,色色是雅致的,最下也不过掷骰马吊之类罢了。如今第一件便是麻雀,再不然便是新兴的扑克,酣呼神往,一掷千金,究竟逛妓院是否为赌博而来的,这也太觉乏味了。"① 栖桐到戏院看戏时,见台上名优与台下的名妓、良家妇女眉来眼去,很是不满,旁边一个观众议论道:"现在上海的风气也真坏透了,大家闺秀,名门命妇,出来当着戏馆里大庭广众之间和戏子眉来眼去的也不一而足,至于那些秦楼楚馆中人,是更不论了。她们也有一个主意:嫖客嫖她们,她们又去嫖什么呢?只好找些戏子、马夫,去捞他的本儿了。"② 赵栖桐及同代人的感慨有潜在的比较对象,即晚清狭邪小说。在那些小说中,名士、名妓交往,侧重精神交流,休闲活动也多为高雅活动,饮茶听曲,赏花品酒,撰联题诗,不关庸俗。空间依旧是妓院、梨园,情调却昨是今非。小说萦绕着对逝去场景的追忆,凸显出对现状的愤懑、厌恶;作家致力表现的不是外在情景的变化,而是人物内心的怅惘。此情可待成追忆,

---

① 姚鹓雏:《恨海孤舟记》,春风文艺出版社1997年版,第102页。
② 同上书,第153页。

只是当时已惘然!

《海上活地狱》的作者雷珠生,江苏常熟人。该小说 1929 年由上海华成书局出版,创作时间当在此前。文本通过陈丽娟、恩筱凤、尤玉娜、周爱珠四个女性的经历,反映出 20 世纪 20 年代上海社会生活的画卷。如小说描写尤玉娜与刘春生断绝情缘,选择有钱人来往,作家感喟:"看官们要知上海风月场中,供人寻欢作乐的女性,虽有等级之分……无一不抱拜金主义。"① 确认"上海滩浪那几个时髦倌人,和著名明星,大概都是这样的。手段虽有巧笨之分,拜金主义却是一样的。"② 从时髦女郎到欢场妓女,均追求金钱享乐,与传统女性的价值选择迥异。但是,叙事空间是上海,这种现象似乎也正常。作家真正担忧的是对金钱的过分看重,往往会导致蔑视道德、抛弃羞耻感。因此,借赵荷生之口感叹:"现在伦常大变,道德沦亡,简直是个禽兽世界,天理人情都没有了!"激发他发出慨叹的事件,是毛小松为贪财结欢吴琳玉,舍弃结发妻子许爱珠。其中既蕴含着对重财轻情现象的强烈不满,也表明金钱的光芒已经遮蔽了道德的魅力。世相如此,恋旧的作家徒唤奈何。

秦瘦鸥的《孽海涛》原刊于上海《时事新报》,1929 年 1 月由雪茵书店出版。文本描述北伐军逼近上海时,奉鲁军应浙江军阀的邀请派兵到南京、上海,将战事扔在一边,却纷纷钻进欢场作乐的现象。小说既表现军阀的暴行,也展现传统道德伦理的解析。如张士先的叔父为了争夺父亲留下的十几万元财产,"忍心抛弃了最可珍贵的手足之情,同我父亲舍身拼命的争夺。……占了祖父的遗产的十之七八";然后又诬蔑其兄所住房子下面有宝藏,要求换房;被拒绝后,"竟派了二三十名流寇式的土匪棍,放火把我们的房屋烧了。可怜我父亲奔避不及,生生的被焚毙于火中。"③ 这里,用暴力、血火践踏传统伦理,以贪婪、残忍置换了温爱、慈善,将社会转型期伦理关系的剧变凸显出来。

《新山海经》的作者张秋虫,江苏扬州人,此书作于 1929 年,次年出版。小说写妓女潘老七公开为妓女姘戏子辩解:"民国世界,人人平等,唱戏的难道就不是人? 又不是前清时候,定下陋规,唱戏的剃头的,都被人看不起,好人家的女儿,决不肯给他们做老婆。于今文明进步,这些阶级观念,早该打破。为什么别人可以白相妓女,单单的戏子不可白相

---

① 雷珠生:《海上活地狱》,春风文艺出版社 1997 年版,第 79 页。
② 同上书,第 81 页。
③ 秦瘦鸥:《孽海涛》,春风文艺出版社 1997 年版,第 205—206 页。

妓女。……我们做妓女的，也是人生父母养的，为什么阔人的姨太太小姐可以姘戏子，单单我们就不可以姘戏子。……莫非轧姘头也可以由阔人专利的么？"① 这段话既为妓女姘戏子现象辩护，表现妓女和戏子的人格觉醒，也显示出依照传统文化观所规定的社会等级来对待世人的局面已经打破，具有西方文化平等意识的群体在逐渐增多。那么，存在于斯时斯世的传统文化，其困窘之状可想而知。

其次是对西方文化理念的欣喜之情。对于民初读者来说，传统文化内蕴虽然并未丧失全部魅力，却已经缺乏吸引力了。而西方文化蕴含的男女平等、婚姻自由、法制观念等，成为社会言情小说言说的主要内蕴；年轻一代对这些理念从惊异、认知到认同过程，凸显出接受了新理论者的喜悦情绪。男女平等、婚姻自由是现代社会的重要理念，对此理念的追求与向往是现代人的内在素养。社会言情小说中的人物是否具有这种意识以及对其态度如何，是研究其情感内蕴的重要视角。汪仲贤《歌场冶史》最初在上海《社会日报》上连载，1935 年出版单行本。小说描述梆子戏演员杨柳青、杨小红姐弟二人的经历，勾勒其社会关系，描写其悲剧命运——弟弟唱红后被妓女、姨太太们玩弄，后来竟然被诬陷入狱；为了救弟弟，姐姐委身做了姨太太，后被遗弃，又被假情假意的林少云欺骗。最终，弟弟冤死狱中，姐姐冻毙街头。文本展现对社会的揭露与控诉之情，亦表现出男女平权意识。第 11 回叙述名妓高青云与其他妓女竞争，终于得到了杨小红。她自己拿皮肉钱花在一个戏子身上的行为受人质疑时，她表示："我并不是什么痴心，这叫做寻开心。我们吃了这碗断命堂子饭，天天陪着男子，哄着他们开心，我们难得也要让自己开心开心。难道世界上只许男人嫖女人，就不许女人嫖男人吗？现在既是男女平等，我也要花几个钱嫖嫖男人，替我们吃堂子饭的女人吐一口怨气。"② 第 23 回写林少云见了马四姑娘就抛弃杨柳青，想骗人钱财。马四姑娘告诉杨柳青："我是拿他当做消遣品用的，他来也好去也好，我才不会为了他生气呢。"③ 虽然两位女性的行为中蕴含着对男女平等的社会理想的向往之情，但是，以男性欺凌女性的方式反抗男权社会意识，到头来也是畸形的反抗、变态的情绪。

如果说对男女平等理想的向往是主人公的社会诉求，那么，在婚恋方

---

①　张秋虫：《新山海经》，春风文艺出版社 1997 年版，第 89—90 页。

②　汪仲贤：《歌场冶史》，春风文艺出版社 1997 年版，第 112 页。

③　同上书，第 244 页。

面的自我观照则更能凸显人类的情感内涵。民初青年对于父母之命媒妁之言的传统婚姻观深恶痛绝，对于伴随西风东渐而来的自由婚恋观十分赞同与向往。姚鹓雏的《恨海孤舟记》、陈辟邪的《海外缤纷录》、拂云生的《十里莺花梦》等小说皆凸显出近代女性新的婚恋观。《恨海孤舟记》第5回吴奴道出了男性情爱观："'饮食男女，人之大欲存焉'……大凡有真性情大作为的人，决不自讳其好色，所以说凡是一个人周旋于倡优之间，而有一分假处，这个人便通身是假的。此而不用我真，乌乎用我真，此而可假，乌在而不可假。"① 身为接受五四思想影响的男性，倡导两性间情感的真实性，肯定欲望存在的合理性；然而，为了避免观点的过分西化，他选用孟子的理论支撑自己的论点。相比之下，《春水微波》《海外缤纷录》表现出的婚恋观现代色彩更浓一些。《春水微波》的作者王小逸，上海浦东人。该小说1926年在《紫罗兰》杂志连载，1930年1月由玫瑰书店出版。文本讲述的女中学生丁慧因踏入社会后不幸的人生历程。在丈夫叶兆熊被人绑架后，公公叶德民当众宣布还给丁慧因自由："处今日女权膨胀的时代，这解放两字，就该能说而又兼能行，我便是个实行解放的人，主张熊儿与丁慧因小姐的婚姻关系，从今取消。"② 作为家长的叶德民能够拿女权、解放等这些西方文化理念解决家庭问题，已经与传统家长不可同日而语了，尽管事实上他有着不可告人的罪恶目的。陈辟邪的《海外缤纷录》20年代在上海《商报》连载，后由卿云书局出版。它主要描写第一次世界大战后留学法、德两国的活动，是反映那个时代留学生活最早的一部作品。韩人中认为："其实仅有心里的爱，没有身上的欲，便不是完美的爱情。"③ 将爱情与欲望捆绑在一起，合理看待其存在，对于"存天理灭人欲"熏陶已久的中国人而言，绝对是认同西方理念后才可能有的新情感。而于婚姻问题中强调当事人的自由与权力，反对外来压力强扭硬套，无视人权。张大保认为："订婚之权，操之个人，欧美文明国，人人享有自由之权……做父母的哪里可以阻挠？"④ 胡名达比较中西婚姻观："中国旧式的婚姻，好似一颗中国钉；西洋新式的婚姻，好似一只螺旋钉。因为中国钉硬生生地敲了进去，再也拔不出来；螺旋钉可以任意旋进去，也可以任意旋出来。"⑤ 无论是反诘语气陈述观点，还是巧妙

---

① 姚鹓雏：《恨海孤舟记》，春风文艺出版社1997年版，第39页。
② 王小逸：《春水微波》，春风文艺出版社1997年版，第112页。
③ 陈辟邪：《海外缤纷录》，春风文艺出版社1997年版，第227页。
④ 同上书，第107页。
⑤ 同上书，第373页。

比喻表述己意，蕴含其中的对传统婚恋观的摒弃、对现代婚恋观的喜悦之情，是非常鲜明的。意识到现代社会的到来将带来全新的生活，社会言情小说家笔下流露着哀情小说家文本里缺乏的自信与决心，很少类似的伤感、哀怨。究其因，就在于其主人公敢于声张自己的权力，更敢依靠法律解决问题，凸显出法律意识。中国传统文化建构的社会为宗法制体系，维系其存在的是人情、关系，而非制度、法律。这样，虽然历代也有王法，但人们对其有敬畏之心，无实行之志，终酝酿成人治社会。《海上活地狱》第13回叙述王如玉与家中男仆"勾搭成奸"被发现，母亲怕她把首饰送给情人，追问："首饰箱子呢？"如玉答道："这是我的东西，那些首饰有的是各长辈给我的见面礼物，有的是自己购置的，完全是我的所有权，不必你检点。"周氏大怒道："你的身体性命都属于我，难道查不得你的首饰吗？"① 王如玉与仆人通奸，这是传统道德难以容忍的，也是当事人羞于应对的。但是，她在与母亲对话时却显得理直气壮，因为在其心理深处，已经不再以此为耻，而是认为他们是自由恋爱，是符合现代理念的正当行为。何况，首饰属于自己的私有财产，故其坚守不放。其行为既有自由恋爱成功带来的骄傲与自负，也有理清财产所有权之后的强硬与无畏。其他如第35回赵荷生劝许仲良离婚一事，"现在小松既托律师出场，自己决不肯出面，只有和他法律解决。"第40回叙述毛小松因为与吴琳玉恋爱而得罪了琳玉原来的相好金生；金生派人威胁之，琳玉前来鼓励他："究竟有法律的，你怕什么？"第47回妓女红玉准备嫁给夏小村，其合伙阿姨不同意，想多敲诈些钱财，红玉道："谢你二千元，倘若你不肯原谅，尽管托律师来和我母亲说话"。这部描述情感的小说，不仅呈现出情感的多向性，如婚外恋、婚内情，主仆通奸、情敌报复，妓女从良、男性多角恋爱等，为读者展示了民初上海社会五光十色的情感画卷；而且侧重通过法律手段，依靠律师解决情感冲突，表现出当事人对法律的认同与重视。与借助族权、政权解决情感纠纷的传统言情小说相比，情感表现的力度、情感冲突的类型与解决情感纠纷的手段等均独具特色。

论述社会言情小说的婚恋观，有必要单独考察此派小说对自由恋爱的态度。事实上，作为有血有肉的生命个体，人类与低级动物的最大区别就在于其丰富的感情，因此，言说情感的文学作品代代相传。在近代社会言情小说中，作家们对于笔下人物的自由恋爱行为秉持怎样的态度，可以作为我们研判其价值立场的独特视角。晚清狭邪小说中也有自由恋爱的描

---

① 雷珠生：《海上活地狱》，春风文艺出版社1997年版，第51—52页。

写，但是往往视其为两性间的乱交行为，作家的价值判断常常是否定的，认定其伤风败俗。可在《人海梦》《海外缤纷录》《黄熟梅子》等长篇小说中，文本透出的价值判断多为正面的。严独鹤的《人海潮》前10回刊于1918年的《新声》杂志，后23回刊于20世纪20年代末期的《红玫瑰》杂志，1929年由世界书局出版单行本。小说以辛亥革命前后的上海、日本、美国为描写空间，叙述了三对青年的恋爱故事——华国雄与冯蕊仙、钟温如与华芷芳、庄澹如和明珠；有的还是三角恋爱关系，如钟温如与表妹华芷芳自由恋爱，但宁波还有一个青梅竹马的程琼珠。叙述对三对青年的故事并非平均使用笔墨，而是各有用心的。前两对青年的恋爱故事重在过程，文本展示自由恋爱的甜美与温馨，将对其赞美与肯定之情融入小说情节，而不把结婚与否作为叙事焦点；第31回所描绘的一对神仙眷侣——庄澹如和明珠则可以视为自由恋爱成功的范本。两人由同情到暗助、最后相爱并结婚，然后一起东渡日本，读书舞剑，琴瑟友好，享受着人世间难得的挚爱生活，可视为向往自由恋爱者预设的未来生活图景。《海外缤纷录》则对始乱终弃者叶珪嗤之以鼻，因为他的遗弃导致沙妮亚投海自杀；对用情不专者和利用感情骗人钱财者，均以鄙夷的态度描绘之，如陶婉贞舍弃所爱周朗、移情别恋徐明哲，应子固借恋爱名义骗人财色等。小说中自由恋爱者如孟亚卿和阿梅，尽管阿梅是安迪生的夫人，他们属于婚外恋，作家依然让其结合，并且情感笃厚，幸福美满。若按照中国传统道德评判，阿梅红杏出墙是不可宽恕的；但是，只因为她追求的是自由恋爱，作家饶恕了她，读者也难对其产生厌弃之情。拂云生的《黄熟梅子》所选视角也很独特，不看重恋爱的结果如何，只把恋爱过程的美丽勾画出来。在人物设置方面，作者很用心，铁花与白妙泉，不再是传统的才子佳人，而是社会地位悬殊的现代青年，或为接受西方现代教育的青年才子，或为沦落欢场的评弹艺人，却能够在社会言情小说家笔下修得正果，其中浸润着时代对自由恋爱的迫切呼唤与作家对自由恋爱的期许情感。

二　社会言情小说的叙述对象

社会言情小说与哀情小说的区别不仅仅表现在情感内蕴方面，还可以从文本叙述对象的变化来考察。作家们选择哪些事物进入文本，隐含着其对这类事物的关注与理解；选择哪些人物作为描写对象，则凸显其对这些人物的认知与判断；而某些具有时代特征的场景被纳入表现视野，亦体现出作家对其特质的观察与对其内蕴的体悟。

作为社会言情小说家，他们首先关注的是具有丰富社会内蕴的新事物。20 世纪二三十年代，经历了民国初年持续不断的军阀混战、社会动荡，不少知识分子的心理亦经过由震惊、失望到探寻、追求的变化过程。为了摆脱心灵困境，有人走出国门，探求新知；有人潜居国内，联络同志，酝酿革命。因此，对革命生涯的描述与对海外经历的展示，成为此派小说最先描述的对象。《海外缤纷录》和《人海梦》是这方面的典型文本。《人海梦》描写正谊学校的读经课："葛天民上课的时候，便是他们看小说和新出版各种书籍的好机会。……他在讲坛上摇头晃脑的读着，全堂的学生，也仿着他那一副呆样儿，摇头晃脑的读着。可是葛先生读的是《十三经》，学生口中读的却是革命经。"① 新学堂内先生读旧经，恰是过渡时代的特点；而接受新思创影响的年轻一代已经不可能被《十三经》束缚住，他们在悄悄进行自己的选择，阅读自我感兴趣的小说或理论书籍。这是哀情小说中看不到的场景，也预示着这些学生走出校门之后的人生道路。果然，小说第 16 回就直接描写革命党人郑蕙仙、王韵珠（真名冯蕊仙）进入方制台府内，为制止他对革命党人的捕杀，逼迫他为其公子的入党志愿书签名。深入虎穴的行为，既符合青年人的革命激情，亦是刚走出校门者才会实施的近乎幼稚的行动。第 27—30、第 33 回等则将叙事空间移向海外，叙述华国雄、郑蕙仙、冯蕊仙等同盟会员在日本的革命活动，并描述其潜回国内革命的危险经历；小说结束时，辛亥革命已爆发，这些革命者进攻使馆，逼迫公使为他们提供路费，回国参加革命。《海外缤纷录》的叙事空间移至欧洲，叙述海外留学生的革命行动。第 17 回叙述留法勤工俭学的励禄闻知中国驻法程公使参与中法秘密借款事宜，便行刺之，以免主权受损。对比两部小说，可以认定作家对中国青年的革命行为是赞许的，可是对俄国十月革命的描述，却突出其暴力性与悲惨场景。《海外缤纷录》第 21 回通过沙妮亚介绍十月革命的情景："那般革命军对凡是带些贵族色彩，不问平日为人如何，便把他捉来枪毙。所有财产充公，固不必说，妻孥连累，也不能幸免。那般乱党，更是乘机奸淫掳掠，无端还要把宫室烧个净尽。偌大一个俄国，遍地鬼哭神嚎，这种情形，比较迭更斯在二城记里所述的法国革命，仇杀贵族，还要凶酷十倍！"② 这是沙妮亚告诉其中国情人叶珪的话，作为流亡到法国的俄国贵族的后裔，其言语固然有其阶级立场和渲染血腥味的嫌疑；但是，作家描述同为暴力革命的行动，情感判断如此迥异，不能不引起关注。笔者认为

---

① 严独鹤：《人海梦》，春风文艺出版社 1997 年版，第 115 页。

② 陈辟邪：《海外缤纷录》，春风文艺出版社 1997 年版，第 192 页。

正是情感介入导致文本如此描写，因为中国青年的革命行动，是为了改变中国目前的乱象，故作家判断为正义行动，肯定之；而俄国革命的受益者离作家很远，当时更不可能理解十月革命的价值，反而是传媒对其暴力性的报道与描述给作家留下了更深的印象，引发其对受害者的同情，故小说谴责"十月革命"。

中国青年走出国门、到西方留学始于晚清，至民初达到高潮。小说表现留学生活，始于晚清狭邪小说和谴责小说。狭邪小说与谴责小说并非直接描写留学生的留学生涯，而是将留洋者作为活动在上海的人物类型之一进行描绘。直接刻画留学生生活的长篇小说，最早有 1916 年出版的《留东外史》，主要表现 20 世纪初中国留日学生的种种怪现状，可谓描述留学生的谴责小说。《海外缤纷录》主要叙述留法、德两国的中国留学生的故事，成功刻画出留学生形象。柳万光英语很好，武艺高强。出国途中遇到外国人痛打同胞赵秋生时，他挺身而出，斥责船主："我争的是是非，是法律，不是袒护本国人。你们平时仗着武力，合伙儿欺负弱国。我也晓得世界早没有是非，早没有法律了！我虽是弱国之民，今天却要同强国之民，见个高下。"与英国人武力对决时，他利用武功，打趴英国人，凸显出侠义本色。取胜后，他也没有洋洋自得，面对恭维，他意识到，"人必自侮，而后人侮之，中国今日这样积弱，动辄得咎，都是自谋之不臧。就是外国人不把中国人放在眼里，也是中国人自己不知自爱……其实那般外国人，未始不可理喻，只要自强，无理也就有理了。"① 柳万光刚正不阿、抑暴扶弱的性格，是侠义精神在言情小说中的凸显；其形象是作者塑造的留学生榜样。其他留学生大多勤工俭学，希望既能够学得知识，又能够挣够养家本钱；愿望很好，能够满足的极少，很多人反而在物质诱惑与功利目标指引下，丧失自我，日趋沦落。第 18 回描写的伍幼军便如此，其理想是："法国现在缺乏工人，中国派了青年，去替他们振兴工业，法国政府当然欢迎；法国的工资又高，只做了半天的工，其余的时候，便可求学；得来的工资，不但可以敷衍过去，若肯勤俭吃用，还可按月寄钱回到家里。"② 然而到法国以后，他很快被生活淹没了，跟那些早来者一样："他们法文虽不懂得，见了法国妇人，却似苍蝇见着血一般，恋恋不肯走开。对于手工厂里的妇人，往往动手动脚，以表示他们的爱情。也有勾搭上的，也有遭了拒绝的，也有因此闹着事的。那得到手的，

---

① 陈辟邪：《海外缤纷录》，春风文艺出版社 1997 年版，第 25—26 页。
② 同上书，第 163 页。

放了工便和妇人鬼混在一起……那得不上手的，便储蓄了几天的工资，乘车到巴黎来，玩个畅快回去；及至到了工厂里，不免精神颓唐，工作懈怠。"精力消耗在寻欢作乐上，工作效率很低；随着"一战"结束，大批法国军人复员，劳动力不再短缺，中国留学生大量被工厂开除。他们不反思自身的不足，反而将失业归因于政府不支持，故跑到中国驻法国大使馆找公使请愿。阅读文本，能够感受到作家对这类人是嫌恶的。与后世文本叙述留学生总是选择其中的成功者，凸显其正面价值不同，社会言情小说对留学生的描写更接近真实。孟亚卿总结道："其实留学生也胡调的太过分了，他们到了法国，惟一的目的便是玩，只把求学做着幌子。……细想起来，留学界的人物，实足令人齿冷！"①《人海梦》中金针认为："我们中国的留日学生，别的事情不注意，对于女色却很注意。别的本领不行，吊膀子的本领，却都是一等大名工。"② 可见，留学生群体确实良莠不齐。尤其是那些以猎艳、好奇为目的到海外留学者，作家们更是剥开其画皮，暴露其本质。《海外缤纷录》中，或如茅以寿那样欲强奸房东 13 岁的女儿和 20 岁的侍女；（第 4、5 回）或如胡名达、童益达两人包一个妓女，抓阄决定妓女陪宿时间；（第 16 回）更有傅昌浩之流，"我看花载酒，几及十年，有过首尾的女子，也有六七百人，东西浪迹，经过的地方也不少了，每处总要找几个妇人玩玩，留个纪念！……这类妇女，只可作我们的泄精机器，机器是机器，还有什么妍媸的分别？只要机器完全就得了！"③ 如此描写，既真实再现了近代中国留学生的生活画面，对读者认识留学生形象有所帮助；也表现出作者对这一新兴群体的情感取向，即总体上以批判、贬抑为主，关注其形象，厌恶其作为。

社会言情小说通过叙述对象的置换，为中国文学画廊增添了新的形象。留学生形象的真实、生动刻画，可视为对近代文学形象的贡献；更大的贡献则是成熟的市民、玩世不恭的嬉皮士、革命青年、警界正义者等形象。市民阶层一直是中国小说读者构成的主要组成，小说中如果能够出现同类形象，无疑会增强小说的吸引力。市民形象较为成功的描绘是宋传奇和明拟话本中，但其生成的都市环境与经济形态与中国近代不可同日而语。在以上海为代表的现代都市成型之际，在大量市民拥有阅读小说的能力与固定的休息时间以后，市民形象的出现才具有更大价值。众所周知，

---

① 陈辟邪：《海外缤纷录》，春风文艺出版社 1997 年版，第 411 页。

② 严独鹤：《人海梦》，春风文艺出版社 1997 年版，第 218 页。

③ 陈辟邪：《海外缤纷录》，春风文艺出版社 1997 年版，第 111 页。

自 19 世纪中期上海开埠以来，具有资本主义经济形态的都市格局形成；受西方人生活方式的影响，上海人开始享受礼拜日，拥有固定的休闲时间。社会言情小说的读者定位即以市民与学生为主，因此，其文本中出现成熟的市民形象。代表文本为王小逸的《春水微波》、雷珠生的《海上活地狱》。《春水微波》里丁慧因的母亲洪氏就刻画得相当成功，身为家长，在安排女儿一生时，她处处算计。为了利益，她隐瞒叶兆熊已婚的事实，为"一个庄折，一本银行支票薄"出卖了女儿。叶兆熊被绑架失踪后，叶德民欲霸占丁慧因，前来说和的陆有金征询其意见，她说："叶老爷虽然不和我们有亲戚关系，但是他按月还是送钱，讨厌叶老爷，就是讨厌钱。不讨厌！不讨厌！"① 有她的默许，陆有金等人才将丁慧因骗到苏州，使其被叶德民奸污了。对母亲视财如命的特点，丁慧因非常清楚："说起来，我又要恨我的母亲，不管你愿意不愿意，眼睛只看见钱。我恨不得问她一句，你再要钱时，索性把你女儿卖到窑子里去，你愿意不愿意？"② 市民生活除了爱财，还懂得算计、图慕虚名，甚至在生活细节方面，也能表现出这些特征。如第 5 回叙述洪氏听说女儿与丈夫同房时间排在少奶奶后面，认为太吃亏："那人先把精华一股脑儿提了去，却叫人拾一些麦脚米屑。不成不成！便是女孩儿好说话，我做娘的，偏出来打抱不平。"女婿失踪后，她鼓动女儿去拍电影赚钱；电影试映时，她明白"公司里不是说过要赚钱还可以分红。应当前去看看，卖座多不多，别给他们瞒过了，又是吃亏"，因此积极参与试映。当丁慧因拍电影时，得知导演贾克对己不怀好意，陷入苦恼之中，洪氏却认为："到底是我家的女孩子长得不错。我起先只当世界上，只有一个熊姑爷，能真心爱你，现在才知道，爱你的还不止熊姑爷一个。公司里做戏的，一个来，一个去，不知有多少，单单就喜欢你。"③ 作家对其自私自利、浅薄庸俗的特性抓得很准，因而鲜活地刻画了出来。《海上活地狱》描写中学生陈丽娟的人生道路，第 3 回叙述"丽娟因自己程度幼稚，读书难期造就，明年决计辍学。这时上海的跳舞潮正在风起云涌的当儿，跳舞场如雨后春笋，陆续产出。一般小家碧玉，以前都是一贫如洗，自从投充舞女，日进纷纷，身上都穿绸着绢……丽娟瞧得眼中火出……整备去充舞女，每晚有十多块钱啦"。得知有利可图，其母李氏并不劝阻，竭力纵容道："你赶快去学嘘，算来做

---

① 王小逸：《春水微波》，春风文艺出版社 1997 年版，第 142 页。
② 同上书，第 196 页。
③ 同上书，第 90 页。

舞女的出息,胜过做教员二三十倍啦,读什么短命书?"[1] 此后,她辍学去学舞蹈,最终沦为舞女;其母则以其短暂的高收入、浮华的生活为荣。应该肯定,社会言情小说家设置两代人物架构来表现上海市民的生活,在长辈的诱导、晚辈的沦落中凸显市民功利意识,不仅刻画出成熟的市民形象,也为后世海派作家描写市民树立了典范。

市民形象之外,给人留下深刻印象的是带有嬉皮士特征的青年形象。"嬉皮士"(英文为 hippy;hippie),指某些西方国家中具有颓废派作风的人。他们由于对现实不满而采取玩世不恭的态度,如蓄长发、穿奇装异服、吸毒等。这是西方文化熏陶出来的畸形人物,在中西文化交融的近代中国,因为巨大的社会动荡带来的价值观的失落、人生目标的迷失和对前途的迷惘,也造成一批衣食无忧的青年人以玩世不恭的态度应对人生,呈现出颓废怪诞、放荡不羁的特点,与嬉皮士具有相似的特征。《人海梦》《海上活地狱》《春水微波》《新山海经》等文本中都有此类形象。《人海梦》中的钦和迪与国光太郎便是中国社会过渡时代的畸形人物。小说叙述钦和迪在姐姐与国光太郎结婚的当天,因为母亲责打国光太郎,家人赶紧去请他这个"救星";谁知他回家镇住母亲后,竟然把姐夫拉到妓院里去了。他自我介绍道:"我从前有个哥哥不幸早死了,我便没有兄弟,一个人怪没味的。因此不大高兴拘束在家里,一天到晚常和朋友在外面闲逛。我妈管束我的老子很是严厉,对于我却又不然,花天酒地只凭我去闹……所以我这钦大少年纪虽小,堂子里面是很有名的。我原号和迪,他们便谐音叫我作花蝴蝶。提起这'花蝴蝶'三字实在无人不晓。"然后告诉姐夫:"我想请你吃花酒去,不比在此地更来得有兴么?我想你平时既然有什么野鸡的相好,自然和我是同志,喜欢在花柳场中玩玩的了。"一个年纪大的陪客劝他:"洞房花烛夜,将一个新郎拉到堂子里去,岂不是新闻?"他竟然反驳道:"你这个人好迂!洞房花烛夜便不能进堂子,这又是哪一国定的法律?"[2] 连拖带拉把国光太郎拉到了妓女花云仙家。他的两个绰号"花蝴蝶"和"救星"即典型地反映出其性格特征——前者显现出放荡不羁、游戏人生、荒诞处事的一面,后者表现出超越日常家庭伦理道德规范、蔑视世俗秩序之处。而国光太郎虽留学日本,并没有学到什么知识,只是学得一些时髦的名词。他本名王孝先,到日本后改名为国光太郎;他回国后一个多月不回家,忽然高兴了,便派人拿着名片去告诉家里

---

① 雷珠生:《海上活地狱》,春风文艺出版社 1997 年版,第 11 页。
② 严独鹤:《人海梦》,春风文艺出版社 1997 年版,第 76—77 页。

人，改日登门拜访。父亲"以为是个什么日本领事馆里的人去拜他，就赶紧跑来回拜。"他迎接出来，其父也不问青红皂白，对他就是"深深一揖"。及至听到声音，才明白对面是自己的儿子。当父亲责怪他"非但改名，连姓都去掉，岂非连祖宗都不认"时，他回答道："这样顽固的名字，我固然不愿再要，这样陈旧的姓，我也不乐承认。……我如今既然要为国驰驱，当然只知有国，不知有家，所以我就以国为姓，再不要从前这个旧姓了。"谈到父母生养他的辛劳，他认为"原是做父母的人自己由快乐中寻出来的苦恼，自种其因，自收其果，岂能便在儿女面上来表功示德?"① 这种超越传统伦理规范的语言，即便是今天的年轻人轻易也说不出口。更为荒谬的是他一边表示与家庭断绝关系，一边又请律师给父亲下"哀的美敦书"要三千元钱，限二十四小时答复，不然就要提起诉讼，控告父亲霸占产业。他与野鸡妓女同居，却以准备结婚的名义逼迫熟悉的人为他搞结婚捐款；为了巴结驻日公使赵雨卿，而改名为赵国光；早期以革命党人自居，再赴日本时，却做了清政府的暗探，刺探革命党人的情报这些行为，我们可以认定这是一个没有信仰、没有自主意识、浮浅浪荡、消极度日的青年人形象。《海上活地狱》中的花芸生出身于富贵人家，有钱有才又有闲，就是没有正当事业。他认为："人生不过数十寒暑，快活是便宜。"他自我介绍道："我是著名白吃老饕，不在沪上便罢，若在沪上，遇到公宴，虽无请帖，亦必光顾。主人怕我捣乱，必定特别优待，白兰地一杯连杯的敬我。……吃白食资格，沪上要算唯我独尊了。"② 若按规则，有请才好去，他却不请自到；主人还得殷勤款待，不然他就捣乱。其所思所行，迹近无赖。后来，他结识夏小村，向小村说："小弟绰号花天亮，到了堂子里，定要胡调到天明，方才回寓睡得稳。若然不到天明回寓，头睡下去脚要跳起来，仍旧要赶到跳舞场里敷衍到太阳透出了地平线，才肯回寓睡觉。老哥若要用功读书，莫来结交我这个损友。若要胡帝胡天，向风月场中讨生活，这却非和我嫖界老资格结交不可。"③ 事实上，他也并非胡吹，妓女素素就帮他总结过："你的相好多不过，我来替你扳指头算算看：舞女的拖车，倌人的白板，坤伶的文明跟包，还要砍咸肉、捞淌白，一身充五役。"④ 他白天无所事事，晚上胡帝胡天，"嫖界老资格"的自诩与放荡淫靡的生活相结合，便成就了一个准嬉皮士形象。《春水微

① 严独鹤：《人海梦》，春风文艺出版社1997年版，第31—32页。
② 雷珠生：《海上活地狱》，春风文艺出版社1997年版，第94页。
③ 同上书，第177—178页。
④ 同上书，第171页。

波》中的叶兆熊也是个富家公子，他本来在学校读书，可是，文本对这些生活的描写极少，而是围绕他和四位女性——许灵芸、丁慧因、阿琳、沈蝶影展开情节。他的时间、才情都消耗在性爱和打情骂俏上，滑稽之余，也令人感慨。他可以向丁慧因连叩三个头，为的是使其不再生气；第31回他把居住的房间称为机器房，有唱戏的机器、映电影的机器、拍照的机器等，把丁慧因称为"制造国民的机器"。周旋于不同的女性之间，不顾及等级、体面等问题（如阿琳是他家的女仆，他也多次与她发生性关系），只要自己能享受到性的快乐！《新山海经》第9回所描写的成天忙着追女性，或在戏院里打发时光，"自己哄着自己玩"的江竟无等也属于这个形象系列。所有这些青年形象，表现形式上虽有差异，但就其精神内蕴来说，则有着相似的内涵，折射出动荡的时代与转型期的社会对年轻人造成的压力，以及在压力下他们的人生呈现出怎样的扭曲状态。

社会言情小说中的革命青年和警界正义者形象也是中国小说形象系列中的新成员。拥有鲜明的革命主张、坚定的政治信仰的革命青年形象，此前的小说只有徐枕亚《玉梨魂》的何梦霞在情人、妻子相继死亡后，奔赴武昌起义的战场，最后战死在武昌城下；这一情节在文本中所占比重微乎其微，只是作为交代人物命运归宿来使用的。在谴责小说里，只有笼统地被称为"乱党"的描述，而没有鲜明的人物形象。至于警察这个职业，本来就是近代才出现的。从晚清狭邪小说、谴责小说，到民初言情小说，关于执法者的形象，人们大多得到的是巡捕的模糊印象。真正成功的革命青年形象和警界正义者形象在社会言情小说文本中才出现，《孽海涛》《恨海孤舟记》《人海梦》等为典型文本。《孽海涛》第9回通过韩世杰的叙述，表现邢文荣对革命的投入——骂对革命不热心的表弟为"冷血动物""奴隶坯""青年败类"，而且讥讽之："你若是怕被我连累，那么你从此不必再来同我说话，事情败露的时候，我也决不说有你这位表弟。"一个投身革命、为了革命不顾亲情的青年人的性格已经跃然纸上。他们开展革命活动的经费，从"广州汇款到这里，数目不能大，次数不能多，否则便有危险"，因此，"他们的经费十分之七八是他们各人省吃俭用，一点一点积起来的。你不知道文荣他们向家里拿了寄宿费和饭费，何尝交过半文钱给学校？他们住的地方在又低又旧的破房子里，七八个人只借一间斗大的小屋子。每人每月花不到一块钱吃东西，越发比任何人都节约，一天限止两餐，每餐除了大碗的糙米饭外，小菜是绝对不讲究的，有青菜黄豆已算是一件美味了，平时只用酱油冲汤来淘饭。……这些钱积了起来之后，他们就用以联络平民，整批的购买了许多图画书本，在民间散布革命的种子。逢到空的时候，各人又分头带着许多毛巾、食物之类，到四处去探望穷人，口上都说这是革命党人的责任。因此现在上海的工人和贫民很有许多已十分的信仰革命了。"① 在北伐军进军上海时，他们准备袭击敌军的总司令部，路遇敌方大刀队发生激战，四位革命党人牺牲，邢文荣也负了重伤。他们不再是口头上的革命派，而是为了信仰、不怕吃苦、不怕牺牲的革命者。《恨海孤舟记》中奔波天涯、联络志士共图革命大业的庆伯骞；为共和呼吁、阻止复辟而被暗杀的张樵江；为了革命、不图家室之安的革命伴侣王子丹和郑秋鸿等，都给读者留下深刻的印象。《人海梦》里为了刺探情报，牺牲自身、深入两江总督府内的女革命者郑蕙仙、冯蕊仙；留学日本后，积极参加同盟会领导的革命活动，并最终成为革命骨干的华国雄等热血青年形象，也让今天的读者仰慕。这些革命青年，其信仰之真诚、行动之果敢，其救扶国家于危难的志向、认定目标矢志不移苦追求的韧劲，相比同时代人中那些具有嬉皮士特征的青年，高下之别立判。行为高尚、品质高洁之士并非仅仅出现在革命队伍里，警察队伍中亦然有秉持正义、威武不屈的英雄。在那军阀当政、有权力者飞扬跋扈的时代，身居高位而能为弱势者着想的人，是令人敬仰的。《孽海涛》里的警察厅长彭子寒就是这样的形象。小说叙述广东军阀陈炯明因为妻子江淑仪与原来的情人赵子惠偷情而杀掉了妻子；其马弁运碎尸出城时，被警察抓住。当审讯结果报告彭子寒时，他没有因为主谋者的权势而犹豫，主动找到死者家属江文采，"指示他去上最高法院投诉，自愿从中竭力帮助，要为死者申冤雪恨"。陈炯明接连派人杀了赵子惠、江文采，并派人将他抓到总司令部；他当面斥责陈炯明："像你这样的衣冠禽兽，自己犯了罪，反把当地行政长官擅自逮捕，目中还有国法吗？"② 同时，拔出手枪打中了陈炯明的军帽，却被卫兵们乱枪打死！他可以选择回避，也有许多庇护罪犯的方法，即便是办成冤案，在那个时代，也没有人能够告发他。然而，他忠于执法者的职责，忠于为人的良知，以生命的代价树立了英雄的形象，维护了自我人格的高尚。

随着西方文化的传播，一方面，在上海等现代都市兴起了舞场、电影拍摄场等新生事物，成为社会言情小说描绘的对象；另一方面，传统的生活场景也在发生更新，车站迎宾的队伍、学校放学的场面等均有了与往昔不同的内涵。同时，海外风情、异国风景也纷纷进入此派作家的视野，构

---

① 秦瘦鸥：《孽海涛》，春风文艺出版社1997年版，第113—114页。
② 同上书，第42页。

成文本中诱人的内容。《海上活地狱》因为主要叙述陈丽娟、尤玉娜等舞女的生活，所以文本中有大量的舞场场景的描写——或如第6回通过舞场描写花芸生和恩筱凤的情感纠葛；或如第17—20回通过舞场内外的活动，描写尤玉娜为争舞场皇后而奔波献身的场景等。第9回则叙述恩筱凤、陈爱珠到电影公司参观，描述了拍摄电影的场景。《春水微波》叙述丁慧因家紧邻电影拍摄场，放学后她带同学来看华华影片公司如何布景、演员如何表演等。慧因还向同学介绍道："这原是布景，只拍房内的事情，不拍房外的事情，讲究得没有用，不是白白讲究了。今天是这样的一个房间，明天也许换了个客堂，或是一个厨房，一会拆一会装，原没有一定的。只不懂他们拍时东拍拍西拍拍，开演起来情节会联合得拢。"① 这段话有几层内蕴：一是表明慧因近水楼台，看得多了，熟悉情况，所以能够为同学介绍；二是她此时还是个中学生，对电影只知拍摄，尚不懂得电影剪辑技术的奥秘；三是对电影的兴趣，为后来丈夫失踪后，她去当演员拍电影做了铺垫。第12回她主演拍摄《千古恨》，第13回她与华华影片公司的导演发生故事，直到第17回《千古恨》首映大获成功等，她与电影的关联占了文本相当的比重。有拍摄的就会有观看的，社会言情小说对看电影也有不少描写。前述丁慧因和其母一起去看《千古恨》时，电影院观众的反应和主演者复杂的心理，电影文本中的情节与现实生活中演员的遭遇呼应，颇为传神地表现出了具有时代特点的新鲜场面。《海上活地狱》第6回里也有恩筱凤与刘春生到影院看电影《夺产姻缘》的描写。这些内容的出现，显示出无论是人生选择，还是休闲生活，社会言情小说中的女性都有着比狭邪小说、谴责小说里的人物更为丰富的内涵。即便是她们的日常生活，也发生了变化。上学、放学的情景，已与私塾大为不同——《春水微波》第1回写道："听时辰钟，铿铿铿铿报着四下。一条静悄悄的马路上，忽然从一个门口里，涌出许多女孩子来，起先是鱼贯着一大队，不消一刻，早已分成几个小队，往南的往南，往北的往北。"报时的工具、离校的情景等均发生了变化。而《新山海经》第1回所写的迎宾场面也别具一格，映现出西方文化的影响：

　　吏治澄清之世，兆民乐业之年，太平歌舞之日，燕雀酣嬉之时，黄埔滩边的什么码头上，济济跄跄，麇集了无数海上名流。也有戴白鸡毛扫帚的督军帽子的，也有穿几道金线的海军制服的，也有革履西

---

①　王小逸：《春水微波》，春风文艺出版社1997年版，第4页。

装，插巾惨绿，领结鲜红，像外交能员的，也有肠肥脑满，面团团似富家翁的，也有身披黑色长衫，手拿笨拙手杖，挺胸凸肚，俨若便衣侦探的，也有襟插自来水笔，手捧日记小册，表示是记者先生的，也有翩翩华服，口撇京腔，官派十足的，也有耸肩袖手，摆腿摇头，形同名士的，也有油头粉面看不出是何等人物的，更有肩挂摄影机的，腰系热水瓶的，手捧爆竹的，腹承铜鼓的，身背铜号的，高擎彩色绸制小旗上绣欢迎字样的，说不尽许多三教九流的善男信女。

其中的军服、外交官、便衣侦探、记者、摄影师、西洋乐队成员等，无不带有西方文化影响的烙印。而对海外风情、景色的描写，也折射出当时的读者对西方文化的兴趣。《海外缤纷录》第 1 回就介绍巴黎的风情：

> 就是巴黎城中，凭着天然的风景，衬着人工的名胜古迹，于繁华中却带着灵秀之气，鲁佛博物馆是世界收藏最富的古物陈列所，吾夫人教堂又数百年的历史，是世界数一数二的建筑物；安法尔塔高耸云霄，从顶望下，巴黎全景，历历在目；再望了远些，还隐隐看得见英法交界的海峡，西茵河粼粼的水，衬着两岸苍翠的树，横瓦白石的桥；到了夜间，万家灯火，倒映水里，如入水晶宫一般。……大剧场的建筑和布置，世界无论哪一国都不能一直颉颃。其余的戏院，也是矜巧炫能，引人入胜。还有大旅馆咧，跳舞场咧，咖啡馆咧，跑马厅咧，都是选胜之场，销金之窟。

独特的异国风情对当时的读者肯定会产生较大的冲击，开阔了他们的视野。同样，对海外风景的描写，往往能增加文本的魅力。小说第 7 回叙述徐明哲和陶婉贞游览美、加边境时，对美国那纳格拉瀑布的描绘就非常典型。

> 那纳格拉瀑布是世界奇观之一，十分之七属美国，十分之三属加拿大，每日所流的水，有四万万立方尺之多，两国附近的电力，都是借着这天然的水力产生。明哲婉贞到了瀑布之下，望去好似空中悬着一匹白布，水声震着耳，激越可听。二人买了票，走上一只小轮，……那小轮驶近瀑布，水沫飞了满头，船身也颠簸起来，吓得婉贞掩在明哲怀里，不敢做声。

一小段文字,把瀑布的特点、旅游者的感受全描绘了出来。使无缘去旅游的读者神游一番,了解了海外旅游景点的风格、设施等,对于他们熟悉、接受西方文化皆有帮助。

三 社会言情小说的叙事特征

跟狭邪小说、谴责小说以及哀情小说相比,社会言情小说的叙事特征有了明显的进步。一方面,此派小说继承了民初哀情小说注重心理描写的特点,并使其更加成熟;倒叙手法的运用也较前更多。另一方面,外语的运用已不再是个别现象,几乎所有的文本里都有外语译音或外语原文进入情节,因此呈现出与苏曼殊创作的言情小说一致的特征,凸显出西方文化影响之强烈;而戏谑手法的运用也独具特点,他们不仅像狭邪小说中的名士那样调侃神圣,目标指向传统文化,而且戏弄当时的军阀政权或现实社会,从而达到调侃对象、增强叙事魅力的目的。

民初倡门小说、哀情小说里,已有初具西方文学特色的心理描写,但是还不够成熟。《孽海涛》《歌场冶史》《新山海经》《春水微波》等小说里则出现了成熟的心理描写。《孽海涛》第1回叙述律师朱林村为了贪图黄家的钱而强逼廖雪贞的父亲同意离婚,廖雪贞自杀了。他看见廖企云来找黄家拼命,便匆忙逃回上海后的心理:

> 过了一会儿,推想到廖雪贞被他逼死的情形,心中不由害怕起来。……胡乱吃了些晚饭,就往床上一钻。吓得电灯也不敢关,睁着大眼出神。哪知电灯公司偏和他作怪,蓦地坏了机器,电流中断。……他往外望去,但见星光之下,白墙上黑悠悠地站着一条人影,仿佛是他幻想中的廖雪贞模样。朱林村不禁狂叫一声,正待跳下床去,又听到背后一阵脚步声处,分明是冤魂出现,吓得他连救命也没叫出,就晕了过去。还算他命不该绝,隔了半晌,又清醒过来,定神一瞧,电灯也复明了,风也定了。横着心再往外面一望,墙上的黑影却仍在那里,何尝是廖雪贞现形,乃是隔壁人家晒着的衣服,趁亮光反映了过来。背后的脚声,更非冤魂行动,好好的一头大花猫在那里进行它的剿匪工作。

这段文字,通过行为、环境和直接的心理描写,渲染出做了亏心事的朱林村紧张、疑虑和惊恐的心理特征,不过还带有中国古典小说的影响。《歌场冶史》第5回对小裁缝的心理刻画就圆通得多。小裁缝来找朱宝玉收账，不料对方反而向他借钱，许诺将来可以带他到北京去发展，至少可以捞三五万块钱；并且还可以再回上海，捞个十几万块钱，与他对半分。小裁缝一听就心动了："我因为过不了年，想来同他要钱，最好是他多借几个给我。现在他反而要向我借钱，我哪里来呢？后来听他说到北方可以发财的话，不由得心动起来。因为这几句话，不是他现在要借钱的时候才说的，从前也常听他们夫妇说起。我也想上海如果真把场面弄坍，决定跟他们出门去一趟。近来跟他这样亲热，目的也就在此。只可惜自己手头很紧，否则就帮他一点忙，也是愿意的。"① 短短一段话，把小裁缝从不满到心动、从期待到遗憾的心理完全表现了出来。《新山海经》第11回描写江竟无追逐陈小姐似有希望、又近绝望的心态；第18回描写萧理庵的心理则通过其语言表现出来："我既不能拿血肉之躯，做大伟人争权夺利的牺牲品，又不敢主张正义，骂贼而死，大约一时也没有死法。如果要等到好好的发病善终，又没有那样的耐性。想来想去，只有死在女人身上最舒服。……牡丹花下死，做鬼也风流，再没有比这值得的死法了。"② 老秦则认为："我倒是一个主张彻底解决的，要打索性打一个落花流水，破坏之后，才有建设，这一个不死不活的局面，我有点受不了。"③ 无论是前者的放弃追求功名大业，情愿死在女人身上；还是后者渴望大破坏的到来，希望毁灭一切，否则就受不了，所透出的都是中国社会转型期青年知识分子彷徨、犹豫、迷惘无助的心理特点。《春水微波》中对丁慧因心理的刻画最为成功——第2回描写即将成婚的丁慧因不敢瞒过朋友，怕她们说自己；告诉她们了，又怕她们弄得全校皆知、给自己起绰号，最后决定给她们寄一封信，里面装一张白纸，让她们想去吧。面对即将到来的人生大事，少女的羞涩、机智、多疑等心理均刻画出来。第17回叙述丁慧因到苏州养病时，听女仆阿琳讲述当初与叶兆熊亲热的情景后，心中波澜起伏——想阿琳有些妖气，她要是一个小厮，自己恐怕今晚就要和兆熊当初对她那样无耻；想到兆熊要是回来，该是多么快乐啊；由兆熊回来，想到许灵芸会背后与她竞争，又想到阿琳也和兆熊有了关系，"也算搭了一些小股份，怕不易打发"；这样想来，便祈求兆熊还是不在人世的好。然后想到自己再嫁的问题，嫁给谁呢？便想起俞家表弟，后悔当初为什么不与表弟亲热？她曾经看过对方的私处，想成为表弟的老婆；但想到自己被兆

① 汪仲贤：《歌场冶史》，春风文艺出版社1997年版，第56页。
② 张秋虫：《新山海经》，春风文艺出版社1997年版，第158页。
③ 同上书，第211页。

熊蹂躏过,对不住表弟了,便希望兆熊早点死,"但愿他死了,但愿世界上认得我的人都死了,剩下表弟和我,和我妈过快乐的日子。世界上的人不死,迟早总会传给我表弟知道,怕表弟知道我以前的一切,要瞧不起我。"① 至此,渴求欲望的满足、惧怕复杂的家庭关系、厌恶女性之间的竞争、怀念青梅竹马的情人,想让丈夫回来、又怕他回来,想嫁给表弟、又担心不配,进而希望所有认识自己的人都死掉,以成全自己的愿望等心理特征展现出来,一个因生活坎坷而性格扭曲的女性形象也因此更加丰满地刻画了出来。

从叙事方法看,这类小说倒叙手法的应用比较成功。在谴责小说里,倒叙手法的运用还留有中国古典小说假托别人著书、自己传播的模式,鸳鸯蝴蝶派中倒叙手法的运用则更加接近西方文学的样式。《歌场冶史》的"楔子"叙述民国二十年一月十一日的上海,天气失常,温度骤降,夜半时分,人们听到一个卖唱女人凄凉的断断续续的哭声。次日凌晨,人们发现那个卖唱的女人已经冻死在店铺门口。围观的人群里有认得她的,知道是当年唱红上海滩的杨柳青。"至于杨柳青究竟怎样会堕落到如此地步,读者诸君请不要慌忙,待在下慢慢地从头至尾说出来。……把全书的结局先说了出来。本回书虽说是楔子,其实倒是收梢咧。"然后用 30 回的篇幅叙述杨柳青的故事,直到如何流落街头、被冻死的结局。《新山海经》则在第 1 回集中描写上海各阶层的代表云集码头,准备欢迎著名演员柳惠芬。但是,接下来却描写柳惠芬在北京的家中如何生活、在朋友家如何被刺;然后叙述他如何跟人结怨,以及北京社会的方方面面。第 50 回的结尾才写道:

> 第二天,天没有亮,(魏仲孺) 就爬起来,赶到码头,那临安轮却一直到傍晚时分方才抵埠。码头之上,吹号的吹号,打鼓的打鼓,脱帽的脱帽,摇旗的摇旗,欢呼之声和爆竹之声,响成一片。洪老板、章公使、魏仲孺带领一群小喽啰,抢上船去,向柳惠芬行了拜见的大礼。柳惠芬含笑扶起,温语奖劝了几句……分乘几辆自备的汽车,由武装保镖的押着绝尘而去。

这样结束全书,不仅前后照应,而且将开头设的悬念,一直延宕到结尾才揭出谜底,从而增加了叙事进程的波折,增强了故事的感染力。

---

① 王小逸:《春水微波》,春风文艺出版社 1997 年版,第 121 页。

社会言情小说对于生活在过渡时代的知识分子的心态有准确的把握，迷惘无助、进退失据之时，便没有了正统观念和稳定的价值立场，于是用戏谑手法调侃一切，尤其是他们认为导致其人生波折的行政当局和误导其人生方向的儒家文化，最容易成为他们戏谑的对象。《新山海经》不仅通过金一刀的口多次否定读书——他感叹道："小时候听得父兄说，读读读，书中自有黄金屋，读读读，书中自有颜如玉，读读读，书中自有千钟粟。从前信以为真，于今看来，只是骗小孩子的话。读书徒然制造愁闷，若想谋取富贵功名，声色货利，反不如做卖布的，修脚的，以及马弁赌棍，比较的容易际会风云，扶摇直上。我这一辈子，已经误入歧途，不应该识得几个字，做一个无聊文人。"① 后悔读书，后悔做文人，就此而言，与《品花宝鉴》中屈道生"文章误我不封侯"的感慨相似；但是，处于20 世纪 20 年代的知识分子否定读书，更多的则是由于生存状态不佳而生的愤激。所以在第 37 回中他更激进地决定："我将来养了儿子，一定不教他读书，宁可教他去学银行……文章做得再好，价钱卖点再大，哪里能有支票上的数目字值钱。"② 反对下一代学文，而是让其学金融，固然因为受西方文化影响，对经济有了新的认识，但是，文人生存的困境原因也不容忽视。惟其如此，他们才对现实生活中处于高位者极力戏谑。小说第13 回叙述江竟无与三姑娘亲热时，因阳痿而不能使对方满足，便自我解嘲道："我那不争气的东西，就像那些冥顽不化的军阀，看样儿倒很穷凶极恶的，只要一看见外国人，就软绵绵的不敢强硬咧。"③ 当三姑娘表示不满、他做出一个表示性指向的手指动作后，笑道："好一个顽强的敌人，你不要纵兵骚扰，我这里有乞怜议和辱国丧权的代表呢。"和他同去的萧理庵与相好第二次做爱时，也自我调侃道："我这是第二次上台了。因为下过一次野，知道投闲置散的苦趣，明知道被压迫的叫苦连天，我也不管别人的死活，就是弄得民穷财尽，焦头烂额，不撵我也是不肯走的。"④ 第 17 回中江竟无依然以性喻国，表达对时局的不满。《十里莺花梦》第 3 回中孙冰心以典雅的唐诗"僧敲月下门"喻自己和妓女莺莺的交合，《春水微波》第 7 回中叶兆熊以中华民国取代满清政权喻他与丁慧因的婚事等，采取的都是戏谑手法。以私密的性行为象征所鄙视的军阀、权臣或政府，凸显出他们对鄙视对象的蔑视和否定。仔细研读，会发现他

---

① 张秋虫：《新山海经》，春风文艺出版社 1997 年版，第 67—68 页。
② 同上书，第 331 页。
③ 同上书，第 121 页。
④ 同上书，第 121—122 页。

们解构神圣、调侃正统的背后，与此前的知识分子相比，少了些个人的感慨，多了些社会因素；而对中国传统文化及其支撑起的政体的不满，则显然与此时知识分子对西方文化的接受有关。

社会言情小说的语言也明显受时代影响，既有传统小说语言的特点遗留，更有西方文化影响的痕迹。当然，由于作家不同，具体到每部作品，特点也不一样。《海上活地狱》和《明珠浴血记》的语言典雅，在白话中适当融入文言词汇，有着比较明显的语言骈文化的特征。前者如其叙述陈丽娟情窦初开时，有一段对年轻女性的概括："凡属深居简出的大家闺秀，平日非礼勿视，非礼勿听的，发身较迟，情欲较淡；那小家碧玉，自小耳闻目见，都属不规则举动，成熟较早，欲念也较浓，这是天演的公例。"① 后者骈文化的特点更加突出，如写方楚生看着眼前怪诞的情景，"口里说不出，心中想不出，只好口问心，心问口，肠一日而几回，愁千丝而万绪。"② 王静佳得知父亲将强迫她与邓洛普结婚的消息："遽处此境，如闻迅雷疾霆，如经暴风狂雨，不由芳心震碎，花容失色，珠泪溶溶，惊哀欲绝。"③ 类似的语言在小说其他章回里也时常出现。这样的语言，并非典型的骈体文，适当的融入并未形成阅读障碍，反而增加几分典雅。社会言情小说的语言给人印象更深的是外语的广泛引入，几乎所有的长篇小说里都涉及外语——主要是英语，个别也涉及法语、德语等。《海外缤纷录》由于题材的特殊性，是涉及语种最多的文本，以英语为主，偶尔也有法、德语。其特点是不出现原来的外语单词，而是直接采用汉字译音。如"樊哑铃""坡含姆""批霞""马特姆"等，实际上分别是"violin""poem""piano""madam"等词的译音，汉语意思分别为"小提琴""诗歌""钢琴""女士"等。尤其是"马特姆"用得最为普遍，作者似乎明确将其读者定位为外语很好的人，因而不加任何解说。与此策略相似的小说有《人海梦》《十里莺花梦》等文本，其中的"克明""开斯"等，显然是英语"come"（来）、"kiss"（亲吻）等词的译音。也有文本如《新山海经》中所引英语字加注释的——如"福特卡（Foot 脚也）""Ready（预备之意也）"等。最奇特的当属拂云生的《黄熟梅子》，其中的语言有三类：一是与前述特征一样，直接用"开斯""昔斯托"等，而不加说明是"kiss"（亲吻）、"sister"（姐姐）的译音。二是直接

① 雷珠生：《海上活地狱》，春风文艺出版社 1997 年版，第 5 页。
② 网珠生：《明珠浴血记》，春风文艺出版社 1997 年版，第 6 页。
③ 同上书，第 54 页。

融入外语短语，或大写，如孔方说时间时"TWO THIRTY"（两点半）、
"THREE TEN"（三点十分）。或引入外语短语，不加注释，如"Please
Help""Me Be Sorry"等，凸显言说者是受过西方文化教育的。三是将方
言、外语混在一起，组成很怪异的表达方式，如"房间游艺史的新纪录"
一章，叙述铁花和孔方到春申楼游玩，刚进门就有位女郎招呼他们："来
白相吗？"这时，作者写道：

> 湖北人的"吃了饭啦？您家！"宁波人的"唔好也？"外国人的
> "好杜油杜？——How do you do——"这大概是她们的口头禅。

这段文字，有湖北话、宁波方言，也有英语句子。几种语言因素的杂
糅，既反映出作者思维的跳跃性，也反映出特定时代作者对读者的预设，
具有西方文化影响的痕迹。

外语的融入固然是西方文化影响的结果，成熟白话的出现，也有西方
文化的潜在影响。依照中国现代文学史的描述，新文学是在批判中国传统
文化、否定鸳鸯蝴蝶派小说的基础上发展起来的。这样就给人一种印象，
即鸳鸯蝴蝶派小说是保守的、落伍的文学流派。其实，就整体而言，鸳鸯
蝴蝶派小说的进步性当然无法与新文学相比，但是，就创作主体而言，情
况是千差万别的。有些作家的创作无论是思想的进步，还是运用白话的成
功，均取得不亚于新文学的成就。仅以王小逸的《春水微波》为例，不
管是描写人物心理、描摹人物对话，还是描绘人物情态，均采用成熟的白
话。丁慧因去杭州结婚之前，小说对她的心理描写："要明明写给他们，
校里正缺乏这种资料作谈助，那学校旬刊上，少不得先登起来，弄得全校
的人都知道了，不等我杭州回来，他们一定会替我起着诨号，什么少奶奶
咧，新奶奶咧，叫成一片。要不给他们信呢，又得给他们说，枉为老同
学，有了事，瞧不起人，有了新姑爷忘了老同学了。"[1] 显然是非常成熟
的白话，用来描述一个在校中学生的心理十分恰切。叙述文字如此，对话
呢？第3回中叶兆雄说："慧因，你要知道我娶你的意思，是你长的漂
亮，走的袅娜，年的幼稚，文的优美。此外，还有我妈娶你的意思，是得
子早，得子多，得子富，得子贵。"[2] 几句话，将一个顽皮、有趣且负有
家族重任的青年男子形象刻画了出来。而第32回叙述阿琳告诉丁慧因母

---

① 王小逸：《春水微波》，春风文艺出版社1997年版，第10页。
② 同上书，第18页。

女，叶兆雄已经回来，而且带回一位少奶奶、两个丫头、两个老妈子时，文本写道："阿琳说到这里，洪氏吐了个'呀'字，李妈叫了个'咦'字，丁慧因冲了个'哼'字齐惊奇起来。"① 同为惊讶，作者用不同的象声词模拟出不同的心态，极为传神地把行为主体的情态传达了出来。这种现象的存在，说明作者是认同白话取代文言的；而以白话取代文言所蕴含的开启民智、启蒙大众的指向，既与西方启蒙思潮密不可分，也便于作家表现人物复杂的内心情感。

---

① 王小逸:《春水微波》，春风文艺出版社 1997 年版，第 221 页。

第四章　兼容中外:中国侦探小说

　　侦探小说是 19 世纪中期起源于西方的一种通俗小说流派,其特点是"描写刑事案件的发生与破案经过,常以协助司法机关专门从事侦察活动的侦探作为中心人物,描绘他们的机智、巧诈和冒险,情节曲折离奇。"①中国侦探小说的创作始于 20 世纪初,繁荣于 20—40 年代。若按历史时段划分,属中国现代文学范畴;但是,考虑到文学自有独特的传承关系,况且其起源是在近代,与近代翻译文学渊源颇深且具有比较鲜明的中外文学冲突、整合的特征。因此,研究中国近代小说流派,不能忽视其存在。

第一节　中国侦探小说兴起的原因

　　中国侦探小说的兴起,是近代社会中西文化交流、文学互动的结果。若从文学流派演变的历史观察之,它也是新文学流派形成之前,最早受西方文学思潮影响形成的小说流派。探究其成因,有助于理解其内蕴。

一　翻译外国侦探小说的促动

　　侦探小说是典型的舶来品,产生于 19 世纪的美欧大陆。1841 年 4 月,美国作家埃德加·爱伦·坡发表《莫格街血案》,首次塑造私人侦探的形象,确立了以揭示生死之谜为其价值中心,建立了以刑事案件的侦破为其基本情节,以设谜—破谜—释谜为发展线索的小说结构。这种小说类型被称为侦探小说。

　　艾德加·爱伦·坡（1809—1849）生于波士顿,是 19 世纪美国诗人、小说家和文学评论家,也被誉为美国三大恐怖小说家之一。曾入弗吉

---

① 《辞海》,上海辞书出版社 1981 年版,第 17 页。

尼亚大学，未几辍学，投效美国陆军，升为军士长，后入西点军校。故意犯过被开除后，在巴尔的摩、里士满、纽约与费城以卖文为生，受雇于若干期刊。爱伦·坡一生写了六七十篇短篇小说，其中只有四篇侦探小说，却被举世公认为"推理小说的鼻祖"。其代表作为《莫格街血案》。

侦探小说专家海克雷夫特认为："作案地点安排在锁得严严密密的暗室；破案过程则用逻辑严谨、设身处地的推理等已成为爱伦·坡写侦探小说的模式。"① 他所创造的叙事模式对后世侦探小说创作影响巨大，柯南·道尔、鲁贝兰等作家的侦探小说均深受其影响。英国作家亚瑟·柯南·道尔自 1887 年创作《血字的研究》起，数十年创作了近百部侦探小说。法国作家玛丽瑟·勒白朗（今翻译为鲁贝兰）为福尔摩斯设计了一个对手——侠盗亚森·罗频，并以此为主人公创作了一系列"反侦探小说"。其中，柯南·道尔是世界上影响最大的侦探小说家，代表作有《波斯米亚丑闻》《红发会》《五个橘核》等。他塑造的福尔摩斯已成为世界上家喻户晓的人物。总体看来，柯南·道尔的小说以合乎逻辑的推理引人入胜，结构起伏跌宕，情节曲折生动，人物形象鲜明；其文本内蕴多涉及当时英国社会现实。

侦探小说被翻译到中国始于 1896 年，梁启超主办的《时务报》发表张坤德翻译的柯南·道尔的四篇侦探小说。20 世纪初，我国对外国侦探小说的翻译，主要是围绕福尔摩斯与亚森·罗频两大系列展开的。1902—1918 年，柯南·道尔的作品一下子被翻译了 311 部（次）之多。1916 年，中华书局出版了刘半农、陈蝶仙等人编辑的《福尔摩斯侦探案全集》，文言翻译，收 44 个案件，汇成 12 册；到抗战前夕，已再版 20 次。1927 年起，世界书局特邀程小青等人用白话翻译柯南·道尔的作品，名为《福尔摩斯探案大全集》，于 1927 年起陆续印行。1925 年，大东书局推出了《亚森·罗频案全集》，收长篇 10 种，短篇 18 种，翻译者是周瘦鹃、沈禹钟、孙了红等人。

侦探小说的翻译产生了多重效应：一方面使其很快在中国站住了脚，赢得了大量读者，为书局创造了高额利润，推动了西方文学的传播；另一方面为中国侦探小说的兴起准备了创作人才，前述翻译者中大多参与了中国侦探小说的创作。在翻译西方侦探小说的过程中，他们对其内蕴与文体均有较深的理解。如半侬（刘半农）在《福尔摩斯侦探案全集·跋》中认为西方侦探小说的创作目的是"抱启发民智之宏愿"，并表达了对福尔

---

① 鹏致：《美国"推理小说鼻祖"诞辰 200 周年风光再葬》，《广州日报》2009 年 10 月 13 日。

摩斯的崇拜与对中国侦探的失望之情："吾人读是书者，见'福尔摩斯'四字，无不立起景仰之心，而一念及吾国之侦探，殊令人惊骇惶汗……柯氏苟闻其事，不知亦能挥其如椽之笔，为吾人一痛掊之否？"正是意识到中西侦探的差距，翻译家们争相翻译西方侦探小说。阿英曾说："当时译家，与侦探小说不发生关系的，到后来简直可以说没有，如果当时翻译小说有千种，翻译侦探要占五百部以上。"① 同代人的记载，凸显出侦探小说在翻译小说中所占比例之重，也间接表明其文学影响之大。对中国侦探的不满与翻译西方侦探小说积淀的文学素养相结合，成就了中国侦探小说家。

二　侦探小说的自身品质适应时代需求

汤哲声认为："侦探小说产生于西方工业革命之中。随着工业革命的进行和成功，政治制度上的法制建设日趋完善，思想上的实证主义风行一时，思维中逻辑推理受人推崇，整个时代进入了一个追求科学民主，醉心科学民主的时期。科学民主时代的成果是侦探小说产生的土壤，也是侦探小说发育成长的最基本的营养，所以说，侦探小说实际上是一种科学民主的文艺作品。"② "科学"与"民主"是五四新文化运动的两面旗帜，但在清末民初，中国的有识之士已开始将它们视为引导"国民"进入"世界圈"的准则。侦探小说宣扬的理念是法治，而非人治；要求的是科学实证，而非主观臆断；讲究的是人权，而非皇权。所有这些，恰恰是自洋务运动以来，图强自新的人们所追求的内涵。林纾曰："近年读上海诸君子所译包探案，则大喜，惊赞其用心之仁。果使此书风行，俾朝之司刑谳者，知变计而用律师包探，且广立学堂以毓律师包探之材……下民既免讼师及隶役之患，或重睹清明之天日，则小说之功宁不伟哉！"③ 对侦探小说传播法治理念、彰显公平正义的特征，给予充分的肯定。同时，侦探小说总体上扬正义，明正气，惩顽恶，揭黑幕，而正义必将战胜邪恶恰恰是中国传统文化所张扬的道德规范，容易为具有传统思想的读者所接受。

从技术引进的角度讲，侦探小说非常讲究文体技巧。其第一人称——侦探本人或助手叙事的手法，大大增强了文本的可信度，为习惯全知叙事的中国作家所喜爱；叙事进程中的悬念设置法，虽然公案、武侠小说中也

---

① 阿英：《晚清小说史》，东方出版社1996年版，第217页。
② 范伯群：《中国近现代通俗文学史》上卷，江苏教育出版社2000年版，第769—770页。
③ 林纾：《神枢鬼藏录序》，阿英编《晚清文学丛钞》第3卷，中华书局1961年版，第368页。

有，但侦探小说前后情节连贯之紧凑自然，对于习惯于用因果线形结构的中国小说家仍有启发作用；其倒叙手法的运用，能增加文本的叙事魅力，为当时的中国小说家所乐于学习。此外，对场面描写的看重和对罪犯心理的揭示等，也为中国小说家刻画人物形象提供了新的视角。凡此种种，从技术层面上可供变动中的近代文学借鉴。

三 上海独特的社会环境和文化氛围

近代以来，上海蜕变为"冒险家的乐园"，十里洋场一方面张扬繁华、膨胀欲望，另一方面极尽奢靡、诱发罪恶。因此，上海人对秩序、安全感的需求与对动荡、罪恶感的厌恶就成为侦探小说成长的肥沃土壤。程小青的《魔窟双花》中提到《上海评论》报道何世杰、孟宗明被杀案，即概括出上海的情状与市民的心理："一般抱严肃观念的人们，都说上海是罪恶丛发的区域，报纸上所纪的新闻，偷盗，抢劫，奸拐，诈骗，私贩，密赌，和绑票，勒索等等，已觉怵目惊心；现在又连续发生了许多神秘莫测的暗杀案子，那真可算是'无美不备'，挂得起罪恶渊薮的牌子了！"并"希望那一班维持社会安宁的警探们尽些儿力，把这一班暴徒彻底扑灭。否则上海市民将人人自危，社会的秩序也势必因此越发不安宁了。"①侦探小说通常以法律或道义遏制有罪的冒险，通过违法者最终被绳之以法建构了一个秩序从被破坏到被修复的过程，进而给读者一种想象中的安全感，而且在虚构的氛围里，心理深处的恐惧感给发泄出来了。同时，海派文化重传奇性、娱乐性的特征也需要注入新的时代元素，使其能够吸引新一代接受西学影响的读者；作家们叙述情节时着力建构紧张氛围和消解紧张的叙事模式，侦探小说里均有。因此，外国侦探小说的引入，契合了上海文化的潜在需求。

四 读者的需求使然

读者是小说实现自身价值的最终裁判，其审美趣味决定着小说创作的走向。柳存仁为《霍桑探案》作序时说："我是一个喜欢读侦探小说的人。好的侦探小说的趣味，我想不但是我，凡是任何一位喜欢读它的人，都能够心领神会的感到它的曲折的情节，惊险的布局，逻辑的推理，都是极能够抓着读者们的热烈的感情的。"并提到胡适之、全增嘏均喜欢侦探小说，认为"侦探小说不啻是教育新中国的广大的青年群众的最适宜的

---

① 程小青：《霍桑探案》袖珍丛刊之十二，世界书局 1946 年版，第 76—78 页。

化装的科学教科书"。"我们倘若要彻底的打破我们民族的萎靡不振、懒惰迷信、食古不化等的积弊，良好的小说正是最有价值最有用处的利器。"① 吴趼人在《〈中国侦探集〉弁言》中说："访诸一般读侦探案者，则曰：'侦探手段之敏捷也，思想之神奇也，科学之精进也，吾国之昏官、惯官、糊涂官所梦想不到者也。吾读之，聊以快吾心。'或又曰：'吾国无侦探之学，无侦探之役，译此者正以此输入文明。'"② 现代学者也认为："侦探故事中经常提及新科技——火车、地铁、电报——全是 19 世纪中国人羡慕的事物；侦探小说这个品种是和现代生活紧密结合在一起的，故事主人翁以逻辑推理和有规律的行动屡破奇案，表现出当时国人被视为欠缺的素质——坚强的体能和智能。"③ 无论当时读者的感受、近代作家的感知，还是现代学者的研究，均说明读者的喜欢、好奇，与作家"输入文明"的主体意识、侦探形象的内在品质等相结合，共同促进了侦探小说的繁荣。

第二节　早期中国侦探小说的特征

侦探小说的流行引发中国作家的创作尝试，他们一方面从传统文化中寻找相似的案例汇编成集，希望借此表明中国侦探小说"古已有之"；另一方面翻译西方侦探小说，投诸报刊，获取稿费，借此在上海生存下去。在进行这些活动的过程中，中国作家汲取中外文化的营养，创作了一批侦探小说。

最早做出反应的是吴趼人。1906 年，他编选的《中国侦探集》由上海广智书局出版，此后孙剑秋编的《清朝奇案大观》（1919），平襟亚编的《民国奇案大观》（1919）和《刀笔精华》（1923），许幕文编的《古今奇案汇编》（1923），广大编辑局编的《百年奇案大观》（1921）等相继问世，产生了较大影响。几乎与此同时，中国侦探小说的创作开始起步。研究这些早期侦探小说，可以梳理中国侦探小说是如何发生、发展的。此处的论述时域，概指 20 世纪 20 年代以前的侦探小说创作。

---

① 程小青：《霍桑探案》袖珍丛刊之五，世界书局 1946 年版，第 1—2 页。
② 《吴趼人全集》第 7 卷，北方文艺出版社 1998 年版，第 72 页。
③ 王志宏：《翻译与创作》，北京大学出版社 2000 年版，第 93 页。

一　传统色彩与情感内蕴

早期侦探小说明显深受中国传统小说的影响。与现实生活中人们编辑传统探案故事相似，创作侦探小说时，作家们有关案件侦破的知识多来自所接受的公案小说，其积累成为"前理解"，制约着作家的创作。公案小说中案件的侦察多得力于侠客的帮助，早期侦探小说中也存在这种模式。张其切的《两头蛇》载 1908 年第 10 期的《月月小说》上，它讲述印度富翁苏尔喇死后，其从弟丕加喇与女友宝麦谋害苏尔喇的儿子部伟；部伟莫名其妙死亡后，苏尔喇的好友玻高是喜欢"行侠仗义"的人，协助富翁的小女葛姿以丕加喇所养两头蛇反噬其身，并助警方捕获、处死宝麦，为部伟报仇。不仅如此，小说结局也延续中国传统小说大团圆的布局："葛姿感玻高为兄复仇，并感其救命之德，二人年龄相若，结案之后礼拜，至礼拜堂，默谢上帝，结为夫妻焉。"轶池的《宝刀箱》载《小说新报》第 3 期（1915 年 5 月），该小说叙述程五生与好友骆炳元相约跳舞，后者却迟迟不来；次日登报寻友，却收到一封恐吓信，遂请朋友袁智帮忙。袁智"虽非业包探，而平素遇事殊察察"，正是他深入广福寺，巧得账簿对证笔迹，又观飞蝇局于宝刀箱，并有血腥味，判断骆炳元被害乃寺庙和尚所为。其取证、私访情节与仗义出手性格，颇得传统侠客遗风。竞存的《钉尸案》载《小说新报》第 8 期（1915 年 9 月），讲述阜宁县宰梁公"每于自公之暇，微服巡行"。一次，他路过山阳县境，见一新妇上坟，神色却不悲哀；风吹裙起，露出红色亵裤，故怀疑其夫所死有特殊缘故。请求上司批复，开棺验尸，未得死因。他再次扮作小商人微服私访，夜投一人家，得其子协助，终于获得新妇与他人通奸、以铁钉杀死丈夫的证据，破获冤案。那位协助者"平日监财毋苟得"，"必择他家之劫取不义之财者，始敢一试其伎俩，用以赡己而周贫乏"，显然是身怀绝技的侠盗，难怪梁公认为其"光明磊落，不让关中豪侠"。获取证据依靠私访，成就功业得助于侠客，潜藏在早期侦探小说内部的精髓，依然是公案小说的内蕴。

早期侦探小说亦凸显鸳鸯蝴蝶派特征，侧重言说情感。由于作家本身属于鸳鸯蝴蝶派，或者所交友朋多为言情小说家，其侦探小说往往以侦探案件的框架，叙说人世间复杂幽微的情感。冷（陈景韩）创作的《女侦探》载《月月小说》第 2 年第 1—3 期（1908），叙说虚无党实行委员"我"奉命暗杀花脱夫人，因为其证导致 23 名党人被杀。但是，"我"却爱上对方，并得知其罪名皆为花脱伯爵诬陷。看到"我"迟迟不下手，党内派另一杀手刺杀之，误杀女仆，花脱夫人得脱，约见其于停车场，一诉衷肠。最后，火车站一别，再无音讯。小说感人至深的是一见钟情的场景、怅然若失的情怀。玄父的《偷声案》载《小说海》第 1 卷第 5 号，（1915 年 5 月）叙述发生在美国的一个案件，倪嗣耳状告麦楷珊偷窃其留声机，律师白伦德为其辩诬，证实她之所以偷窃留声机，是因为唱片中有其故乡的声音，更有其男友的留言，并当堂播音。众人为少女的痴情感动，连倪嗣耳也跃起高呼："予愿取消予之控诉，予尤愿收今日之审讯于予之留声机中。"可见，借助侦探小说的模式，叙说两性间执着的爱情，亦为早期侦探小说深受传统影响的表现。

二　题材特点与文学特质

早期侦探小说多表现异域题材。前述《两头蛇》《女侦探》《偷声案》等，所表现空间分别为印度、英国、美国，其养蛇害人与热带风光、伦敦街景与俄罗斯虚无党的活动、美国小镇的风情与下层人的情感等，均构成很强的叙事魅力。濑江浊物的《侦探界之拿翁》载《小说新报》第 4—7 期（1915 年 6—8 月），叙述苏格兰大侦探华尔胥侦破金库失窃案、纸币伪造案、擒拿杀人犯和无政府党员的故事，大盗聚啸山林、密林设置假币厂等场景，渲染恐怖、神秘的氛围。天白的《黑珠》载《礼拜六》第 71 期（1915 年 10 月），篇幅很短，以第一人称叙述德国侦探为俄国沙皇破获黑珠失窃一案，虽然没有成功，却使沙皇避免了中毒，凸显出侦探机警过人之处。异域题材的盛行，既与侦探小说来自异域有关，将故事置于国人不熟悉的空间讲述，容易营造惊险、恐怖的氛围；也与作家欲展开想象力有关，无论是建构复杂的案情，还是描绘曲折的情节，均需要陌生的环境。因此，才会在早期出现较多异域题材的侦探小说。其存在亦凸显出中国侦探小说尚未进入成熟状态。

早期侦探小说兼具中西文学特质。作为中西文化交流时代的文学流派，其特质兼具中外，凸显出鲜明的包容性。如《宝刀箱》这类传统色彩较浓的小说，其依据苍蝇嗜血的特点，看到飞蝇环绕箱子而推断其中藏有尸体，表现出注重推理的特点。《侦探界之拿翁》整体模仿西方侦探小说，但是，描写大盗聚集处曰："其地山深林密，为盗贼渊薮，刑事犯皆集合于此。"其首领"以英雄豪杰自待，故犯案之后，必留其名"。其聚会空间令读者想起中国公案小说中江湖侠客聚集的山寨，其行为特点也与《水浒传》《三侠五义》中作案留名的侠客相似。吕侠的《血帕》载于《中国女侦探》（1907），讲述祥符县令侦破烟馆老板两个女儿自杀案件，其中的现场勘探、依照人际关系推理等颇具西方侦探特点,而对河南开封丧葬习俗的描写,对两个女孩以死殉母的赞扬:"惓惓于其母,孝也;宁死不辱,义也;苟非其所有而不取,廉也。孝且廉且义,贤哉二女也!"则凸显出鲜明的中国传统特色。其他如有些小说描写人际关系的复杂,或聚焦朋友情谊的忠诚,甚至如《侦探界之拿翁》中侦探误陷其中的铜网亦极具中国特色;而制造假币、炸弹、手枪等代表西方文化符号的现象和器物出现在文本中,则使文本的西方文化色彩鲜明。

三 自性认知与形象特征

早期侦探小说还表现出时人对侦探小说自性的认知。因为属于外来文类,国人对其认知便呈现出多向性特征。或如《血帕》中推崇侦探小说:"中国小说之美,不让西人,且有过之者。独侦探小说一种,殆让西人以独步。"将中西小说进行比较,得出西方侦探小说超越中国的结论。刘半农发表在《中华小说界》第3期(1914年3月)上的《匕首》,讲述名捕老王侦破婢女被杀案的故事。小说前面有作者对侦探小说的认识:"侦探小说来自西译,类皆勾心斗角,奇巧惊人。"然后分析中国出版的《中国侦探谈》和《中国女侦探》的不足:"用供文人学士之赏玩,未尝不可。若言侦探,则犹未也。故谓中国无侦探小说,不可谓过当语。"显然,刘半农也认为当时的中国,尚无真正的侦探小说。与其不同,也有不少作者通过消解侦探价值,或让侦探败于侠盗之手,或调侃著名侦探,或解构侦探小说主题等,达到贬抑侦探小说的目的。如离离的《侦探误》载于《礼拜六》第21期(1914年10月),叙述张仁化名余义,得知侦探行当盛行:"盖升官发财,皆可由侦探入手。故为侦探者,实升官发财之唯一捷径也。"因此,改行当侦探,且刻意学福尔摩斯。但是,他误认参谋为坏人,追击使其落入深潭;以为日本女人高髻中有炸弹而用力掀之,引发争斗;为邀功,化装留炸弹于客栈,再报警得奖;诱导他人做刺客,致死二人等,直到其行为暴露,被当局诛杀。其中,既有对侦探职业的误解,也有对读者的误导,实际上解构了侦探形象。天笑、毅汉的《女装警察》载《小说海》第1卷第1号(1915年1月),叙述警官梅士非接到名优米司葛莲将到伦敦的消息,因崇拜之而兴奋;此后又得到情报,知巨盗司葛德亦将至,遂带人到车站抓捕司葛德;没有抓到巨盗,看到米司葛莲的倩影而追随之,结果被假扮成米司葛莲的司葛德迷倒;梅士非以米司葛莲的形象出现,被警察抓获,司葛德则着警官服逃脱。小说最后点明主旨:"甚矣,色之害人也!"一个侦探故事,却原来承载中国传统小说的色戒理念，无疑是对其应有主旨的解构。天白的《东方中亚森罗萍》载《礼拜六》第 61 期（1915 年 7 月），讲述侦探马林被侠盗朔克捉弄的故事，先是被其盗走钻石针、钻石环，然后朔克化装成马林携美女到剧场看戏，盗走该女士的珠花、手钏、胸针等，致使马林未婚妻欲解除婚约。马林赶到亚东旅馆时，朔克已经坐火车到天津，致电查堵，答曰未见朔克，只有侦探马林在车上。小说以侠盗戏弄侦探开始，以侦探懊悔、痛恨结束，目的在于消解侦探的神圣与神秘，彰显侠盗的本领高强。刘半农的《福尔摩斯大失败》载《中华小说界》第 2 卷第 2 期（1915 年 2 月），第 3 卷第 4、第 5 期（1916 年 4—5 月），通过福尔摩斯到上海后判人失误、浴室被盗、老爷庙被吊起、与女人约会被拍照、接电话被骗等，极力描写侦探的无能与窘迫。消解福尔摩斯形象，既有以其代表中国侦探的用意，也有时人不服福尔摩斯的刚愎自用内涵，还凸显出当时的作者对侦探小说与侦探职业的矛盾态度。

　　早期侦探小说塑造了现代侦探形象，也建构起独特视角。病骸的《电车票》载《小说新报》第 4 期（1915 年 6 月），叙述侦探安达生查明余宗濂与何忠泽勾结，企图害死何忠泽的仇人苏廷杰，却误杀苏廷翰的故事。小说以江南小镇为背景展开叙事，不仅给安达生配备一个助手——精通医学的贯华，"安达生凡办一案，必与贯华相筹商"，且言明："仿诸福尔摩斯之于华生，不相殊异。"安达生破案时，既注重现场勘探，也注重推理——如看报纸知道有新发明的青冰而联想到苏廷翰的死因，从药房得知购买青冰者为"俞祖溪"，由字形、字义、字音推出就是余宗濂等，使其形象具备现代侦探内蕴。天愤的《烟影》则从雪茄烟的形态、时间等切入，推理出盗贼空房故布迷魂阵、自身外出行窃的真相。而其叙事视角是"吾友剑心"讲述的故事，前述《血帕》的叙述人是县令的女儿薇园。天虚我生的《衣带冤魂》（《礼拜六》第 57—60 期，1915 年 7 月）通过一个从城里返回故乡的年轻人半途被人误杀，其冤魂不散，透视案件的侦破过程，构成典型的内视角。无论是叙述事件的发展，还是展现人物的心理，均真实可信，达到了相当高的水平。天愤的《柳梢头》（《礼拜六》第 69 期，1915 年 9 月）叙述女主人公的金条脱（手镯）丢失，怀疑其女仆盗窃，"余"因为那天坐火车路过那里，见到女郎与小孩玩耍，小孩曾把物穿柳（玩），故到场指引，解除女仆冤情。在第一段结尾处注明："以下均余友醒庵语。"特定叙述人的出现，意味着作家们对限知叙事手法的认识日深，且尝试应用。其营造真实叙事氛围、简洁讲述故事的特性已显现出来，可视为中国近代小说叙事手法的转型标志之一。

四　早期侦探小说代表作家

早期侦探小说作家俞天愤、陆澹安、张碧梧、赵苕狂、刘半农等，均初步形成自己的创作特色。俞天愤（1881—1937），江苏常熟人。第一位创作侦探小说的作家。其作品主要有《中国新侦探》和《蝶飞探案》。其侦探小说具有独特性：其一是将中国传统文化中的道德意识作为评判人物行为的标准，以良心作为是非标准，而不以法律为准绳。他说："读余此篇者，其人不必深明法律，其人必须尊重公理，其人必须注重道德，其人必须契合良心。"[1] 实际上是对西方侦探小说尊崇法律意识的解构，却因此形成自己的特色。其二是叙事空间的中国化。与那些喜欢将叙事空间设置为西方的作家不同，俞天愤喜欢以江南乡镇作为背景，其所涉及的案件也具有乡镇社会的特点。这样，在江南水乡与温情社会酝酿出的氛围中，其侦探小说的个性便凸显出来。陆澹安（1894—1980），江苏吴县人，其代表作是《李飞探案》，最突出之处是将侦探与黑幕、神秘、恐怖糅合在一起。多元并存的叙事特点，既是作家自身多方面素养的体现，也是转型期小说分类不严格的现状使然。他将李飞作为业余侦探描绘，既不为金钱，也不为名利，只为了让刚娶的新娘佩服自己，于侦探形象中揉进极富个性的成分。张碧梧（1891—?），江苏扬州人，代表作是《家庭侦探宋悟奇新探案》系列。将"家庭"空间引入侦探小说里，在情杀、盗窃中凸显人性，于妻妾争斗里表现才情。赵苕狂的《胡闲探案》塑造了胡闲这个既"糊涂"又"闲散"的形象。刘半农的一系列短篇侦探则将其对社会的认知与滑稽、幽默天性彰显出来等，均对中国侦探小说的生成、发展做出了独特贡献。

第三节　中国侦探小说的风貌

早期侦探小说的创作，为中国侦探小说的发展奠定了良好的基础。到20世纪20年代，成熟的作家、作品出现，成功的侦探形象塑造出来，因此，学界将此期视为中国侦探小说创作的成熟期，代表作家是程小青与孙了红，代表作为《霍桑探案集》与《东方侠盗鲁平》系列小说。本节不

---

[1] 《中国新侦探案·埘中石》，转引自范伯群《中国近现代通俗文学史》上卷，江苏教育出版社2000年版，第871页。

对其进行个案研究，而是以问题引导思路，整体透视其转型期特色、现代意识、民族特点与叙事特征。

一　中国侦探小说的转型期特色

生成于中国社会从古典向现代转型时期、深受西方文学影响的侦探小说流派，其叙事焦点由事件呈现到描绘侦探或侠盗形象，是中国近代小说转型的标志之一。无论是程小青的小说创作，还是孙了红的侦探文本，均具有此特征。

程小青（1893—1976），原名程青心，上海人。1914年秋，上海《新闻报·快乐小品》征文，他写了小说《灯光人影》应征，第一次用"程小青"这个笔名。从1919年创作文言侦探小说《江南燕》开始，至1949年，共创作30部侦探小说，《霍桑探案系列》是其代表作。程小青的创作基本上模仿柯南·道尔的《福尔摩斯探案》模式，其人格架构采取一主一辅——霍桑与包朗，后者衬托前者。通过一系列惊险曲折的案件，成功塑造出霍桑的形象。这是一个责任心强、具有韧性、淡泊名利的侦探，在《断指团》中，他表示："我从事侦探，完全是为兴趣和责任心，对于名和利一直很淡薄。"当他人劝其退却时，霍桑道："我怎么可以不干？我素来的志愿就是想锄恶扶良，给大众尽些儿力。现在地方上出了这种残酷的暴党，杀人断指，看做儿戏，明明是社会的公敌。我们怎么能袖手旁观？这是我不得不干的主要理由。……我既已受了两方面的请托，应承在先了，又怎能退避背约？是的，包朗，我不能不干！"[①] 在《龙虎斗》中，当他的老对手雷斯忒拉特嘲笑他可能得奖时，霍桑道："可是我的工作只为着兴趣，不是为酬报。我的酬报不妨让专为酬报而工作的人去领。而且我的工作的对象是为群众，也不是为任何机关或个人。"[②] 包朗这样介绍他："裘先生，霍先生并没有规定的公费，而且也从不计较的。他给人家侦查案子，完全是为着工作的兴味，和给这不平的社会尽些保障公道的责任，所以大部分的案子都是完全义务，甚至自掏腰包。"[③] 当包朗有畏难意识时，霍桑鼓励之："包朗，你忘了那句'天下没难事，只怕用心人'的古谚吗？我也有一句转语：'办易事，不轻心；办难事，不退缩。'这件事虽难干，但我们不可先有难的成见。只要各尽智力，凭着决心去干，

---

① 孔庆东编选：《程小青代表作·血手印》，华夏出版社2008年版，第95—96页。
② 同上书，第366页。
③ 同上书，第156页。

又怕什么？……包朗，你振作些，别先让一个'难'字横在胸中。我相信我们一定能够克敌制胜！"① 《黄浦江中》叙述霍桑与江南燕斗法的故事，当暂时受挫时，霍桑表示："不，不。这不但不足以阻我们的进行，反使我鼓起劲来。……包朗，你总知道我们本着好奇心的冲动，服务精神的贯彻，和顾全我们的信用起见，即使赴汤蹈火，也不能不冒一冒险。"② 因此，在小说中，程小青对其不吝赞美之词："霍桑有一种特长。无论干什么事，他第一步总是运用理智，加以缜密的考虑；第二步是审情度势地下一个决心。一经决意，他就能本着大无畏的精神，锲而不舍，决不肯知难而退；并且虽当事机急迫的时候，他仍能好整以暇，从容不迫，不失他的镇定。"③ 《白衣怪》中曰："霍桑在探案的时候，他的精密而合理的头脑，衡情察理，处处都能有条不紊，并且他的责任心最富，从不曾有过疏忽失误的行动。"④ 同时，霍桑还实事求是，不凭主观印象办案；对于时代特征和民族意识有独到见解。《夜半呼声》中他说："我以为这件案子在还没有仔细地调查和观察以前，就贸贸然下什么断语，实在是没有什么益处的。"⑤ 对于现代社会中静止不前的民族惰性，作者也有反思："他常说现在是竞争剧烈的时代，一切的环境，都不能不利用'动'来应付。我们数千年来的安闲宁静生活方式，虽然也有它的优点，但因着时代的演变，欧洲文明的引渡，这一种生活方式已不能够适应。所以霍桑常有一种大声疾呼似的警语：'我们不能再好整以暇地袖手安坐了，应当大动特动的急起直追！否则在这斗争剧烈的时代，我们的民族，会有淘汰灭亡的危险哪！'"⑥ 这种强烈的忧患意识，恰是侦探小说激动读者情感的内在原因。

　　程小青的侦探小说围绕霍桑展开叙事，他塑造的霍桑形象蕴含了较多的西方特质；孙了红则塑造了侠盗鲁平的形象。孙了红（1897—1958），原名咏雪，小名雪宫，浙江宁波人。其创作时间是 20 世纪 20 年代到 40 年代。1925 年出版的《亚森·罗频案全集》，他是译者之一。此后开始创作《东方侠盗鲁平》系列小说，代表作有《血纸人》《三十三号屋》《鸦鸣声》《蓝色响尾蛇》《紫色游泳衣》等。鲁平是一个性格丰满的形象，

① 孔庆东编选：《程小青代表作·血手印》，华夏出版社 2008 年版，第 96 页。
② 同上书，第 158 页。
③ 同上书，第 96 页。
④ 同上书，第 155 页。
⑤ 《程小青文集·霍桑探案选》（1），中国文联出版公司 1986 年版，第 55 页。
⑥ 孔庆东编选：《程小青代表作·血手印》，华夏出版社 2008 年版，第 183—184 页。

在小说里，关于他恐吓、讹诈乃至绑架的传闻困扰了上层社会；在私生活上，他是一个感情深沉而富有同情心的人。无论是行事风格独来独往、身怀绝技无所顾忌等特点，还是劫富济贫、蔑视法律等性格特征，更多继承了侠义小说中的侠客品质。他只是执拗地仇视社会上无法无天的富人阶层，尝试通过自己的行为平衡人间的财富。尤其是他不与官方合作，就与主流意识形态隔绝了关联，能够尽可能按照自己的意愿做事，从而少了法律、社会层面的束缚。为何要塑造这样的形象呢？孙了红 1925 年 9 月在《红玫瑰》第 2 卷第 11 期发表《恐怖而有兴味的一夜》中就明确表示："因为我感觉到现代的社会实在太卑劣太龌龊，许多弱者忍受着社会的种种压迫，竟有不能立足之势，我想在这种不平的情形之下，倘然能跳出几个盗而侠的人物来，时时用出奇的手段去儆戒那些不良的社会组织者，那末社会上或者倒能放些新的色彩也未可知咧。"可见，其意识到现代社会的不平并试图通过鲁平这样的人物传达一种渴望实现公平的愿望，因此，通过这个穷人欢迎、富豪恐惧的形象，它凸显出个不公平和分裂的上海，超越了它意欲模仿的亚森·罗频，亦为侦探小说的创新性成果。

二　中国侦探小说的现代意识

侦探小说是西方工业革命以后产生的小说流派，其承载的内蕴是与东方传统文化具有巨大差异的。无论是侦破案件的现场勘探、科学推理，还是破案过程中尊重他人、尊崇法律等，均符合现代社会的规则。如《血手印》中霍桑拿出一把崔警佐从案发现场搜出的便用刀，"我（包朗）再仔细瞧那刀，刀的锋口上面有几粒黑赭色的小斑点。"崔和西医都认为那是血渍。霍桑却说："你知道这一点关系一个人的性命，不能不特别慎重。要是单凭我们肉眼的观察，当然算不得凭证。有时候刀上沾染了果汁，一经干透了，也会变成这种颜色。因为人类血液里也和橘类等果汁一般，含着些酸分，酸和铁质接触了，都能变成一种铁柠酸盐，干了以后的颜色是彼此相同的。若是单凭肉眼的能力，决不能分别出来。"包朗问："那么你可知道怎么样分别？可是用显微镜？"霍桑道："只需用一种淡亚马尼亚液，滴在斑渍上面，五分钟后便能明白。若是果汁所染，斑点上会泛出绿色；倘然是血渍，那是不会变动的。"① 小说结尾写道："关于那件血刀案子，因着霍桑企求充分的正确，特地去请教化学专家徐景周教授。化验的结果，果真不是人血，那个嫌疑的少年总算得了昭雪。"小说结尾

---

① 孔庆东编选：《程小青代表作·血手印》，华夏出版社 2008 年版，第 31 页。

的交代，既呼应了开头，也增加了叙事的完整。更重要的是，这个看似无关重要的案件，佐证了霍桑办案的科学性——重视证据，以科学手段验证证据。之所以如此，是因为霍桑对此有清醒的认识："科学方法上的一个重要条件是正确，所谓正确也就是排除一切偶然性。反过来说，一切事实中所包含的偶然性越大，那就是正确性越小。"[①] 在分析嫌疑人心理时，则运用心理学知识："根据心理学的原则，一个人的内心如果没有内疚的缺陷，决不会凭空自馁。《孟子》上引曾子告诉他的弟子子襄的话：'自反而缩，虽千万人，吾往矣。'所谓理直气壮，就是这个意思。假使姓金的话是实在的，他是代人受过，那么他问心无愧，又不是瘦弱无能，又何至于见影心虚，害怕得这个样子？"[②]《轮下血》中他推断死者是被害死的："他直僵僵地躺着，不但他的手足并不屈曲，连他的袍子和马褂也是平平整整，没有一些皱褶。这样的状态，若说是他自己失足跌下去的，你也能够相信吗？"[③]《夜半呼声》里推测案发情景："现在我可以推想当时的情景。当徐女士发了一弹，弹子却陷在墙壁里。田文敏随手回了一弹，打在徐女士的腿上。徐女士惊呼倒地，田文敏以为伊已给打中了要害。那时或是因惊吓的缘故，或是良心上的内疚不能自容，他就举枪自尽，受了最公道的裁判。我们已知道他的枪是装着制声机钮的，所以发声时没有声音。但徐女士不知道，便以为他是给伊打死的。这是徐女士的误解，也就是我所说的不符事实的一点。"[④]《倭刀记》霍桑从死者伤在左侧以及刀背、刀锋的方向，分析其为自杀："因我们的两手，就生理上讲，本来没有强弱之分，然大多数人多习用右手，故一切举动多右手居先，执刀更不必说。并且我们执刀时，刀锋必多向外，那自对掌心，这是一定不移之理。因此可知凡人右手执刀而自杀，其伤处必居于左，而锋口又必向右，这也可试演而明的。"[⑤]《断指团》中根据寄来断指上的烟痕和指甲的形状，霍桑推出被害人是富人；根据信的内容和写字的"笔力却不弱，似乎那人在书法上用过功"，再看"那麻线的结是个双套结，童子军的纺绳术上有这个方法。他知道在节骹处下刀，又知道用火酒保存断指，显见也有科学知识。那包裹的纸，最外面一层是重磅牛皮纸，显示他熟悉邮局寄包件的章程。里面的白纸是一种优良的英国信笺，价钱很贵，也不是寻常

---

① 孔庆东编选：《程小青代表作·血手印》，华夏出版社 2008 年版，第 33 页。

② 同上书，第 47 页。

③ 《程小青文集·霍桑探案选》（1），中国文联出版公司 1986 年版，第 10 页。

④ 同上书，第 123 页。

⑤ 孔庆东编选：《程小青代表作·血手印》，华夏出版社 2008 年版，第 86 页。

人用的。从这几点上推想，那人显然是一个受过新教育的人。"① 以此为突破口，最终抓住凶手。小说并未停步于此，而是让霍桑与包朗均陷入反思——霍桑："科学是救治我国国病的续命汤，可是他们有了科学知识，不干些给社会国家生产造福的事，把我们的民族从压迫和荏弱中解放出来，却用它来干这种犯法勾当！包朗，想一想，这是多么痛心的事！"包朗不禁叹息道："知识本像一把利刀，知识发达了，若是没有道德的力量来辅助控制，那本是极危险的！"② 无论是对科学用途的思考，还是思索科学与道德的关系，皆凸显出作者的现代意识。

现代意识还表现为对他人隐私的尊重和对法律的认同。侦探工作的特殊性使其往往涉及当事人隐私，这时候如何对待之就能够凸显出行为者的主体意识。《血手印》中涉及偷听行为的描写："办事室内的谈话在继续，我当然不便进去。我向那妇人做个手势，就站在门外偷听里面的谈话。偷听是不道德的行为，不过我是执行任务，在理应当别论。"③ 一方面坦诚偷听不应该，具有现代人尊重他人隐私的意识；另一方面因为职务关系，自我辩解！霍桑对男女恋爱的认识与对平民的同情，亦凸显出其现代意识。《催命符》中，霍桑劝甘汀苏："在现在时代，一个未婚女子结交一个男朋友，也算不了什么，更加不上'姘夫'的名称。你何必这样子守旧？"④ 当汪银林要那卖豆腐花的老人做证人时，霍桑道："不错，但像这种做小本生意的人，委实吃苦不起，如果没有必要，我想用不着牵累他。"⑤ 尽可能减轻对普通人的干扰，实际上是对他们的尊重。在现代社会里，这与尊崇法律一样重要。《夜半呼声》中警方欲惩罚证人时，霍桑忽摇摇手道："金寿兄，别动手。他既然不愿意，我们也不必勉强。你得知道他在法律上只站在证人的地位。他本身并没有罪，我们不但不应当难为他，还应当好好地优待他。他如果肯照实把所见和所知道的事实告诉我们，我们才可以破案。这样我们不是应该重重地酬谢他吗？"⑥ 显然，霍桑反对警方恃强凌弱，强调依法办事。

当作者具备现代意识后，对现代问题往往有自己的认知，也会对现实更加不满。《倭刀记》描写霍桑与包朗应钟德邀请赴京游历，途中遇到林

---

① 孔庆东编选：《程小青代表作·血手印》，华夏出版社 2008 年版，第 86 页。
② 同上书，第 102 页。
③ 同上书，第 55 页。
④ 同上书，第 25 页。
⑤ 同上书，第 95—96 页。
⑥ 《程小青文集·霍桑探案选》（1），中国文联出版公司 1986 年版，第 77 页。

叔权和徐品贞。徐曰："近来一般学者，对于女子问题，莫不鼓吹解放。解放固是要着，然也应有个进行的次序，万不能一蹴而及。……他们的主张，不特痛斥中国旧式的婚制，并且连西洋的婚制，也一概排斥，似乎非立刻达到自由恋爱的境域不可。要知道主张一说，若掉了实际，偏重理想，是不中用的。他们这样狂叫，非但于解放问题没有益处，反而贻人口实，使反对的有攻击的罅隙。犹似近来新学之士，鼓吹白话文学，而一般新而又新者，则主张废弃汉文。他们自以为标新领异，可坐享新学者的头衔。不知好好的一种学说，经了他们的一番鼓吹，莫说效力，简直要被他们弄糟了咧。"[1] 此处凸显出作者凡事不过激的态度，也对新文化运动表明态度。严格说，逸出了侦探小说的范畴，乃议论时政之遗风。在其他文本中，我们也能读到大量谴责现实的议论。如谴责司法界："除了几处大都会以外，内地的司法大半不会独立，司法权在行政者手里。他们一大半都抱着'省事'的秘诀。譬如地方上出了凶案疑案，那主事者就把被害者的贫富贵贱作为处理的标准。被害者是个贫穷无力的平民，他们就守着'多一事不如少一事'的格言，含含糊糊地敷衍了事。假使是个有势有财的阔老，上面有大帽子压下来，非追究不可，他们就另玩一套移花接木的手法。他们随便抓到一个所谓凶手，逼成了口供，抵了应得的罪，也就完了。你想这样的办法岂不干脆了当？什么调查实情，研究疑迹，搜集证据等种种麻烦的手续，一概都可以免去，至于利用科学方法的侦查更是相差十万八千里。"[2] 或抨击教育界："现在我们的国家，正在艰难困苦岌岌可危的时期，而教育界中除了最少数外，大部分都在那享乐、浪漫、和颓废等等的恶势力笼罩之下。莫怪人家公然说我们的教育已经破产了。"[3] 或攻击社会现象："在这以物质为重心的社会，虚荣的吸引力更大。所以恋爱的乐园中，假使不幸地被那虚荣的恶魔闯了进来，那么搏战的结果，恋爱之神往往会被驱逐出乐园以外。"[4]《舞宫魔影》批评舞厅："是的，在我们这个千疮百孔一切落后的时代，舞场不但不能做一般人的娱乐场所，简直还是制造罪恶的中心。"《一只鞋》批判上海的浮华风气："当那个时

---

[1] 《海上百家文库·范烟桥　程小青卷》，上海文艺出版社 2010 年版，第 100—101 页。

[2] 程小青：《断指团》，孔庆东编选《程小青代表作·血手印》，华夏出版社 2008 年版，第 76 页。

[3] 程小青：《白衣怪》，孔庆东编选《程小青代表作·血手印》，华夏出版社 2008 年版，第 156 页。

[4] 程小青：《紫信笺》，孔庆东编选《程小青代表作·血手印》，华夏出版社 2008 年版，第 220 页。

候，上海的一些有钱有闲的'小开'们吃饱了饭没事做，就专门在衣着上面下功夫，他们都喜欢穿花色鲜艳的鞋子。恶风流传，连老子并不是大老板的轻薄少年也都学样穿着。"凡此种种，均能够看出作者以现代意识考量现实时，内心的愤懑与渴望改变之的心情。

三　中国侦探小说的民族特色

中国侦探小说成熟的标志，也体现为民族特色的建构。从题材类型、表现空间、情法关系、文化渊源等方面观察，程小青、孙了红的侦探小说创作都具有鲜明的民族特色。与柯南·道尔在苏格兰的密室古堡、荒原野径等西欧风景下表现利益集团或政党间的争斗不同，成熟的中国侦探小说不再生硬描述异域题材，而是将案件背景置于上海都市或江南小镇，在嫌疑人与被害者建构的复杂关系中展现作家对社会、人性的认知。如程小青的《催命符》叙述甘汀荪连续接到"三日死""五日死""七日死"的催命符，并真死了。霍桑侦破案件发现，凶手竟然是其养父甘东坪。小说的叙事空间就是甘家大院，院内人物构成的养父与养子、主人与仆人、养子与嫡妹等复杂关系，使案件迷雾重重。案件的侦破过程，也就是寻找人物话语破绽的过程；而随着谜底的揭开，原有的人际关系也被解构了。正因为故事植根于盘根错节的宗族纠葛、人物关系之中，其内蕴往往具有典型的中国传统文化特色，喜欢在情与法之间寻求平衡。如《两粒珠》中霍桑这样认识根虎的罪行："我瞧这个人确是初犯，并且这回事和直接的行窃不同，若使一定要把他送警究办，那不免绝他的自新之路。你得知道法律本乎人情，在可能范围内，应当让人有改过自新的机会。一个无心初犯的人，往往因为一度的受罪蒙羞，自以为人格已丧，以后便索性倒行逆施。故而这判罪的第一重关口，执法的人实在是应当特别审慎的。"① 这样做的目的，不仅是给根虎重新做人的机会，也与霍桑思想中发挥人的天赋于有益事件相关。《案中案》里，他表示："死有什么可悲？不过从人群相互关系的立场看，人们在瞑目以前，若不能给人群做几件事，不能发挥一些天赋的创造本能，不能在这个世界上留几条利他的痕迹，却只白白地消费了自然的赐予和他人的劳力，而庸庸碌碌悠悠忽忽地死去，那才觉得可悲——那才是无可补救的悲哀！"② 撷取道家贵生益世的思想资源，建构乐观向上、利他为世的人生观，使其为那些初犯者或出于正义目的的杀

---

① 孔庆东编选：《程小青代表作·血手印》，华夏出版社 2008 年版，第 242—243 页。
② 《海上文学百家文库·范烟桥　程小青卷》，上海文艺出版社 2010 年版，第 220 页。

人者寻找出路，让情感征服法律。程小青在《白纱巾》中表明："在正义的范围之下，我们并不受呆板的法律的拘束。有时遇到那些因公义而犯罪的人，我们往往自由处置。因为在这渐渐趋向于物质为重心的社会之中，法制精神既然还不能普遍实施，细弱平民受怨蒙屈，往往得不到法律的保障。故而我们不得不本着良心权宜行事。"这"良心"就是中华民族的道德准则。所以，陶晓东打死贾春圃后，霍桑告诉她："陶女士，别误会。我们是不受法律拘束的。我们有我们的法律——就是正义和公道。你此番替国家除了一个奸民，替社会去了一个蟊贼，实在应得受一个光荣的敬礼。"说完，他忽然立起来鞠一个躬。①《神龙》的结局也体现出以正义取代法律的模式，该小说叙述霍桑受胡世芳委托，为其子胡世苏洗去杀死白荣锦的罪名。霍桑到南翔镇勘探现场，从天津报纸上登载的一女子投河自杀的故事与白荣锦被杀时刀把衬布的手法，以及瞿公侠擅长口技等推理出是瞿公侠打抱不平，杀死了白荣锦。怎么安排侠客命运呢？小说先依法判他"长期监禁"，再让他施展武功，越狱逃跑，满足了读者的情感需求。《魔窟双花》的结局，也是程小青有意倾向道德评判的安排——抓到了暗杀何世杰、孟宗明的王镇华，却被其言论征服："所杀的是一种社会的障碍，人群的害物，本人又并无丝毫权利的企图，那不是可以算得神圣的吗？"因此，不让他入狱违背法律，让他入狱则有违良心，两难之际，作者安排他伤重病亡；并让霍桑送了花圈，为其送葬。孙了红的小说内蕴也如此，如《血纸人》揭露上海的一个"米蛀虫"王俊熙发家的内幕。"米蛀虫"是指靠囤积粮食暴发的人，小说暴露其丑恶灵魂，让其不义之财散尽，情节安排符合中国杀富济贫的文化心理。鲁平夺其财散给穷人，就令人更加钦佩。"一个人杀死一条米蛀虫，那是代社会除害，论理该有奖赏的。"鲁平的价值观在不保护私有财产的中国和有平均主义思想的民族中间，获得普遍认同。而王俊熙以害人始，以惨死终，正应了雪性大师的预言："杀害了人家的，结果难逃被人杀害的惨报。"严格讲，侦探小说中的是非标准只能有一个，那就是法律。论法不论情。但是，受儒家为主的传统文化的影响，中国读者习惯于论析是非之外，还要在情理上评论行为者的动机如何，所谓合情不合法的事情往往获得公众的同情。这样，侦探小说若一味论法不讲情，则难以获得读者的普遍认同。以此视角观察，程小青和孙了红等人的侦探小说适应中国读者的审美需求，协调情、法之间的关系，才创作出具有中国特色的侦探小说。

① 孔庆东编选：《程小青代表作·血手印》，华夏出版社 2008 年版，第 207 页。

四　中国侦探小说的叙事特征

中国侦探小说的成熟，还形成了独特的叙事特征。从文本融合、自性认知、心理描写、视角转换等方面研究，以程小青、孙了红为代表的作家们的创作，形成了独特的叙事特质。近代以来，随着西方文化的传入、近代传媒的发展，新的文体不断出现，以其各自的特性叙写着过渡时代；当容量更大的小说来表现社会、人生时，作家们便采取融合文本的方法建构起小说结构。侦探小说也如此。如《险婚姻》中有新闻、书信、电报融入文本，或以新闻记述"包朗先生和高佩芹女士的婚礼"，或以书信警告包朗不要参与侦破案件，或以电报告诉包朗案件已破"事已得手。见电快来。嘉兴嘉禾旅馆霍。"①《血手印》则将广告引入："广告内容略谓本月二十四日晚上，有一个穿黄色大衣、戴着呢鸭舌帽的人，曾到新生路一百四十一号屋子里去行凶，事后潜逃出外，迄无下落。如果有人知道他的踪迹，出首报告，因而拿获，定有重赏云云。"② 此为间接入文本，乃转述；也是霍桑为了迷惑真凶而布的迷魂阵。《断指团》则先以新闻介绍霍桑、包朗，再两次以信件叙事——第一封信是断指团派在宾馆的密探李四模仿霍桑骗包朗的信件，既是书信入文本，也成为叙事要素，推动情节发展。第二封信则是江南燕写给霍桑的，此信既是书信入文本，亦为了交代霍桑、包朗被人释放的情节。同时，作为潜在人物，江南燕的存在，成为暗中推动叙事的因素。《黄浦江中》也有两则新闻和一封信，信是劫匪发来的勒索信；第一则新闻报道"再接再厉的小儿失踪案"，报道俞慧宝又被绑架，渲染沪上绑架案频发，营造紧张氛围；第二则新闻报道富商郝才生的儿子奇珍被绑架事。此新闻具有补叙功能——既说明了霍桑、包朗在船上遇到两个小孩的原因，也为匪徒枪杀一个小孩却不是慧宝做了交代。同时，也说明"五福"帮的绑架行为绝非一桩！可见，多样文本的融合既增加了叙事手段的多元性，也增强了叙事效果的曲折性，提升了叙事魅力。

中国传统小说多选择全知叙事，作者对文本的自身性质不过多评论。但是，在侦探小说中，作家往往喜欢讨论其特性。如《血手印》中霍桑说："其实世间的事不能执一端而论。我们的记录，对于启发理智，裨益思考，和灌输一般人的侦探常识，又安知没有贡献呢？譬如科学，在一方面确足以增进人类的文明与福利，同时也有人利用科学，当作残杀同类的

---

① 孔庆东编选：《程小青代表作·血手印》，华夏出版社 2008 年版，第 20 页。
② 同上书，第 65 页。

工具。可是这岂是科学的罪吗？"① 既探讨侦探小说普及科学知识的效应，更反思科学知识的双重性质。而《断指团》中包朗的话则直接评论侦探小说："我从小就喜欢读侦探性质的小说。因为这类读物富于想象力，能启发人的思路，养成一种辨别真伪是非的推理力，并且细针密缕，很能够引人入胜，激发人们的好奇心。"② 对其培养读者想象力、思辨力以及可读性等做出了很高评价。作家在文本中评判文类的特性，凸显出的是作家的文体意识；而对文体及其效应的积极思考，应该是文体自觉的表现，这对于近代文学的现代转型是有价值的。

在思考文体特征的同时，侦探小说家对人物心理的描写与叙事视角的转换也值得注意。由描述人物外在行为向聚焦其内心世界的转移，是中国小说现代化的标志之一。在侦探小说中，由于表现对象的特殊性，侦探们在阐释案件、推理解疑时常涉及心理描写。如《险婚姻》中包朗去安恺地追未婚妻，却见到柯劈特牌粉纸在地上，心中起波澜："两星期前，我曾买过一打柯劈特牌粉纸送给佩芹。这两张纸可就是伊遗留在这里的？还有那个烟尾又是谁遗留的？佩芹是不吸烟的，当然另有一人。那人可也是女子？或者竟是一个所谓时髦男子？如果这样，这男子又是个什么样人？佩芹一接信怎么立刻就赶来会他？这真是太不可思议！我越想越觉可疑，竟假定佩芹来此实在是出于秘密的。……然而回转来一想，我又自觉得神经过敏。佩芹是个温柔端娴的女子，我们的婚约又是出于伊的自愿，断不至于另有什么秘密的情人。不，我决不可武断地诬蔑伊的人格！"如果说这是对恋爱者心理的描述，那么，《两粒珠》中则是对当事人心理的推测："是的。你知道宋伯舜的接到珠子，原是出于他的意外的，他当时的心理，只是充满了珠的来由怎么样，什么人投递的，有什么目的等等的一类疑问，一时就想不到分辨珠子的真伪。那陈秀梅的心理状态是相反的，伊早知道伊的情人有赠珠的举动，所以接珠以后，便细玩珠子的优劣。两个人的心理状态截然不同，因而就产生了不同的结果。"③ 孙了红的侦探小说也善于描写人物心理，因为其笔下人物不是侦探，而是侠盗。鲁平没有必须破案的任务，而是参与案件过程、冷眼旁观案中人的心理嬗变。如《眼镜会》中一群珠宝商戴墨镜识宝，错者趴在地上学三声狗叫。巡警告诉他们，鲁平在其中。听到这个消息，大伙彼此打量，发现每人耳朵上都

---

① 孔庆东编选：《程小青代表作·血手印》，华夏出版社2008年版，第72页。
② 同上书，第106页。
③ 同上书，第243—244页。

有两颗红痣——鲁平的标志。巡警提议将珠宝交给主人，众人照办。结果
发现主人被绑，临街的窗户大开，刚才主持游戏并且拿着大家珠宝的人不
见了。大家知道被鲁平骗了，只好跟巡警出来。待巡警走后，内中一人
说，我们又被骗了，装扮成主人的不过是鲁平的同伙，真正的鲁平就是那
位巡警。虚虚实实中，展现特定场景中人物的独特心理，使其形象具有透
视感。

　　视角转换的手法虽然运用得还不成熟，但其出现凸显了近代作家在叙
事技巧方面的探索。《霍桑探案》经常通过"我"——包朗的视角叙述霍
桑侦破案件的过程，就是限知叙事。如《夜半呼声》中一段包朗自述的
文字："近十年来，我将霍桑经历的探案陆续发表出来的已经不少……当
时我因着旅行在外，并不曾亲身预闻，所以在记述的方式上也不能不加变
换。这是请读者们予以谅解的。"① 有意识转换记述方式，实际上就是进
行叙事视角转换的尝试，体现出作家的自觉。《白纱巾》中也明确指出：
"我在上一章所记谈判的事，就是郁海帆在上一天傍晚的经历。他见了我
们以后，便把经历的事实详细地说给我们听。我想换换读者的目光，特地
用他叙述的体裁记载出来。"② 以郁海帆讲述的方式开始后面的叙事，也
属于限知叙事。《紫信笺》曰："我们在一间精致雅洁的客室中坐定以后，
姚国英就问他夜里发案的情由。他（陆樵笙）就把经历的始末从头至尾
地说了一遍。我觉得他所说的一席话情景非常逼真，所以改变了我记述的
惯例，先把它记在本篇的开端。这一种记叙层次上的变更，似乎是执笔人
的特权，读者们大概也可以容许吧。"③ 一方面有意识转换视角，视为"执
笔人的特权"，另一方面采取与读者商榷的口吻，透露出读者对这种叙事方
式还较为陌生，不很习惯。所传达的信息，既有限知叙事初现的实情，也
有创作者使用状态的生涩，还有对读者反应的担心。但是，也有小说的视
角转换频繁，且表达效果不错。如《魔窟双花》开篇为叙述人视角："在这
冷清的境界之中，有一个男子独行踽踽地从格致路的西面走来……从里衣
袋中摸出一只表来，凑到电灯光下去瞧瞧，嘴里还咕了一句。"当此人进入
现场后，则转换为限知叙事，他与读者一样困惑："他不禁自言自语地说
'炳福那里去了？还伏在后面厨房里喝高粱？'""他又凑近室门，轻声叫
道：'何先生。'""他作诧异声道：'这屋子可是完全空的？'""他回过头

---

① 孔庆东编选：《程小青代表作·血手印》，华夏出版社2008年版，第40页。
② 同上书，第132页。
③ 同上书，第216页。

来，眼光一瞧地板上时，竟不由不失声骇嚎。'哎哟！'地板上的那条白地青花的厚地毯上，有一个人侧身躺着。头颈的右向有一个血口，血液正沁沁地流出，已在地毯上渗透了一大摊。"此后的叙事进程中，视角在谈素兰、叙述人、霍桑之间来回转换，并在第八部分"发案时的情形"中借新闻报道将何世杰、孟宗明被杀的情况叙述出来，构成多重限知叙事，增强了小说的悬念和吸引力。

第四节　公案小说与侦探小说的比较研究

公案小说与侦探小说是相近的小说流派，从历时维度考察之，则公案小说出现的时间要早得多，因此，"对中国侦探小说影响最大的是中国的公案小说"。[①] 但是从世界范围考察，其创作高潮的出现时段，则同为19世纪后期。尽管成因有别——西方侦探小说主要因为工业革命以后引发的理性思维与科学实证主义精神，加上法制理念的普及诱发读者对弘扬法制小说的推崇；公案小说则是封建统治进入末期，王纲解纽、社会动荡导致政府官员贪赃枉法盛行，大批冤案产生，百姓渴望清官出现，尤其是社会分配不公造成的贫富悬殊现象无法依靠政府解决时，人民希望有侠客来打抱不平。但是，从人性深处剖析，则能够发现中西读者有相同的吁求，即期待生活在一个公平、安全的生活环境之中，给生命存在建构一个社会保障。而现实社会尚不能满足这种愿望，人们只能从阅读中获得想象性满足，才是两个流派在不同空间几乎同时兴盛的内因。

一　公案小说与侦探小说的相同之处

若从中国文学流派的视野研究之，则二者的相似之处更多。其表现对象基本相同，它们均以刑事、民事案件为主。透过这些案件，读者固然能够发现特定社会存在的种种问题，帮助人们认知社会性质，阐释社会现象；但是，二者的主题所趋并非在于事象，而是聚焦理念。公案小说如《施公案》《彭公案》等所传达的是清官能够驾驭侠客为王前驱，平奸除盗，解析民间冤情；同时，公案小说还存在着劝谕绿林好汉、江湖豪侠回归世俗世界的旨趣，希望其成为稳定社会的力量，而非破坏平安的势力。

---

① 汤哲声：《中国侦探小说之源流》，范伯群主编《中国近现代通俗文学史》上卷，江苏教育出版社 2000 年版，第 743 页。

中国侦探小说如《霍桑探案》等所传达的则是在近代科学手段辅助下，无论罪犯的犯罪手法如何狡猾，不管案件多么复杂，最终均能够真相大白，罪犯难逃被惩罚的命运；同时，侦探小说"除却了情感以外，还含着引起好奇和唤醒理智的使命。人类固然是有情感和理智的动物，不过发展的方向却往往会有偏畸。情感薄弱了，生活也许会流于机械和枯寂；理智晦蔽了，也不能免倾向颓废浪漫侥幸迷信的危险。……我们知道二十世纪是科学的世界……科学的先锋是好奇，大本营的主帅是理智。侦探小说曾被称为'化装的科学教科书'，它在启发好奇心和理智方面如果真有一些助力，那么这丛刊的发行，即使不能算做有什么贡献，至少也许不致贻'灾梨祸枣'之讥罢"。① 亦即具有开启理智、传播科学的功效。这两派小说在惩戒贪官奸臣、土豪劣绅，大盗恶贼、刺客杀手亦被囚禁的结局里，蕴含着作者构建和平、安全环境的愿景，也给深受现实刺激而惴惴不安的读者以心灵的安慰。

从叙事特征来观察，二者在建构情节的曲折生动、增强悬念方面一致。由于表现对象为生活中出现的异常情况，因此，无论是案件场景的突然呈现，还是破案过程的一波三折，尤其是横插其中的意外因素频频出现等，均时刻吸引着读者的眼球，刺激着其对案件走向的想象。而对蒙冤者委屈心理的同情和对罪犯的痛恨，对罪犯犯罪动机的关注与对被害人家属情绪的聚焦，包括清官、侦探对案件情节的推理过程等，均牵涉罪犯心理。因此，尽管中国小说不以心理描写擅长，公案小说里也有不少心理展现；而深受西方小说影响的侦探小说，其心理描写成为特色。当探究当事人的心理以后，小说家往往会依照读者希望的方向安排叙事走向，其结果便是所有罪犯必受严惩，所有蒙冤者必洗清冤情。如此安排，在公案小说是为了契合中国人心中积淀的因果相报理念，在侦探小说则是为了强化法制意识。

当然，侦探小说在中国的发展必然顾及中国读者的文化观与道德观，并非如西方侦探小说那样仅仅凸显法制意识，而是在法律与情理之间走钢丝，企图寻求读者心理平衡点。这样，侦探小说中就会出现重视人际关系与道德意识的倾向。前者制约作家的人物架构，往往通过复杂的人物关系链来制造情节链，案件侦破的关键点也是从关系网中寻找，如霍桑等人的小说创作即如此。这恰恰是以宗法制为基础建构起的中国社会的特性，也是侦探小说真正融入中国文化、渐趋成熟的标志。如程小青的《裹棉刀》

---

① 《霍桑探案·著者自序》，世界书局 1946 年版，第 3 页。

叙述许婉珠被杀案,霍桑从其夫妻关系入手,结合姜志新的经营情况、在无锡包养土娼的事实等,推断出凶手是姜志新;并对婚姻中经济因素的干扰发表议论:"你总也听得过:'柴米夫妻',跟'面包与爱情'一类的话;可知夫妻的结合,经济往往会是重要的因素。你要知道,在现社会的恶制度之下,如果'经济'一旦和'情谊'冲突起来,那么'情谊'便显得脆弱无力了!"①显然,人物关系成为破案的突破口,且谴责人心不古、道德沦丧,进而抨击社会制度的罪恶。侦探小说既然侧重人际关系侦破案件,便与公案小说取得一致,因为公案小说中的案件侦破没有近代科学工具、知识的支持,基本依赖清官微服私访和侠客冒险探求,方能获得实情,捕获罪犯。不仅如此,当叙事被置于中国文化场之中时,中国文化的道德理想主义便会干预叙事。因此,公案小说中会出现以道德制高点凌驾于王法之上,如《三侠五义》中包拯搬倒马朝贤那样栽赃于人,或像艾虎那样作伪证影响判案的情节;侦探小说中也会出现道德高尚者即使违法,也要给他安排一个符合读者愿望的结局的现象。如《神龙》中杀死白荣锦的瞿公侠,最后越狱而逃;《白纱巾》中的陶晓东杀死贾春圃而不受惩罚;《案中案》里仆人陆全出于义愤杀死宋仲和而被霍桑巧妙解救等。孙了红《窃齿记》叙述"米蛀虫"黄传宗被杀案,破案后鲁平并未将罪犯交给法庭,因为他认为:"一个人杀死一条米蛀虫,那是代社会除害,论理该有奖励的。"他所着力刻画鲁平的"杀富济贫"行为与作品中"因果相报"的叙事模式,正是传统文化道德观影响所致。可见,中国传统文化中的重视人缘与道德至上理念对两个小说流派的创作均产生了巨大影响。

二　公案小说与侦探小说的区别

梳理公案小说与侦探小说的一致处,并非要遮蔽其差异。实际上,小说流派存在的价值更多体现在其独特性方面。从人物设置看,中国侦探小说受英国作家柯南·道尔创作的《福尔摩斯探案集》影响最大,福尔摩斯与华生搭档,性格互补,侦破一系列大案的传奇经历,成为程小青等作家模仿的榜样。《霍桑探案》中霍桑与包朗的配合,堪与前者媲美。这样的搭档既有相互映衬、各有擅长的性格分布,亦有叙事方面视角转换、倒叙补叙的便利,于建构侦探小说的叙事魅力颇有价值。而公案小说则是清官率领一批侠客与奸臣或江洋大盗对立,通过此消彼长、争长斗短完成叙

---

① 《霍桑探案·裹棉刀》,世界书局1946年版,第44页。

事。这样安排，既树立了清官的权威，凸显出其所代表的最高统治者的意志，也聚合了侠客们的武功绝技，成为集团力量，便于对付有志反叛皇权或闯荡江湖、破坏社会稳定者。在社会角色认定中，侦探属于私人角色，清官属于官府角色，各自定位不同，其活动空间、自我意识等均有很大差异。居于私人角色者，可以按照自己的意愿接受当事人的委托，也可以拒绝不合自己意愿的案件；在侦破案件的过程中，侦探能够自己做主，不受制于体制，也没有上司督促、监督，可以游走于法律与情理之间。霍桑如此，孙了红笔下的鲁平身兼侠与盗的特征，更是目无王法，我行我素。清官就不能如此，他所代表的是国家意志，是王法的执行者，无论情愿与否，案件发生了就必须接手，遇到有人喊冤就要升堂问案；侦破过程中，清官为了获得真相，常常委屈自己，微服私访，甚至如施公、彭公那样被恶霸识破而吊打，几乎有性命之虞；遇到强悍异常或武功高强的对手，或为了避免刺客的谋杀，清官们还必须依靠侠客保护。案件侦破后，清官即必须依照王法审判，即便是有同情案犯之处，也不敢公堂私放之。因此，公、私角色的差异，对于两派小说主人公的影响是巨大的。

公案小说与侦探小说生成于不同的文化背景中，其文本内蕴的差异也是明显的。总体来讲，公案小说强调清官及侠客们的个人品质对案件走向的影响，甚至在描述冤案时有意对比前后两任官员对同一案件审理结果的差异，其意旨在于凸显个人的作用与价值。侦探小说虽然也着意表现侦探个人素质的卓异与逻辑思维的缜密，但是将其置于科学知识与法律约束的基础上的。侦探们最终寻求的是真凶，并多将其绳之以法。文本意旨是为了凸显法律的尊严，彰显的是法治精神。因此，这两个小说流派的文本内蕴的差异是显而易见的。虽然有学者认为，"不应妖魔化'人治'，神化'法治'。法治和人治的关系，好比汽车大还是司机大。人治就是一个经验性的治理，法治就是一个规范性的治理。法治不是一个点，不是一个线，而是一个可能性的空间，那么在这个空间中就是人治。"① 但是，考虑到侦探小说是中国近代向现代社会转型期间出现的小说流派，其弘扬法制力避人治、传播科学知识的创作主旨，还是应该肯定的。

在描述案件侦破过程时，两派小说的差异也很大。侦探小说重实证，诸多案件都需要现场勘探、实物考证与细节侦判的。如程小青笔下的霍桑，无论是《龙虎斗》中与鲁平斗智斗勇，还是《一只鞋》里对男绣花鞋的细节推敲，抑或是《神龙》中对白荣锦死亡现场的勘探，尤其是

---

① 房宁：《社科院学者：不应妖魔化"人治"神化"法治"》，《环球时报》2014年12月7日。

《裹棉刀》中勘察许婉珠被杀现场时对窗栏缝隙中的几缕麻丝和带有灰尘的烛盘等细小物品的关注，结合火车班次与无锡米行的调查，推断出凶手是其丈夫姜志新的情节，均凸显其对实证的重视。而《血手印》中用淡亚马尼亚液验血渍、《断指团》里对双套结和火酒保存断指现象的解释以及茶中含有丹宁酸（tannic acid）可以显现化学液写的密信等，则是其具有丰富科学知识的体现。即便是小说中的推理情节，也都是建立在科学调查或科学原理之上，并非妄推。如孙了红的《窃齿记》叙述"米蛀虫"黄传宗突然死亡，法医鉴定为中毒而死，却不知罪犯是谁。鲁平做了大量调查工作，终于得知其死前一周镶过牙，牙医是其内侄周必康；而周必康与死者新娶的六姨太关系暧昧。以此推断是周必康毒死黄传宗。然后，电话邀请周必康与六姨太到舞厅，鲁平与助手在邻座谈论黄传宗的死因，观察二人的反应，使其不得不承认是凶手。公案小说则不然，清官判案侧重主观印象，一看嫌疑人长相即可判断人物性质，若长相和善，则"此人绝非恶人"；若长相凶狠，则"此人绝非善良之辈"。而侦破案件途中，经常靠冤魂托梦、鬼魂显灵、旋风引路等虚无难证的现象决定罪犯所在，以此判定的案件，当然容易成为冤案。尽管公案小说极力彰显清官之清廉，却难以让读者完全信服之，尤其是阅读过几部公案小说之后，更难相信案件可以这样审判，其文本的真实性大打折扣。

第五章 抨击憧憬:近代科学小说与翻新小说

20 世纪初,中国兴起两股小说创作潮:一是以传播西方科学知识、改变中国读者的愚昧观念为主的科学小说;二是对古典名著或近代名著进行续写,借用其人物形象,置换其叙事空间与文本内蕴,被称为翻新小说。前者也曾被称为"科幻小说",考虑到其生成背景为近代,许多作品发表时就标为"科学小说",其内容也与当代科幻小说差异较大,"其中既有部分是能够通过当代观念验证的科幻小说,也有一些是以不超越当时科技发展水平的科学技术为情节基本推动力的作品"。① 故仍以科学小说名之。后者曾被视为续书,但其叙事焦点与文本价值主要体现在"翻新"方面,因此不宜以续书观之。这两派小说,实为近代作家借鉴外来资源,尝试重建社会秩序思想的物化形态。

第一节 科学小说与翻新小说概述

科学小说与翻新小说在中国近代的兴起有其独特的成因,其创作文本多通过刊物连载或书局出版的方式进入市场,其研究现状则随着社会思潮的变化而呈现出不同的特点,存在较大的拓展空间。

一 科学小说与翻新小说的成因

近代科学小说与翻新小说创作潮流的兴起与西学的引进、传播关系密切。国人经历洋务运动、戊戌变法与甲午战争等一系列重大事件后,已认识到中国传统文化的惰性,产生借鉴西方文化、改革中国社会的理想。因此,在严复等人借助其翻译的西方社会科学理论开展启蒙运动之后,众多

---

① 杨蓓:《晚清科幻小说研究述评(代序)》,《贾宝玉坐潜水艇——中国早期科幻研究精选》,福建少年儿童出版社 2006 年版,第 3 页。

小说家也开始以小说参与到社会启蒙思潮之中。同时,外国传教士在传播其宗教思想的过程中,为了吸引中国教徒,往往融合西方科技知识,尤其是利用西方医学知识为人治病,客观上亦使国人意识到西方科技的发达。于是,迎合读者对科技知识的好奇与向往,展示先觉者对国家政体的设计理念等,使传播科学知识以提升国民素质、描绘立宪愿景以评估政治体制改革等成为两派小说承载的主要内蕴。

如果考虑到科学小说、翻新小说创作时间主要为 1903—1910 年,则可以考察其更为直接的诱因。1902 年 11 月 14 日,《新小说》杂志在日本横滨创刊。梁启超在上面发表《论小说与群治之关系》,提出了"今日欲改良群治,必自小说界革命始! 欲新民,必自新小说始"的观点,将小说地位抬升到经史、律例等之上,并提炼出小说具有"薰""浸""刺""提"的魔力,鼓励士人创作小说。① 而国人探索救国道路时形成的"科学救国"思潮,与 20 世纪初译介的儒勒·凡尔纳等人新颖、奇妙的科学小说,也为科学小说的兴起起到了推波助澜的作用。更加可贵的是,梁启超并非仅仅站在高冈上发出号召,而是亲自翻译蕴含西方理念的日本小说,还仿照日本的政治小说,创作出以《新中国未来记》为代表的新小说。在他的小说中,借鉴西方小说预设情节的方法,将作家对中国未来的设想在小说中展示出来,借以宣传其政治主张,传播维新变法思想。梁启超未必认识到这种叙事模式对中国近代小说发展的影响,我们却可以在科学小说、翻新小说等近代小说流派中,频频看到其身影。其预设叙事时间的方法,有利于作家充分展开想象,建构其小说世界;叙事空间则表现为多元化,或为地球深处,或为海洋极地,或为宇宙星球,或为火山云中,无不凸显出与古典小说迥异的存在;活跃于其间的人物形象,亦摆脱了现实生活的沉重束缚,呈现出轻灵浪漫的气象。

引进的西方科学知识宛如玉液琼浆,将其装在怎样的容器里才能发挥更大的效应呢? 不少小说家找到了宝瓶——中国经典名著。于是,借助经典名著的影响,将近代科学知识注入人们熟悉的人物形象之中,而悄然置换其活动空间、行为价值,从而导致翻新小说盛行。在西方科学知识与中国传统小说链接的过程中,梁启超的理论阐释发挥了巨大作用。梁启超等人的理论主张,不仅使时人认识到小说地位原来可以这么高,也使其开始重估传统小说的价值。如对于《水浒传》《红楼梦》等经典小说,人们便从反抗专制、种族革命、自由恋爱等方面进行阐释,一改其"诲淫诲盗"

① 吴松等点校:《饮冰室文集点校》第 2 集,云南教育出版社 2001 年版,第 758—760 页。

的传统定评。价值重估相伴的往往是重写，因为中国古典小说本来就有续作、仿作的传统，凡属成功的小说，均会有作家按照自己认为的叙事走向、人物命运等对其进行改写或续写。《儿女英雄传》《青楼梦》等之于《红楼梦》，《荡寇志》等之于《水浒传》属于较为成功的续作，更多狗尾续貂之作被淹没在历史烟云中。在近代社会背景下，作家们更将其对原著的不满或发现原著的未尽之处视为自我施展才华的机会，创作出迥异于原著的小说来。对原著不满而续的如西泠冬青的《新水浒》与冷血的《新西游记》，《新水浒》第一回就坦率其创作目的："但据在下想来，《水浒》所演的一百零八个人物，其中虽有忠臣，有孝子，有侠义，然究竟英雄草窃，算不得完全国民。况且奸夫淫妇，杂出其间，大有碍于社会风俗。所以在下要演出一部《新水浒》，将他推翻转来，保全社会。"这段话凸显出作者对《水浒传》的不满——虽然人物众多，却无"完全国民"；内有"奸夫淫妇"，有伤"社会风俗"，故重写一部，"保全社会"。冷血发于 1909 年 3 月 8 日《时报》上的《新西游记·弁言》亦明言："《新西游记》虽借《西游记》中人名事物以反演，然《西游记》皆虚构而《新西游记》皆实事，以实事解释虚构，作者实略寓祛人迷信之意。"发现原著未尽之处而续的如陆士谔的创作，他是近代小说家中创作翻新小说最多的作家，计有《新水浒》《新三国》《新野叟曝言》《也是西游记》等。其《新三国·开端》言其创作目的：既为"破除同胞的迷信"，亦为"悬设一立宪国模范"，还要"歼吴灭魏，重兴汉室，吐泄历史上万古不平之愤气"。多重目标预置中，既有对梁启超理论主张的呼应，也有自我的理想存在与情绪宣泄；其《新野叟曝言》则是发现了原著的叙事空白而创作的。据其妻李友琴《〈新野叟曝言〉总评》云："《野叟曝言》一百五十四回可谓夥矣，何必续？曰：《野叟曝言》终于六世同梦，结而未结者也。结而未结，必不能禁人之续夫！"显然，直接将《新野叟曝言》作为《野叟曝言》的续作看待了。据此可见，翻新小说成因里有继承中国古典小说创作中续书、仿书传统的成分。

二　科学小说与翻新小说的创作概况

科学小说最早的文本是《女娲石》（1904—1905），东亚编辑局出版，作者海天独啸子。此后相继刊载与出版的有《月球殖民地小说》（1904—1905，《绣像小说》，荒江钓叟）、《新法螺先生谭》（1905，小说林社，徐念慈）、《生生袋》（1905，《绣像小说》，支明）、《新石头记》（1905，《南方报》，我佛山人）、《乌托邦游记》（1906，《月月小说》，萧然郁生）、《光绪万年》（1907，《月月小说》，我佛山人）、《新纪元》（1908，小说林社，碧荷馆主人）、《空中战争未来记》（1908，《月月小说》，笑）、《电世界》（1909，《小说时报》，高阳氏不才子）等。科学小说的数量虽不是非常多，但已形成特色，且产生相当影响。定一曾在《新小说》上发文讨论补救中国小说弊端的方法："中国小说之不发达，犹有一因……然补救之方，必自输入政治小说、侦探小说、科学小说始。盖中国小说中，全无此三者性质；而此三者，犹为小说全体之关键也。"① 此论一方面基于科学小说等小说流派已经初具规模，另一方面也凸显出对这三类小说的急切呼唤。

翻新小说最初在报刊上登载，1903 年 9 月 6 日，《新小说》第 7 号刊载平等阁的《新聊斋·唐生》，是学界确认的最早的翻新小说。此后相继发表或出版的翻新《红楼梦》的小说有 3 部：《新石头记》（1905，《南方报》，老少年；1909，改良小说社，我佛山人）、《新石头记》（1909，小说进步社，南武野蛮）和《红楼梦逸编》（1909，《民吁日报》，赜叟）。翻新《水浒传》的小说有 5 部：《新水浒》（1904，《二十世纪大舞台》，寰镜庐主人）、《新水浒之一节》（1906，《时报》，佚名）、《新水浒之一斑》（1906，《时报》，笑）、《新水浒》（1907，新世界小说社。1909，中华学社，西泠冬青）、《新水浒》（1909—1910，改良小说社，青浦陆士谔）。翻新《三国演义》的小说有 3 部：《新三国》（1907，《豫报》，白眼）、《新三国》（1909，改良小说社，青浦陆士谔）、《新三国志》（1909，小说进步社，珠溪玉隐）。翻新《西游记》的小说有 3 部：《新西游记》（1906，《时报》，冷，笑，伻）、《新西游记》（1909，改良小说社，煮梦）、《也是西游记》（1909，《华商联合报》。1914，改良小说社，奚冕周，青浦陆士谔）。翻新《镜花缘》的小说有 2 部：《新镜花缘》（1907，《月月小说》，萧然郁生。1908，上海鸿文书局，啸庐外编）。翻新《儿女英雄传》的有 2 部：《新儿女英雄》（1909，改良小说社，楚沧）、《新儿女英雄传》（1909，小说进步社，香梦词人）。此外，尚有《新封神传》（1906，《月月小说》，大陆）、《新七侠五义》（1909，改良小说社，治逸）、《新金瓶梅》（1910，新新小说社，慧珠女士）、《新野叟曝言》（1909，改良小说社，陆士谔）、《新儒林外史》（1904，《中国白话报》，白话道人）等，可见其一时之盛。

---

① 定一：《小说丛话》，《新小说》第 15 号。

三　科学小说与翻新小说的研究现状

学界对科学小说、翻新小说的研究可以追溯到其兴起之初，论者的见解多附在小说的序言、眉批或跋中，尚未有完整的论文出现。如鲁迅的《月界旅行·辨言》、《新小说》杂志创刊号上刊载的《海底旅行》的眉批、梁启超的《世界末日记》的译后记等，其中鲁迅论述科学小说的观点最具代表性："经以科学，纬以人情。离合悲欢，谈故涉险，均综错其中。间杂讥弹，亦复谭言微中。""我国说部，若言情谈故刺时志怪者，架栋汗牛，而独于科学小说，乃如麟角。智识荒隘，此实一端。故苟欲弥今日译界之缺点，导中国人群以进行，必自科学小说始。"① 翻新小说较早被阿英关注，并将其命名为"拟旧小说"，并概括其特点是："大都是袭用旧的书名与人物名，而写新的事"，把握得基本准确。② 他列出 18 种小说的信息，为后世研究提供了珍贵资料，但他对这类小说的评价却不高。阿英的《晚清文学丛钞》已出版的 9 卷中，有 4 卷小说资料，为后世研究这两派小说奠定了基础。至 20 世纪 80 年代，对两派小说的研究才日趋规范。科学小说方面，不仅资料整理工作有重大突破，出版了《清末民初小说书系·科学卷》（中国文联出版公司 1997 年版，于润琦主编）和《二十世纪中国小说理论资料·第一卷》（北京大学出版社 1997 年版，陈平原、夏晓虹汇编），为研究者提供了方便；且出现论点新颖的著作和论文，从学理层面进行合理阐释。如 1998 年，王德威在《想像中国的方法》中列《贾宝玉乘坐潜水艇——晚清科幻小说新论》一章，认为："以科幻小说而言，五四以后新文学运动的成绩，就比不上晚清。别的不说，一味计较文学'反映'人生、'写实'至上的作者与读者，又怎能欣赏像贾宝玉坐潜水艇这样匪夷所思的怪谈？"③ 台湾中正大学中国文学研究所林健群的硕士论文《晚清科幻小说研究（1904—1911）》，对晚清科幻小说进行了比较系统和全面的研究。陈平原的《从科普读物到科学小说——以"飞车"为中心的考察》，选取"飞车"这一角度来探讨晚清科学小说家的知识来源。王燕的《近代科学小说论略》和康文的《略论中国近代科学小说》探讨了近代科学小说的兴衰原因与主要的题材内容及艺术特色。李娜的《论晚清科学小说的现代性》探讨了晚清科学小说叙述层面与审

① 陈平原、夏晓虹：《二十世纪中国小说理论资料》第 1 卷，北京大学出版社 1997 年版，第 67—68 页。

② 阿英：《晚清小说史》，东方出版社 1996 年版，第 216 页。

③ 王德威：《想像中国的方法》，生活·读书·新知三联书店 1998 年版，第 45 页。

美体验上的现代性。任冬梅的《科幻乌托邦：现实的与想象的——〈月球殖民地小说〉和现代时空观的转变》和张治的《晚清科学小说刍议——对文学作品及其思想背景与知识视野的考察》等文探讨了晚清科学小说全新的时空观。方晓庆《晚清科学小说：急进的启蒙》则从晚清科学小说词语使用的矛盾、文中对科学要素的处理以及由此体现出的深层的文化心态等方面来反思晚清科学小说的诸多弊端。总的来说对近代科学小说的探讨主要集中在以下几个方面：兴衰原因、主要内容以及艺术特色、现代性等。与此同时，翻新小说的研究也取得很大进展。1997年，欧阳健的《晚清"翻新小说"综论》（《社会科学研究》第5期），首次提出"翻新小说"概念并得到学界认同。此后，杨联芬的《晚清至五四：中国文学现代性的发生》（北京大学出版社2003年版）对翻新小说的艺术价值充分肯定，高玉梅的《明清小说续书研究》（中国社会科学出版社2004年版）和王旭川的《中国小说续书研究》（学林出版社2004年版）虽然沿用续书名称，但对其均做出了客观、科学的评价。

通过梳理两个流派的创作概况，可以发现其创作队伍、创作主旨、发表刊物和依托的出版机构等方面呈现出重叠现象，恰恰说明其发展过程是相互促进、相互借鉴的。学界对其研究时，无论流派划分方面，还是论述展开部分，亦多有交叉，也凸显这两个流派的密切关系。据此，笔者将其置于一章论述。选择论述对象时，以长篇小说为主，兼顾优秀短篇小说。

第二节　科学小说与翻新小说的独特内蕴

科学小说、翻新小说均具有鲜明的创作目的，即"启迪民智，传播科学"。

即便是幻想色彩较浓的文本，著者或译者的动机依然明确，即"使读者触目会心，不劳思索，则必能于不知不觉间，获一斑之智识，破遗传之迷信，改良思想，补助文明"。[1] 正如徐念慈所云："月球之环游，世界之末日，地心地底之旅行，日新不已，皆本科学之理想，超载自然而促其进化者也。"[2] 因此，其文本内蕴侧重新知的引介、新论的发表。受文本

① 周树人：《月界旅行·辨言》，陈平原、夏晓虹编《二十世纪中国小说理论资料》第1卷，北京大学出版社1997年版，第68页。
② 《小说林缘起》，《小说林》1907年创刊号。

内蕴与"前理解"等因素的制约，两派小说也形成独特的叙事特征。

一　传播新知与寄寓理想

整体观察，科学小说以小说为载体，宣传作者认为对国人有用的新知识；翻新小说利用传统经典的外壳装载的依然是新体制、新理想，但也有对科学知识的介绍。科学小说《月球殖民地小说》《新纪元》《新石头记》等长篇小说对国家政体、民族未来多有想象，留待后文详论，此处仅简述其对新知的介绍。《月球殖民地小说》以龙孟华乘坐玉太郎的氢气球寻妻为线索，轻捷便利的氢气球与游历时所见轮船等为新的交通工具，对西医的描述更是多维度的——第6回写西医配药的各色药水，第12回中哈克参儿用透光镜给龙孟华看病，第28回介绍西医外科特点，并以验症机器为死孩儿查验死因等，有利于国人了解西医知识。《新纪元》第1回中即明白表明作者立场："因为未来世界中一定要发达到极点的，乃是科学，所以就借这科学，做了这部小说的材料。"创作主体的意识制约文本内蕴，该小说以描述战争为主，故涉及军事的知识颇多，如铁甲舰、巡洋舰、鱼雷舰、潜行雷艇、水上步行器、行轮保险机、海战知觉器、洋面探险器、泅水衣、避电保险衣、流质电射灯、绿气炮、日光镜等；也有各种交通工具，如火车、四轮太平电车等。将已经出现或即将发明的器物糅进小说叙事中，使看惯冷兵器冲突的读者大开眼界。吴趼人的《新石头记》光绪三十四年（1908）上海改良小说社出版，共40回。小说描写贾宝玉复生后游历上海，后到"文明境界"乘飞车、猎艇出行，那里种地有调温管，农业机械化；工厂烧地气，流水线生产；地下有隧道（地铁），空中有赶太阳的飞车等。小说为读者展示了高度发达的文明社会景象。而短篇小说创作中对西方科学知识的介绍同样值得关注，因为随报刊传播的短篇小说影响更大、数量也更多。东海觉我的《新法螺先生谭》叙述新法螺先生登高山之巅，受诸星球吸力形成的大风所吹而致灵肉分离，其灵魂练成发光原动力，"使全世界大放光明"；后"因本体之离心力"而与月球相撞，堕入地心，得与黄种祖相逢，讨论对黄种后代的失望；浮出海面时，遇一强大舰队，乃海外有志之士组以救国者；最后借动物磁气学原理发明脑电，并广授学生，为人类生活提供便利，却遭到既得利益者的攻击，不得不暂避其锋，潜归故里。这是第一部标明"科学小说"的文本，也是与天笑生翻译的《法螺先生谭》《法螺先生续谭》合刊的创作小说。它不像《法螺先生谭》辑佚16个传奇故事，却学习《法螺先生续谭》登月、通过火山口进入地心并进入海鱼之腹等建构情节，融众多科学新术语进入文本,如"离心力""造人术""北极""卫星""磁气学"等,开阔了读者的视野。支明的《生生袋》立志"为生理学绘一副真相",故介绍热传导、传染病与空气流动关系、人脑构成、移血之法、骨质与酸的关联、打呵欠的原理等。既有成熟的医学知识,也有幻想在其中,如移血即类似现在的透析技术。萧然郁生的《乌托邦游记》(《月月小说》第1、第2号)与笑的《空中战争未来记》(《月月小说》第2年第9期)都涉及飞行器描写,前者写"我"搭乘飞空艇离开厌恶的地球,畅游乌托邦的经历;后者展望空中飞行船将给世界格局带来的巨大变化——1900年,德皇就宣言:"德意志之将来,其在空界乎?"1912年,英俄大战,英国凭空军取胜;1916年,德俄大战,拥有三千艘飞行器的德国获胜。"此时吾中国亦雄飞于地球,"1919年与俄签订条约收复西伯利亚,意大利、英国等则如日落西山矣!同时,作者还描写飞行器可以长时间滞空以治疗一切肺病;"德国妇人已得有选举权",民航事业发达、无线电话普及等,为中国读者展示了令人向往的画面。笑的《世界末日记》(《月月小说》第19号)以瓦斯块、以太理论阐释宇宙变化,引入进化论和物质不灭等新知;毅汉、天笑的《发明家》(《中华小说界》1914年第7期),叙述发明家施门士发明挤奶器、洗衣机、捕贼机、逐客机、刈草器等机械,使人们看到机器人应用到日常生活的远景;天卧生的《鸟类之化妆》(《妇女杂志》1907年第3卷第11号)通过姑嫂对话,留学归来的叶舜华告诉翠姑很多鸟类知识,并利用科学原理使婆婆信服新知;谢直君的《中国之女飞行家》(《妇女杂志》1918年第4卷第1号),介绍苏毓芬留学英国、学习飞机驾驶,回乡表演时被气流吹至荒岛,利用现代知识生存自救。其中既有飞机飞行技术、气象理论,也有凸透镜取火、捕鱼求生的传奇情节。而卓呆的《秘密室》(《小说月报》第3卷第3期)描写催眠术、李迫的《放炮》(《直隶实业杂志》1913年第11、第12期)描述中学的化学实验、端生的《元素大会》(《东方杂志》第10卷第11号)以拟人手法介绍化学元素、半废的《亚养化淡》(《礼拜六》第62期)利用化学知识使矛盾重重的夫妻重归于好、谢直君的《科学的隐身术》(《小说月报》第8卷第9号)描绘以颜料隐身的故事;梅梦的《水底潜行艇》(《小说月报》1918年第9卷第8号),讲述国人陌生的潜艇结构、运行原理等;其《中秋月》(《妇女杂志》1918年第4卷第10号)以中秋节姐姐给弟弟讲故事的形式,把中国习俗与月球知识融会贯通,颇有情趣。虽然其艺术性不强,但传播新知的热情却溢于文本。

翻新小说虽然脱胎于传统名著,在时空转换之后也融入诸多新的科学知识。《新封神榜》叙述姜子牙与猪八戒到上海的见闻,透过八戒的视角看到香皂、自来水、电气灯、电铃(第4回),也知道了火车、自鸣钟、新闻报等器物(第6回)。《新镜花缘》第4回中多九公在"维新国"看到人们见面"都把那帽子除下,手对手拉了一回",行握手礼;第7回中费新学骂唐小峰"稻格"(dog 狗)、"澳克斯"(ox 蠢牛),则是借外语彰显自我优越性。陈景韩的《新西游记》写孙行者到上海,不仅见到印报的机器与带机器的引擎、租界的电灯,而且学会说"也斯"(yes)、"那"(no),坐车遇到人喊"推开的"(tichet)则不知为何了。这样,既表现了租界独特的文化景观,也塑造出孙行者难以自如应对的窘境。陆士谔的《新三国》描述三国竞相维新的过程,也引入各种科学知识。其中既有对各种现代税务的介绍(第2回)、对26个英语字母的谐音(第4回),也有对女学开设体操、音乐课的描绘与电报的使用(第5回),更有各种科技产品如毛瑟枪、克虏伯炮、军乐、留声机、显微镜、自行车、铁路、飞艇等的描述(第9、第16回)。科学器物汇集一起,就构成各国政治体制变革的物质基础,呼应了叙事焦点。而《新七侠五义》中让侠客所用器械带上科技内蕴,别有趣味。如新弹子叶正"练就一种电石,不论三里五里,只要眼睛看得见,他就打着,真是百发百中,任你身体怎样灵便,也躲避不开。"(第1回)《女娲石》为了凸显女性的独立,不但为其设计特殊空间"天香院",那里照明有空气灯、电灯,代步有电车、氧气瓦斯车,吃饭也机械化;甚至连怀孕都可以不与男性交合:"用个温桶将男子精虫接下,种在女子腹内,不强似交合吗?"(第7回)简直就是后世所谓人工授精技术,极具前瞻性。

　　科学小说传达出近代小说家与读者对西方科学知识的关注与向往,因此,哪怕是近乎科普文而缺乏小说情趣的文本也能够发表。但是,不能以此认为作家们对现代科学知识一味崇拜,他们在小说里也尝试描写科学技术的负面效应。如《发明家》中施门士发明了那么多实用机械,但是,无论是别人使用,还是他本人都曾经被其发明麻烦过——邻居爱北绕其侧门时,两脚先后被刷鞋器卡住;黑莲夫人使用其刈草器时,误拨调速器而被拖来拖去;爱北使用吸牛乳的机器,导致牛狂奔而奶四溢;逐客器误浇黑莲夫人,捕贼器则抓住自己,擦鞋器则涂他一脸鞋油等。凡此种种,皆凸显出如小说结尾处爱北所言:"嗣后君当研思殚虑,以发明一大有用于世界之物,则利用厚生,为惠滋大愿,勿为此琐屑之发明也。"即科学发明应当于世有大用,也表现出科学发明如使用不当、反受其害的内涵。《科学的隐形术》写"我"游历南洋,偶遇英国哲学博士史迭笙而获赠隐身涂料,隐身后能够闯入轮船储藏室而不被发现,却接连被实验室与居民当作盗贼,差点丧命,最终放弃追求隐身术。其叙事具有寓言性,亦反思科学成果的使用问题。秋山的《消灭机》(《中华小说界》1916 年第 3 卷第 1 期),叙述哈昧造了消灭机,"凡物都可消灭,只要先得了此物的魄像。"在"我"协助下,他消灭了内阁大臣、孔女士、来围攻的军队等,立意控制世界。不料他得意之际,误触机关而亡,"我"也被捕。小说中哈昧告诉我:"由此世界之上,唯我与尔为王。"利用所发明的摄人魂魄的消灭机,要挟政府,欲掌控世界。小说象征性地表现出对科学过度发达的恐惧与担忧。至于《世界末日记》描述地球毁灭的场景,虽然有梁启超翻译的同名小说的影响,仍然凸显出作者对地球未来的忧患。默儿的《贼博士》(《礼拜六》1915 年第 57 期),描写伦敦警察署接连收到报案,"凡器具及饰物中含有黄金质者,多不翼而飞"。雪斯为挽回爱情,参加有情人约翰在场的舞会时专门全身戴金质饰物,舞会结束时被攫走,后一老者报警,使其得救。老者并留书给警察,明言自己利用电磁能够吸铁的原理,将其电子颠倒排列,即能够吸金;故盗金很多,警察不知。警察读信时,他已到新大陆享福了。宣传科学知识成为盗贼手中的工具,实为警示人们科学乃双刃剑,使用不当即可致祸,依然是反思科学。

二 解构传统与抨击时弊

科学小说与翻新小说的内蕴注重介绍新知,对新知的认同与重视意味着对传统的摒弃与否定。有人这样概括近代小说的特点:"它们的作者大胆嘲弄经典著作,刻意谐仿外来文类,笔锋所至,传统规模无不歧义横生,终而摇摇欲坠。"① 研读这两派小说,能够清楚看到其对传统的颠覆。尤其是翻新小说,无论是对基层官员形象的描述或对义和团运动的叙述,还是对传统小说中经典形象的改写等,均能够意识到作家对传统文化的态度。如《新石头记》第 12 回描述两个醉汉打架斗殴,告到县官那里时,县官不问青红皂白,先是各打一顿。但是,得知其中一位杨势子(此命名似蕴含"依靠洋人势力的男子")是教民后,马上改变态度,不仅当堂将其释放,而且责怪王威儿(此命名似寓意"王权萎缩"):"你那(哪)里不好去闯祸,却走到本县治下来得罪教民!我问你有几个脑袋?你的狗命不要紧,须知本县的前程不是给你做玩意的。"县官被称为父母官,传统意义上是维持一方公平正义的管理者;他所代表的权威与利益,应该是

---

① 王德威:《想象中国的方法》,生活·读书·新知三联书店 1998 年版,第 4 页。

国家与百姓。然而，这位县官却偏袒教民（实为畏惧教民背后的外国势力）、责打并驱逐属民，与传统的知县形象迥异。既然县官不保护属民，就可能把这些人驱赶到统治体系之外，使其成为流民；一旦有合适的机会，他们就会成为社会动乱力量。果然，小说第13—16回描写义和团运动时，王威儿成为其中的骨干分子。尽管小说对其进行的是负面描写，如利用普通人的迷信心理，招摇撞骗，吃喝嫖赌，无恶不作等，但是，以他为代表的属民被逼成流民、进而成为反社会动乱势力的描述，却非常典型地概括出中国近代社会动荡不安的内部原因。同时，通过义和团所推崇的姜子牙、关羽、薛仁贵等传统小说与民间崇拜的神圣形象，意在将传统智慧的象征（姜子牙）与武力至上的代表（关羽）等置于近代社会中外矛盾冲突的旋涡之中；信仰他们，希望借其神力强化自身力量，以对抗清政府与外国入侵者，这是义和团的策略。清政府关键时刻的背弃、外国军队的攻击导致义和团覆灭，其结局恰恰说明传统意义的中国武力已经不能承担拯救中国的重任，需要另觅救世途径。对传统小说经典形象的颠覆，在《新西游记》《新水浒》等小说中更突出。如冷血的《新西游记》描述唐僧师徒四人奉佛旨到上海考察新教发展情况，孙悟空到了十里洋场如进入十里迷雾，一无所知，屡屡失误；而猪八戒则应对自如，上海现代生活的方方面面均享受一遍——品西餐、吸鸦片、进赌场、入学堂、行西礼、穿西装等，显得比大师兄神通广大。这样的形象改写，不仅消解了读者记忆中孙悟空无所不能、本领高强，猪八戒贪吃好色、懒惰无能的印象，更解构了原著蕴含的传统价值观，即由原著凸显的历尽磨难方取得真经，蜕变为只要能投机取巧，无能如八戒者照样如鱼得水，神通广大如悟空者反而处处陷入困窘。陆士谔的《新水浒》则通过解构好汉形象及其代表的传统侠义观实现了对传统的颠覆。从叙事过程看，梁山好汉们与时俱进，响应维新变法的时代呼唤，纷纷下山创办实业——修铁路、开银行、办学堂、建公司，或利用性别优势开夜总会，或发挥特长教音乐等，确实反映出晚清社会纷纷攘攘的世相。然而，若探讨这些行为背后的价值，则发现其动机、手段等均与侠义相悖。利益至上、唯利是图，蒙骗胁迫、欺诈坑拐等，哪里还有梁山好汉的影子?！因此，《新水浒》不仅解构了梁山好汉的侠客形象，更颠覆了重义轻利、救危济贫的价值立场。当然，在小说中这些内蕴是与介绍新知相结合的。新知的凸显是为了映衬传统观念的滞后，传统立场的被颠覆则反证了引入新知的必要性。

　　科学小说如果囿于传播科学知识，则应在客观介绍外不发议论；但是，科学小说往往表现出对现实的厌恶与对传统的解构，凸显出作家的新议论。《新法螺先生谭》中法螺以魂魄练成的光照亮世界,也希望惊醒国人:"深有望于黄河、长江之域,余祖国十八省,大好河山最早文明之国民,以为得余之导火,必有能醒其迷梦,拂拭睡眼,奋起直追,别构成一真文明世界,以之愧欧美人,而使黄种执牛耳。孰意映余光膜者,无一不嘘气如云,鼾声如雷,长夜漫漫,梦魂颠倒。……即有一小部分未睡之国民,亦在销金帐中,抱其金莲尘瘦、玉体横陈之夫人,切切私语,而置刺眼之光明于不顾。"[1] 以科学神光尚不能惊醒沉睡国人,作者如何不痛心?! 1905 年营造的意象,令人想起十几年后鲁迅的《呐喊·自序》中所讲黑屋子里那群沉沉鼾睡者。难怪法螺在地心见到黄种祖时,老者为后世子孙"鲜振作者"感到忧虑。《乌托邦游记》中"我"看到日本人演戏表现具有四千年历史的专制国,有人在台上说道:"可恨这个专制,他自己一个专制了不足,还要引那许多不同种的人都来侵灭,都来专制,这才可恨呢。"对那些口呼万岁、跪拜穿龙袍君主的人,则感慨:"好端端的一个人,哪知朝上跪了,又像几只畜生起来了,手脚也是畜生,面目也是畜生,伏在地上,竟像可以骑的一样。"并表示:"看官何必着急,将总有革除专制的时候。"1906 年,作者发出革除专制的呼吁,正是时代新声。1918 年梅梦在《月世界》中针对河山任占据、国家门户洞开、军阀征战不断的现实,表示"住在地球上面,实毫无生趣",故欲到月球生活。以宣传科学知识为背景,表达对国民蒙昧的不满与对国家现状的愤懑,使其发出的谴责之声具有与谴责小说不同的内涵,显得更为可信。而从科学理念出发对传统的解构,也成为科学小说的新议论。如《乌托邦游记》即先解构文明:"哪知这文明国民,所作为的都是野蛮,不过能够行他的诈伪手段、强硬手段,就从此得了个文明的名声。"再解构志士:"我祖国的志士,看他从前做百姓的时候,何尝不口口声声的骂政府腐败,官场腐败;又何尝不口口声声说,我若一朝得意,要如何改良政府,如何整顿官场,及至一日皇帝叫他做了官了,他可把从前的话忘记了个干净,并且是同变了个人一般,所作所为,比着从前所骂的政府官场还要腐败十倍。"[2] 第 3 回则解构了中国传统小说,认为其存在只是使国人中毒,沉迷于神怪世界,不思进取。对现实存在中种种人们习以为常的现象彻底否定,乃为传播小说中的科学理念开道。因此,研读科学小说,这一层内蕴是不该被忽视的。

---

① 于润琦主编:《清末民初小说书系·科学卷》,中国文联出版公司 1997 年版,第 5 页。
② 同上书,第 74—77 页。

第三节　科学小说与翻新小说的叙事特征

传播科学知识与建构国家想象，解构传统与抨击时弊等构成两派小说的主要内蕴，承载这些内涵的叙事文本也受其制约，具有独特的叙事特征。

一　叙事结构的随意性

由于近代文学处于从古典向现代的转型期，其文体形态尚未定型，甚至作家也没有清晰的文体意识，导致其叙事呈现出随意、散漫的特点。有学者认为："晚清是中国小说文体最复杂和最随意的时期"，[①] 虽然所谈是文体，但文体不规范往往导致叙事的随意性。之所以如此，一方面因为所叙对象为刚出现的科学知识，尚未形成系统，故以小说表现其内涵时难免呈现散状；另一方面因为所叙多为作家想象，意识的跳跃性特征与现实需求的制约亦导致情节缺乏内在逻辑性。

作家急于表达的爱国激情和救世情怀，与其对新知的一知半解等因素交织，易导致叙事的随意性。如有限的地球引力知识、探索星空的欲望和拯救国家的理想汇聚，导致东海觉我的《新法螺先生谭》叙述"余"登高山之巅，受诸星球吸力便分解为灵魂、躯壳两部分；灵魂经自我研究变为发光原动力，可以照亮全世界。此后便感慨国人鼾睡不醒，自己掷灵魂于地，得入地心见黄种祖，谴责其子孙；"余"被其所惊，便飞近水星，观其造人术，再落到金星，捡到"北极日记"；最后则遇到欲挽回中国颓势的强大舰队。显然，为了表现相关的科学知识和抒发爱国情怀，作家忽略了情节的连贯性与逻辑性。

再如笑的《空中战争未来记》先叙述德皇的敏锐，意识到飞行船的重要性；然后叙英俄战争、德俄冲突，均为空中势力强大者胜。叙事时间为1900—1916年，情节尚连贯。但突然跳到1919年，中国变为强国，收复西伯利亚；再叙民间航空的发展、利用航空治疗肺病与德国妇女获选举权；转叙1907—1930年的德国以及英德冲突，瓜分世界等。看似意识流，却无贯穿如一的意识，作家炫耀知识的欲望得到彰显，小说的艺术品质则大受损伤。其他如李迫的《放炮》将一次化学实验分为六部分叙述，给

---

① 汤哲声：《中国现代小说的一种文体存在》，《明清小说研究》2001年第1期。

人以程序性罗列的印象;梅梦的《月世界》将中国的月食传说与近代月球知识托于"我"和"学富"之口讲出等,均缺乏小说叙事的完整性与逻辑性。翻新小说因为受原有名著情节及人物性格等方面的制约,随意性相对少些。但涉及叙事空间转换和描绘事件细节时,也有随意性的特点。如《新封神榜》中姜子牙重返人间时,带上了《西游记》中的猪八戒,并让八戒渐渐成为叙事重心。虽然说勉强可以神仙本来就无界域解释,但仍给读者以戏说的印象。而《新西游记》中让孙悟空张口"也斯",闭口"那",并让八戒与其行接吻礼等,也表现出叙事的随意性。

二 叙事空间的多维性

言其多维,是指无论科学小说,还是翻新小说,其叙事空间均打破陆地空间的局限性,而驰骋想象于月球、水星、金星,甚至如《新野叟曝言》中文祖开发月球和木星、《电世界》里黄震球制造空气电球飞向太白星等。超越人类居住的星球,将叙事指向遥远的星空,既表现出近代作家想象力的拓展,也凸显出近代天文学知识的启发;而众多作品的叙事空间选择月球寄托作家的理想,恰恰与当时月球为人类能够看到的地球之外的主要星球有关,更与中国古典文学与民间传说中积淀有丰富的月亮意象与嫦娥、吴刚、玉兔等故事相连。飞行器的出现,使人们看到了超越地球的希望,增添了人类的信心,故多将思维指向太空。同时,叙事空间的拓展还指向海洋与地球内部——地心。海洋是阻隔各大洲的主要障碍,其存在一方面激发人类对其他空间的想象,另一方面促使人类发明征服海洋的工具;到近代,由于轮船等航海器具的发达,超越海洋成为可能,建造更大、更快的舰队成为国家强大、民族复兴的保障。故《新法螺先生谭》结尾突然出现中国人在海外建成的强大舰队,《新野叟曝言》中文祖征服木星靠的是飞舰队,《新石头记》中贾宝玉游历海底世界乘坐的也是先进的猎艇等。

超越式的空间建构,还表现为超越时间的约束,将存在于古代、未来的空间置于同一叙事文本中,亦表现出空间的多维性。如《新三国》《新封神传》等翻新小说,叙事空间似乎还是原来的,仔细研读则发现前者将女学堂、议会、铁路等嵌入其中;后者将空间从仙界转移到上海,具体空间则由神庭置换为番菜间、妓院、车站等。《新镜花缘》则将唐小峰等游历的海外国家转换成实行宪政的维新国,成为超越中外的空间建构。超越古今、中外的空间置换,为作家叙事的展开提供了方便,也使其文本具有浪漫主义的色彩。而《新石头记》《新野叟曝言》《新纪元》《电世界》

等则将其建构的理想空间呈现于文本中,《新石头记》的"文明境界",分明是作家融汇中国传统伦理道德与西方科学知识建构的未来中国的蓝图;《新野叟曝言》不仅论述中国如何应对人口危机,更能够征服木星,显然是未来中国的图像;《新纪元》则把叙事时间置于1999—2000年,想象百年后黄种人征服白种人,成为世界主宰;《电世界》的叙事时间为2009年,中国已经能够超越地球,将势力扩大到宇宙,目标指向太白星了。于如此丰富的叙事空间展开各自救国、富国的想象,科学小说、翻新小说的叙事魅力主要来自这里。

三　"前理解"的制约

"前理解"是阐释学的重要概念,狄尔泰认为,"理解中存在着一种先验的东西,它类似康德的先天构架。在每一个具体的理解与认知活动发生之前,它就是'已经限定了我们精神意识的先决条件,本身是活着的历史进程的一部分'。"海德格尔在《存在与时间》中将其解释为理解必须从属的"因缘整体性",是主体的理解活动之所以可能进行的前结构。伽达默尔的《解释学》指出:"我们对流传给我们的文本,乃是以对意义的预期为基础的。"① 亦即"前理解"既是理解活动的基础,也构成理解活动中的意义预期。

科学小说所受前理解的影响主要表现为两个方面:一是受所接受的西方科学知识的影响。如关于世界末日、月球知识、生理学、天文学等,成为其构思小说的基本依据。二是受翻译过来的西方科幻小说的影响。如梁启超1902年翻译法国作家的《世界末日记》,1908年笑创作同名小说;1902年卢籍东翻译的凡尔纳的《海底旅行》(译者误以为英国肖卢士原著)刊载在《新小说》杂志上,1903年鲁迅翻译的《月界旅行》(法国小说家儒勒·凡尔纳著的科学幻想小说,当时译者误为美国查理士·培伦著,鲁迅据日本井上勤的译本重译)由日本东京进化社出版。《新法螺先生谭》则是继天笑生翻译《法螺先生谭》和《法螺先生续谭》之后创作的,并与其合刊,更具典型性。此后,地心、月球成为科学小说常见的叙事空间,地底旅行和月界旅行也成为科学小说的叙事模式之一。

对于熟悉中国古典小说的读者而言,古典小说建构的叙事框架、人物性格乃至命运归宿等,均会对创作翻新小说的作家产生关键影响。如

---

① 王先霈、王又平主编:《文学批评术语词典》,上海文艺出版社1999年版,第430—431页。

《三国演义》是家喻户晓的古典小说,《新三国》在言说三国维新活动,再塑人物性格时就留有《三国演义》的烙印——诸葛亮依然是维新变法活动的主导人物,其从政体改革开始与明显的改革效应皆取决于自身智慧;孙权有勇有谋,且有一批谋生相帮,故改革也显得有声有色,却只办实业而不改国体;只有魏国措施失当,越改越乱。这里,个人的智慧是决定性因素;而小说原著中的正统观依然有效,它使《新三国》一改曹魏政权统一天下的结局,让处于正统地位的蜀国臣服东吴、北伐成功,建立了统一政权。恰如作者在该书《开端》所云:"歼吴灭魏重兴汉室,吐泄历史上万古不平之愤怒气。"如果说《三国演义》受制于《三国志》建构的前理解而不得不遵从史实、让魏国成功的话,到了陆士谔翻新时,则将潜藏于故事内部的正统观贯彻到底,成就了诸葛亮的伟业。再如《新七侠五义》,第2回叙述朱洪带了百宝囊,作者写道:"什么叫做百宝囊呢?这囊里又是放的什么东西呢?列位看过旧七侠五义的,应该知道,就是那智化盗九龙珍珠冠,开库门上锁的钥匙,不就是从百宝囊里拿出来的么?沈中元盗颜春敏用的熏香盒,艾虎救施俊时用的八宝扒城索,不也从百宝囊里拿出来的么?"以原著中一连串的情节强化读者对百宝囊的认知,也勾连起新作与旧著之间的意脉。第7回为了衬托江振表面老实平和、实则步步留意、十分精细,就罗列旧著中蒋平、谷云飞、白玉堂等人的不同性格。第8回叙述叶正"虽则本领高强,武艺出众,却是个浑人,旧七侠五义上这几个人的坏处,他一个人就全备的了。……他的鲁莽,同徐庆一般;呆头呆脑,又有些像韩天锦;心直口快,不懂世事,便与史云可以拜兄弟;好酒使气,又很像艾虎。"其他如《新镜花缘》写14位女子互相切磋学问,立志报国,主旨与原著相同;《新儿女英雄传》中的甄洛神气质、行为均与原著中的十三妹相似等,均凸显出原著的制约。甚至有些典型细节也会被作家特意描写,如《新西游记》第1回叙述孙悟空摇身一变为晚清男子的装束,头上小帽、上身马褂、下身袍子等都变成了,猪八戒却说不对,何处不对呢?"他们拖的东西是在上边的,你拖的东西却在下边。""孙行者向后一看,原来一条尾巴,要想放在后面当做长头发的,却放差了地方,依旧在那尾闾上了。"作家显然还被《西游记》中孙行者尾巴当旗杆的情节制约着。《新水浒》中王英到上海嫖娼、李逵到新世界后依然莽撞等,也是其原有性格的延续。描写新形象,却处处不忘与旧形象作比较;不是作家们不想忘掉,实则顾忌读者脑中的前理解,也是作家受自我前理解的制约使然。

第四节　科学小说与翻新小说中的民族国家想象

中国近代小说生成于中国传统国家形态渐趋崩溃、现代国家形态尚未产生的社会转型期，受作家主体意识的制约，文本中蕴含着对传统国家形态的极力贬抑、抨击和揭露，同时，对中国未来亦进行多维度描摹，以期予国人充分的信心和改革的力量。于是，在中国近代小说中便存在较为充实的民族国家想象。本节的"民族国家想象"借鉴本尼迪克特·安德森的理论，他认为民族"是一个想象的政治共同体"。民族被想象为限度的、享有主权的共同体，"民族于是梦想着成为自由的……衡量这个自由的尺度与象征的就是主权国家"。① 与安德森偏重想象的共同体不同，安东尼·史密斯的"民族主义"则强调在原有族群历史上的"重新建构"。② 笔者论述晚清小说的"民族国家想象"问题，即侧重其对中国国家形象的"重新建构"。对此问题的研究，已有的研究成果或侧重宏观概括如旷新年的《民族国家想象与中国现代文学》（《文学评论》2003 年第 1 期），耿传明的《中国近现代文学中的民族国家叙事与文化认同》（《齐鲁学刊》2002 年第 3 期）；或局限于特定文本，如欧阳健的《对社会经济改革的超前描摹——陆士谔〈新水浒〉析评》（《东北师大学报》1996 年第 1 期），杨丽君的《晚清政治小说中的民族国家想象——以〈新年梦〉与〈新中国〉为例》（《文艺评论》2013 年第 2 期）；或以"晚清报刊"为切入视角研究之，如姜红的《"想象中国"何以可能——晚清报刊与民族主义的兴起》（《安徽大学学报》2011 年第 1 期），或如杨霞的专著《清末民初的"中国意识"与文学中的"国家想象"》（南京师范大学出版社 2012 年版），总体论述而未能详细等。但是，综合研究晚清小说中的"民族国家想象"问题，尚未见研究成果发表。

一　对现存政体的否定与对未来宪政的向往

小说文本里的国家想象是创作主体对国家形态的具体描绘，其时间向度多指向现存国家形态和未来国家图景，于形象性描绘中寄寓着作家的价值立

---

① ［美］本尼迪克特·安德森：《想象的共同体——民族主义的起源与散布》，吴叡人译，上海人民出版社 2005 年版，第 7 页。

② ［英］安东尼·史密斯：《民族主义：理论、意识形态、历史》，叶江译，上海人民出版社 2006 年版，第 60 页。

场、政治理想、文化选择等多重认知。由于中国传统文化家国同构的特征,使得中国国民具有普遍的爱国情怀和关注国事的集体意识,尤其是读书人,更是将个人前途与国家命运捆绑到一起,因而更关心国家命运。众所周知,晚清小说的创作主体主要由受挫于科场的士子、游离于社会边缘的报人和留学海外的留学生等构成,无论是受自我情绪的左右、社会氛围的熏染,还是受西方文化的刺激,均使其对当时国家形态表示不满,进而以小说描绘所见所闻的丑恶画面,在犀利的批判和夸饰的讽刺中凸显出对国家现状的自我认知。近代翻新小说、科学小说等流派中,均有这样的叙事。

在翻新小说的主要文本中,我们也能看到作家们对国家机构、国家制度、国家意识等方面的描述,其中既有对国家现状的否定,亦有对国家未来的想象。这里,我们先论述前者。从创作主体的知识积累和视域所在看,最容易激发其创作激情的是对国家现状的种种不满。研读文本,我们能够隐隐感觉到潜伏文本背后的中国传统文化中向往尧舜禹时代的文人情结,也有对过往盛世的留恋、追怀,还有睁开眼看到其他国家振兴后的对比等。凡此种种,无不凸显出其复杂的内在情感和多维度的国家认知。吴趼人的《新石头记》1905年在上海《南方报》连载,1908年出版单行本。小说叙述贾宝玉重返凡尘后在近代上海游历并参观"文明境界",看到东方家族——未来中国昌盛文明的生存场景。在前20回里,以贾宝玉的视角对国家现状进行透视——如第5回中上海人"跑马车、逛花园、听戏、逛窑子"的生活内容与商行内十家有九家卖洋货的商业情景;第18回中湖南廪生勤王与官场新党、旧党之争等凸显出时人对国家现状的自我认知。尤其是第32回中老少年的评论:"中国开化得极早,从三皇五帝时,已经开了文化,到了文、武时,礼乐已经大备。独可惜他守成不化,所以进化极迟。"更是点明了传统中国落后于西方列强的原因,是小说家对国家状况的清醒认识。第7回中拆吴淞铁路,第14、第15回中义和团进攻使馆和追杀"二毛子""三毛子",第16、第17回中洋人进京以及《中俄密约》的签订等,则表现出晚清时期国际体系中其他国家对中国的认知。两种认知的结合,体现出吴趼人对国家现状的负面认知和对现存政体的否定判断。

《新封神传》《新列国志》《新镜花缘》《新水浒》等翻新小说中也有对传统国家形象的批判性描述。大陆的《新封神传》1906年连载于《月月小说》杂志,小说开头即以象征性意象否定现实:"忽见东亚细亚,阴霾满天,怨气冲霄,太平洋海水奔腾,汹涌的望着大陆上打来。"当"深眼高鼻,紫须黄发"的人(指租界巡捕——引者注)向姜子牙要护照时,子牙误递金银，那人道："呸！我问你要护照不问你要钱，这里不是你们中国衙门，一进来便上上下下的要钱。"借他者视角表达对国家统治机构的蔑视与否定。第 3 回中猪八戒劝说姜子牙学外语时的一段话更耐人寻味："老猪劝你从此总须学两句外国说话。不懂外国话，不但到外国游历要吃亏，就是在上海走走，也狠（很）不便当。……洋话会说，那（哪）一样不可赚钱。做官呢，出使大臣，外务部，洋务局，这几样美差。读书呢，翻绎（译）西书，教授西文，都是一碗好白饭。做生意呢，各洋行的买办，各银行的经手，进账是一年动万。就不做官，不读书，不做生意，那洋人身边去做个西崽，也是不丑。"如果考虑到不久以前国人还以"鸟语""番语"来特指外语，那么，作家借八戒的口传达出对外语的肯定理念及其功利价值，则不能不承认是对"修齐治平"的传统国家意识的解构。1908 年，佚名的《新列国志》由改良小说社出版，这部旨在介绍西方列国历史的小说，借用《列国志》的外壳，传播着典型的西方理念。第 2 回，包忠便介绍了福禄特尔（伏尔泰）、孟德斯鸠、卢骚（卢梭）及其民权论思想；第 15 回叙述 1803 年法国统治者专制残暴，百姓们"各立私会订立章程六条。一曰人人当有举官之权；二曰官必由民公举，随时更易；三曰遍地设官塾，准民间子弟入内读书，不索束脩；四曰官民财产，宜设法整顿，无使富者益富，贫者益贫；五曰生意行业，必设法流通；六曰宜请各国同心以办大事"；第 34 回介绍法国的上下议院制度，并推崇英国人"立国之道，惟靠自己"（第 6 回），抨击印度人"不知自教，而待他人来教，将本国的大权柄，轻轻付与别人"（第 37 回）。这里，对西方民权思想的推崇、对西方政治制度的肯定和对印度人的丧失自主权的批评等，显然凸显出作者消解传统国家意识、认同西方国家理念的倾向。

萧然郁生的《新镜花缘》连载于《月月小说》第 9—23 号（1907 年 10 月至 1908 年 12 月），共 12 回，叙述唐小峰、林之洋等人在"维新国"的经历。无论是第 2 回对国家机构（官场）的揭露，还是第 5 回描写长官误将"侨民"听成"教民"而前倨后恭等，均表现出作家对国家意志体现者——官员的否定。更值得注意的是，文本对"维新国"的"立宪"行为进行了解构："这次改行立宪，也出于万不得已之举，不过欲藉此以塞众口之责。若必翻倒专制，实行立宪，我政府官吏还有甚么威权？没了威权，有何趣味？既没趣味，我们千思万想来做这官吏何用？"① 通过"长官"的口道出了"立宪"的奥秘，将晚清政治家们推崇不已的"立

---

① 《新镜花缘》第 6 回，《月月小说》第 13 号。

宪"纳入否定范畴,既体现出创作主体对国家现状的彻底绝望,也凸显出其对"立宪"行为的怀疑、拒绝和迷惘,从而真实表现出晚清作家民族国家想象的复杂与艰难。

陆士谔的《新水浒》共 24 回,1909 年上海改良小说社出版,叙述梁山好汉为了顺应时代,下山参与维新的故事。尽管其叙事主体是对立宪运动的调侃与反讽,但也有很多章涉及对传统国家形态的负面描述。第 5 回戴宗感慨:"我观现在的世界,竟是个强盗世界。不要说做强盗的是强盗,就是不做强盗的,也无非都是强盗,做大官的不顾民生国计,一味的克剥百姓,这样加捐,那样加捐,捐来捐去地,都捐到自己腰包中去,不是强盗么?"林冲道:"此乃是愤世嫉俗之言,如何算得准?"戴宗道:"并非愤世,也非嫉俗,现在的世界,实是文明面目,强盗心肠。"第 6 回吴用也用"文明面目,强盗心肠"概括国家实质。第 15 回兴业银行的伙计则认为:"现在是骗子世界,你骗我,我骗你。我受了你骗,即把你的骗术还以骗你,你受了我骗,也可把我之骗术还以骗我。上骗下骗,大骗小骗,骗来骗去,无非骗骗而已。"无须过多引用细节,仅仅是这些感慨便使人感受到小说家对正在实行宪政改革的宋朝(实指晚清)国家现状的整体否定。而第 12 回中周通的自述则可视为是对国家意识改变的描述:"现在世界讲什么?只要有钱什么不可以。若没有钱,随你怎样忠孝正直,一世也不会发迹。有了钱,休说落过草,即造反过也不妨事的。"在中国传统文化中,"君子固穷""重义轻利"的传统流传深远,已经成为国人认同的国家意识。若坚持传统文化观念,这种理念显然是不可能出现的;周通相信的金钱万能的理念,恰恰是对传统国家意识的颠覆。

科学小说侧重立足作者掌握的近代科学知识展开对民族国家未来的想象,基本上是以对未来中国的肯定反衬目前已有政体的腐败。但是,也不乏对现存国家政体的否定性描写。《女娲石》《月球殖民地小说》等小说即对此有多层面的描述。海天独啸子的《女娲石》由东亚编辑局分别于1904 年、1905 年以甲卷、乙卷的形式出版。小说以张扬女性权益为主,通过几个女性组织反抗社会、反抗男性的行为,表达对现存政体和两性不平等现象的不满。与李伯元谴责现实世界是畜生横行一致,女子改造会的领袖金瑶瑟在第 2 回里也将世道视为非人道的:"我本想在畜生道中,普渡一切亡国奴才。那(哪)知这些死奴隶,都是提拔不上的。"将现存政治体制下的社会视为畜生世界,显然隐含着对政体的否定;而第 15 回翠黛、轻燕两个女性所唱歌曲则是对政府的直接控诉:"谁奴谁主谁天下?同食汉毛践汉土。于今大祸捷(睫)于眉,请后内嫌先外侮,我将此语告政府，政府愤且怒。宁被亡于敌，毋被夺于奴，敌亡犹可，奴夺欺我，可奈何！奈何！奈何！奈何！奈何了奴夺欺我。"这段歌词令人想起慈禧太后"宁赠友邦，不予家奴"的名言，凸显出当时人们对于政府的极度失望与无奈。否定了政府，也就否定了维持政府的政体，因而小说第16回描写金瑶瑟"急欲往各地考察各党情形，一面联络，为他日共和独立之举"，就有了坚实的基础；当然，也表现出作者欲以"共和"为未来国家政体的理想。

荒江钓叟的《月球殖民地小说》1904年起连载于《绣像小说》，共刊35回。小说叙述龙孟华因报仇杀人而携妻流落南洋，遇海难夫妻分离；后在来自日本的玉太郎帮助下，寻妻到纽约、伦敦、南亚、澳洲、非洲等地，终与妻团圆。在充分展示海外社会画卷、歌颂西方政体的同时，也揭示了主人公离开中国的原因。第1回描述龙孟华之所以背井离乡，就因为刺杀逼死其岳父的权臣而被追捕，凸显出专制制度的残酷。第12回中龙孟华发出质问："苍天啊！苍天啊！你难我龙孟华也算是难到尽头了，怎样（么）还不放松些？那满世界中间王侯将相，虽然好的不少，那虎狼蛇蝎似的伎俩，据我眼里所见、耳里所闻的，实在也不为不多，偏偏将我这班人的脂膏供他那一班的快活。……这却是何道理呢？难道你是全然不管的么？"此处虽然没有直接提及政体如何，但目标直指"王侯将相"，实际上是怀疑封建制度存在的合理性。如果考虑到他是与来自已经立宪的日本国民玉太郎一起寻找妻子、游览欧美的，那么，其中蕴含的对西方政体的向往、对祖国政体的否定意蕴是不言而喻的。

总之，前述诸流派的小说创作从不同维度展示了晚清作家对传统政体的认识，直接或间接地告诉读者现存政治体制的不合理性，启发人们思索变革之路，成为民族国家想象的基础。同时，翻新小说对政体的多层次揭露、科学小说对奴性与愚昧的抨击等，也为晚清小说描摹民族国家的未来愿景酝酿了氛围，具备了造势与宣传的多重价值。

二　对建构国家新政体的多维想象

对传统国家形态的否定性描述凸显出创作主体对国家现状的极度不满，也蕴含着他们渴望改变国家现状、实施社会改革的愿望。面对"三千年未有之大变局"，"中国人突然面对着一个全然陌生的难题：中国向何处去"？① 此时，先觉者有强烈的建构民族国家的愿望。梁启超1902年

---

① 高瑞泉主编：《中国近代社会思潮》，上海人民出版社2007年版，第2页。

认为："故今日欲救中国，无他术焉，亦先建设一民族主义国家而已。"[①]
而民族国家建设是需要参照系的，既需要理念方面的借鉴，更需要国家组
织、国家体制、国家意识等层面的变革。能够在这些方面为近代中国提供
参照的，是酝酿已久的立宪运动和刚刚兴起的革命运动。

　　对国家政体的虚拟建构，成为众多晚清小说家的叙事焦点。晚清谴责
小说的作者对未来国家有着各不相同的想象。李伯元在《文明小史》"楔
子"中肯定"新政新学"，表现出对维新立宪的赞扬。刘鹗在《老残游记》
第 11 回中也借黄龙子的口表达对未来中国的想象："北拳之乱所以渐渐逼
出甲辰之变法，南革之乱所以逼出甲寅之变法。甲寅之后文明大著，中外
之猜嫌，满汉之疑忌，尽皆消灭。……然后由欧洲新文明进而复我三皇五
帝旧文明，骎骎进于大同之世矣。"二者或瞩目西方，或聚焦传统，均表现
出建构不同于现存政体的愿望。曾朴的《孽海花》则蕴含着更丰富的变革
国家形态的描写——既描述称颂民贵君轻的礼部尚书潘八瀛，也刻画宣讲
今文经公羊三世说、借孔子之灵为变法开道的唐常肃。他们的理论资源显
然是传统文化，希望通过借鉴传统文化中适应近代社会变革的成分达到重
建国家政体的目的。而年轻一代则趋向于否定传统国家意识，向西方寻求
改革资源。第 2 回中冯桂芬主动拜访金雯青，告诉他："……我看现在读
书，最好能通外国语言文字，晓得他所以富强的缘故，一切声、光、化、
电的学问，轮船、枪炮的制造，一件件都要学会他，那才算得个经济！"
否定传统的"经国济世"的经济观，建构以通晓西方语言、熟悉西方文
化为主要内蕴的新的经济观。第 10 回中俄国人毕叶一方面向金雯青介绍
虚无党的理论，要把人间假平等变成真平等；另一方面直言中国的百姓
"哪里晓得天赋人权、万物平等的公理呢"。以外国人的视角，更为明确
地表达出中国传统文化的等级观念不如西方文化的平等观念，直接否定了
传统国家意识。第 18 回叙述出使英法意比四国大臣薛淑云召集的谈瀛会，
论及经营海军、兴办实业、发展教育、言文一致等一系列现实问题，显然
是期望多维度建构新的国家政体。尤其值得注意的是，讨论救国策略时，
金雯青提出："若论内政，愚意当以练兵为第一，练兵之中尤以练海军为
重要。"台霞明确反对，认为"西国富强的本原……第一在政体"，意识
到政体改革的必要性和紧迫性。因此，他们多维度探究改革路向，也就成
为必然了。可见，《孽海花》描述了晚清政局中尝试建构国家新机制的多

---

① 梁启超：《论民族竞争之大势》，吴松等点校《饮冰室文集》第 2 卷，云南教育出版社
1996 年版，第 802 页。

种努力，为读者提供了对国家未来的多向思考。

陆士谔创作的翻新小说《新三国》1909 年由上海改良小说社出版。小说依旧把魏、蜀、吴三国的竞争作为叙事主线，但叙事背景转为列强环伺、立宪维新的时代氛围；通过吴国、魏国、蜀国相继进行改革，实行变法，却因措施的得当与否、是否抓住立宪的实质等导致蜀国国力大增，最终逼东吴签订屈服条约、远征魏国成功，统一了天下。文本凸显出不变法、国将灭亡的紧迫感，亦表现出改革必从根本做起的深刻意蕴。第 1 回蒋干上书内容为："一，易服色以新民目；二，改官制以整吏治；三，立学堂以宏教育；四，创海军以固国基。其余几条，则请改编陆军，举办巡警，兴筑铁路电线，奖励农工商业，派遣学生出洋留学。"这些几乎涵盖立宪运动的改革措施，实际上是作者认可的建构近代国家形态的政治制度。惟其如此，当面临"用夷变夏"的指责时，作者让诸葛瑾出面辩曰："制度管什么外夷中国，只要于国有利，于民有礼。就可采择施行。我以为外夷之所长，补中国所不足，亦无不可。……我辈谋国，须从大处着手，何必拘定成见，执古不化呢？"① 文本从主体意识方面否定了传统国家意识中的"夷夏之辩"，认识到"师夷之长"的必要性，即表现出为了救国——建构新的国家，反对泥古，博采众长的新理念。

采取这种立宪制度，是否能够成就孙权的霸业呢？该书第 4 回写道："吴主权一意富强，力行新政，变法后八九年间，创办海陆军，改设新官制，筑造轮船电报，建立学堂等各项美政，次第举行，巴望吞魏灭蜀早成一统，那（哪）知蜀魏不曾灭掉，自己国势倒先已立不住了。"为什么如此？作者急切插入道："原来东吴所举行的一切新政，皆是富强之具，而非富强之本。"② 认识到立宪不能只做表面文章，还要从根本上做起。为了衬托此理念，小说以十多回的篇幅描写了魏国变法过程中遭遇革命党的冲击、当权派的骚扰等，亦使国势江河日下；然后从第 17 回开始描述蜀国"下诏立宪"、诸葛亮实施宪政的行为。诸葛亮嘲笑"吴魏所行者，均新法之皮毛，虽甚美观，无甚实效"，表示蜀国将"从根本上着手，必先事教育"。他认为："古今谋国救时之道，其所轻重缓急者，综言之，不过标本两字而已。标者，在夫理财、经武、择交、善邻之间，本者，存乎立政、养才、风俗、人心之际。……吾国变法，第一要者，须使人民与闻政治，先立上下议院，上议院议员，由皇上特简三分之一，由朝臣推举三

---

① 张正吾主编：《晚清民国文学研究集刊》第三辑，漓江出版社 1996 年版，第 166 页。
② 同上书，第 179 页。

分之一，由人民公选三分之一；下议院议员，全由人民公选。一切财政、军政、国家大事，应兴应革，须悉经议院认可，然后施行"。① 也就是说，蜀国的政治改革是从国家体制上开始的，体制新了，其余皆好施行。应该承认，《新三国》对未来中国的刻画达到了相当深刻的程度。

对于蜀国的立宪改革，作者不仅在小说中给予其极大的正效应——科技发达，政通人和，为后来的统一天下奠定了基础；而且在第 21 回通过议员张裔的辨析，专门区分立宪与专制的不同："立宪国国民与国君，如家人父子，专制国皇帝和百姓，如奴才与主人，其不同者一；立宪国则以国为君民之共有物，故君为国主，民亦未始非国主也，专制国则以国为君主之专有物，故人民万不敢以国认为己有也，其不同者二；立宪国凡在一国之内，无论为君为民，为官为吏，皆在法律范围之内，故各有权利，各有义务，专制国则君主不受法律之范围，有权利而无义务，官吏可以枉法害民，权利多而义务少，惟小民则仅有义务，毫无权利，其不同者三。"② 从君民关系、国权、法律三个层面理清了立宪与专制的利弊，也为蜀国的屈吴灭魏埋下了伏笔。因此，作者才在第 29 回中比较吴蜀的成败曰："只因一国立宪，一国不立宪，立宪的国，是聚众人的智慧以为智慧，其智慧就大得了不得；非立宪的国，只靠着一二人的小智慧，休说孙亮，就是周公孔圣，恐也抵挡不住。所以国而立宪，即庸愚如后主不为害；如不肯立宪，即智慧如孙亮，也靠不住。士谔编撰这部《新三国》，就不过要表明这重意思。"③ 此话既凸显出作家的创作主旨，亦表达了其对立宪国体的认同，还体现出晚清知识分子对国家未来的清晰憧憬。

与《新三国》清晰的憧憬有别，陆士谔在《新水浒》中则表现出对立宪运动的另类思考。此小说虽与《新三国》同为 1909 年创作，对立宪运动的态度却迥异。第 1 回叙述林冲、鲁智深、戴宗三人到东京刺探朝廷动向时，听到路人对"新政"的议论——"此刻行的新政，不论是学堂是矿务，是船下是警察，那开首第一义总是筹画经费，及至经费等到，却都造化了办事几个人。"具体措施何来呢？"却把荆公的法制，改头换面，青苗法改为国家银行，保甲法改为警察局，均输法改为转运公司，市易法改为万业商场，其余学堂、矿务等，也无非做个热闹场面，那（哪）里有什么真效实验。"显然，站在普通百姓立场上看

① 张正吾主编：《晚清民国文学研究集刊》第三辑，漓江出版社 1996 年版，第 243—244 页。
② 同上书，第 264—265 页。
③ 同上书，第 308 页。

"新政"，那是一场换汤不换药的改良、不过便宜了少数人而已。第 3
回描写一场皇帝下令"许颁定国是，许人民参预国政，特诏切实预备，
限九年实行"的立宪运动，在选举咨议局议员时，也演变成一场贿选闹
剧。第 6 回吴用在梁山实施新法时，自己认定："人情莫不好利。现下
我们提创的就是金钱主义，只知权利，不识义务。"看重金钱，只认权
利，不识义务，是对立宪新政的直接解构。惟其如此，第 7 回里阮小七
才讽刺梁山上的新政曰："这不成强盗立宪么？万想不到，我们做强盗
的，也轮得着有立宪的日子。"可以看出，陆士谔在这部小说里对立宪
新政持明确的否定态度。表面看来，两部小说构成矛盾，实质上矛盾的
不是作者，而是其所处的那个社会转型期。正是矛盾百出、弊端纷呈、
彷徨迷惘的时代，产生了相悖的国家想象。其存在恰恰证明了近代小说
国家想象描写的真实性。

三　对国家未来的理想政体的终极想象

　　传统帝国的形象是腐败的、专制的，是被作家们明确否定的；立宪新
政似乎合理，却带来诸多失望与不满。面对中国国家未来的想象，还有没
有别的愿景呢？处在"过渡时代"的作家们，可否创造出既不同于传统
帝国、亦有别于立宪新政的国家想象呢？晚清作家在民族国家想象的路上
还能够走多远呢？《新石头记》后 18 回，以及《月球殖民地小说》《新纪
元》《新野叟曝言》等小说，回答了这些问题。

　　《新石头记》第 22 回，老少年向贾宝玉介绍"文明境界"的架构：
"敝境共是二百万区，每区一百方里，分东西南北中五大部。每部统辖四
十万区，每区用一个字作符识。……那作符号的字，中央是'礼、乐、
文、章'四个字，东方是'仁、义、礼、智'四个字，南方是'友、慈、
恭、信'四个字，西方是'刚、强、勇、毅'四个字，北方是'忠、孝、
廉、节'四个字。"① 可见，"文明境界"是有着独特结构的国家实体，
而支撑、维系其存在的符号性理念是传统儒学，凸显出的国家意识为传统
儒家意识。正如第 28 回里老少年所承认的："要问敝境奉的是甚么教，
那只得说是奉孔子教了。敝境的人，从小时家庭教育，做娘的就教他那伦
常日用的道理；入了学堂，第一课，先课的是修身。所以无论贵贱老少，
没有一个不是循理的人。那孝悌忠信，礼义廉耻，人人烂熟胸中。这才敢
把'文明'两个字，做了地名。"显然，与吴趼人的其他小说作品一致，

---

　　① 《吴趼人全集》第 6 卷，北方文艺出版社 1998 年版，第 179 页。

作家对传统的国家意识是认同的，传统国家意识是吴趼人建构民族国家想象的基础。如果吴趼人停留在此，那么，他与同时代作家没有太大的差距。吴趼人建构国家意识时，还吸收了西方的"自由""竞争"等理念。他认为自由有文明、野蛮之分："大抵越是文明自由，越是秩序整饬；越是野蛮自由，越是破坏秩序。界乎文野之间的人，以为一经得了自由，便如登天堂。不知真正能自由的国民，必要人人能有了自治的能力，能守社会上的规则，能明法律上的界线，才可以说得自由。"① 对"自由"的认识与自治能力、法律意识结合起来，应该说吴趼人的自由观已经站在时代前列。至于"竞争"问题，第35回东方法说："若要竞争，便和外国人竞争，何尝没有竞争呢？可笑近来的人，开口便说同胞，闭口也是同胞，却在同胞当中分出多少党派，互相攻击，甚至互相诟骂。……靠了这种党派，要求竞争进步，不过多两个小人罢了！有甚么进步呢？"强调增强国内团结、一致对外，反对内讧，亦即倡导对国家有利的"竞争"，反对为了一己之私而内耗。如果有了受法律约束的"文明自由"，加以增加全民凝聚力的"竞争"，那么，何愁国家不强？还怕国人是一盘散沙吗？受其融汇中西的国家意识的影响，吴趼人等作家对国家政治体制做出了独特的选择。萧然郁生创作的《新镜花缘》第6回曾批判"维新国"只得维新之形却失去其本质："唉！维新维新，那（哪）里教你们在这些上新，要新的是新精神，新魄力。精神新，魄力新，再新教育，新政治，新风俗。"强调推行教育改革，才能够创造新的国家。《新石头记》第26回老少年叙述"文明境界"的建构过程时，强调先把字典里的"盗贼""奸宄""偷窃"等字删去，再将京中刑部衙门各区刑政官、警察官裁去；然后评论世界上的专制、立宪、共和三种政体："现在我们的意思，倒看着共和是最野蛮的办法。……就是立宪政体……便闹得富者愈富，穷者愈穷。""我们从前也以为专制政体不好，改了立宪政体。"但是，后来信奉大英雄万虑的办法，重视教育，强化德育"德育普及，宪政可废"，最终恢复了专制政体。当宝玉表示赞同时，老少年进一步阐释："未曾达到文明的时候，似乎还是立宪较专制好些。……所以野蛮专制，有百害无一利；文明专制，有百利无一害。"这里，集中传达出晚清知识分子对国家政体的认知——仅仅是外在形态模仿西方，借鉴其政治体制，是难以解决中国问题的；只有从教育做起，强化德育，才能够在保存专制政体的前提下，抵达"文明专制"的理想境界。

---

① 《吴趼人全集》第6卷，北方文艺出版社1998年版，第182页。

对自我设计政体的充分信任，使得吴趼人设想中国未来肯定能够成为世界强国，故《新石头记》第 40 回里，一方面在上海浦东召开"万国博览大会"，另一方面在北京召开"万国和平会"，中国皇帝被推举为会长。这是两个梦——前者意味着中国经济实力增强，并得到世界的广泛认可；后者意味着中国政治地位的提升，不再是受列强欺负的弱国，而是倍受他国尊重的国家。梦的背后，是作家建构国家形象的殷切希望和改变国家现状的急切心情，亦凸显出作家对所选择政体有可能抵达境界的殷切期待。

在建构国家未来形象方面，走得更远的是科学小说。笔者以《月球殖民地小说》《新纪元》《新野叟曝言》等为典型文本，论述其民族国家想象。荒江钓叟的《月球殖民地小说》一方面主张"教育救国"，第 4 回濮心斋赞扬唐蕙良"第一件事业，还是从教育设想。倘是教得我几万万个女子都像小姐一般的懂得道理，还怕什么事业不成"，第 35 回唐蕙良"替国家挽回气运的计策"便是"广开学校，造就国民"，另一方面让主人公巧遇月球人，梦游月球世界，在"地球栖流公所"见一座大殿坐着三位大人——释迦牟尼、孔子和华盛顿，是为公所三首领（第 13 回）。第 32 回中则担心一旦月球人来地球殖民，"只怕这红黄黑白棕的五大种，另要遭一番的大劫了"。可见，作者既希望通过教育改变国民素质，建构新的政体；亦凸显出冲破文化藩篱、超越狭隘民族立场的意识，为所有地球人的前途担忧。《新纪元》是碧荷馆主人所作，1908 年由小说林社出版的。小说描写 1999 年爆发的黄白种人之间的大战。此时的中国，已是成熟的立宪国家，科技发达，军队强大，故能够打败白种人联军。值得注意的是引发战争的原因——中国决定自 2000 年起改用黄帝纪年。这一中国内政为何激起西方白种列国的强烈反应呢？有学者认为："显然是作者受到梁启超《少年中国说》的激励，以幻想的方式曲折表现出的强国愿望。……'纪年之争'被作者作为战事的发端（同时也是世界秩序重组的开始）加以渲染，正是'内争民主，外争族权'的时代思潮在文学中生动的反映。"① 此文本反映出的内蕴已非改良传统国家政体，而是通过改革政体，建设超强国家。作为此意蕴载体的黄白之争，则有着鲜明的民族、种族色彩，表现出晚清作家将民族国家想象的诸多问题梳理不清的困惑以及急欲超越现有政体、抵达强国目标的

---

① 李广益、陈楸帆：《〈新纪元〉研究》，吴岩主编《贾宝玉坐潜水艇——中国早期科幻研究精选》，福建少年儿童出版社 2006 年版，第 217 页。

愿望。

如果说《新纪元》欲通过击败白种人、征服欧洲来显示未来中国的强大,尚未超越地球视域,那么,陆士谔的《新野叟曝言》和高阳氏不才子的《电世界》则以征服宇宙来凸显雄心了。《新野叟曝言》1909年由改良小说社出版,叙述文素臣剿灭佛老后,正学昌明,社会安定,人们却不屑谋求种植生财之道,导致人口剧增、物质匮乏、内外交困的局面。文素臣的云孙文初挺身而出,联合好友,成立拯庶会,一方面节约土地,增产粮食;另一方面发展工业,建造飞舰,环游月球,并发现木星适宜移民。于是,皇帝任命其为木星总督。于是,文初特设皇家飞舰公司,陆续将国人移民木星,彻底解决了人口之患。《电世界》载于《小说时报》创刊号(1909年9月),主要叙述2009年电王黄震球充分利用电学知识,发明电气枪击毁西方飞艇、制造空中电车方便民生等,最后制造空气电球,飞向太白星,欲为人类开辟新的生存空间。与谴责小说的愤懑不平、充满危机意识不同,与翻新小说受制于原著的格局迥异,此文本凸显出作家超乎寻常的自信——一方面彰显电的作用,使其成为强国保种的基础;另一方面相信中国很快就能够强大起来,征服世界。小说第1回曰:"诸位同胞,不必再忙别的。只要就这电力上用一些功夫,掷一些资本,不消五十年,中国便稳稳的做全世界主人翁。"为了印证这一点,第4回描写电王用一把电气枪把西方飞来的一千多只飞行舰烧得如死鸟般跌落到太平洋底了。显然,作者急于表现电之威力,亦表现出内心深处希望中国战胜西方的急切愿望。对于国家政体,小说没有点明,但是遇到重大事情,大臣聚集商议,皇帝也不再称呼大臣为奴才等,证明现存政体接近立宪制度。然而,作家的理想并非局限于立宪,而是糅合传统文化中的大同理念,尽力描摹一个超越现实的国家想象。第6回可以看到,国家物产丰裕、资本家道德进步、物价稳定、百姓安居乐业,"人民便也没有极贫极富,岂非真正大同世界"?此后,电王又开发南极、北极以及海底世界,拓展地球人的生存空间。第16回,文本描述2110年的中国已经造成统一世界,建成了大同帝国;由于担心后世子孙缺乏生存空间,黄震球决定去太白星寻求新的发展区域,表现出征服宇宙的雄心。应该承认,这些文本达到了当时人们有关国家想象的顶峰,它对中国未来的希望不仅仅满足于富强自足,或不再受西方列强侵略,而是期望国家不但成为地球上最强大的国家,而且能够征服宇宙、移民其他星球。因此,笔者认为这应该视为晚清作家对国家未来的终极想象。

第五节　科学小说与翻新小说中民族国家想象的成因

　　描述晚清作家关于民族国家想象的不同画面，我们能够感觉到其在中国文学史上亦构成奇观。此前的中国古典小说里，虽然有海外仙山的想象，有《西游记》对唐僧所经车迟国、宝象国、乌鸡国、女儿国、天竺国等神怪国家的描述；或如《镜花缘》的君子国、女儿国、不死国、两面国、无肠国、穿胸国、犬封国、淑士国、毛人国、大人国、小人国、长人国等40多个奇奇怪怪的国家；抑或似《三国演义》等历史演义中描述的魏、蜀、吴等国；但是，它们或为虚构的产物，或是历史的存在，均不具备近代民族国家想象的特征。此后的民初小说和现当代小说中，也有对国家未来的想象，却浸染着政治色彩，承载着救亡的重任，内蕴与形式均不及晚清小说中这么丰富。因此，有必要探讨其成因。晚清小说中的民族国家想象有独特的政治、社会成因。晚清正处于社会转型期，面对列强入侵四边、国内暴动不断的危局，统治者忙于应对外敌、压服内乱，因此，思想控制放松，使社会结构出现裂隙，浸淫已久的思想权威渐趋消失，思想解放思潮兴起，作家们抨击政局、抒发感慨、描述理想成为可能。不仅如此，当中国必须变革才能生存成为共识、需要选择适合中国国情的政治体制时，面对这一全新课题，一时难以出现众望所归的见解，呈现"无解"状态。惟其如此，才留给晚清小说家发挥的空间，导致有关民族国家未来的新解频出，建构起多维度的民族国家想象。正如有学者所言，面对"中国向何处去""这个指向未知世界的问题，答案自然会多种多样，加之中国幅员广袤、历史悠久，情势逼迫中国人必须在短时期内形成足以调动全社会资源的政治—文化设计，其最初的反应必定是诸说杂陈、相争相生"。[①] 来自中国内部改革的强烈需求形成了"诸说杂陈"的局面，虽然使当时的人会产生无所适从感，却带来小说世界里民族国家想象的百花盛开，成就了此类小说的繁荣。

一　民族国家想象的思想资源

　　论及民族国家想象纷呈的原因，我们不能忽视晚清中西文化交流、各种社会思潮泉涌的氛围，需要理清影响晚清作家民族国家想象的思想资源。

---

　　① 　高瑞泉主编：《中国近代社会思潮》，上海人民出版社2007年版，第2页。

笔者认为,其思想资源有中外之分。就中国传统文化而言,能够为作家们的想象插上翅膀的是大同理想。无论谴责小说《老残游记》中推断的"大同"社会,科学小说《新纪元》和《电世界》中征服西方民族后所建构的平等世界与"大同帝国",还是翻新小说《新水浒》中维新后的梁山空间,《新三国》中蜀国征服吴魏后抵达的社会境界,甚至《新石头记》里东方家族治理下的"文明境界"以及《月球殖民地小说》中令人向往的海外孤岛等,均凸显出"大同"理想的印记。就西方思想资源而言,西方进化论、科学主义、无政府主义等社会思潮,对此类小说的影响巨大。进化论是出现于 19 世纪的西方自然科学理论,包括广义的进化论和狭义的进化论。前者"包括宇宙无机论的进化、生物的进化和社会的进化等自然历史进程,其中生物的进化是非生命进化到人类社会进化的中间环节";后者"是指达尔文以来的生物进化论"。[1] 进化论对中国近代社会产生影响主要得益于严复的翻译与介绍,它成为中国近代自由主义建构社会改革观念的基础。自由主义者的基本精神有两层:"其一是肯定社会历史是不断向前发展的过程。其二是认为社会历史的发展是逐渐积累的过程。"[2] 因此,他们强调改革,却反对采取激进的方式,倡导开启民智、发展教育实现其政治目标。谴责小说作者喜欢在序言或批注中畅言文本的启蒙价值,表现出对立宪运动或向往,或讽刺的矛盾态度。翻新小说作家或如《新三国》《新水浒》,让读者熟悉的历史人物、江湖好汉们走出山寨,创办学校、书局,成就维新事业;或如《新石头记》先叙述专制体制下的腐败,再描述进化后的"文明境界"。科学小说如《新纪元》让主人公走出国门、留学海外,然后再回国办学、办刊,实现强国梦,征服白种人;或如《月球殖民地小说》中让唐蕙良等人专门开办新学、振兴教育等,均可发现这种思潮的影响。因此,进化论思想的传播成为近代作家选择立宪政体的理论基础。

科学主义是随着西方实证科学的发展而产生的社会思潮。其内涵是:"认为科学是万能的,只要运用科学的方法,人间的一切问题都能迎刃而解,只要贯彻科学的原则,一个人间天堂就将不期而至。……科学不再是一种有具体的对象、只在特定领域中有效的知识形态,而是一种放诸四海而皆准的信条体系;不再是一种实证性的(positive)认知成果,而被转化成一种规范性的(normative)的评价尺度。"[3] 其存在不仅使近代中国

---

[1]　高瑞泉主编:《中国近代社会思潮》,上海人民出版社 2007 年版,第 60 页。

[2]　同上书,第 69 页。

[3]　杨国荣、郁振华:《融入与逸出——实证主义、科学主义思潮评析》,高瑞泉主编《中国近代社会思潮》,上海人民出版社 2007 年版,第 127 页。

知识分子推崇科学、相信科学具有战无不胜的功能，如《新纪元》第 8 回所言："十九世纪以后的战争，不是斗力，全是斗智。只要有新奇的战具，胜敌可以操券。……今日科学家造出的各种攻战器具，与古时小说上所言的法宝一般，有法宝的便胜，没有法宝的便败。"更典型的是，在晚清小说里，科学已经不再是一种知识体系，而成为一种价值立场，甚至成为小说家的思维方式。此类小说中，凡是叱咤风云、屡立战功或成就功名者，多为留学欧美、具备科学思维者。他们拥有近代科学知识，便等于拥有了强国富民的捷径，于是，有了《新水浒》中对戴宗所带法码的电学解释，有了《新三国》中类似直升机似的侦察工具，有了《月球殖民地小说》中环游地球的气球，有了《新石头记》中能够测量人的品质和行动便捷的飞艇、潜水艇等。更有甚者，如《新野叟曝言》中文初凭"科学"征服白种人并当了木星总督，《电世界》中的黄震球研究自然电，一支电气枪焚毁欧洲上千飞艇，使国人对其顶礼膜拜，并开发南北极和海底世界，最后飞向太白星探险等。可见，此类小说里，"科学"成为建构新型政体、实现强国梦想的工具，亦为推动叙事进程的关键因素；作家对"科学"的态度，也由推崇提升到了迷狂、迷信的程度。

　　无政府主义对晚清作家民族国家想象的建构也产生了不容忽视的影响。无政府主义本身是一个相当庞杂的体系，其对中国社会思潮的影响主要表现在被中国知识分子有选择地接受，并针对晚清专制统治提出了自己的主张。学界如此概括其特征："第一，反对强权压制，排斥任何形式的国家和政治组织，鼓吹极端个人主义。""第二，仇视私有制度，描绘无政府主义的理想图式。""第三，强调人的社会公平地位，主张权利和义务均等。""第四，提倡废姓，抨击宗法家族制度。""第五，幻想革命即日成功，宣扬暴动、暗杀的恐怖思想。"① 这些思想经过报刊、书籍等传播开来，融汇到晚清作家的小说创作中，转化为颠覆传统政体、建设新型政体的手段。科学小说《月球殖民地小说》第 24 回中濮心斋、玉太郎等进京救李安武等人，第 29、第 34 回中孔文、孔武刺杀骗子和奸党的行为等，是典型的通过暗杀实现目标的无政府主义做派；而第 30 回中所描绘的飘飘庐情景，则是没有等级、宗法，人人平等、远离俗世的理想图式：大洋孤岛，遗世独立的老翁，随意飘荡的小船，"不许残害生命""等闲不得哭泣"以及对"轩辕黄帝造下了杀人的器具，把世界上扰乱得不成

---

① 齐卫平、钟家栋：《向着"无何有之乡"——无政府主义思潮研究》，高瑞泉主编《中国近代社会思潮》，上海人民出版社 2007 年版，第 292—295 页。

样子"的认知等。旅生的《痴人说梦记》原载《绣像小说》,1904—1905
年出版。该小说通过几位立志维新者的奇异遭遇,描述一代青年的理想。
其中,对海外多处荒岛的描述,一方面凸显其愚昧落后,另一方面表现其
安宁平等,主人公最终在仙人岛实现立宪政体,并表示"这就是我们中
国将来的结局"。① 这种海外"仙人岛"的勾勒,既有几分桃花源色彩,
更多无政府主义韵味。文本价值取向的芜杂,恰恰说明无政府主义自身的
内蕴复杂以及对晚清作家影响的多向性。

二　民族国家想象的文学渊源

晚清小说中的民族国家想象还有文学本体的传统。政治氛围、社会思
潮对小说创作的影响固然不容忽视,但是,文学自身的传统则是更直接的
渊源。全面论述此问题非本文的任务,笔者聚焦于小说创作的渊源追溯,
且以影响最大的梁启超为例,阐释这个问题。从理论倡导方面看,梁启超
发起的"小说界革命"对小说功能的认识、小说地位的提升均发挥了决
定性影响。尤其是1902年发表在《新小说》第1号上的《论小说与群治
之关系》,将小说的价值估量为"新民",从道德、宗教、风俗、学艺、
人心、人格诸方面,以不可商讨的语气肯定小说能够使其焕然一新。由于
梁启超极大的社会影响力和创办《新小说》(1902)等小说刊物传播自己
的理念,使得其小说理论产生了他人难以匹敌的效应。晚清作家的创作理
念,几乎无外乎梁氏阐释的范畴。是年,他提出欲救国必先创立民族国家
的主张;次年,访问美国后,他撰写《开明专制论》,成为开明专制的鼓
吹者。这些思想,一方面使晚清小说家们不再视创作小说为雕虫小技;另
一方面直接影响到众多小说家的文本内蕴,如《新石头记》中的"文明
专制",《电世界》中电王的开明政策等。从文本方面考察,《新小说》刊
载的政治小说、侦探小说等翻译文本,既提供西方立宪政体的模板、自由
平等的思想资源,亦描绘出西方文明的具象,成为晚清小说创作的形象资
源。其政治小说《新中国未来记》,刊载于《新小说》第1、第2、第3、
第7号,借维新志士"曲阜先生"之口引出故事,叙述60年后中国已经
富强,庆祝维新成功50周年大典在南京举行。曲阜先生讲述中国振兴的
历史,叙述黄克强、李去病等人的救国思想。此文本至少在三个方面对晚
清小说中的民族国家想象有影响:其一是政体层面,否定现存政体,肯定
立宪制度。第3回,李去病认识到中国已经不是中国人的中国:"十八省

---

① 旅生:《中国近代小说大系·痴人说梦记》第30回,江西人民出版社1989年版,第214页。

的地方，那（哪）一处不是别国的势力范围呢？"探究原因，他认为罪在政府："你看现在政府，要说外国人放一个屁，都没有不香的，他要什么，就恭恭敬敬拿什么给他；他叫做什么事情，就要屁滚尿流做什么事情；他叫杀那（哪）个人，就连忙磨刀杀那个人。"因此，他与黄克强一起研究"政体"。他主张采取激进方式，通过革命建立共和体制；黄克强则主张渐进改革，认同立宪政体。其二，宣扬进化论思想，抨击传统国家意识。黄、李均接受进化论，但理解有差异。黄克强相信新的必然战胜旧的，但认为"旧的必先胜而后败，新的必先败而后胜"，为其立宪缓进思想做辩护；李去病则强调物竞天择、顺应时势，"专制政体是一件悖逆的罪恶"。第5回主张排满革命的宗明要将尧、舜、禹、汤、文王、武王、周公、孔子统统打倒，"因为他们造出甚么三纲五伦，束缚我支那几千年，这四万万奴隶，都是他们造出来的"，直接提出推翻传统国家意识，对后世影响更大。其三，看重教育事业，侧重人格养成。小说叙述人是"全国教育会会长"曲阜先生，"专致力于民间教育事业"。第2回的演讲中，他认为："一国所以成立，皆由民德、民智、民气三者具备……民德一桩，是难养成。"第3回黄克强与李去病辩论时，也强调"只有养成人格一件是最难不过的"。晚清小说建构民族国家时，聚焦宪政、彰显革命、抨击传统、宣扬进化、注重教育、凸显人格等内蕴，主人公对立宪的矛盾认知、对革命的推崇与疑惧心态等，均可看到梁启超小说理念对小说创作的影响。

综观晚清小说中的民族国家想象，存在诸多值得反思之处：首先，此类小说抨击传统政体，憧憬西方立宪制度，但是，对于宪政的态度往往是既向往亦批评的矛盾态度；甚至不少小说中都有对通过革命建立共和政体的讨论与尝试。这种矛盾凸显出所移植西方政体与中国近代社会环境的排异性，也说明中国社会选择政体必须面对中国现实，并顾及中国传统文化的存在。其次，实现宪政的条件，小说并非特别看重自上而下的政治改革，而多强调通过教育提升国民素质，培养其近代人格，使其具备立宪的资格。这一现象的形成，既因为晚清正处于由物质层面到制度层面学习西方，进而从文化层面反思传统文化的时代，也引发了中国现代对国民性的思考。再次，晚清小说中的民族国家想象深受作家"前理解"的制约。中国传统的大同理想，西方列强入侵中国、殖民租界的历史记忆等，皆成为创作主体的文化积淀或情感创伤，因此，在文本中建构大同世界，征服白种人以后逼迫其签订屈辱条约，成为科学小说等小说流派的叙事模式。"以其人之道还治其人之身"的畅想画面，凸显出作家鲜明的民族意识和历史感受。最后,晚清小说极富"想象"色彩,缺乏"科学"依据。我们能够看到作家们利用自己有限的科学知识,极力渲染主人公使用武器如飞艇、电气枪、潜艇等的无比威力,可是,当他们尝试阐释其科学原理时,往往笼统言得自西方,或直言无法解释。这就造成具象描写不够生动,抽象解说苍白无力,进而影响到小说的阅读快感,没有抵达其应该达到的艺术高度。当然,作为后来者,我们的反思并不应该影响对其价值的评估;其存在,仍然具有独特的历史价值和文学意义。

梁启超曾感慨中国人只知"天下"而不知"国家":"中国自古一统,环列皆小蛮夷,无有文物,无有政体,不成其为国,吾民亦不以平等之国视之,故吾国数千年来,常处于独立之势。吾民之称禹域也,谓之为天下,而不谓之为国。"① 亦即中国传统意识中是缺乏"国家"意识的。处于这种情势之中,晚清小说家们初步确立起民族国家意识、展开民族国家想象时,必然呈现出矛盾、多向的特点。作为"参与型知识分子"②,以各自的知识积淀为基础,展开对未来民族国家的想象,为国人提供了未来中国的不同蓝图。我们可以批评其政体建构的不尽合理,可以认为其政治理想的过于超前,甚至为其国家想象的简单、幼稚而不满;但是,却不能忽视其中蕴含的思想意蕴与文学价值——启迪后人以更合理、更有效的方式建设民族国家,思考中华民族的生存方式、生存空间等;亦表现近代知识者对未来中国政体的想象,为中国现当代文学中的民族国家想象提供了借鉴。于此,即可凸显晚清小说民族国家想象的价值。

---

① 梁启超:《爱国论》,吴松等点校《饮冰室文集》第 2 卷,云南教育出版社 2001 年版,第 661 页。

② 胡伟希认为:"所谓参与型知识分子,是指对社会公共事务及政治生活表现出一种极度的关心,并试图积极'参与'政治的知识分子。但这种政治上的参与,并不以谋取官职为终极目的。"高瑞泉主编:《中国近代社会思潮》,上海人民出版社 2007 年版,第 192 页。

第六章　演义史实:近代历史小说

何为历史小说?《辞海》曰:"它通过描写历史人物和事件再现一定历史时期的生活面貌和历史发展的趋势,使读者在一定程度上了解历史并得到某种启示。历史小说可以容许适当的虚构;但所描写的主要人物和主要事件应有历史根据。"[1] 这是后人的总结,最早提出此小说类型的是梁启超,1902 年,他在第 14 号《新民丛报》刊载的新小说报社的广告《中国唯一之文学报〈新小说〉》里,不仅列出"历史小说",还尝试界定其内涵:"历史小说者,专以历史上事实为材料,而用演义体叙述之。盖读正史则易生厌,读演义则易生感。"[2] 至 1906 年前后,人们对"历史小说"有了更多认知。吴趼人在《两晋演义·序》中引朋友蒋紫侪的信云:"撰历史小说者,当以发明正史事实为宗旨,以借古鉴今为诱导,不可过涉虚诞,与正史相刺谬;尤不可张冠李戴,以别朝之事实,牵率羼入,贻误阅者。"[3] 章太炎为黄小配的《洪秀全演义》作序时则曰:"根据旧史,观其会通,察其情伪,推己意以明古人之用心,而附之以街谈巷议,亦使田家孺子知有秦汉至今帝王师相之业;……然则演事者虽多稗传,而存古今之功亦大矣。"可见,以史实为依据,融入作者对历史的理解,具有传播历史知识、总结历史经验教训、启发读者反思内蕴的小说即为历史小说。

历史小说的产生与中国注重历史的文化传统有关,丰厚的历史积淀是其萌生的肥沃土壤。自司马迁《史记》形成史传叙事以来,历史一直是唐宋传奇、明清小说的叙事背景;至《三国演义》《水浒传》出,则构成两大叙事模式——或如前者依据史实,演绎历史兴衰;或如后者倾向民间立场,叙说英雄传奇。中国近代历史小说则呈现出融汇二者于一体的创作趋势,可依据产生时间将其分为两个部分,即晚清历史小说和民初历史小

---

① 《辞海》,上海辞书出版社 1981 年版,第 17 页。

② 陈平原、夏晓虹编:《二十世纪中国小说理论资料》第 1 卷,北京大学出版社 1997 年版,第 59 页。

③ 《吴趼人全集》第 4 卷,北方文艺出版社 1998 年版,第 258 页。

说。前者以《孽海花》《洪秀全演义》《痛史》《两晋演义》《中东大战演义》《国朝中兴记》《吴三桂演义》《罂粟花》《英雄泪》《回天绮谈》等为代表,后者以《清史演义》《新华春梦记》《民国演义》《宦海升沉录》《金陵秋》等为代表。为了论述的方便,我们分别论之,然后,再统一论述历史小说题材热点与叙事焦点、时效性与文学性、写人为主与叙事主导等问题。

第一节　晚清历史小说

　　每当历史转型期,中国士人潜意识中积淀的历史意识便会浮现出来,使其在反思历史的沉思中透视现实,以史为鉴成为主要的认知诉求;同时,对历史现象的描述亦能够使其张开想象的翅膀,膨胀自我意识以透析人事,于是,便有历史小说创作的高潮到来。晚清时期,外敌入侵、内政紊乱,中国经历着亘古未有的变局;尤其是甲午战争失败、《马关条约》的签订,更使国人意识到民族危亡、国将不国。因此,晚清作家或如吴趼人回眸民族受难史,创作《痛史》《两晋演义》;或如曾朴综括三十年历史事实、描述个人命运,写出《孽海花》;或如洪兴全聚焦远东诸国兴衰,撰写《中东大战演义》;或如黄小配缘于民族意识、倡导种族革命,述作《洪秀全演义》等,使晚清历史小说创作呈现出繁荣局面。

　　学界研究中国历史小说时,往往追溯其历史渊源,有学者将其概括为三种模式:"假如说《三国演义》的创作原则上从'正史'出发,'历史'与'小说'的构成是'七实三虚'的格局,那么《水浒传》则是在'真实'的历史背景中,以'历史'的巨大身影为经,伴以大量的民间传说故事和虚构想象联想,是一部'心史'的合理化的加工,而非'正史'还原化的重演。"《东周列国志》则恪守"正史"笔法,"以其'历史'通俗化的'还原'为原则,以一种宁可舍弃文学性也要依据'正史'的'实事'而叙述的'文学味',建立起一个独立于《三国演义》和《水浒传》之外的第三种'历史小说'的形态。"① 用以概括近代以前的历史小说,较为科学、合理。但是,却无法涵盖晚清历史小说的存在类型。故笔者立足于创作主体的意识,依据文本内蕴将其分为替种族呼吁、为现实留影和对历史反思三类展开论述。

---

　　① 范伯群主编:《中国近现代通俗文学史》下卷,江苏教育出版社2000年版,第15—16页。

一 呼吁种族革命的历史小说

《洪秀全演义》连载于 1905 年在香港创刊的《有所谓报》和 1906 年出版的《香港少年报》附张，是一部反映太平天国历史的小说。作者黄世仲（1872—1912），字小配，号棣荪，别号禺山世次郎等，广东番禺人。他青年时到南洋谋生，参加兴中会外围组织中和堂，撰写了大量文章辩驳康有为的观点；1905 年入同盟会，1911 年辛亥革命爆发后广东独立，任民团局长，1912 年被陈炯明杀害。《洪秀全演义》既颠覆了历史小说创作中的正统观，表现出鲜明的种族立场，也凸显其革命意识。《自序》云："余尝谓中国无史，盖谓三代直道，业荡然无存，后儒矫揉，只能为媚上之文章，而不得为史笔之传记也。当一代鼎革，必有无量英雄齐起，乃倡为成王败寇之谬说，编若者为正统，若者为僭国，若者为伪朝，吾诚不解其故。……彼夫民族的大义，民权的公理，固非其所知，而后儒编修前史，皆承命于当王，遂曲笔取媚，视其版图之广狭为国之正僭，视其受位久暂为君之真伪。……是以英雄神圣，自古而今，其奋然举义为种族争、为国民死者，类湮没而弗彰也。"批评以往著史者囿于正统观而埋没英雄，蔑视媚上无骨的御用文人，并将其写史谬误的原因归于不知民族大义、不懂民权公理。针对这样的现状："而四十年来，书腐忘国，肆口雌黄，'发逆''洪匪'之称，犹不绝耳。殆由曾氏《大事纪》一出，取媚当王，遂忘种族。"在《例言》中，他再次强调民族意识："是书有握要处，全在书法。……惟是书全从种族着想，故书法以天国纪元为首，与《通鉴》不同。""若洪王，则实力从国家种族思想下手者，故是书亦与《水浒传》不同。"坦言创作该小说的目的是"以传汉族之光荣"，并特以黄帝纪元："时黄帝纪元四千六百零六年季夏，禺山黄小配序。"可见，种族意识是制约全书的思想要素；然而，该小说并未局限于种族意识，对于太平天国的各项政策亦极尽赞美之词。"君臣以兄弟相称，则举国皆同胞，而上下皆平等也；奉教传道，有崇拜宗教之感情；开录女科，有男女平权之体段；遣使通商，有中外交通之思想；行政必行会议，有立宪议院之体裁。此等眼光，固非清国诸臣所及，亦不在欧美诸政治家及外交家之下。"（《例言》）显然，黄小配并非停止在种族争斗层面，而是从政治体制方面衡量太平天国运动的得失的。

惟其如此，《洪秀全演义》才能够突破封建正统观的局限，给太平天国将领们以正面描写和很高评价，且处处凸显民族意识。如描写军师钱江少有大志："钱江五岁，叔父教他上学，聪颖非常；九岁下笔成文，兼有舌辩,宾客满座无有能难他者。叔父常说道:'此是吾家千里驹,他日定能光宗耀祖,也不难了。'钱江急应道:'大丈夫作非常的事业,成的救国安民,败的灭门绝户,也不能计得许多。若单靠光宗耀祖,是小觑侄儿了。'以故众人听他一番议论,莫不称奇。既长,诸子百家,六韬三略,兼及兵刑、钱谷、天文、地理诸书,无所不读。时扬州魏平任归安令,闻江名,以书召之。江得书大笑道:'江岂是为鼠辈作牛马的人耶?'遂以书绝之。"① 既表现其天赋异常,不甘人下,也凸显其学养丰富,志向高远。这样,第 2 回描述他为洪秀全论天下大势就令人信服:"自古道:国家将兴,必有祯祥;国家将亡,必有妖孽。方今客帝无道,踢死青宫,信任嬖臣,烟尘四起,活是个亡国的样子。且近年来黄河决溃,长安城门无故自崩,水旱瘟疫,遍于各地,皆不祥之兆。谋复祖国,此其时矣!"又道:"广东滨临大海,足下舟师未备,粮械未完,非用武之地也。广西则地形险阻,豪杰众多,又无粮食不敷之患;今大鲤鱼、罗大纲等,虽绿林之辈,然皆聚众数千,势不为弱。足下若携同志士,间道入广西抚其众,勉以大义,旌旗所指,当如破竹。然后取长沙,下武昌,握金陵之险要,以出幽燕,天下不难定也。"② 洪秀全分封诸王时,他洞察其害:"大王差矣!天赋虽是平等,只名位原有高下;且所以能令众者,以号令所出耳。大王若亲贤爱士,则君臣如师友,何必使名位相同而始谓之亲爱耶?上观往古,旁观各国,未闻有君臣同尊者。"③ 第 21 回里,他上《兴王策》十二条,对太平天国建国后的政策进行全面设计。他为洪秀全规划天下大计:"今当派人另守武昌,先撤汉阳之众,使东王直趋汴梁。再撤回李秀成以固金陵根本。而吾当倾国之众以趋山东,与东王会合,以临北京。趁向荣穷蹙之时,必势如破竹。北京一定,不忧各行省不附也。大王若用此言,则中国之兴固在今日,若迟疑不决,则噬脐之患亦在今日。"④ 无奈洪秀全刚愎自用,导致杨秀清日益坐大、韦昌辉谋害杨秀清。钱江建议洪秀全公布杨秀清罪恶、惩罚韦昌辉,洪秀全却因兄弟之义而犹豫不决,钱江道:"此系妇人之言耳。""大王所误者,全在不忍之心过甚耳。"(第29 回)第 31 回李开芳来信责问时,钱江道:"李开芳之责,诚有词矣。天王为人,过于忠厚,不明大计。前既予杨秀清以大权,后又不宣布其罪状,故有今日。"连续指出洪秀全的致命弱点,而且对其失望之至,故毅

---

① 黄世仲:《洪秀全演义》,人民文学出版社 1984 年版,第 4—5 页。
② 同上书,第 8、11 页。
③ 同上书,第 168 页。
④ 同上书,第 233 页。

然离开，到峨眉山隐居。（第 32 回）其运筹帷幄、布局大势的智慧，宛如诸葛亮再世；其进退自如、淡泊名利的品质，则逾诸葛亮之上。同样谋略超人的冯云山、李秀成等形象，小说也刻画得很成功。冯云山策划起义，居功甚伟；作战时身先士卒、中弹牺牲，临死前道："大丈夫提三尺剑，凭三寸舌，纵横天下，事之成败，不必计也。某本欲与诸君共饮胡虏之血，以复国安民；今所志未遂，已是如此，亦复何说。今天幸有了时机，望此后诸君努力前途，共成大事，某死亦瞑目矣。"①并劝说杨秀清顾全大局，暗嘱萧朝贵注意杨秀清谋叛。李秀成出场，是石达开介绍的："此人躬耕陇亩，不求仕进，生平又不治经术，只研究定国安民之策，今年已二十八岁矣。其父李世高，每欲为之婚娶，秀成答道：'古人有言：匈奴未灭，何以家为。'终不肯娶。其父闻而叹道：'是儿非常人也！'"②当洪秀全欲攻长沙时，他直指利害："长沙一局，无异桂林，克之诚费兵力。我不如攻其易者，以振军威；然后沿湘江，克武昌，以抚临江、浙。种族之理既明，待布告新国之后，则东南各省不费人力，传檄而定，何忧一长沙？此时长驱北上，自无后虑。若徒计目前根据，既懈军心，又费时日，使满清得徐为之备，实非良策。愿明公思之。"③及天京封王时，他与钱江观点一致。当钱江隐居、石达开西走之后，他忍辱负重，与陈玉成、李世贤等人苦苦支撑太平天国危局，成为一时栋梁。

对于洪秀全、杨秀清、石达开等人，亦从多维度描绘之。洪秀全妇人心肠，缺乏政治家的远谋与军事家的果断，但能够于民不聊生之时，谋划起义，还是有一定胆识的。小说首先通过肖像描写肯定其形象："钱江举头一望，但见那人生得天庭广阔，地阁丰隆，眉侵入鬓，眼似流星，长耳宽颐，丰颧高准，五尺以上身材，三十来岁年纪。头戴济南草笠，身穿一领道装长服，脚登一双蒲草鞋儿，手执一柄羽毛扇子。"④他装扮成道士，暗蓄头发，表示对清廷的不满。金田起义起草檄文时，洪秀全建议："起事伊始，不宜急说，满、汉界限，因二百年习染相忘，国民已不知有主奴之辨，故当从缓言之。不如先斥朝廷之无道与官府之苛民，较易激人猛省。"（第 9 回）也显示出其尚有谋略。杨秀清则是一个充满私欲、专为己谋的阴谋家形象，其民间武装和资产为起义发挥了不少作用，但是，其野心也很快膨胀起来。第 12 回冯云山私向萧朝贵道："将来误大事者，

---

① 黄世仲：《洪秀全演义》，人民文学出版社 1984 年版，第 102 页。
② 同上书，第 104 页。
③ 同上书，第 150 页。
④ 同上书，第 10 页。

杨秀清也。"第14回钱江道:"此人眼光不定,面生横肉,久后必不怀好意。"朝贵道:"他曾对弟说,哥哥劝他起事之时,曾许他日后有九五之尊。"均暗示杨秀清有野心!第21回,刘状元对钱江说道:"某观各大官类皆气宇轩昂,英杰士也;但福王洪仁达、东王杨秀清,如曹孟德谓司马懿,所谓鹰视狼顾者。先生当有以防之。"以众人的同感强化读者的认知,为后来杨秀清擅自调兵、自称万岁、终被韦昌辉杀害做铺垫。石达开的形象刻画得富有个性。参加义军前,其特点被胡以晃概括为:"事母至孝,最得人心。……论起他本是个举人出身,不求仕进,偏好结交江湖上有名豪杰,文能安邦,武能定国。"① 他捐出全部家财给起义军,所介绍李秀成、陈玉成等均是有勇有谋、坚持原则优秀领导者;即便是被福王猜忌、危险加身,他也没有背叛太平天国,只是率军出走四川而已。因此,他被钱江称为最相得的朋友,愿意隐居到他所在的峨眉山。其他如林凤翔久经沙场、英勇善战,先随金田起义,后带兵北伐,最终战死疆场;林启荣胆大心细、机智多谋,坚守九江五六年,使清军损失士兵七八万、将校数百员,直到曾国藩调动十万大军围攻,城中两万军民全部战死,他也被炸身亡。那些清朝官吏形象,也各具特色:曾国藩的儒雅、虚伪,鲍超的勇鸷凶残,陆建瀛的昏愦无能,胡林翼的精干、自满,向荣的匹夫之勇,温绍原的擅长防御等。虽然小说中的形象与历史事实有出入,但是,作为文学形象还是相当成功的。

作者的民族意识不仅在其《自序》《例言》中屡屡表白,文本中也随处凸显。如叙述曾国藩准备组建团练时,"一面修书致罗泽南、杨载福、塔齐布三人,说明奉旨兴办团练,求他相助的意思。那三人原是一勇之夫,自接得曾国藩的书信,那懂得国民的大道理,只当有一个侍郎肯抬举他,好不欢喜,都不约而同,先后到曾国藩宅子里听候差使。"② 将三人的参与操练团练归于不懂"国民的大道理",亦即不明白民族之别,视之为情愿做异族的奴才。第17回写道:"且说洪秀全大军既定了衡州,立即出榜安民,一面赏恤各军士。此时湘省人民皆知洪氏大势已成,且又知得光复山河的道理,都恭迎王师,助粮馈饷的不计其数。于是洪秀全声威大震,移檄各郡,远近多来归附。"③ 湖南百姓拥护洪秀全,显然是因为其为汉族队伍。建立太平天国时,李秀成道:"满清入关时,下剃发之

---

① 黄世仲:《洪秀全演义》,人民文学出版社1984年版,第73页。
② 同上书,第137页。
③ 同上书,第150页。

令，屠杀汉人不计其数，实汉人莫大之耻。今我国正宜返本还原，一律蓄发易服，以复我皇汉威仪，则华夷之界辨矣。"① 以发式作为突破口，彰显民族意识，既深得人心，亦凸显秀成之视野高远。第 21 回的描写就更加清晰、鲜明："就中一位姓刘的，唤做继盛，别字赞宸，乃兴国州人氏，生平博览群书，素有大志，不乐满清功名。有劝之赴科试者，常对人说道：'我明之刘基也，岂为胡元所用哉？'"② 这位后来成为太平天国状元的刘继盛，可谓是晚清士人民族意识的代表者。可见，此文本是处处凸显民族意识的。

选择其他民族的奋争史实创作历史小说，也能够凸显作家的民族意识。鸡林冷血生的《英雄泪》约成书于 1910 年末至 1911 年初，叙述韩国被日本侵略及其民族英雄奋起反抗的故事。全书共 26 回，为讲唱体小说。《序》云："庚戌之秋，日韩合并，其事关系奉省之命脉，中国之存亡钜而且急，是中国志士电激于脑，想溢于胸，急求保全之策。吾校同人有感于此，遂立同志会，命余编辑小说，以鼓吹民气。……吾国中诸同志浏亮是书，必可激发爱国之热诚，有断然也。" 显然，应对时局变化、激发爱国热诚是其创作目的。惟其如此，他认为："图存固国无他策，只在人民热血，人民各负责任，岂可苟且偷安？……图存首重鼓民权，不然危亡立现。"③ 希望人们各负责任，鼓励争取民权，并在小说结尾强调："我们要存个自强的心思，外国虽想只来瓜分，他们也得打算打算。要是咱们大家真能自强，国家也就强盛啦，他们已经不敢来瓜分了。"④ 为了强化读者对入侵者的认识和对反抗者的敬仰，小说对日本恃强凌弱和安重根等英雄的事迹均展开描述。如日本领事山县有朋说："我们将兵住在这里，一来是他国的内治不好，我们代他改革改革，二来是保护我国的商人。"⑤ 第 17 回描写伊藤博文当韩国统监，并在兵部、学农工三部、财政局、警察局、法部等安排日本顾问，"当日伊藤分派已定，是日韩国行政的权力，全归于日本人的手"。这样，日本就把韩国的主权彻底掌控在自己手中了。如此强盗作为，必然引起韩国人民的反抗。小说重点刻画了朝鲜民族英雄安重根的形象。得知父亲为日本人害死、先生侯元首为救其母子也被日本人迫害，他骂道："日本哪！日本哪！尔与我有杀父之仇，我

---

① 黄世仲：《洪秀全演义》，人民文学出版社 1984 年版，第 167 页。
② 同上书，第 188 页。
③ 《中国近代珍稀小说》（贰），春风文艺出版社 1997 年版，第 13 页。
④ 同上书，第 240 页。
⑤ 同上书，第 117 页。

非报上不可。"（第 14 回）"男儿生在世上，要能为国家报仇，这个性命，可道算个甚。伊藤贼与咱仇深似海，咱要不报这仇，有何面目立于人间。……要不能刺死此贼，永远不回本国。"他的报仇决心得到母亲的支持，"我母说:'孩儿要能除掉咱国仇人，娘也就不爱你的身了。我儿得了机会，自管去吧。'"① 后来，安重根刺杀伊藤博文，为父复仇，更为祖国报仇，表现出极为鲜明的民族意识。为同被日本入侵的中国读者讲述韩国的历史，显然是为了激发本民族的爱国激情与反抗意识。

二 为现实留影的历史小说

曾朴在《孽海花》的《修改后要说的几句话》中说:"只为我看着这三十年，是我中国由旧到新的一个大转关，一方面文化的推移，一方面政治的变动，可惊可喜的现象，都在这一时期内飞也似的进行。我就想把这些现象，合拢了他的侧影或远景和相连系的一些细事，收拢在我笔头的摄影机上，叫他自然地一幕一幕的展现，印象上不啻目击了大事的全景一般。"亦即有意为时代留影，以手中的笔写出动荡时代的事件与人心。《孽海花》明确点明叙事时间的就有第 1 回"十九世纪中段"、第 2 回"同治五年"、第 14 回"1888 年"、第 16 回"1881 年 3 月"、第 17 回"1901 年 3 曰 22 日"、第 27 回"光绪二十一年二月二十日"等，能够将叙事时间精确到日，一方面固然有助于表现所述事件的真实性，另一方面也是作者有意为时代留影的结果，因为若采用神话叙事式的模糊时间，则会导致叙事效果的虚幻化。与此相对应，便是对中国近代重大事件的描述，举凡中法战争（第 6 回）、中俄伊犁之争（第 8 回）、甲午战争（第 24—25 回）、中日议和（第 27 回）、《马关条约》签订与丘逢甲建国抗日及革命党兴起（第 29 回）、刘永福入台抗日（第 33 回）等，构成文本的叙事框架;而对江山船妓与宝廷买妓故事（第 7 回）、金雯青买图失地（第 20 回）、太后为皇帝选妃（第 26 回）和天地会的演变（第 29 回）等野史的录入，对沙皇去世（第 14 回）、俄国虚无党人暗杀行为（第 15—17 回）等外史的描绘，则使其视野相当开阔，所反映的社会生活面亦颇有深度。曾朴虽然保留金松岑设计的以傅彩云为主线的结构，却有意修正:"想借用主人公做全书的线索，尽量容近三十年来的历史，避去正面，专把些有趣的琐闻逸事，来烘托出大事的背景，格局比较的廓大。"②

---

① 《中国近代珍稀小说》（贰），春风文艺出版社 1997 年版，第 223 页。

② 曾朴:《修改后要说的几句话》，《孽海花》，三秦出版社 1996 年版，第 337 页。

显然，以人带史、以史写人是曾朴的策略。故小说以史为背景，展示出时代大潮裹挟下人心的波动——金雯青曾中状元，是中国传统文化孕育出的经典文人，但是，置身于近代文化冲突的氛围里，尤其是出使俄、德、荷、奥四国时，其西方文化的缺失与对国际关系变化的反应迟钝等，消解了传统文化赋予他的自尊，使其陷入焦虑状态。当发现傅彩云竟然与车夫阿福私通时，除了打发阿福出门，他便没有别的办法处置；对于傅彩云，则是委屈求之："好在这事只有你知我知……可是你心里要明白，你负了我，我还是这么呕心挖胆的爱你，往后你也该体谅我一点儿了！"（第23回）直到误购俄国人卖的地图致使中国丧失七八百里土地、革职病亡，他依然尚未从传统的士大夫意识转化为近代知识分子立场。傅彩云则灵动得多，为了生存嫁给金雯青，陪其出国；途中发现懂外语有利发展，即学德语；到欧洲以后，很快融入交际圈。丈夫沉浸于元史研究，无法满足自己，她就与阿福、瓦德西等人私通；归国后夫死被逐，她就重张旧帜，自立谋生。虽为名妓，其独立个性、自我意识与开放品格等，均超越同代人。其他如威毅伯的持重老成、委曲求全，孙汶的敏捷多才、献身革命，戴胜佛的傲心侠气、接受新知等，皆蕴含着中西文化冲突、整合而激发的心理嬗变。

同样刻意为时代留影的历史小说《中东大战演义》，又名《说倭传》，作者为太平天国干王洪仁轩的儿子洪兴全。该书33回，1900年由香港中华印务总局出版，主要叙述光绪二十年（1894）朝鲜东学党起义导致时局动荡，韩王请中国出兵以稳定局势，日军亦趁机占领汉城。此后，小说叙述甲午战争，描写中国惨败，日军攻占旅顺，北洋舰队全军覆没。战后，李鸿章出使日本，签订《马关条约》，台湾割让给日本；台湾军民奋起反抗，与黑旗军一起坚持斗争几十年。作者在《自序》中对小说创作的虚实关系有辩证的认识："从来创说者，事贵出乎实，不宜尽出于虚，然实之中虚亦不可无者也。苟事事皆实，则必出于平庸，无以动诙谐者一时之听；苟事事皆虚，则必过于诞妄，无以服稽古者之心。是以余之创说也，虚实而兼用焉。"这是很难得的小说理论阐释，遗憾的是创作中作家并没有做到"虚实兼用"。该文本长于写实，弱于虚构。对甲午战争前后的中外时局变化、战争中的敌我双方对阵情况、战后议和进程等详细展开，的确达到了记录时代大事的目的。但也有叙事过于烦琐之弊。如议和一事，竟然铺展21回，占全书篇幅的64%。其目的在于探索失败原因，因此文本描绘外因，如日本的贪婪、中国的积弱等，更注重对内因的剖析。如第3回讨论战、和问题时，李鸿章面圣陈述不宜战的五条原因：士兵缺乏操练、不懂阵法，道途远隔、后勤保障难继，边防线长、战舰太少，商务易受影响、易引发列强干涉和内部叛乱，国库空虚、军饷难筹等。可惜这种务实的主张被主战的喧嚣淹没，导致战争爆发。而清军将领的懦弱、荒唐表现，也是失败的内因。第11回写道："据言倭军攻至旅顺之时，中国海军中人，尚多有在戏场观剧者。丁统领汝昌亦在其间。后闻告警，方始遁回兵舰。……有伶人名朵朵红，与云仙花旦，竟然媚敌，手执戏单，跪请倭人点戏。倭将不禁失笑曰：'丧师失地，汝等尚在此演戏也。无耻之徒，直类禽兽耳！'"① 主帅不理军务，伶人媚敌为奴，更有华人甘做日军奸细，为其作内应："倭帅设计，用厚资贿赂愚民，使作奸细。遂从小路将士兵大半混入了金州，以作内应。……华军虽奋于死战，奈奸细极多，窝藏敌人在金州城内，出没无常，不分昼夜，乱来攻击。"② 普通百姓中有奸细，清军将领中的叶志超、蔡廷干等人也与汉奸无异。第6回写叶志超不战而弃牙山，反而发电报报捷；第15回写"统带水雷蔡廷干，见倭人军威雄壮，胆战心惊，恐防有失，遂修书降倭。倭人以其技艺颇精，使其照常统带水雷。""技艺颇精"，竟然不思报国，反而为敌所用，清军如何不败?! 即便是那些自愿请缨如吴大澂者，也多为纸上谈兵、临阵无用。第14回写其带湘军到山海关驻扎，先发布告虚张声势，战斗爆发时"令其兄吴大良统领前军，不想未战之先，已为倭人之炮声吓破其胆，立即毙命。吴清帅得闻其兄凶报，益加吓煞，未至阵前，一闻炮声，便弃寨而走。"不仅自乱阵脚，还冲散宋宫保的队伍，导致"自相践踏，死者不计其数"。阵前将军如此，朝中大臣如何呢？面对危局，翁同龢主张迁都（第18回）、李鸿章主张允许俄国在黑龙江修建铁路，换取俄军出兵东北，"俄皇若允出师，倭人自然收兵回国，那时乘势攻之，旅顺可复也。"③ 显然，皆非应对良策。而上下无计应对，恰是作者对晚清现实的概括。那么，何以救国呢？小说提出的解决办法有二：一是依法办事。第22回描写俄国与钦差王之春订立密约后，俄国政府致意日本，"责以不合万国公法"，要求其退出攫取的辽东之地。而日军炸沉挂英国旗帜的高升号货轮，也以万国公法为借口："安万国公法，每逢两国交兵，别轮不准与该两战国载运军火粮食"。（第4回）

---

① 《中国近代珍稀小说》（玖），春风文艺出版社1997年版，第477页。

② 同上书，第482页。

③ 同上书，第479页。

二是学习西方。第 33 回写刘永福的四公子在自家后园练习洋枪，他面谕儿子："宦海风涛升沉无定，自后不必再习武事以求仕进。凡有余力，可讲求西学，以为立身之基。"① 虽有所否定，但父子两代人所趋指的，均为西方文化。于此，亦透露出作者的反思之意。

观我斋主人的《罂粟花》共 25 回，有 1907 年自印本和东方活版部印本。主要叙述嘉庆、道光年间中英冲突，其描述历史的意识鲜明，小说描述场景、勾画人物等均有历史依据，对中英冲突过程的描写亦符合历史大势；但局限于中国下层士人的视角描绘国际冲突，显然力不从心。第 7 回 "英女王拈阄决战"，更凸显出作者文化的隔膜——以中国传统文化描摹英国女王的决策行动："那英国京城里，向有一座庙，名叫罗占士庙，香火极灵，英国人男男女女都尊信的。因此女王令大家一起到神庙内，做了几十个纸阄，分写了和字战字，当场第一个摸着是个战字，接连第二、第三个都是战字，因此大家定计决战。"把影响历史走向的大事件附会到中国民间抓阄的形式中，已使文本透出尴尬气象；以书生之见妄议朝政和历史人物，则严重干预叙事进程。正如小说回目所示，作者认为鸦片战争的失败，不是军事实力的强弱，亦非国家策略的得失，而是政策执行者"失机"所致。如第 8 回 "乌抚台坐失定海"；第 12 回 "杨提督失机误事"；第 24 回 "攻印度失机可惜" 等。第 5 回叙述林则徐不肯与义律疏通，作者曰："此番林钦差不肯通融，也是失算。后来愈弄愈坏，不如就此宽他一步，我这个倒全了体面。"至于作者议论对叙事的干预，文本中比比皆是。如第 7 回叙述广东战事，却插入对中国人吸食鸦片导致国力贫弱的评论，并与日本人比较。然后，叙述英国女王抓阄决策、林则徐备战，接着再议论像林则徐这样的大臣太少，"若使个个督抚同林钦差一般，今日何至如此？外国人那里（哪里）能到这里呢？"类似做法每回都有，使得叙事进程时断时续，说明作家宣泄激情的欲望极强，却不懂小说叙事应有连贯性。于此也表现出晚清历史小说在叙事方面的不成熟之处，即以议论彰显作家的主体意识，而非融入描述对象之中，让读者自己悟明。

三　反思历史、折射现实的历史小说

表现刚刚过去的历史固然能够为世人关注，选择中国历史上动乱的历史时期作为描述对象也能凸显出作家的现实情怀与救国之道。吴趼人的

---

① 《中国近代珍稀小说》（玖），春风文艺出版社 1997 年版，第 548 页。

《痛史》《两晋演义》即有意选择面临异族入侵的南宋、内乱不息的两晋展开描写,凸显其对历史的独特思考。《痛史》原载《新小说》第8—13、第17、第18、第20—24号,跨时1903—1905年,单行本是上海广智书局于宣统三年(1911)出版。其叙事时间为南宋末年,面对异族大军、国家即将毁灭的危局,叙事侧重表现爱国主题。小说第1回即议论道:"既有了国度,就有了争竞。优胜劣汰,取乱辱亡,自不必说。但是各国之人苟能各认定其祖国,生为某国之人,即死为某国之鬼,任凭敌人如何强暴,如何笼络,我总不肯昧了良心,忘了根本,去媚外人,如此则虽敌人十二分强盛,总不能灭我之国。"强调人人爱国,即便敌人强大,亦难以灭亡祖国。立意于此,他表示:"我是恼着我们中国人没有血性的太多,往往把自己祖国的江山甘心双手去奉与敌人,还有带了敌人去杀戮自己同国的人,非但绝无一点恻隐羞恶之心,而且还自以为荣耀!"[①] 再现这段历史,是为了"借古鉴今"。作家反思南宋灭亡的教训,首在朝中出现汉奸。小说写贾似道身为宰相,却希望蒙军胜利:"一朝蒙古兵到了,我只要拜上一张降表,他新得天下,在在待人而治,怕用我不着吗?那时我倒变了大朝廷的大臣了呢。"[②] 惟其如此,他才私通蒙古征南都元帅伯颜,设法调走阻挡伯颜南下的张世杰;而见到"张世杰的报捷文书,说甚么俘获千人,夺得战马百匹,战船五十号",就着急跺脚。(第2回)他是急于当汉奸而不成者,张弘范则是已经死心塌地做汉奸者。"从小就跟他父亲张柔,从金朝投降了蒙古","慢慢的他就忘记了自家是个中国人,却死心塌地的去事那蒙古的甚么成吉思(汗),并且还有仇视自家的中国人。见了中国人,大有灭此朝食之慨。"他做副元帅带兵围攻樊城,久攻不下,且被射伤,故终于攻下樊城后,"弘范遂下令屠城。那些鞑兵本来已是野蛮残忍,奸淫掳掠,无所不为,何况得了屠城之令。可怜樊城城中,只杀得天愁地惨,日月无光,白骨积山,碧血涌浪。"作家点明:"只此便是异族战胜本族的惨状",警示读者注意自己的良苦用心。[③] 正是张弘范率兵攻下崖山,逼得陆秀夫抱祥兴皇帝跳海自杀;他在那里摩崖勒碑:"张弘范灭宋于此。"(第18回)似乎功德圆满,该有善终了吧!作者却先让张贵骂之:"你要叫我投降,须知我张贵自祖宗以来便是中国人,我自有生以来食的是中国之毛,践的是中国之土,心中目中何尝有个

---

① 《吴趼人全集》第4卷,北方文艺出版社1998年版,第3页。
② 同上书,第9页。
③ 同上书,第22—25页。

甚么鞑靼来？不像你是个忘根背本的禽兽，只图着眼前的富贵，甘心做异种异族的奴隶！你去做奴隶倒也罢了，如何还有带着他的兵来侵占中国的土地，杀戮中国的人民！我不懂中国人与你有何仇何怨？鞑子与你有何恩何德？你便丧心病狂至此地位！难道你把中国人杀尽了，把中国土地占完了，将一个堂堂大中国改做了鞑靼国，你张弘范有甚么光荣么？……你还有面目见你家祖宗么！这话不是我骂你，我只代表中国的天地神圣祖宗骂你，还代你自家的祖宗骂你！"① 简直是声讨汉奸的檄文，是对忘祖叛国者的痛斥。这种人到了主子那里是否占尽风光呢？第 18 回写战争结束了，张弘范以为自己功高，能够图形紫光阁。博罗道："皇上屡次同我谈起，说你们中国人性情反复不可重用，更不可过于宠幸。养中国人犹如养狗一般，出猎时用着他，及至猎了野味，却万万不拿野味给狗吃，只好由他去吃屎，还要处处提防他疯起来要咬人。"② 这段话使张弘范彻底绝望，"气得大叫一声，口喷鲜血，往后便倒"，不一会儿，已手足冰凉，眼睛泛白，呜呼哀哉了！吴趼人马上议道："这是媚外求荣的结局"！谴责之意，溢于言表。

树立忠贞爱国的典型，是吴趼人彰显爱国主旨的又一特点。张世杰的儿子张国威痛骂投敌的表兄韩新："莫说你我是异姓的表兄弟，就是我同胞的亲兄弟，你反颜事了敌国，也要义断恩绝，以仇敌相待的了！"最终他死于韩新之手。其士兵也表示："为国捐躯，死了尸首也是香的，魂灵是有光彩的。投了鞑子，非但惹得一身鞑子骚，祖宗在地上还要哭呢。"③当韩新携其灵柩骗张世杰、劝他放弃恢复中原的梦想时，他说："倘中国尚有一寸土地，我尚有立足之处，不能没有这个希望。果然中国寸土皆亡，我亦当与中国同亡。"④ 父子忠良，凸显出基层官兵对国家的忠诚。第 8 回则以决策层视角描写丞相文天祥与谢枋得的对话，借枋得之口反思南宋如何失败："倘使我中国守土之臣都有三分气节，大众竭力御敌，我看元兵未必便能到此；都是这一班人忘廉丧耻，所以才肯卖国求荣，元兵乘势而来，才致如此。……如丞相此去可期恢复，固属万幸。万一不然，我浮沉草野，持此论说，到处开导，未尝不可收百十年后之功。"⑤ 此后，他游历各地，鼓动江湖好汉，酝酿反元活动。文天祥则几次历险，带兵作

---

① 《吴趼人全集》第 4 卷，北方文艺出版社 1998 年版，第 34 页。
② 同上书，第 171 页。
③ 同上书，第 36—37 页。
④ 同上书，第 43 页。
⑤ 同上书，第 70 页。

战，直到被俘至大都，宁死不屈，表现出傲视千古的气节，成为后世为臣做人的榜样。小说从第 11 回开始叙述的江湖侠客群体，如胡仇、金奎、岳忠、狄琪、史华等"仙霞岭五杰"为代表的反元侠士，到文本结束仍在进行着复兴汉族政权的努力，实际上寄托着作家寻求希望于民间的理想。

《两晋演义》原载《月月小说》第 1—10 号（1906—1907），共 23 回。宣统二年（1910）由上海群学社出版单行本。依其《两晋演义序》所言:"月月小说社主人，创为《月月小说》，就商于余。""乃正襟以语主人曰:'余时曩喜为奇言，盖以为正规不如谲谏，庄语不如谐词之易入也。然《月月小说》者，月月为之，使尽为诡谲之词，毋亦徒取憎于社会耳。无已，则寓教育于闲谈，使读者于消闲遣兴之中，仍可获益于消遣之际，如是者其为历史小说乎。"此处透出吴趼人对历史小说的认知，即在闲谈中讲述历史故事，将兴衰之道寄寓其中，使读者边消闲，边受益。至于《两晋演义》，他认为:"谓为小学历史教科书之臂助焉可；谓为失学者补习历史之南针焉，亦无不可……谓为余之别撰焉，亦无不可。"前两者强调小说内容之真实，后者则透出作家的别有用心——虽然以史实为依据，但史料的选择凸显出作者的苦心。小说着力表现两晋时期以"八王之乱"为主的皇权之争，通过皇室骨肉为权欲异化心灵，彼此残酷杀戮，表现政权衰微的原因；通过诸王内部派系的纷争及由此导致的悲剧，表现特定群体中少数自私自利者如何导致该王失败；通过异族入侵，加剧两晋内部矛盾，使社会处于激烈动荡之中，表现时代风云与朝代更迭中普通人的可悲命运等。小说描绘出一幅幅惨绝人寰的厮杀画面，揭示出人性深处的鄙陋、丑恶，其目的在于从宫廷视角和人心深处反思国家衰微的内因。这既是小说描写对象的特征使然，也是作家对晚清社会现实问题的呼应。

与《两晋演义》意旨不同，《吴三桂演义》的关注重心不是朝廷的兴衰，而是在明清易代之际写一个历史人物的兴亡。该书作者不传，一说为陆士谔，学界未认可，其初版本为宣统三年（1911）上海书局石印本。其《例言》曰:"读是书者须有大关键，即吴氏之兴亡是也。"亦即吴三桂的人生轨迹是小说叙事焦点，其青年时期的胸怀大志、成名以后的战功卓著和富有谋略以及囿于陈圆圆之情而忽视民族大义等特征，在书中均有充分描写。当其父认为他"宜弃武就文"时，他说:"父言差矣！方今国家多事，文臣不识时务，只欺饰朝廷……设有变乱，若辈岂能以吟诗作赋保护国家耶?"他参加武科考试，取得头名，自信"若稍有凭借，天下碌碌之辈，诚不足道也"。① 第 2 回叙述其为毛文龙部将时，袁崇焕计杀毛文龙，其他部将主张杀袁以报仇，他则止："此事必不可行……今我们未有王命，若擅杀国家重臣，是反叛矣，故不可为也。"② 关键时候他能够顾全大局，不愿反叛国家，恰是其成为国家所依赖重臣的应有品质。第 6 回写到李自成胁迫吴襄致信劝降时，面对部下进军的建议，他准备投降："非尔等所知也。李自成虽非吾主，犹是中国人也。今明室既危，敌国窥伺，将来若为敌国所灭，虽欲为中国臣子，而不可得矣。"③ 他心中自有主见，才会有借兵之计。但是，一旦系身于清军战车之上，脱身就难了，只好接受分封，成为藩王。第 14 回中见永历帝时，外面清服内着明装的打扮，遇永历帝责问时的尴尬紧张等，均表明其内心的彷徨、挣扎；其逼迫永历帝自缢，既是为了做给清廷看，亦是为释下内心沉重包袱。正如《例言》所云："其忍心摧残明裔者，皆欲结朝廷以自固耳。"当自固不能时，他便着明服祭奠永历帝陵，举兵反抗，并引发耿王、尚王的响应。终因战略失误、时易代转而屡屡失败，一代枭雄病亡。此外，对陈圆圆形象的刻画也很成功。小说第 2 回即让其出场，不仅写其吸引"走马王孙，坠鞭公子，趋之若鹜"，而且强调"善诗画，工琴曲"，显然是位多才多艺的名妓。"色"为其虚名，"计"成就其人生——脱离田畹、嫁给吴三桂；摆脱李自成，乱军中回归；认识到乱世难存身，遂计谋出家；致信吴三桂，劝其反正等。正是通过吴三桂与她的情感纠葛，串联起明清乱世的画面。这样，历史人物的命运带动历史故事的展开，使小说富有文学意趣。

聚焦中国历史固然能使读者躬身自省，描摹外国历史亦可寄托作家情怀。玉瑟斋主人的《回天绮谈》1903 年发表在《新小说》第 4—6 号上，是描述英国历史以映照中国现实的历史小说。文本肯定、向往英国："你翻世界地图一看，他的属地在五大洲中星罗棋布。太阳一出一没都常照着他的国旗，可不是英国吗！又政治、风俗、工艺、贸易常占一等国地位，人民则恁般自由，王室也恁般尊荣，文明的光辉赫赫照耀着地球上，可不是英国吗！"④ 对日不落帝国的向往缘于对中国现实的不满，只是假托为英国而已——"那时在约翰王治下的人民，大约有二百多万，差不多一半是做奴隶的。""且雇主卖买奴隶，争论大细，较量肥瘠，好像做屠宰的买牲口一样。就令奴隶的子孙，也永远做奴隶。雇主要他恁样就恁样，

① 《吴三桂演义》，中国文联出版公司 1989 年版，第 2—3 页。
② 同上书，第 15 页。
③ 同上书，第 63 页。
④ 《中国近代珍稀小说》（壹），春风文艺出版社 1997 年版，第 489 页。

要他那样就那样，赴汤蹈火也不能推辞的。所有财产物品，奴隶也不能私有，都是雇主的权利。真是雇主要他生就生，要他死就死了。你话可怜不可怜呢！"当奴役百姓至忍无可忍时，人们便想改变现状："那些爱国的志士看这种情形，是忍不住的扼腕抵（抵）掌，痛论国事。这些急激的，则要倡革命专主破坏；那些稍微老成持重的，则主张平和主义慢慢改革起来。"① 这样的描写，可视为当时国内情形的写真。如何扭转局面？当局选择发动战争以转移视线。故第 4 回描述约翰的统治遭遇危机、国内要求改革声浪泛起时，保守派英格拉治格尼他主张对法国开战以转移矛盾——"然胜败输赢还是第二条问题，如果可以挽回人心，镇压乱萌，就是败也可以当胜的看了"。第 9 回写约翰王："这处筹一百万，那处筹几百万。你打量他们要这样多的钱做甚么呢？……谁知他们把这些钱都是购买军器，招募兵勇，拿来防家贼的。一举一动，都是要扑灭这改革党的意思。这人民自己拿钱出来缚束自己，如何忍得！"② 以防"家贼"为主，恰恰是慈禧太后的绝招。统治者越是如此，社会上呼吁改革的势力越强。如卡尔巴利是改革派，他时时说道："政府的政权，是由人民委托与他的。政府办不妥当，我等人民自己拿回自己办去，本是天公地道。"他到处演说，口头总不离"自由平等，天赋权利"这几个字③。大牧师兰格顿演讲时也说："故至今日，我等同胞天赋之权利悉被褫夺。或为奴隶而受苦役；或没收财产而致困乏。甚且呻吟叫号于雇主鞭挞之下，莫肯相救。"众人听了他的演讲后，认为"实在除了从改革党的希望，把这专制政体改作自由政体，以买国民欢心，再没有别的法儿可以保持国运、回护王室的了。"④ 侠客威廉勃鲁士养有壮士几百人，他们商讨救世策略时说："这个没有心肝的政府，逼到我们没有去路！难道他们可以杀我们，我们便不可以杀他们吗！依兄弟愚见，若到万不得已的时候，炸药，刺客两件事是不可少的。"⑤ 从呼吁自由平等到改变专制体制，最后直接主张暴力革命，勾勒出晚清国内改革思潮的发展轨迹。小说结尾时，作者感慨："所以天下事，不怕难做，不怕失败，最怕是不肯去做。若肯去做，炼石都可以补天，衔石都可以填海，志气一立，天下哪有不成的事呢！……孟夫子有

① 《中国近代珍稀小说》（壹），春风文艺出版社 1997 年版，第 494—495 页。
② 同上书，第 529 页。
③ 同上书，第 512 页。
④ 同上书，第 533—535 页。
⑤ 同上书，第 539 页。

云：人皆可以为尧舜。至去做与不去做，岂不是又在自己么!"① 作家鼓动读者大胆去做，不要怕失败。既凸显出其创作目的为希望读者学习改革者，亦彰显出其反思历史的目的。

第二节　民初历史小说

1911 年辛亥革命爆发，1912 年中国民国成立，延续千年的封建制度灭亡，新生的共和政体并不牢固，反而随着袁世凯的复辟而导致内乱不断。于是，无论是凭吊清朝的覆亡，还是回顾革命的历程，抑或是关注慈禧太后、袁世凯等人物的命运，均成为民初小说创作的热点题材，从而使其延续晚清历史小说的传统的同时，形成了独特的内蕴。这批小说主要有《神州光复志演义》《清史演义》《慈禧太后演义》《新华春梦记》《金陵秋》《宦海升沉录》和《袁政府秘史》等。

一　铺陈史实的历史小说

民初历史小说可分为两类：一类以铺陈历史为主，以《神州光复志演义》《清史演义》为代表。前者为 120 回长篇历史小说，作者王雪庵，号听涛馆主人，浙江人。该书原名《绣像神州光复志演义》，1912 年 6 月完成，上海广益书局出版。民初建立伊始，作者缘何写此小说呢？《自叙》曰："孰谓天下大功，可一旦致耶。夫匹夫历艰险，弃生死不一顾，为亿兆人效命，仁亦至矣。而亿兆人者忘其难，而忽其易，狮睡如故，进耽耽者于卧榻之旁，噬身之祸，不特明季覆辙之可畏，将何慰忠魂于泉壤哉，编中于明季亡国之故，尤不吝笔舌，将以惕亿兆人前车之鉴，奚敢讳言之哉。……亿兆人得是编而读之，必有知缔造之艰，起而辅导之者，此本书之旨也。"《例言》中亦言："以表扬光复伟业为宗旨，凡无关本旨者概不拦入。"因此，小说从明末与后金的冲突起始，至清宣统帝退位结束，举凡努尔哈赤崛起、李自成起义、崇祯自杀、清兵入关、南明时汉人的反抗斗争、"三藩之乱"、太平天国起义、孙中山伦敦蒙难、革命党广州起义、四川保路运动、武昌起义、攻克南京、南北和谈、孙中山就任临时大总统、清帝退位等历史事件，均有叙述。但并非平均使用笔墨，因为对明清历史的叙述是为再现中华民国的历史做铺垫的，所以其分量仅占全

---

① 《中国近代珍稀小说》（壹），春风文艺出版社 1997 年版，第 560 页。

书的近三分之一（第1—37回），侧重表现清政府残暴野蛮的一面。如小说多次写到清军征服江南时的屠城行为——多铎攻占扬州城后，下令屠城十日。"清兵入城，先挨家搜钱，无论有钱无钱，搜过即杀。有先自献出的，献到亦杀。或数十人一串，或十数人一串，每串皆一手杀尽。刀响处齐声叫饶命者，声达数十里。路上遇一兵来，不论多少，皆垂首伸颈。无敢一逃。"① 第18回写江阴军民抗清八十一天，城破后"贝勒下令屠城"，"城内死九万七千余人，城外死七万五千余人"。把扬州、江阴屠城的史实描绘出来，为后面描写孙中山领导的种族革命做铺垫。而描述孙中山及其领导的革命活动的篇幅超过三分之二（第38—120回），其叙事焦点显然是中国近代资产阶级革命，无论是其宣传革命的理由，还是革命烈士被捕后的供词等，皆凸显种族元素。如徐锡麟刺杀恩铭后，面对审问者何以辜负恩铭的厚遇问题，即强调："恩抚待我，我知之。然私惠也，我之刺彼，乃天下之公愤也。"并在供词中云："满人虐我汉族，将近三百年，徐观其表面立宪，不过牢笼天下人心，实主中央集权，可以膨胀专制力量。满人妄想立宪便不能革命，殊不知中国人之程度，不够立宪。以我理想，立宪是万万做不到的，革命是人人做得到的。"② 他与秋瑾、史如坚、陆皓东等人相继牺牲，凸显出革命过程的漫长。而愈展现革命之曲折、艰难，愈能够激发人们对民初政局的关注与思考，亦愈抵达作者的创作宗旨；同时，小说的布局显得宏大，与所反映的历史事件、恢宏场面相吻合。二类为了表现文本的真实性，作家引入大量历史文件，如第1回引努尔哈赤的誓词，第2、第3回引熊廷弼、左光斗、孙承宗三人的奏章达7篇，第4回引皇太极与袁崇焕的书信4则等，仅前四回所引文献即有12则。其他如第26回张煌言回复清廷招降的信、第32回太平军的两则告示、第39回兴中会的章程、第40回陆皓东的供词与香港报纸上登载的悬赏捉拿孙中山等人的广告、第42回孙中山给平山周看的"恢复年表"、第45回孙中山上香港总督的请愿书、第47回章炳麟的演讲词、第53回徐锡麟和马宗汉的供词、第55回秋瑾的诗与檄文、第56回孙中山的演讲词等，甚至在第71回中仿唐朝李华的《吊古战场文》而做《吊黄花岗文》。过多的历史文献引用，虽然有助于塑造人物形象，增加现场感，但也确实成为叙事累赘。他所标榜的"洪杨以上事实载籍，具（俱）在编中采取，字字皆有来历。"（《例言》）恰恰说明其对小说创作需要适当虚

---

① 《中国近代珍稀小说》（拾玖），春风文艺出版社1997年版，第113页。
② 同上书，第432—433页。

构的原则尚未明了，这样，他自己处理起来都感到为难，因为引文太长而不得不采取加注"（下略）"字样，以避免章节失衡。当然，作为文学创作，小说的部分章节也写得有声有色，颇为成功。如第 81 回描述四川保路运动中开正式股东会的场景："是日股东到会，只听一片哭声、喊声、骂声、捶胸声、跌足声、演说声、纠察整顿秩序声、会长劝解声、茶碗破裂声、几案倾倒声、拍案怒叫声，满场热焰欲烧。于是有喊须罢市的，有喊须停课的，有喊不纳厘税的，有喊以租股抵正粮的，有喊须自请行政官严查我等是否乱民的，有喊须设景皇帝万岁牌，日夜哭之以冀感动朝廷，挽回天心的。每闻会场中一议出，众人无不以声应之。"① 这一段文字，把群情激昂、众说纷纭的现场情绪生动传达出来，让人感受到基层民众对保路运动的参与热情，也把群众运动的芜杂、盲目等特性表现了出来。第 84 回描写四川总督赵尔丰疯狂镇压百姓的场景："尔丰赶近前去，亲夺防军手之枪，自开两响。复唤湖南卫队出来，卫队遂挺出，对着跪地之百姓，横开一排枪，霎时有洞穿胸腹的，有脑浆迸裂的，有受重伤而未死的，呻吟呼号之声，惨不忍闻。"② 用语不多，却把当时的惨景生动再现出来了。可惜，这样的章节太少，具备时代特色与独特内蕴的丰满形象也几乎没有。因此，其作为提醒读者勿忘民国建立之不易的目的基本实现了；但作为文学文本，其品位显然不是很高。

　　与其相似的，还有蔡东藩创作的《清史演义》。蔡东藩（1877—1945），名郕，字椿寿，号东藩，清山阴县临浦（今属萧山）人。他曾先后在杭州及绍兴等地教书，后潜心著书，著有《中国历代通俗演义》，时间跨度自秦始皇到民国 9 年，上下 2166 年，共 1040 回，500 多万字，堪称中国历史演义之最。《清史演义》为其中一部，"自天命纪元起，至宣统退位止，凡二百九十七年间之事实，择其关系最大者，编为通俗演义"。（《自序》）该书 100 回，60 万字，1916 年上海会文堂书局出版。小说乃有所感而为，其《自序》曰："革命功成，私史杂出，排斥清廷无遗力；甚且摭拾宫闱事，横肆讥议，识者哂焉。夫使清室而果无失德也，则垂至亿万斯年可矣，何至鄂军一起，清社即墟？然苟如近时之燕书郢说，则罪且浮于秦政隋炀，秦隋不数载即亡，宁于满清而独永命，顾传至二百数十年之久欤？"一方面不满众多小说出于种族革命宣传之需要而丑化满清历史，尤其是将清廷生活进行荒淫化描述的现象；另一方面反思清政权

---

① 《中国近代珍稀本小说》（拾贰），春风文艺出版社 1997 年版，第 643 页。
② 同上书，第 663 页。

的"失德"之处与维持几百年的原因，力求对其进行客观再现。并在第 1 回里明言创作目的:"现在清朝二字，已成过去的历史，中国河山，仍然照旧，要想易乱为治，须把清朝的兴亡，细细考察，择善而从，不善则改，古人说的'殷鉴不远'便是此意。"① 因此，该书极少荒诞不经之事，多是言有依据。他自认所叙史实，"巨政固期核实，琐录亦必求真;至关于帝王专制之魔力，尤再三致意，悬为炯戒"。(《自序》) 只有首回讲述满族起源时讲到三位天女到布库里山郊游，遇到灵鹊吐下一颗红色果子，最小的佛库伦吞下后怀孕生子，命名为佛库伦雍顺;长大后与鄂谟辉一村落中的少女结合，遂繁衍满族。这样开始叙事，既渲染了满族起源的神奇性，与汉族神话传说相似，② 也为清朝延续二百多年找到了依据。其他叙述则以展现史实为主，作者很少出场谴责或赞扬历史人物。如第 7 回写到明朝将领孔有德、耿仲明因其上司东江总兵毛文龙被袁崇焕所杀而投奔清太宗，并为其进攻明朝出谋划策;据称是范仲淹后代的范文程实施反间计除掉袁崇焕。第 8 回叙述祖大寿投敌，第 10 回洪成畴贪色投降，第 12 回写山海关总兵吴三桂因为爱妾陈圆圆被李自成掳走而引清兵入关，第 15 回写赵之龙降清献南京城等。若以民族立场观之，献城通敌，丧失民族大义，乃典型的汉奸作为，但小说对此不置评议。对于那些舍身报国，坚守民族大义者，小说也详述其事迹，如第 8 回写何可纲被祖大寿暗算被捕，宁死不屈;第 15 回写江南使臣左懋第，其随员艾大选遵旨薙发，被其杖死，多尔衮责令其跪下时，他说:"我乃天朝使臣，安肯屈膝番邦?"声称:"头可断，发不可断。"使多尔衮感慨:"好个倔强的男子!""明朝的臣子，如此忠义，恐怕中原是未能平定呢。"第 17 回写瞿式耜抗清失败，面对孔有德而慷慨就义;第 21 回述张煌言兵败被杀，因为郑成功的儿子据守台湾，"清廷将郑芝龙正法，并其子郑成恩、世恩、世荫等，亦一律斩首。"类似这样的场景，是极易引发作家的义愤或感喟的。但是，小说中很难读到作家的主观议论。而其欲以历史真实面目呈现于读者面前、是非功过任读者自判的创作目的，则基本实现了。

---

① 蔡东藩:《清史演义》，上海文艺出版社 1981 年版，第 2 页。

② 《诗经·大雅·生民》前两节曰:"厥初生民，时维姜嫄。生民如何?克禋克祀，以弗无子。""诞弥厥月，先生如达，不坼不副，无菑无害，以赫厥灵。上帝不宁，不康禋祀，居然生子!"司马迁《史记·周本纪》云:"姜原(嫄)出野，见巨人迹，心忻然说，欲践之。践之而身动如孕者，居期而生子。以为不祥，弃之隘巷，马牛过者皆辟(避)不践;徙置之林中，适会山林多人，迁之;而弃渠中冰上，飞鸟以其翼覆荐之。姜原以为神，遂收养长之。初欲弃之，因名曰弃。"

二　描绘人物的历史小说

民初历史小说的另一类是以历史人物为主，历史事件成为描写人物的背景，代表文本是《慈禧太后演义》《新华春梦记》《金陵秋》等。蔡东藩的《慈禧太后演义》，原名《西太后演义》，1916 年由上海会文堂书局出版，共 40 回，20 万字，主要叙述慈禧太后的传奇人生，辅以晚清史实。是书之作，缘于慈禧一生的大起大落与坊间传闻的失真——"孝钦则初平发捻，定回苗，知人善任，几若凌驾孝庄。乃其后误信谗构，妄任憸人，酿成数千年来未有之匪祸，而清室以墟。""晚清之季，党人蜂起，保皇党笔伐于先，革命党口诛于后，孝钦之名为之大损。"因此，写作此书之"要旨在防范女权，唤醒世梦，以人为鉴，即劝即惩"。（《序言》）小说第 1 回从叶赫国与努尔哈赤的矛盾写起，努尔哈赤建神殿时，挖出古碑上写"灭建州者叶赫"六字，引发其恐惧与仇恨，灭掉叶赫国。因其妃叶赫那拉氏被封为后，生皇太极等，叶赫一脉遂得以保留。慈禧乳名兰儿，"她于针黹缝纫等项不甚注意，平时只管看书、写字、读史、吟诗，把西子、太真、飞燕、灵甄的故事，更记得非常烂熟。"其父惠徵责之，对曰："'贱日岂殊众，贵来方悟稀'，这不是西子的写照么？生男勿喜女勿悲，生女也可壮门楣，这不是杨妃的遗歌么？女儿现虽贫苦，安知后来不争胜古人？"① 此时，兰儿不过十岁，却有远大志向。父亲死后，得吴棠帮助，暂渡难关。第 2 回她再陷困窘，病中梦见吕雉和武曌，暗示其人生道路。第 3 回写兰儿听说咸丰帝选秀，其他人家多出钱求免，她却主动应选："我家穷苦得很，正是没法儿的时候，儿愿拼生出去，不愁中选，但愁不中选。中选了，或尚可寻条出路，他日弟妹两人也好从中援手。不中选了，那便一生不出头呢！"② 面圣时，她亦能随机表现，赢得皇太后和皇帝的认可，成功入选；入宫后，她交好皇后的妹妹，得以侍奉皇后，进而接近皇帝，终于得到皇帝的垂幸，成为贵人。（第 4 回）这样，她便获得为皇帝生子的机会，生下载淳后，其身份已成为懿妃，"因咸丰帝顾视载淳，时常临幸，越发提足精神，卖弄材（才）艺，所以朝纲国政，居然极力赞襄。"③ 她力推曾国藩主持镇压太平军，是发现其有百折不挠的性格。此举不仅凸显出其善于举才的特性，且赢得皇帝赞扬："似你这

---

① 蔡东藩：《慈禧太后演义》，浙江人民出版社 1980 年版，第 6 页。
② 同上书，第 23 页。
③ 同上书，第 46 页。

般留心国事，注意人才，恐宫中没有第二人。"来自皇帝的肯定无疑是对其干政行为的鼓励，其果断、专权、心狠的一面渐渐被刻画出来。中英在广东发生冲突，耆英议和不当，咸丰欲惩戒之，懿妃建议将其正法，至少令其自尽；(第8回)咸丰死后，她欲垂帘听政，载垣以有违祖制反对，与东太后"静心参酌"的主张不同，她则认为："祖制虽是未有，但也不曾禁止。……看来可以照办。"挫败肃顺、载垣、端华等人的阴谋，处死三人，使他们感慨："灭清朝者叶赫，那话儿也应验了。"①这种独断性格在第15回同治帝死后、决定谁继位时，再次显现。众人议论不止，慈禧宣布："皇嗣一层，我意已决定载湉了。"第29回她逃离北京前，下令将珍妃推入井中溺死等，亦表现出独断霸道的一面。这使得其权威至高无上，以至于连光绪皇帝见她就怕，珍妃被责顶嘴时，光绪劝阻道："你也太倔强了！圣母前只好乞恩，如何还要答辩。"(第22回)但也有助于其治理国家，无论是任命曾国藩、沈葆桢、李鸿章、左宗棠等各司一方，平定太平天国起义，(第11回)还是决定参用西律，废除凌迟、枭首等酷刑，(第34回)均体现出超越须眉的决断能力和治国谋略。当然，她也并非一味逞强，需要屈身迎合时，她做得也很"精彩"。如第17回叙述东太后患病，慈禧托言为其割臂肉入药而令其感动，主动焚毁咸丰特赐防备慈禧的遗诏；慈禧成功消除了后患。这样安排，历史事件成为其展示才华的背景，人物形象也在多维度描绘中丰满起来。

黄小配的小说《宦海升沉录》，又名《袁世凯》，共22回，1909年由香港实报馆出版。小说围绕袁世凯展开晚清时代画卷，中日朝鲜之争、甲午战争、维新变法、义和团运动、庚子事变、立宪运动等事件均有具体展现。一方面，小说尚受谴责小说的影响，对封建官场无情揭露。如天津电报局总办张佩纶为了一个江南名厨，与刘岘几次电报交涉。天津海关龚道曰："你总办电局便宜了，为借用一个厨子，要发几次电。"并问其在福州时为何逃跑那么快？答曰："兄弟在福州时，不过要做做钦差，前去玩意儿罢了。不提防法兰西的兵官，真个要放起炮来。若不跑吗，这命就不要了。"②旁听的袁世凯都为张佩纶感到难堪，没有想到他谈笑风生，完全不当回事。第4回描写叶志超在平壤怯敌，临阵狂逃事。张佩纶怕袁世凯所发电报要求李鸿章增兵，故意改动电报内容，致使在朝鲜的中国军队处于劣势，最后战败。当朝议论慈禧太后垂帘听政事情，李鸿章表示希

---

① 蔡东藩：《慈禧太后演义》，浙江人民出版社1980年版，第79—84页。

② 《中国近代珍稀小说》(伍)，春风文艺出版社1997年版，第148页。

望看看皇帝的表现再定，一个亲王答道："此乃我们家事，李中堂你不必说罢。"（第7回）视天下事为家事，没有天下人的监督，就可以胡作非为了。故刚毅南下为端王筹款时，听说王存烈有钱，便先拘禁其公馆附近包揽贿赂的马二姑。"原来刚毅本欲先拘王存烈，后奏参革职归案办理；但念拘了王存烈，怕没人替王存烈打点，就不能弄得钱财到手。"当粤督谭钟麟替其说情时，趁机敲诈一百万两银子。这次南行，替端王筹银千万两，自得数百万两。① 另一方面集中刻画历史人物形象。如康无谓（康有为）在运动袁世凯发兵救援光绪无准确消息时，为自保，"不如先离京去了，较为稳着。若有祸患，自可先行逃去。没（设）有好处，这时再回也不迟。"② 凸显其圆滑老道、自私自利的性格特征。对于袁世凯，则抓住他作为政治家的老谋深算、眼光远大来写。留日学生贾炳仁行刺袁世凯被捕，他不让巡捕张扬，并与贾密谈，送其 2000 银圆，让其回乡或出国留学："你拿了银子，若要归守田园，不问世事，尽可过活得去；若有心国家，就拿这些银子往外洋留学，他日成功，尽多合用之处。但须知丈夫做事，要正正大大，磊磊落落，不要徒轻性命，像那愚夫愚妇以死为荣，实不足取也。"此行为一举多得——第一，避免贾再次行刺，使其走上正途；第二，不让声张，"若是不然，要做打草惊蛇，怕暗杀之风日盛，连那些桀骜之徒，反要牺牲一命，从这里博个声名。那时刺客日多，只怕拿不胜拿，捕不胜捕了。"第三，安慰巡捕，收拢人心。"论起这件事，都是你一片心，实在可取。今本部堂纵不把此事再提，将来必寻一个机会，好提拔你，以作勉励，你尽可放心。"（第13回）③ 当段芝贵为了往上爬而抓捕二十名革命党人时，袁世凯主张谨慎对待，不要乱杀。"人言不足成谶，若只从行迹上求他罪名，必至弄成冤狱。事关人命，你们总要谨慎些。若一心一意要当他是革党，然后用刑求他，实在大误。……方今风潮如此，实在寒心，只怕误杀一次，即多一次激变人心，落得党人借口，多方煽诱，反足增党人声势，实不可不虑。"其间多次电报交涉无果，革命党人终被杀，"袁世凯满心不快。"④ 比起后世小说漫画式的夸饰与谩骂袁世凯，黄小配笔下的袁世凯更为真实可信。

《新华春梦记》的作者杨尘因（1889—1961），安徽全椒人，号雪门、烟生，自幼聪慧，十四岁赴日本留学，毕业于早稻田大学，并加入同盟

---

① 《中国近代珍稀小说》（伍），春风文艺出版社 1997 年版，第 222 页。
② 同上书，第 195 页。
③ 同上书，第 261—262 页。
④ 同上书，第 273—275 页。

会。辛亥革命后,受《申报》报馆经理史量才之聘,担任该报副刊编辑,结识了原北洋政府外交次长唐有壬。与其交往中得到袁世凯称帝活动的电文及新华宫内的诸多内幕,以此为基础创作了章回体小说《新华春梦记》。该书1916年春由上海泰东图书局出版,共100回,60多万字,围绕袁世凯称帝前后的历史展开叙述,既表现了其复辟帝制、专制独裁的丑态,也刻画出一批献媚迎合、助纣为虐的小丑形象。得天独厚的资料占有使其具有很强的史料价值,不仅通过电报、书信、告示、章程、条例、誓文、推戴书、通牒等实用文体证实所叙内容的真实性,而且引梁启超宏文《异哉所谓国体问题者》进入小说,既佐证其叙述问题的重要,亦引发时人的共鸣。故吴敬恒为其作《叙》曰:"《新华春梦记》,乃得言论自由之新保障,直记今日街巷谈说人物,可一无所讳……此又开近世章回小说一新纪元矣。"然而,其弊端亦系于此。综观全书,有引文者21回,占83页,实在干扰读者的阅读兴趣,成为叙事累赘。有些引文如第99回康有为致袁世凯的信竟然达到10页,第40回引9封电报占了8页等,显然没有必要。这种现象的肆意泛滥,甚至使其陷入与王雪庵撰写《神州光复志演义》一样的尴尬,即无法在一回里将所引文章载完,只好前掐后裁。如第8回引梁启超《异哉所谓国体问题者》时,前面署"(前略)",中间引5页,后面再"(后略)",既打破了原有的叙事节奏,亦影响读者对叙述事件的完整认知。

　　《新华春梦记》对人物形象的刻画给读者留下了深刻印象。袁世凯久经官场、战场,历史转型期提供的特殊机遇使其成为清末民初炙手可热的枭雄,占有民国总统的位置。在不少亦旧亦新的人心中,大总统就相当于皇帝,哪里还需要改头换面?但对于从幽深的历史隧道中挤上高台的袁世凯来说,不当皇帝不甘心。小说开局即写其不愿离开根据地北京:"满清攘政,垂三百年,直把个北京城里,闹成个达官显宦的制造场,镇日里嚣尘弥漫之中。……谁知袁大总统就职之后,因为他个人在北京耍了数十年,才得了今日的地位,所以舍不了北京城那种气味,拼死也不肯出北京城一步。"① 难舍旧都帝王味,留恋的是专制意。若置身晚清,他可直接登基;身为民国总统,不得不考虑民意。如此,才给杨度等人提供了活动空间,让其成立"筹安会",让各省都督发电请愿,为自己当皇帝铺路。惟其苦心孤诣,才会有等待投票结果时的紧张:"倘若揭晓出来,闹个多数不赞成帝制,岂不是弄得难以下台么?就学白起,将一千九百九十三个

---

① 杨尘因:《新华春梦记》,岳麓书社1985年版,第5—6页。

代表全数坑了，皇帝的椅子仍是做（坐）不成，又将奈何？所以此时他那心坎里，好象（像）热锅底上爬的蚂蚁一般，也不知怎样才好。"得知全票通过时，先是躺下不做声，再"猛然一翻身站将起来，把两只手儿背着，摇来摆去只在房里打磨旋，自言自语笑道：'咦，得了！咦，得了！'接连说了十多声，一直就向于夫人房里冲去。"① 求之已久的皇帝梦终于实现，其激动、癫狂之状活画出来。一旦被逼取消帝制，其内心之痛便容易想象："将那些什么请愿书、劝进表，什么奏本、呈文，及那些龙袍、龙帽，全行搜检出来，捱到当晚三更时分，暗在后宫，密派了八个禁内的侍卫，将那些顽意儿一把火烧了个干干净净。最后烧到新制的万岁牌儿，恰巧袁世凯从办事室里回宫，一眼瞥见那崭新金色的万岁牌位送到火坑里去，不禁触动旧感，忍不住哇啦一声大哭起来。"② 从而把其无奈、留恋、委屈、愤懑等复杂情感表现出来。其他如梁士诒的见风使舵、唯利是图，蔡锷的维护正义、拥护共和，杨度的投机取巧、利欲熏心等，亦颇具文学典型性。同时，作为吴敬梓的同乡，杨尘因小说的讽刺艺术颇得《儒林外史》真传。小说既有对传统名士、官场小人的讥讽，也有对急于巴结上层而付出惨重代价的小人物的嘲弄，凸显出对恶俗之人的不留情面。如17回写叶德辉"诗词歌赋，色色俱佳，并且精于淫学，他亲手编的《双梅影庵丛谈》，什么素女经，什么房中术，都选列在里面，一条一条，解说得真如仇十洲所画的《秘戏图》一般"。听说筹安会成立，帝制有望恢复，他"每天清晨起来，必定要沐浴一番，穿上清朝的便礼服，排设香案，供了当今万岁的纸牌儿，向着北方，咚咚磕他个响头，夜晚睡觉的时节，也是如此"。③ 一个酸腐、迂滞的士子形象，恰是当时一批人的代表。而极力想出人头地的尤黼生在被表哥梁士诒训斥后，悟到只有求上司和求姨太太才能上进，于是跑到梁家跪求卓氏；此情此景，被回家的梁士诒撞见，彼此尴尬不已。（第66回）第45—46回描述湖北教育会长谢石钦为了运动当"国民代表"花费了2000多元，往前走没有经费，跪求夫人将首饰取出换来1054元，结果是空忙活。因为"这一次选举全国都被皇帝运动好了，明是民选，暗是官派，不是金钱可以运动来的"。第41回所写的戴声更惨，中举后被选为众议员，进京后混了一年多，攒下四五千元，便想巴结袁克定。六国饭店请客一次，一看账单"共计六万

---

① 杨尘因：《新华春梦记》，岳麓书社1985年版，第621页。
② 同上书，第972页。
③ 同上书，第190—191页。

元,彩洋六千元",当场昏过去了。不久,一病而亡。第 9 回写恶侦探白福全卖友求利,因为以前借邱纯甫的一千多元未还,这次再借被拒,便不顾结拜之情,诬陷其为"中华革命军驻京暗杀队队长",捕获入狱,乘机敲诈一万多元。可见,不论社会地位如何,只要被欲望左右,终难免尴尬、可悲的下场。至此,小说已超越普通历史小说的内蕴,直抵人性深处。

林纾的《金陵秋》1914 年 4 月由上海商务印书馆出版。小说刻画辛亥革命英雄林述卿的形象,其原型为林述庆,福建人,清军管带。曾参加安庆之役、武昌起义,率军光复镇江、收复南京;和议不成,力主北伐,任临淮总司令。和议成功,不接受袁世凯拉拢,被袁世凯派人鸩杀。其妻将他的日记四册给林纾,因而成此小说。文本既正面描述其形象"丰颐广颡,须角上翘,作武士装,人极勇健"。也通过他人之口侧面肯定之,王仲英曰:"林公老谋壮事,必遂所图。"(第七章)林纾对历史小说有自己的理解:"凡小说一道,有但言情愫,供酒客花前月下之谈;有稿本出诸伤心之人,目击天下祸变,心惧危亡,不得已吐其胸中之不平,寓史局于小说之中,则不能不谈正事。"① 认为人物心理必与时局相关,故小说以其经历为线索,叙述了辛亥革命期间的武昌起义、光复镇江、收复南京、上海起义、苏州反正等事件,具有鲜明的历史小说特征;对于女权运动在民初的发展,小说也如实描述。第二章叙述王仲英言及女性力量难以前线对敌时,眉峰大怒曰:"妄男子勿肆口诬人!今日幸未携得手枪,不尔,汝胸间洞矣。"② 月城亦微愠,两颊皆赪,不作语。可见女性自我膨胀,容不得男性评议。或如第三章整体概括女界情状,寅谷曰:"方今女界不惟勃勃有武士风,并欲置身朝列,平章政事。谨厚者检避其锋,诺诺不敢规以正言。挑达(佻佻)者则推波助澜,将借此以贡媚。故气焰所被,前无沮抑之人。"③ 或如第四章描绘女革命者形象,武昌起义前被捕者,"中有龙韵兰者,女学生也,婷婷作西装,若不胜衣。然侃侃对簿,气概如男子。"④ 或如第十二章凸显调适中西的女性观。秋光曰:"女子固有职分,譬如佐夫子治官书,为女学堂司教育,以爱国大义自教其子。即不然,学基督教之仁心,为创人看护。"⑤ 诸多情节将林纾对民初女界的多

---

① 《中国近代珍稀小说》(贰),春风文艺出版社 1997 年版,第 270 页。
② 同上书,第 260 页。
③ 同上书,第 261 页。
④ 同上书,第 265 页。
⑤ 同上书,第 295 页。

方面认知表现了出来，也弥补了此类小说大局勾勒多、局部展现少的不足。

　　就艺术特点而言，《金陵秋》也值得关注。第一，体裁上设"章"，不称"回"，且不设回目。一方面比张恨水早开始改良传统小说体制，另一方面凸显出其翻译外国小说所接受的影响。第二，大量文献引入文本，构成复合叙事。计有书信 8 封——第九章胡秋光给王仲英信，第十一章王仲英回信、给程都统的信，第十四章王仲英父亲来信、林述卿信，第十九章王仲凯来信，第二十三章王仲英父亲来信，第二十六章林述卿信；条例1 个——第五章辛亥革命成功后，军政府发布的 24 条例；文告 2 个——第九章上海义军发布，第十章苏州义军发布；诏书 2 个——第十章罪己诏，第二十六章清廷退位谕旨；军令 1 个——第十一章；通电 1 个——第十三章；报告 1 个——第二十一章佘傅青的战况报告；演说 1 个——第二十八章；宣言书 1 个——第二十五章大总统宣言书（节录）。这样的亚文本引入，一方面增加了历史小说的真实感，另一方面也造成叙事进程的迟滞，真可谓得失一体。

第三节　历史小说诸问题辨析

　　历史小说在近代形成创作高潮，呈现出较为突出的流派特征。其中蕴含的题材热点与叙事焦点、时效性与文学性、写人为主与叙事主导等问题，已经成为超越历史小说本身的理论命题，值得探讨。

一　题材热点与叙事焦点

　　题材热点凸显出特定时代作家、出版社与读者的关注对象，往往是关涉大局走向、民族命运或国际冲突的大问题。中日甲午战争成为《中东大战演义》《慈禧太后演义》《神州光复志演义》《清史演义》《孽海花》等历史小说的叙述对象，太平天国运动则进入《慈禧太后演义》《神州光复志演义》《清史演义》《洪秀全演义》等文本中，其他如辛亥革命进入《神州光复志演义》《清史演义》《金陵秋》《宦海升沉录》的叙述视野等，可以看出：对中国社会转型影响巨大、能够扭转历史走向的历史事件，会成为小说家选材的热点。在作者看来，历史叙述往往梳理日常生活，小说则能够舒展其浪漫想象与英雄情结；以读者知道的历史事件作为小说的叙事背景，有助于增强小说的纪实性。中国小说的渊源之一就是史传，历史小说尤其注重历史背景与历史细节的描绘，纪实性特征容易凸显。于是，纪实性成为吸引读者的重要因素，"因为融入纪实成份对那些刚刚培育出小说欣赏力的人更有刺激力"①。前述那些给读者留下深刻印象的历史事件，无疑是作家们抓住读者眼球、凸显纪实性的好素材，自然成为叙事焦点。叙事焦点是作家写作时用力所在，是叙事元素汇聚的交合点。故如《慈禧太后演义》中甲午战争、太平天国运动、戊戌变法等事件只是作家刻画人物性格的背景，其叙事焦点是力求还原慈禧的复杂性格；《神州光复志演义》的叙事重点在于怎样实现光复目标的，因此，对孙中山领导的革命如何历经曲折，终于推翻清朝政权的描述在120回中竟然占82回，比例高达68%。《清史演义》意在客观表现清朝260多年的历史，叙事焦点在明清更替、清朝统治中国及被推翻的过程；《洪秀全演义》立足宣传种族革命，因此，太平天国运动的领袖们及其辉煌战绩成为叙事焦点。综上所述，题材热点受制于时代思潮与历史事件自身的内蕴，叙事焦点则取决于作家的主体意识与写作宗旨。

题材的过于集中固然是作者与读者思想聚焦的结果，其社会效应不可低估。但是，叙事焦点的单向性也影响到历史小说的内蕴丰厚与艺术成就。满足于事件的叙述，容易忽略对事件成因的追索和对事件蕴含意义的探究，进而影响到历史小说对历史发展规律的概括，作家们津津乐道的是历史事件的发展过程和由此引发的民族情绪、激发的爱恨情仇，这些浮于表层的物化符号和倾口而出的情绪发泄往往遮蔽对事件深层内涵的思考——甲午战争给中华民族的命运将带来怎样的影响？太平天国运动对晚清政权的嬗变起到怎样的作用？其暴力展现的过程凸显出人性的哪些负面内蕴？辛亥革命为何没有沿着革命者预想的方向发展？在时代动荡的社会格局中，个人的命运如何受制于时代等，显然没有成为作家关注的核心。即便是表现历史事件的发展过程，其中蕴含的国际环境、大国之间的较量等如何影响事件的发展趋势？在近代中外冲突和历史演变中，文化冲突、科技发展扮演怎样的角色等，尚未纳入作家视域。这样的文学成就与近代社会的复杂多变相比，不能令人满意；作家们没有拓展自己的思辨能力，没有创作出一部《战争与和平》那样厚重的反思性文本，不能引发读者更深的思考，与其停留在题材热度的关注和创作过程的匆忙有关。

二　时效性与文学性

时效性本是新闻学强调的要素，但是，在近代历史小说创作中，我们

---

① 李嵘明：《浮世代代传——海派文人说略》，华文出版社1997年版，第10页。

能够清晰地感受到作家追赶时代的匆匆脚步声。其中透出作家们对现实生活的关注，"只有对现实生活产生兴趣才能进而促使人们去研究以往的事实，所以，这个以往的事实不是符合以往的兴趣，而是符合当前的兴趣，假如它与现实生活的兴趣结合在一起的话"。① 《慈禧太后演义》出版于1916 年，距离所叙慈禧去世的 1908 年仅 7 年；《中东大战演义》出版时间为 1900 年，而小说叙事时间至 1896 年，间隔顶多 4 年；《神州光复志演义》写成于 1912 年 6 月，9 月出版，距离中华民国成立仅 5 个月；袁世凯 1916 年 6 月 6 日去世，以其为主要表现对象的《新华春梦记》当年就出版了。紧跟重大历史事件，使这些小说能够产生足够的轰动效应，有利于出版社赚钱，亦可满足读者急于知晓事件内幕的需求；但是，缺乏时间过滤、作家对事件缺少充分思考以及一些内幕尚未公开等因素，均容易导致这样创作出的历史小说流于事件的描述，而忽视其文学性。

　　小说属于叙事性文学类型，虚构、想象是其特性，若沉浸于事实而禁锢想象，那么，无论所叙事实多么接近真实——像历史小说作者强调的"闻一件记一件，得一说载一说"（《中东大战演义·序》），或如蔡东藩所云："巨政固期核实，琐录亦必求真。"（《清史演义·自序》），也只能说是接近作者认知的真实，然而，过分追求这样的真实，往往使文本拘泥于历史素材，难以升华至美妙的艺术境界，更难使文本具备灵动秀逸的浪漫氛围与情意萦绕的审美意境。如何使历史小说的叙事生动起来呢？戴锦华说："历史，始终以集体记忆的名义出现，但它不会标出记忆者、记忆群体的身份，而且未必与记忆并行。"② 亦即历史文本多表达集体记忆，缺乏个性。要想使呆板的史料活起来，就必须注入个人的感知与情感。李洱总结写作历史小说《花腔》的经验时说："使我写下去的理由，是我想以个人的方式，以小说的方式，表达我对我们置身其中的二十世纪的看法。"③ 显然，个体生命感悟的融入，能够激活蕴藏在历史资料中的信息，能够使干瘪的资料转化为传神的形象。文学对历史事实的反映，不应该是现有文档的实录，因为其中缺乏作家的自我理解；也不能满足于叙述出历史事件的发展过程，那是新闻报道就能够完成的任务。经典的历史小说文本，应该凸显出作家对历史事实的透视与对事件成因的辨析，进而凝练出作家对历史发展趋势的预测和对历史经验教训的总结；这样，读者方能从

---

① 克罗齐：《历史和编年史》，《历史的话语——现代西方历史哲学译文集》，中国人民大学出版社 2012 年版，第 388—389 页。
② 戴锦华：《书写文化英雄——世纪之交的文化研究》，江苏人民出版社 2000 年版，第 57 页。
③ 李洱：《首届"21 世纪鼎钧双年文学奖"颁奖会答谢辞》，《作家》2003 年第 3 期。

中读出历史的奥秘,悟透历史的内涵。反观近代历史小说,不能不遗憾地感受到作家史识的缺位与对人性深刻内蕴的遮蔽。

三　叙事与写人

历史小说到底应该以叙事为主,还是以写人为主? 这是没有标准答案、却值得辨析的问题。此处隐含着怎样处理成为创作题材的"历史"问题——是力求贴近历史环境、历史氛围来描写,尤其是按照所谓"正史"来叙述? 还是作家可以发挥自己的主观能动性,依照自我历史观来展开叙事? 早在 20 世纪 40 年代,国统区出现历史剧创作热潮时,就有过类似的讨论。详细梳理讨论内容不是本文的任务,这里选择对笔者有启发的观点进行有限度的剖析。那些如蔡东藩撰写《中国历代通俗演义》一样的主张,其文本往往可以成为普及历史知识的教科书,却难以成为具有很高审美价值的文学名著。如果能够超越史实的拘束,展开想象的翅膀描述历史细节与历史人物,反而更能够凸显作家的史识。同一个蔡东藩,其《慈禧太后演义》就写得有声有色,人物个性鲜明,无论是文学品位,还是可读性方面,均超过《中国历代通俗演义》。因此,郭沫若当年总结的创作历史剧的理念仍具有很大价值:"剧作家的任务是在把握历史的精神,而不必为历史的事实所束缚。"[①] 他强调"失事求似",即追求符合历史发展的内在精神,可以与历史事实有出入。[②] 欲摆脱历史事实的束缚,就会聚焦历史人物,所以,郭沫若的历史剧多以人物为中心,以历史人物带动历史氛围,完成历史叙事。无论是近代作家的历史小说创作,还是郭沫若的理论阐释,均凸显出进行历史小说创作时必须关注的叙事与写人问题。

历史小说作为叙事文体,离不开历史事件的描述,因此,事件在此类小说中均有多重价值。首先,事件预置了叙事走向。观察历史小说流派的创作实际,历史事件通常起着建构小说叙事框架的作用,亦即一部小说的叙事线索即为表现对象的发生、发展过程。其次,事件制约着作家的想象力,使其成为有限想象。由于所叙述事件多为发生不久的历史,读者对其有大致了解,因此留给作者想象的空间极其有限。小说本应该通过虚构和幻想创造艺术真实的境界,但受制于历史真实所构成读者的"前理解",作家能够施展想象的空间只能是读者不知的隐秘领域和人物内心,二者在重大历史事件中所占比例很小,这决定历史小说平铺直叙者多,浪漫恣肆

---

① 郭沫若:《我怎样写〈棠棣之花〉》,《郭沫若论创作》,上海文艺出版社 1983 年版,第 373 页。
② 郭沫若:《〈孔雀胆〉二三事》,《郭沫若论创作》,上海文艺出版社 1983 年版,第 456 页。

者少。与此有关的特点便是作家选择具有神秘色彩的对象展开描写。无论《慈禧太后演义》《中东大战演义》所描绘的宫廷生活、刺杀复仇，还是《新华春梦记》《金陵秋》所刻画的袁世凯、林述卿等人的内心纠葛或悲剧内蕴，均具有满足读者好奇心的叙事魅力。

历史小说对人物的描写，亦有诸多值得探究之处。首先，小说中的人物不同于历史实存的人物，而是经过作家主体意识透视过的再造人物。写过不少历史小说的莫言说："我认为小说家笔下的历史是来自民间的传奇化了的历史，这是象征的历史而不是真实的历史，这是打上了我的个性烙印的历史而不是教科书上的历史。但我认为这样的历史才更加逼近历史的真实。……小说家并不负责再现历史也不可能再现历史，所谓的历史事件只不过是小说家把历史寓言化和预言化的材料。历史学家是根据历史事件来思想，小说家是用思想来选择和改造历史事件，如果没有这样的历史事件，他就会虚构出这样的历史事件。"① 改造了历史，也必然改变生存其间的历史人物，故无论是慈禧太后、袁世凯，还是林述卿、安重根，都是渗透作家主体意识的形象。其次，历史小说中的人物应该反映作家对人类命运的思考。无论是选择国内题材表现不同民族间的冲突，还是描述国际斗争中近代中国的生存危机，均为作家们通过特定视角反思人类命运的产物。虽然近代历史小说尚未抵达题材蕴含的理想深度，但选材本身就凸显出其超越自身的宽阔视野。最后，历史小说应该通过所写人物的独特命运，反思人性内涵。近代历史小说所展示的吴三桂、慈禧太后、袁世凯、洪秀全、杨秀清、石达开等一系列历史人物的复杂人生，已初步表现出其在纷纭多变的历史转型期人性的异化或堕落，但是，与其所处历史环境的诡异、激变相比，还有太多幽邃、诡秘的人性内蕴没有揭示出来。综观中国近代历史小说创作的情况，结合郭沫若、莫言等对历史题材叙事文学创作的言说，我们认为真正有品位的历史小说创作，还是应该摆脱史实的束缚，以历史人物为主建构自己的文学世界，方能够有充分施展才华的空间，才能产生更有价值的历史小说。

---

① 莫言：《我的〈丰乳肥臀〉——在哥伦比亚大学的演讲》，杨扬编《莫言研究资料》，天津人民出版社 2005 年版，第 59 页。

结　　语

　　从发生学的视角考察，中国近代小说流派是在社会转型期多种要素共同作用下形成的；多重元素的渗入，使其呈现出复杂的内蕴——一方面欲担负启蒙国民、想象未来的重任，另一方面欲建构属于自我理想的文学世界，希望创作出特色鲜明的小说文本。然而，其欲抵达的目标愈远大，所能实现的愈有限，因为其嬗变过程既深受中国传统小说的制约，亦多受西方小说的影响，往往出现文体杂糅、流派交叉、主旨暧昧等现象。

　　晚清独特的社会环境与上海特殊的空间——租界的存在，为谴责小说的兴起提供了肥沃土壤；王纲解纽、礼乐崩坏的时代适逢西方思潮的侵入，遂使作家们决绝地否定了传统士人的人生理想，进而批判往昔向往的空间——官场，讽刺活跃其间的官员，谴责小说盛行一时。此派小说并非仅有所谓"四大谴责小说"，而是有近20部长篇小说；其内蕴既表现出对传统的批判与疏离，亦体现出对社会阶层流动的敏感。游走四方的老残、漂泊海外的留学生、服务外商的买办等形象，均蕴含着丰富的文化意蕴：它预示着延续千年的社会秩序已经松动，各阶层之间的流动成为不可逆转的历史趋势。而西方叙事方法的借鉴、人物类型的新变，则使其凸显出求新趋变的叙事特征，标志着中国小说叙事技巧向现代化的转型。

　　"侠"是呼应春秋、战国时代动荡社会的需求而出现的，因为其行事的特异、品质的超凡而被史家关注，遂进入历史文本；待其负面内蕴被史家发现，则退出历史，而闯进文学世界。梳理"侠"与文学的关系，能够阐释这些小说流派的产生如何逐渐摆脱历史的束缚而渐趋独立的。清官与侠客形象的嬗变轨迹，展示了公案小说、侠义小说与旧派武侠小说内部的关联、变异。侠客活动的空间，在不同小说流派里从衙门卫所到荒野幽径、从名山大川到豪门庭院等，空间转移隐含着人物身份的置换与主体意识的嬗变；其人格内蕴亦表现出依附官场或笑傲江湖等特性。侠客从江湖走入庙堂，其仗义行侠的特性已发生变异；清官依赖归顺的侠客维护王法与社会的稳定，也从内部逐渐消解政权的合法性。描写侠客的小说流派延续不断，说明此类小说既能表现底层百姓、边缘群体对社会的不满，亦能建构超越现实规范的生存模式，使读者获得想象性满足。

言说情感是文学永恒的主题，时代变迁、主体转换所带来的情感内蕴与人物架构的变化成为言情小说层出不穷的内因；叙事技巧的更新、读者期待视野的嬗变乃至编辑导向的诱惑等，亦从外部制约着言情小说的发展。言情小说是中国近代规模最大的小说流派。晚清狭邪小说里名士与名妓注重精神交流、享受休闲生活的特点，是中国小说创作的新内涵；文本凸显的江南士风具有深厚的文化内蕴，是对中国传统文人理想生活的文学表现。倡门小说里名妓行为的特异及其形象的新变，已经具有现代色彩；鸳鸯蝴蝶派小说所描绘的民初世相与各类新人形象，于批判封建礼教、建构现代社会方面，与新文学具有一致性。从狭邪小说对精神交流的重视，到倡门小说人的意识觉醒，至鸳鸯蝴蝶派小说表现情感的多向性与变异性，近代言情小说描绘了人类情感的复杂内涵。

侦探小说、科学小说和翻新小说是受西方小说影响较大的小说流派。程小青、孙了红等人的创作，建构起中国侦探小说流派，在传播科学知识、描绘现代生活画面、彰显法治精神等方面培养了几代国人的意识；其叙事空间引入江南小镇、都市家庭，叙事焦点侧重于家庭纠纷、情感纠葛以及恩怨果报等，则凸显出侦探小说的中国特色。对西方侦探小说叙事手法与人物架构的借鉴、对西方逻辑推理的看重与对实证主义的推崇等，均影响着文本里中国人的行事方式与思维特征。科学小说中对西方科技知识的大量引介，在开启民智、传播文明方面贡献颇巨，但科技知识的堆砌往往干扰作家对形象的塑造，其效应与后世的科普作品相似；翻新小说借船下海，既激活了读者记忆中的经典形象，亦受经典小说在读者心中构成的"前理解"的制约。二者均对民族国家的未来充满憧憬，以虚拟的强大国家想象满足时人的心理需求，凸显出近代作家的政治参与意识和欲以小说教化大众、启蒙众生的创作目的。

历史小说是对中国近代重大事件的思考或借助历史上异族入侵、朝代更迭的史实来传达现实关注的小说流派。描述鸦片战争、太平天国起义、甲午战争等事件的小说，一方面具有很强的情绪色彩与爱国内蕴，凸显出强烈的复仇意蕴：既有对西方列强的仇恨，亦有对清政权的敌视；另一方面过多引用历史文档入小说，在增强现场感、时效性的同时，也严重干扰叙事进程。其侧重表现的问题是"历史事件怎样发生的？"因此，其文本以叙说历史过程为主，力求为读者清晰描述自我对历史成因的理解。再现朝代更迭的小说则侧重凸显种族革命内蕴，于反思史实中寄寓改革现状的理想。其叙事侧重反思与辨析历史的经验教训，具有较强的主观色彩与抒情气息。纠葛于过程再现与思想表述之间，历史小说便存在题材热点与叙事焦点的间离、时效性与文学性的冲突、写人为主与叙事主导的分歧等问题。从学理层面剖析之，具有超越特定流派的理论价值。

若从叙事空间考察，中国近代小说的空间是多元化的。总体考察之，其空间存在呈现出从乡村空间向都市空间的转移、从现实空间向虚构空间的置换倾向。在谴责小说、狭邪小说、鸳鸯蝴蝶派小说和侦探小说中，主人公往往受都市文化的诱惑，从乡村流向都市，并逐渐接受、认同都市文化。当他们在都市生活一段时间之后，有些人如鱼得水，生存下来；有些人难以适应，重返乡村。留在都市者，其视角常常透视都市繁华的生活画面，睿智者还能够悟透繁华背后的罪恶，于是顿生谴责、讽刺之意，甚或产生揭露黑幕的冲动；陋鄙者享受都市的浮华，于声色犬马、歌舞升平中透支青春与金钱，渐渐沉入"花海"，难以自拔。返乡者也不再是原来的自我，经历过多种文化的熏陶，其主体意识已经发生嬗变，往往会在夕阳西下的时候，品味一杯清茶，回味当初的浪漫或荒唐，甚或产生创作冲动，欲将人生体悟表达出来，以劝告后人、惊醒读者。科学小说、翻新小说、历史小说、公案小说、侠义小说、武侠小说等小说流派里，主人公则游移于现实与虚构之间。言说科学知识、描摹历史故事、勾勒侠客童年生活时，叙事空间多为现实的，客观存在的场景成为承载知识、传达史识、书写成长的载体，给读者以真实感；当叙事趋指未来、建构征战细节、描绘剑仙比拼时，现实空间的厚重显然不如虚构空间轻灵，因此，作家们多张开想象的翅膀建构理想的空间。应该意识到，空间多元化为近代小说增加了叙事魅力，也为中国作家想象力的施展提供了平台，是对中国小说叙事空间的极大拓展。

空间多元化必带来人物身份的置换与人生轨迹的漂移。当成长于乡村的绅士进入现代都市之后，其身份无疑会向休闲者、寄寓者转换；当官场失意的名士进入妓院梨园，与名妓、名优相处，他们建构的休闲关系使双方身份均发生微妙的置换——由官员变成休闲名士、由交往对象不定的名妓、名优变成稳定交流的休闲对象。若聚焦名士们的都市生活，则发现其奔波于妓院、梨园、茶馆、酒楼、舞厅、商场等不同空间，与不同类型的人物交往，其身份依然会在休闲者、追情者、求利者、欣赏者之间切换。那些历史人物、侠客剑仙或科幻形象，也会被作者的笔指挥着变换角色——或如吴三桂等，曾经是卫国将领，后成为投敌汉奸，再造反导致杀身之祸；或如苏毓芬，曾经是闺阁淑女，出国接受西方教育，成为杰出飞行员；或如柳迟等，曾经是乡间顽皮小子，奇遇名派大师，成为江湖豪侠等。频繁的身份置换，不仅带来曲折生动的叙事效果，而且成功勾勒出人生存于世间的奔波状态。这种"在路上"的生存状态的描摹，实际上是作家对人生的多重体悟凝聚使然。颖慧的读者能够从中悟到人生的艰辛、乐趣与无奈，更应该领略到作家寄寓其中的淡泊与超然。于是，近代小说便有了超越文学的喻世醒人价值，也是其冲出传统文化藩篱、彰显现代文化意识所在。

从流派演变的视角观察，晚清谴责小说对官场、官员的讽刺，直接影响到现代作家张天翼、沙汀等人的小说创作。抓住表现对象的某一特征进行夸饰性描写，在极度放大的过程中凸显其丑恶、鄙陋的内涵，《华威先生》《在其香居茶馆里》与《官场现形记》等小说的创作方法一脉相承。及至当代，以王跃文为代表的"官场小说"创作中，依然能够看到谴责小说的影响——其《国画》《苍黄》等对县处级官员的描写，对当下官场生态的揭露等，尤其是《大清相国》所刻画的康熙朝的官员们，灵魂深处依旧是晚清谴责小说作家笔下的内蕴。公案侠义小说与旧派武侠小说的影响集中在新派武侠小说中，以金庸、梁羽生为代表的新派武侠小说创作中，金庸侧重表现文化内涵、叙事空间置于边疆与少数民族聚居区、展现侠客情感的多重性等，梁羽生小说中对武术流派、武打招式的重视，描写人物是多表现畸人、奇情等；新派武侠小说中的戏谑场景、独特性格、个性空间与美妙环境等，所凸显出的想象力之丰富与典型性之鲜明，均能够看出旧派武侠小说的影响。言情小说自张恨水之后，在上海出现了张爱玲为代表的海派言情小说奇观。张爱玲沿着张恨水开辟的表现市民情感的道路，聚焦市民阶层的小奸小坏展开人性透视，描摹乱世男女的情爱状态，通过一个个看似言情、其实无情的情感故事，解构了爱情的理想与浪漫。此后，大陆由于特殊的文学环境，言情小说后继乏人；台湾地区则出现了琼瑶为代表的言情小说名家。其小说的人物设置、情感类型与命运归宿等，既有对近代言情小说的继承，也有适应时代发展与读者变化而做的改良，其小说创作成功延续着中国言情小说的传统。相对而言，侦探小说、科学小说和翻新小说的影响要小得多。在相当长一段时间内，除了在科幻小说中尚存留着科学小说传播新知等内蕴外，其他小说类型则因时移势迁，几乎成为绝响了！

综观中国近代小说流派的兴起与嬗变轨迹，可发现其存在具有多重价值：既是聚合作家、繁荣小说创作的平台，也是推动叙事文体改进、促进作家交流的要素，还为小说刊物的创办、书店与书局的生存提供了保障。

中国近代小说的多元化发展，虽然其深度与开放程度可能不及现代小说，但它保持了多维拓展与多向传承的优势。就创作主体的文化选择而言，近代小说家坚守传统文化的主体地位，接受外来文化的合理充分，凸显出理性的文化心态；较之中国现当代文学发展过程中过度摒弃传统文化，导致文化立场偏至、小说风格趋同的现象，其可贵之处便凸显出来。无论如何，摇曳多姿的画面，总比抹杀差异的枯燥、单调更具魅力！

参考文献

1. 黄霖:《近代文学批评史》,上海古籍出版社 1993 年版。
2. 刘增杰、关爱和:《中国近现代文学思潮史》,上海文艺出版社 2008 年版。
3. 陈平原、夏晓虹编:《二十世纪中国小说理论资料》第 1 卷,北京大学出版社 1997 年版。
4. 郭延礼:《中国近代文学发展史》,高等教育出版社 2001 年版。
5. 郭延礼:《中国文学的变革——由古典走向现代》,齐鲁书社 2007 年版。
6. 袁进:《近代文学的突围》,上海人民出版社 2001 年版。
7. 严家炎主编:《二十世纪中国文学史》,高等教育出版社 2010 年版。
8. 裴效维:《20 世纪中国文学研究·近代文学研究》,北京出版社 2001 年版。
9. 杨联芬:《晚清至五四:中国文学现代性的发生》,北京大学出版社 2003 年版。
10. 鲁迅:《中国小说史略》,《鲁迅全集》第 9 卷,人民文学出版社 2005 年版。
11. 阿英:《晚清小说史》,商务印书馆 1937 年版。
12. 欧阳健:《晚清小说史》,浙江古籍出版社 1997 年版。
13. 陈平原:《二十世纪中国小说史》第 1 卷,北京大学出版社 1989 年版。
14. 范伯群主编:《中国近现代通俗文学史》,江苏教育出版社 1999 年版。
15. [美]王德威:《被压抑的现代性》,北京大学出版社 1997 年版。
16. [美]王德威:《想像中国的方法》,生活·读书·新知三联书店 1998 年版。
17. [美]韩南:《中国近代小说的兴起》,徐侠译,上海教育出版社 2004 年版。
18. [美]华莱士·马丁:《当代叙事学》,伍晓明译,北京大学出版社 1990 年版。

19. ［德］恩斯特·卡西尔：《人论》，甘阳译，西苑出版社 2003 年版。

20. ［美］叶凯蒂：《上海·爱——名妓、知识分子和娱乐文化 1850—1910》，杨可译，生活·读书·新知三联书店 2012 年版。

21. ［美］李欧梵：《徘徊在现代与后现代之间》，上海三联书店 2000 年版。

22. ［美］费正清：《伟大的中国革命》，刘尊棋译，世界知识出版社 2000 年版。

23. ［美］韦恩·布斯：《小说修辞学》，付礼军译，广西人民出版社 1987 年版。

24. ［美］萨义德：《知识分子论》，单德兴译，生活·读书·新知三联书店 1992 年版。

25. ［捷克］米兰·昆德拉：《小说的智慧》，艾晓明译，时代文艺出版社 1992 年版。

26. ［保］瓦西列夫：《情爱论》，赵永穆等译，生活·读书·新知三联书店 1984 年版。

27. 王继权、夏生元编：《中国近代小说大系·中国近代小说目录》，百花洲文艺出版社 1998 年版。

28. 陈大康：《中国近代小说编年》，华东师范大学出版社 2002 年版。

29. 陈大康：《中国近代小说编年史》，人民文学出版社 2014 年版。

30. 孙康宜、宇文所安主编：《剑桥中国文学史》，生活·读书·新知三联书店 2013 年版。

31. 关爱和：《中国近代文学史》，中华书局 2013 年版。

32. 关爱和：《中国近代文学论集》，中华书局 2006 年版。

33. 赵孝萱：《"鸳鸯蝴蝶派"新论》，兰州大学出版社 2004 年版。

34. 陈文新、鲁小俊：《明清章回小说流派研究》，武汉大学出版社 2003 年版。

35. 付建舟：《近现代转型期中国文学论稿》，凤凰出版传媒集团、凤凰出版社 2011 年版。

36. 陈玉申：《晚清报业史》，山东画报出版社 2003 年版。

37. 杨义：《京派海派综论》，中国社会科学出版社 2003 年版。

38. 夏晓虹：《觉世与传世——梁启超的文学道路》，中华书局 2004 年版。

39. 夏晓虹：《晚清社会与文化》，湖北教育出版社 2001 年版。

40. 栾梅健：《前工业文明与中国文学》，广西教育出版社 2000 年版。

41. 佘小杰：《中国现代社会言情小说研究》，中国社会科学出版社 2004 年版。

42. 朱志荣：《中国现代通俗文学艺术论》，上海三联书店 2009 年版。

43. 陈旭麓：《近代中国社会新陈代谢》，上海人民出版社 1992 年版。

44. 吴申元、童丽：《中国近代经济史》，上海人民出版社 2003 年版。

45. 包天笑：《钏影楼回忆录》，中国大百科全书出版社 2009 年版。

46. 任恒俊：《晚清官场规则研究》，海南出版社 2003 年版。

后　记

　　与小说结缘，可以追溯到孩童时期。那时，农闲季节村头讲古的老人顶着冬阳，津津有味地讲述"封神榜""杨家将"等古典小说中的片断，我混在一群孩子中间，常常听得忘记回家喝红薯稀饭。偶尔来一位说书人，边唱边说那些遥远的故事，便是我们乡下孩子的节日，直到散场后还不愿离去，一任高天寒星嘲弄地对我们眨眼，才踏着吱嘎作响的残冰各自回家。没有这种机会的雨天，不识字的妈妈则凭记忆给我讲民间故事，或者复述她看戏捕获的情节片断。

　　自己阅读小说是1975年8月8日驻马店水灾之后，因为家里的泥垛墙房子没有倒塌，大人忙着灾后重建，我被派看家。闲得无聊，扒出爸爸60年代初辞去公职时带回的几本小说《林海雪原》《红岩》《青春之歌》等打发时光。谁知一看就被吸引住了，不到一周时间，我连蒙带猜读完了。没有新书，只好重复读，尤其是《林海雪原》中滑雪小分队剿匪的神奇故事和《青春之歌》开头描述小白鸽一样的林道静形象，至今难忘。当家里改派我去放羊时，我阅读的小说已经派上用场——把放羊的小伙伴分成两组，一组放羊，一组听我讲故事，这样轮两轮，羊吃饱了，我的故事才讲了几个。于是，次日继续……同伴的崇拜和放羊的轻松让我直觉到小说的好处。因此，到了中学阶段便拼命找小说读，因为那时的中学生强调学工学农，学习任务很轻。但是，所读小说极少经典，以致进入大学后与城市来的同学一交流，才知道以往拼命读的多为不入流的作品。也有例外，《福尔摩斯探案集》就是那时接触到的外国小说。记不得是第几集，也忘记是哪一篇小说了，只记得荒凉的古堡、恐怖的气氛和卷成布卷一样的烂书。这种恐怖记忆被童年好友刘怀印带来手抄本强化着，他两个哥哥都是军官，因此能够搞到手抄本。《梅花党》《十二张美人皮》《一张旧报纸的经过》等，吓得我们住在他家时，晚上解手都不敢出门。至今忆起因为在煤油灯下看小说被责和烧锅时看书挨打的经历，心中尚存温馨、痛楚交融的复杂感情。中小学时期，我无意间与"红色经典"和"文革地下文学"邂逅，现在看来也许已经种下此生研究小说的初因。

　　大学期间最大的梦想就是成为作家。参加年级组织的文学社，尝试创作各种体裁的小说，紧跟着文学史课程拼命读名著，导致团小组开会时有同学给我提意见曰"清高"。我很惊讶，因为我认为清高是需要资格的，一个穷小子哪里有清高的可能？现在想想是自己贪婪阅读所致。夕阳西下，小树林里归鸟喧喧，我捧着《猎人笔记》与屠格涅夫对话；旭日初升，有人还在睡觉，我跑到大礼堂边的柏树下背诵唐诗宋词。苦闷时，有钱的同学买酒消愁，我只能夹着《约翰·克里斯多夫》到仁和屯的田野里发泄，或者躲进巴金的《家》里静听觉新的箫声……与小说的过分亲密自然疏离了人，难怪得此怪评！在自我坚持中，我系列地阅读了古今中外的小说名著，连很少有人借阅的《战争与和平》《百年孤独》等经典小说，我也硬读完了，更不要说中国古典名著了。20世纪90年代中期，经历特殊变故、情感低沉期，奔波各县市讲学养家之余，在旅馆白炽灯下以一晚两本的速度阅读金庸、梁羽生、古龙等人的武侠小说，几乎将当时的武侠名家名著读遍，常常沉浸于作家虚构的乌托邦里，被侠客潇洒飘逸的形象拽离尘世，忘记现实的苦恼，其后果便是眼睛近视了。大量阅读的积淀为我本科留校教书奠定了坚实基础，后来读硕士，不自觉就选择了沈从文、郁达夫、莫言、李佩甫等小说家作为研究对象；博士学位论文则以晚清狭邪小说作为小说流派研究的试验，并获得业内专家的好评。因此，博士毕业后的十几年间，我与妻子有意识选择近代小说流派作为学术拓展的对象，渐渐积累出这本专著的内容。

　　研读小说这么多年，觉得无论作家创作，还是读者阅读，均离不开"真心"与"童心"。作家有真心，方可潜入现实生活，捕捉社会深层内蕴，使其文本具有坚实的生活基础；读者有真心，才能投入真情，用心与作家对话，进行精神交流，领悟文本的真正内涵。然而，仅有"真心"还不够，那会使小说过于沉重滞涩，缺乏艺术的灵动轻盈，故尚需"童心"。作家秉持童心，可使小说生出想象的翅膀与浪漫的氛围，建构出灵魂安居的空间；读者带着童心阅读，既可与作家进行想象对构，亦能融入自我生命意识，欣赏作家情绪的飞扬与文本浪漫的特色。虽然近代小说总体观"真心"投入有余，"童心"加彩不足，但是，研读者应该二心并用，实现远大于作者本意的阅读效应。

　　此课题的建构，得益于诸位老师、专家的支持。首先应该感谢的是关爱和老师，我能够进入到近代文学研究领域，即由关老师引领；此课题进行过程中，也多次受教于他。其次是近代文学研究圈内的郭延礼、袁进、郭浩帆、左鹏军等专家，他们的提醒与支持，使我受益匪浅。最后是我的合作者刘焱，无论是资料的查找，所分任务的写作，还是承担生活重任，为我腾出时间等，均付出辛苦劳动。

应该单独感谢的是郭晓鸿主任，此书写作过程中与其多次沟通，她均表现出高度的敬业精神和专业水准。真诚感谢郭主任！此书的责任编辑慈明亮先生更是提出了诸多睿智高见，使本书更加严谨。

也感谢几位长辈。爸爸无意间带回的小说、妈妈讲述的故事是对我的叙事启蒙；岳父刘俊生年逾七旬时，还到南昌市新华书店为我购买《中国小说提要》。岳父已去世多年，妈妈也在我修改书稿的8月辞世。每当疲惫偷懒时，眼前恍惚是他们温和的眼神在盯着我们，给我们坚持做下去的力量。

女儿的阅读期待，也是我们写作、修改此书的动力，谢谢孩子！

最后，感谢河南大学科研处和文学院领导对该课题与本书出版的大力支持！

侯运华

2016 年 9 月 11 日